NARRATIVA

693

Bill Schutt e J.R. Finch

LA BOCCA DELL'INFERNO

Romanzo

TRADUZIONE DI
PAOLO FALCONE

EDITRICE NORD

Titolo originale
Hell's Gate

ISBN 978-88-429-2889-8

In copertina: illustrazione di Luca Tarlazzi
www.lucatarlazzi.it
Art director: Giacomo Callo
Graphic designer: Marina Pezzotta

LA BOCCA DELL'INFERNO

Per le nostre famiglie e per il colonnello
Percy Harrison Fawcett, che è stato laggiù

PROLOGO

ROSSO SANGUE E NERO BIBBIA

« Dio non ha alcun potere sul passato tranne coprirlo d'oblio. »
Plinio il Vecchio

Lungo le rive del Gniloy Tikich, Ucraina,
fronte sovietico-tedesco, 16 febbraio 1944

Un disgelo anticipato.

È così che tutto ebbe inizio.

L'aria era particolarmente umida per quel periodo dell'anno. L'aspra gelata che di norma cominciava verso dicembre e durava fino a marzo non c'era stata. Il fiume, solitamente un pigro ruscello, era adesso un freddissimo torrente.

Una leggera brezza soffiò una ciocca di capelli sugli occhi di Viktor. Spostandola, il ragazzo si fermò per ammirare il paesaggio. La campagna era meravigliosa, persino pacifica, soprattutto se non si faceva caso a certi dettagli: le impronte melmose dei carri armati sulla neve, il rumore incessante dei motori e la puzza dei gas di scarico.

Il cavallo da soma grigio voltò la testa verso di lui, mordicchiando il freno metallico.

Anch'io ho fame, Sasha. Viktor allentò le briglie, infilò la mano in una tasca del cappotto e gli porse un pugno di biada.

L'animale la mangiò voracemente, poi gli diede una musata sul braccio.

« Non ho altro », disse lui facendo spallucce.

Il cavallo era un piccolo *panje* russo originario della

steppa eurasiatica. Poco più grosso di un asino, era la risposta russa ai sentieri fangosi che solo i cartografi consideravano strade. Quel cavallo in particolare era forte e resistente, e in quel momento stava trainando una slitta con una pila di casse di legno più alta della sua testa. Da quando si era messo in viaggio, tre giorni prima, Viktor non aveva mai perso di vista il carico; di notte ci dormiva sopra. Le casse contenevano solo badili e picconi, e non munizioni o fucili come quelle che la maggior parte dei suoi connazionali stava trascinando nel fango. *Ma gli attrezzi sono importanti tanto quanto le armi,* ricordò a se stesso. *Forse di più.*

Aveva ragione, anche se, come chiunque altro, non sapeva quasi nulla della sua missione. Gli unici ordini che aveva ricevuto erano stati «avanza» e «ammazzali tutti». In realtà, fino ad allora non aveva ancora visto nessun tedesco, anche se da un po' di tempo si chiedeva sempre più spesso come avrebbe reagito se ne avesse incontrato uno. Scosso da un brivido, si chinò in avanti per togliere una piccola lappola dal garrese di Sasha.

Il ragazzo non aveva idea di essere uno dei circa cinquecentomila soldati che stavano convergendo da quasi ogni angolo della Russia verso un fronte lungo più di trecento chilometri, per dare il colpo di grazia alle ultime truppe tedesche presenti a est. Favoriti dal clima e supportati dalle formazioni partigiane locali, i sovietici avevano progressivamente respinto l'esercito nazista fino in Ucraina. Solo i generali sapevano che sessantacinquemila soldati tedeschi erano radunati in un saliente quasi del tutto circondato dalle linee russe. Quel saliente sarebbe passato alla storia come la «sacca di Korsun'» ma, per tutti gli uomini che vi erano rimasti intrappolati e ne erano usciti vivi, sarebbe sempre stato la *Bocca dell'Inferno.*

All'interno del saliente, il nevischio, il fango e la neve in via di scioglimento avevano contribuito a paralizzare l'esercito invasore, un tempo inarrestabile. A un certo punto la Luftwaffe aveva paracadutato provviste e munizioni ma, sfortunatamente per i tedeschi, i rifornimenti erano atterrati dietro le linee sovietiche.

Anche se le apparecchiature radio e le linee di comunicazione erano al collasso, gli assediati erano venuti a sapere che l'errore della Luftwaffe era stato imputato all'« inadeguata illuminazione » del punto di consegna. Ciò che non sapevano era che la 24 Panzer-Division, dopo essersi trascinata a fatica verso nord per aiutarle, aveva inspiegabilmente fatto retromarcia dietro ordine diretto di Adolf Hitler. L'unica speranza delle truppe dell'Asse, ora del tutto accerchiate, era che una massiccia controffensiva rompesse l'assedio, ma anche quell'azione era stata posticipata.

Nel frattempo i sovietici andavano consolidando la loro posizione in quella che, poco alla volta, assumeva sempre più l'aspetto di una classica manovra a tenaglia. In seguito, gli storici russi avrebbero stimato che ogni braccio della tenaglia contasse circa duecentomila soldati sovietici. Il comando supremo delle forze armate tedesche credeva invece che fossero il doppio, e per un po' era stato così.

Viktor accarezzò il collo dell'animale prima di tirare le briglie. *Se affondiamo in questa melma, diventerai cibo per i vermi.* Cercò invano di allontanare quel pensiero, finché non fu distratto da uno strano suono. Un forte rombo non era insolito in una zona di guerra, ma quella volta sembrava che, da qualche parte in lontananza, il cielo stesso fosse esploso.

Qualche secondo dopo il suono si ripeté, più forte di

prima. E questa volta sopra le loro teste, simile a un tuono... ma il cielo era limpido. Le costole del ragazzo assorbirono l'onda d'urto, vibrando come dodici paia di diapason.

Poi calò di nuovo il silenzio. Un silenzio gelido.

Uomini e veicoli si fermarono. Come avevano fatto in passato nelle circostanze più disparate, i soldati traumatizzati e quelli inesperti guardarono gli ufficiali e i commilitoni più anziani in cerca di una spiegazione. Le reclute si voltarono verso gli uomini che erano sopravvissuti al Blitzkrieg e all'assedio di Leningrado, quando l'inedia, il freddo e gli incessanti bombardamenti avevano ucciso un milione di loro connazionali. Di certo quei superstiti temprati dalle battaglie, i *frontoviki,* avrebbero saputo spiegare cosa fosse accaduto.

Ma persino quei soldati non avevano mai udito niente di simile prima di allora. Nessuno di loro.

Era il rombo di un oggetto supersonico in decelerazione.

Un senso tangibile di confusione, assieme a un pizzico di paura, si propagò tra le file sovietiche. Centinaia di soldati si misero a scrutare il cielo, proteggendosi gli occhi dal bagliore del sole. Chi aveva la vista migliore, o chi guardava nella direzione giusta, percepì un debole luccichio metallico che si muoveva a una velocità innaturale. Qualcuno imbracciò istintivamente il fucile, ma ormai l'aeroplano - o qualunque cosa fosse - era già sparito.

Aleksej Karasev era sergente maggiore dell'Armata Rossa ma, con tre galloni d'oro, ispirava ai soldati lo stesso rispetto di un generale. *Non può essere un pezzo d'artiglieria,* pensò, soffiando una nuvola di fumo da un sigaro che ricordava un dito mummificato. Stando all'ultimo rapporto, le divisioni corazzate tedesche erano lontane più di cento chilometri. *E poi nessun pezzo d'artiglieria emette quel suono.*

« Ёб твою мать! » imprecò. « In marcia! » Ma qualche metro più avanti stava succedendo qualcosa. *E adesso?* Avanzò a grandi passi verso la fonte del problema, un autocarro che si era fermato al centro della strada. Karasev sapeva che i suoi uomini erano talmente stanchi che avrebbero approfittato di qualsiasi scusa per riposare qualche secondo, e che, se lui non fosse intervenuto, qualcuno si sarebbe stabilito lì, su quel terreno fangoso, come un colono.

L'autocarro era uno dei modelli americani arrivati da poco. Gli yankee lo chiamavano « Dodge ». L'autista del veicolo telonato, una giovane donna coi lunghi capelli neri sciolti sulla pesante *polushubki* imbottita, si era sporta dalla portiera aperta e indicava il cielo con foga. Il sergente non aveva mai notato quanto fosse attraente. In quel momento, però, aveva bloccato il convoglio col suo mezzo. Alcuni soldati radunatisi intorno al Dodge alzarono lo sguardo nella direzione indicata dalla donna.

« Là! Là! » urlava lei.

Diversi uomini se ne stavano in silenzio, altri, avendo intravisto l'autista della camionetta, avevano gonfiato il petto. Uno dei nuovi paladini della ragazza esplose un colpo in aria, subito imitato da alcuni commilitoni.

Solo allora Karasev notò un paio di paracadute apparsi dal nulla sopra le loro teste, due cerchi bianchi con una chiazza rossa al centro, che risaltavano contro il cielo azzurro.

Ci fu un altro sparo, da un punto più avanzato del convoglio.

Il sergente strinse le palpebre verso il cielo innaturalmente luminoso e vide altri cerchi bianchi, forse una decina. Concentrandosi su quelli più vicini, appurò che non c'erano uomini appesi ai paracadute, ma cilindri metallici neri. *Un lancio di rifornimenti? Un altro tentativo maldestro della Luftwaffe?* Ma un nuovo pensiero si fece strada nella sua mente, facendogli nascere una leggera preoccupazione. Quei cilindri sembravano troppo piccoli per contenere carburante, provviste o altro materiale.

L'ennesimo colpo di fucile squarciò l'aria mattutina, riportando Karasev al presente. Non solo quegli idioti stavano sprecando munizioni, ma probabilmente stavano allertando il nemico.

«Chi ha dato l'ordine di sparare?» sbraitò, ma per qualche motivo non riusciva a staccare gli occhi dal cielo, anche se il collo cominciava a indolenzirsi. «Maledizione! Cessate...»

I contenitori appesi ai due paracadute più vicini esplosero allo stesso tempo.

Urla di giubilo si levarono alle sue spalle, e alcuni tiratori si voltarono verso la ragazza in cerca di approvazione, o forse anche solo di un sorriso. Ma gli spari, o le esplosioni dei cilindri, o forse entrambe le cose, avevano spaventato la partigiana, che si rintanò nell'abitacolo del Dodge e chiuse il finestrino.

Karasev non stava pensando alla donna, ma alla precisione e alla gittata dei Mosin-Nagant in dotazione ai soldati: i cilindri neri erano molto distanti dal suolo quand'erano esplosi. *Troppo distanti.*

I suoi uomini sembravano aver notato la stessa cosa, e adesso anche i loro volti mostravano segni di preoccupazione. Il sergente alzò di nuovo gli occhi al cielo, ma non c'era nulla oltre ai due paracadute lacerati, uno dei quali poco dopo si adagiò al suolo nelle vicinanze. Prima che potesse fermarli, due tiratori si staccarono dal convoglio, procedendo con difficoltà nella neve alta.

Anche se avevano percorso poco più di un centinaio di passi, i due uomini avevano il fiatone quando si fermarono accanto al paracadute. A suo modo, era un oggetto insolitamente bello, col disegno cremisi e con lo sfondo candido che spiccavano sul terreno fangoso.

« Draja, questa è seta pregiata. »

« Ed è nostra. Prendila, prima che voli via. »

Draja e il suo amico Marius afferrarono il paracadute e lo spiegarono.

« Sei pazzo, Draja. Non ci lasceranno mai tenere... »

I due s'immobilizzarono. La discussione sui diritti di proprietà venne cancellata dalle loro menti dal simbolo riprodotto sulla seta: una svastica nera su fondo rosso, a sua volta incorniciato da un altro strano emblema, un paio di fauci scheletriche spalancate.

Marius lasciò andare il paracadute come se l'avesse punto, e proprio in quell'istante una folata di vento lo sollevò da terra e lo fece finire sul volto di Draja. La seta vibrò, emettendo un basso e raggelante gemito.

Mi sta inghiottendo! pensò Draja, scalciando e colpendo il telo. Ogni parvenza di pensiero logico sparì, cedendo il posto al panico.

Karasev non vide nulla di tutto ciò, distratto dall'urlo di un soldato anziano dai tratti asiatici: si era appoggiato alla griglia del radiatore dell'autocarro per riscaldarsi e si era spaventato quando Titania aveva messo in moto.

« Soldato », ringhiò il sergente, facendolo scattare sull'attenti. « Come pensi di proteggere la patria coi pantaloni sporchi di merda? »

Il soldato abbassò lo sguardo per l'imbarazzo, e per un momento anche Karasev provò un po' di vergogna, come se avesse appena rimproverato suo padre. Solo allora notò quanto fosse magro quell'uomo, nonostante gli spessi abiti che indossava. Sembrava più un uccello che un essere umano, da quanto era denutrito, eppure non aveva esitato a partire volontario per il fronte. Il sergente chinò appena il capo, poi si girò verso i due uomini che si erano staccati dal convoglio. Quegli idioti stavano litigando col paracadute, e sembrava che quest'ultimo stesse avendo la meglio.

« Ci state mettendo una vita, pagliacci! » tuonò. « Tornate al vostro posto! » Si voltò di nuovo verso il soldato anziano, e così non vide Marius e Draja che all'improvviso si sedevano sulla neve.

Il volto del soldato era segnato da quelli che i russi chiamavano « baci tedeschi », cicatrici irregolari causate dagli shrapnel. L'uomo aveva anche perso alcune dita, probabilmente per congelamento.

« Andiamo, soldato », gli disse in tono più affabile.

Ma, invece di rientrare nei ranghi, quello rimase sull'attenti e, inclinando un poco la testa di lato, rivolse un'occhiata perplessa al superiore.

Non ci credo. E adesso? si chiese Karasev. *Questi russi gialli dell'Est... Chissà quale dialetto parla...* « Dove sono gli interpreti quando c'è bisogno di loro? Via! Via! » disse con tutta la fermezza e il rispetto di cui era capace. Ma le sue parole e i suoi gesti sembravano non sortire nessun effetto.

Il soldato sollevò lentamente un braccio e lo indicò con

un dito tremante. La sua espressione fece correre un brivido lungo la schiena del sergente, che d'improvviso si sentì le ginocchia deboli. Abbassando lo sguardo, vide che la giacca e i pantaloni bianchi imbottiti erano ricoperti di una patina gialla. «Ma cosa...?» Toccò la sostanza granulosa con un dito e l'annusò. *Profuma di fiori.* Guardò di nuovo il cielo, poi il soldato, la cui divisa era rivestita della medesima sostanza. Un rivolo di sangue gli colava dal naso.

Karasev inspirò a fondo e, sentendo in bocca un sapore metallico, capì che anche lui stava sanguinando. Quando si pulì il naso con una manica della giacca, trasalì per le dimensioni della chiazza rossa sulla stoffa.

Per un istante il suo mondo precipitò nel silenzio: non sentiva più i motori dei mezzi, né i suoi uomini che imprecavano o bisticciavano. Era come se qualcuno gli avesse versato della cera nelle orecchie, e ora l'unico suono che riusciva a udire era il battito accelerato del suo cuore. Poi quella sensazione svanì con la stessa velocità con cui era comparsa, e il sergente ebbe un sussulto involontario quando il suo mondo tornò all'improvviso a riempirsi di rumori.

A non più di cinquanta passi di distanza, un cavallo si alzò sulle zampe posteriori e rovesciò la slitta carica di casse che stava trascinando.

«Buono, Sasha, tranquillo!» urlò Viktor, ma l'animale rovesciò gli occhi all'indietro ed emise un grido straordinariamente simile a quello di un essere umano, che spaventò il ragazzo e chiunque fosse abbastanza vicino da sentirlo. Viktor provò a sussurrargli altre parole di conforto, ma in tutta risposta Sasha gli starnutì con violenza in faccia. E, mentre il giovane si asciugava gli occhi, Karasev lo osservava paralizzato dal terrore, incapace di capire cosa fosse appena accaduto e di spiccicare parola.

La faccia e le mani del ragazzo erano ricoperte di sangue. Sconvolto e ammutolito, Viktor fece un passo indietro, evitando per un pelo di essere schiacciato dal cavallo, che crollò al suolo schizzando sangue e producendo un suono disturbante di costole spezzate. La testa dell'animale in agonia scattava avanti e indietro, e lunghi fiotti di sangue e brandelli di tessuto polmonare gli schizzavano fuori dalle narici.

Il sergente distolse lo sguardo, sgranando gli occhi quando una scarica di adrenalina gli attraversò il corpo, ma li chiuse non appena si fu voltato ed ebbe visto il resto dei suoi uomini. Tutti stavano sanguinando dal naso e dalla bocca. *No!*

Il rombo di un motore lo fece girare di colpo. Un carro armato T-34 si staccò dal convoglio e, fuori controllo, prese ad avanzare a tutta velocità, coi larghi cingoli che spruzzavano fango e neve sporca tutto intorno. I soldati accanto all'autocarro di Titania schizzarono via un attimo prima che il blindato si abbattesse su un fianco del mezzo. Il carro armato lo rovesciò e ci passò sopra senza rallentare, appiattendo completamente l'abitacolo, al punto che non sarebbe stato possibile infilarci neppure una mano. La partigiana al volante doveva essere morta prima di rendersi conto di cosa stava succedendo.

Era stata fortunata.

Il resto degli uomini barcollava e sanguinava da ogni orifizio. L'ultimo gesto volontario di molti fu qualcosa che nessuno di loro aveva mai osato fare in pubblico: il segno della croce, fronte, petto e spalle.

Lungo tutti i quindici chilometri del convoglio, ovunque si sentisse profumo di fiori, la neve rubava il calore al sangue appena versato, sciogliendosi. All'improvviso, il campo su cui si trovava Karasev puzzava come il pavimento di un mattatoio.

A corto di ossigeno, il sistema nervoso del sergente perdeva colpi, mandando ondate su ondate di spasmi lungo tutto il corpo. L'apparato vascolare stava collassando in un dedalo di emorragie. Il sangue che normalmente fluiva verso il cervello si riversò invece nell'intestino, che si gonfiò finché la pressione crescente non fece schizzare il liquido caldo oltre una valvola muscolare ormai inutile fin nello stomaco. L'uomo vomitò un'enorme quantità di sangue sugli stivali, e si accasciò al suolo quando le ginocchia gli cedettero.

Mentre gemeva e si dimenava nel fango, scoprì che le corde vocali si erano allentate e che non aveva più nessun controllo sui muscoli intorno alla bocca, ormai intorpiditi.

Non posso muovere le labbra e devo pregare...

Osservò il campo di battaglia attraverso un filtro rosso, perché stava piangendo lacrime di sangue; e la sua ultima percezione cosciente fu il suono di diecimila persone che morivano.

1

CHI VA LÀ?

«Non guardiamo troppo al passato,
prepariamoci piuttosto a ciò che sarà.»
Marco Tullio Cicerone

Trinidad, Indie occidentali,
un mese prima, 19 gennaio 1944

Le ali del grande uccello stagliarono un'ombra sopra la volta della foresta pluviale. Tra gli alberi, un maschio di scimmia cappuccino urlò un avvertimento e il resto del branco reagì all'istante. Mentre gli altri maschi imitavano il suo verso bitonale, una decina di femmine si strinse a protezione dei membri più giovani. I piccoli, che da poco avevano cominciato a esplorare il loro habitat arboreo, si aggrapparono con le zampe tremanti alla pelliccia delle madri. Gli adulti cambiarono posizione sui rami, guardando all'insù per scrutare le chiazze irregolari di cielo attraverso il fogliame. Il verso del predatore alato si fece acuto e terrificante, poi si affievolì velocemente. L'uccello si stava allontanando, non ci sarebbe stato nessun attacco. I piccoli azzardarono un'occhiata verso l'alto, poi si allontanarono in tutta fretta dai genitori, atteggiandosi come se non si fossero per nulla spaventati. Gli adulti li ignorarono, riprendendo la loro incessante ricerca di frutti, noci e fiori.

A mano a mano che il bimotore proseguiva a sud lungo la valle dell'Aripo, la foresta montana della Northern

Range cedeva il posto alla savana, con le sue macchie sparse di arbusti e di alberi rachitici. Quasi cinque ore dopo il decollo dall'Avana, il capitano R.J. MacCready stringeva i comandi del Cessna mimetizzato con impazienza sempre maggiore, inconsapevole del trambusto che l'aereo aveva provocato tra le scimmie nella giungla sottostante.

Il C-78 Bobcat, un velivolo civile leggero, aveva una capienza di cinque passeggeri, ma in quel momento ne trasportava solo uno, un certo maggiore Fogarty, che aveva dormito per tutto il viaggio. Di conseguenza il pilota non parlava da diverse ore, cosa che avrebbe potuto essere un record, se a bordo ci fosse stato qualcuno interessato a registrarlo. Anche se il suo argomento di discussione preferito era la zoologia, MacCready era rinomato per spaziare senza soluzione di continuità dai meccanismi che regolavano i salti dei canguri a ciò che potrebbe esserci stato nei secondi precedenti la nascita dell'universo. Che discutesse dell'esistenza del mostro di Loch Ness con qualcuno in cui si era imbattuto per strada o tenesse una lezione a studenti di una scuola media sulle meraviglie dei nuovi antibiotici iniettabili, per lui non faceva nessuna differenza. *È tutto così interessante.* Ma negli ultimi tempi non tutti apprezzavano il suo sapere enciclopedico o le sue doti oratorie.

« La sua infinita capacità di stupirsi è stata sostituita da qualcosa di più oscuro », aveva detto un accademico anonimo, citato dalla stampa. L'articolo proseguiva definendolo « un cecchino delle conversazioni ». Apparentemente, MacCready sfoggiava quella nuova etichetta come prova della sua forte avversione per le cazzate. Dentro di sé, però, avrebbe rinunciato a tutti i trionfi e ai titoli di una vita, incluso il dottorato alla Cornell University, per poter riportare in vita anche solo una delle persone cui aveva voluto davvero bene.

Quando cominciò la discesa verso Waller Field, chiese alla torre di controllo l'autorizzazione ad atterrare. Mostrando finalmente segni di vita, Fogarty premette la faccia contro il finestrino per osservare la base della US Air Force che si faceva via via più vicina, occupando una sezione sempre maggiore di orizzonte.

A MacCready, Waller Field ricordava un ammasso di cicatrici irregolari che sfregiavano la pianura del Caroni nella regione centrale di Trinidad. Si chiese quanto ci avrebbe messo la savana a riconquistare la base una volta che la guerra fosse finita e gli Alleati fossero tornati a casa. *Troppo, forse.*

Ricevette il permesso di atterrare ma, mentre il Cessna scendeva verso la pista, qualcosa andò a sbattere contro il motore di destra, spruzzando lingue rosse sul parabrezza della cabina di pilotaggio. L'aereo s'inclinò bruscamente. MacCready si voltò a guardare il motore in difficoltà, ma la sua visuale era in parte coperta dagli schizzi di sangue.

Il pilota reagì d'istinto. Mise l'elica destra in bandiera, posizionandola di taglio rispetto al flusso del vento per ridurre l'attrito, e diede gas al motore di sinistra, pigiando allo stesso tempo il pedale del timone sinistro.

Poco alla volta il Cessna si piegò verso sinistra finché non si stabilizzò e tornò a volare in linea retta. L'intera manovra era durata cinque secondi.

«*Questo* sì che non capita tutti i giorni», gridò in direzione della cabina. Non ottenendo risposta, lanciò un'occhiata veloce al suo passeggero. Anche se non poteva esserne assolutamente certo, sembrava che Fogarty si fosse raccolto in posizione fetale. « Lasci stare », mormorò tra sé.

Il caposquadra Eddie Dykes sapeva che la stagione delle piogge stava finendo perché i suoi uomini avevano smesso di lagnarsi degli acquazzoni e del fango, e avevano cominciato a lamentarsi del caldo e dell'umidità. Il personale di terra di Waller Field aveva occupato le zone d'ombra ai lati della pista d'atterraggio, e ora faceva a gara a chi riusciva a tenersi il più a lungo possibile lontano dal sole. Erano solo le dieci del mattino, ma alla base - il centro delle operazioni militari americane nell'Atlantico meridionale fin dal 1941 - c'erano già trenta gradi, con un tasso di umidità elevato.

Rimasto solo sulla pista, Dykes osservava il Cessna con una mano sugli occhi per ripararsi dal sole. « Uh, oh », mormorò, prima di richiamare l'attenzione dei suoi uomini con un forte fischio.

Il Bobcat dell'esercito, conosciuto tra i militari come *Rhapsody in Glue* e *Flying Formation of Cessna Parts,* ovvero « Rapsodia di colla » e « Frammenti di Cessna in volo di formazione », nomignoli poco lusinghieri dovuti alla sua scarsa affidabilità, stava avendo dei problemi. Il motore di destra aveva iniziato a emettere prima un sibilo acuto e poi uno scoppiettio, e il velivolo si era inclinato su un lato.

Senza distogliere lo sguardo, Dykes avvertì una presenza alle sue spalle.

« Sembra un macinacaffè da due soldi », commentò con voce strascicata il soldato semplice Redding. Anche se era di stanza a Waller Field da un anno, era conosciuto ancora come T.N., il Tizio Nuovo.

Ignorando le sue parole, il caposquadra continuò a guardare l'aeroplano, che nel frattempo sembrava essersi stabilizzato. « T.N., chi sta pilotando quell'affare? »

Redding cercò tra i fogli contenuti in una cartellina portablocco, prima d'indicare un nome in fondo a una pagina macchiata di sudore. « MacCready, signore. »

Dykes lanciò un'occhiata alla lista dei passeggeri e si rilassò un poco. « Ce la faranno. » Percepì un movimento con la coda dell'occhio, e alzò lo sguardo quando udì il suono di un altro motore in difficoltà. Ma stavolta il veicolo avanzava minacciosamente verso di loro. « Ma che...? »

I due uomini si tuffarono tra i cespugli ai lati della pista, evitando per un pelo di essere travolti da una jeep che li superò a folle velocità.

Alzandosi sulle ginocchia, Dykes notò che non si era sbagliato sul conto del Bobcat: il pilota era riuscito a farlo atterrare con delicatezza nonostante il problema al motore e, sfrecciando sull'asfalto, la jeep aveva rischiato di ostacolare la manovra di atterraggio.

« Chi è quell'idiota? » chiese Dykes, alzando gli occhi al cielo mentre Redding, sempre più confuso, cercava una risposta tra i fogli della sua cartellina. *Sì, sarà una lunga guerra.*

Alla guida della jeep c'era il caporale Frank Juliano, cui la bassa statura e l'espressione da cane bastonato conferivano una sorprendente somiglianza col comico Lou Costello. Dopo aver messo in fuga gli uomini di Dykes sulla pista, la camionetta si fermò sbandando e sferragliando.

Il caporale Juliano smontò dal mezzo e corse incontro

al passeggero del Bobcat, che aveva spalancato il portello e si stava allontanando in tutta fretta, come se il velivolo fosse in fiamme. « Buongiorno, capitano MacCready, e benvenuto a Trinidad », disse facendogli il saluto con la mano libera; nell'altra stringeva una grossa busta. « Il maggiore Hendry la sta aspettando. »

« Hai sbagliato persona, amico », ribatté l'altro indicando l'aereo alle sue spalle col pollice e tirando dritto senza rallentare.

Il caporale si affrettò verso il Cessna e si arrampicò con fatica al suo interno, ma la cabina a cinque posti era vuota. Fece marcia indietro e si voltò verso il pilota, che stava esaminando uno dei motori fischiettando l'ultimo successo di Bing Crosby, *Junk Ain't Junk No More*. « Capitano MacCready? »

« In persona », rispose l'altro con la testa infilata nel motore Jacobs sette cilindri. « Ah, guarda qui che roba... »

Juliano lanciò un ultimo sguardo al portello aperto, e mosse qualche passo esitante verso di lui. « Signore? »

« Merda, scotta! » esclamò MacCready, che aveva il volto sporco di grasso e di un'altra sostanza non meglio identificata. Si riparò gli occhi dal sole con una mano per osservare gli edifici più vicini alla pista. « Non è che ha visto il personale di terra da qualche parte? »

Juliano si guardò intorno. La pista d'atterraggio era deserta, a eccezione di due uomini ricoperti di terra e rovi che gli mostrarono il dito medio mentre si allontanavano a passo svelto.

« Amici suoi? » disse MacCready con un sorriso.

« No, signore. »

Il pilota infilò una mano guantata nella presa d'aria del motore e, tra un grugnito e un'imprecazione, estrasse un ammasso di carne sanguinolento che poi porse all'ufficiale. « Caporale, le presento l'*Eudocimus ruber*! »

Juliano indietreggiò facendo una smorfia. « Eudo... cosa, signore? »

« Un ibis scarlatto. Lo voterò come uccello nazionale, non appena Trinidad si sarà liberata degli inglesi. »

L'odore di carne e piume abbrustolite rendeva irrespirabile l'aria densa e umida del mattino, e il caporale sentì la colazione agitarsi nello stomaco. « Lo voterò anch'io, signore. È... davvero... splendido... » Poi fece per consegnargli la busta, ma fermò il braccio a mezz'aria per trattenere un conato che gli stava salendo su per la gola come una marea acida.

« Già, ma questo ha decisamente visto giorni migliori. Quella roba è per me? » chiese il pilota allungando la mano verso la busta di manila, ma il caporale era restio o incapace a dargliela.

« Molte grazie, caporale. » MacCready strattonò la busta con forza, finché Juliano non la lasciò andare. Spiandolo con la coda dell'occhio, aprì la busta coi denti ed estrasse i fogli al suo interno. Nella mano guantata sporca di sangue e olio stringeva ancora i resti maciullati dell'ibis.

« Buongiorno, capitano MacCready », disse il caporale dopo aver preso un profondo respiro. « Benvenuto a Trinidad, signore. Il maggiore Hendry la sta aspettando. Sono stato incaricato di accompagnarla immediatamente alla sala riunioni. »

Il pilota alzò lo sguardo dai fogli e gli rivolse un cenno di assenso, incamminandosi poi verso la jeep.

« Dunque lei è l'esploratore, signore? » chiese Juliano prima di sedersi al volante.

MacCready infilò i fogli all'interno del gilè multitasche e salì sul retro della jeep. « Ho setacciato qualche giungla a colpi di machete, ma di fatto sono un semplice zoologo tropicale, o meglio, sarebbe più corretto dire che lo *ero*. »

« Come mai, signore? »

« Non c'è molta richiesta per quelli come me, da quando hanno deciso di scatenare un'altra guerra. »

Il caporale spostò la leva del cambio in avanti, facendo grattare gli ingranaggi e avviando rumorosamente il motore. La jeep sussultò prima di mettersi in marcia e prendere subito velocità.

« Mai sentito parlare della frizione, caporale? La provi, uno di questi giorni. Pare che faciliti il cambio di marcia. »

Juliano gli lanciò un'occhiata dallo specchietto retrovisore, ma qualsiasi cosa avesse ribattuto fu sovrastata dallo stridore meccanico provocato dall'innesto della seconda marcia.

Mentre la camionetta procedeva sbandando attraverso la base, MacCready si rese conto che Waller Field era più grande di quanto non gli fosse sembrata dall'alto. *È più una piccola città che un aeroporto*, pensò, osservando le file di edifici prefabbricati che scorrevano ai suoi lati, ognuno dei quali poggiava su una serie di pali di legno alti un paio di metri. Oltre a un campo da baseball, poteva giurare di aver visto anche due ufficiali con mazze da golf. Ma ciò che lo colpì maggiormente fu il fatto che Waller Field sembrava essere stata edificata sull'asfalto, e che quasi ogni cosa - le piste, le strade e persino i tetti delle strutture - era stata realizzata col catrame. Gli uomini, gli edifici e le casse di rifornimenti accatastate scintillavano e tremolavano per l'effetto miraggio provocato dal calore che si alzava dal suolo.

MacCready valutò che all'interno della base doveva esserci una quindicina di gradi in più rispetto all'ambiente tropicale circostante. Doveva essere quello il motivo per cui la maggior parte dei soldati era a torso nudo. « Gesù, ma questo posto è fatto di catrame... Incredibile », gridò per farsi sentire sopra il frastuono della jeep.

« Catrame gratis, signore », urlò di rimando il caporale. « A un centinaio di chilometri da qui c'è il Pitch Lake, il più grande deposito naturale di asfalto al mondo. »

« Tipica mentalità militare... » commentò scuotendo la testa. « Per fortuna non era un deposito di merda di cane. »

Juliano non rispose.

MacCready si concentrò di nuovo sulla carcassa dell'uccello, staccando con cura alcune penne primarie dal tessuto connettivo insanguinato e buttando la cartilagine in strada. Il caporale lo stava osservando con la coda dell'occhio ma, quando il capitano alzò la testa e incrociò il suo sguardo, tornò a guardare la strada stringendo il volante con più forza.

« Gran bella forcula », disse MacCready tra sé, reggendo l'osso a forcella tra il pollice e l'indice come se fosse una bacchetta da rabdomante in miniatura.

Juliano sbirciò di nuovo alle sue spalle, sentendosi sempre più a disagio: che MacCready si fosse complimentato per la *sua* forcula? « Ma poi che diavolo è una forcula? » mormorò tra sé.

2

IL CARICO SCOMPARSO

« La Bocca dell'Inferno è, credo, il luogo più esecrabile che io abbia mai visitato; avrei volentieri sborsato dieci sterline per non doverlo vedere. »

George Bernard Shaw

Waller Field sorgeva su territorio inglese. Secondo le direttive del programma Lend-Lease, agli Stati Uniti era stato concesso di costruire una base in una posizione strategica nei Caraibi. In cambio il governo di Churchill – provato dalla guerra e pieno di riconoscenza – aveva ricevuto cinquanta obsoleti cacciatorpediniere americani. Il maggiore Patrick Hendry si trovava nell'edificio più grande e più caldo della base, avvolto in una nuvola di fumo di sigaro, accanto a una mappa del Brasile che copriva tutta la parete. La sala riunioni era scarsamente arredata e poco confortevole, e il fumo denso la rendeva simile a un inferno rovente.

« Pat », lo salutò MacCready entrando.

Hendry ricambiò il saluto con un cenno del capo e gli strinse la mano. « Quanto tempo è passato, Mac? »

« Otto mesi. »

« Nuova Guinea, giusto? »

« Isole Salomone, per la precisione. La missione di salvataggio di quel ragazzo ricco del Massachusetts. »

« Ciò che conta è che alla fine l'abbiamo trovato. »

MacCready trasalì. La gamba destra gli faceva ancora male per la punta di lancia che i medici gli avevano estratto dal polpaccio. « Già... Quel tipo ce le aveva quadrate. Ma che stronzetto imprudente... »

« Imprudente? Il bue che dice cornuto all'asino! » disse ridendo il maggiore. « Ma sono contento che tu sia riuscito a tirare un po' il fiato, dopo quell'avventura. » Hendry esitò prima di continuare: « Ho saputo di tua madre e di tua sorella. Mi dispiace molto ».

« Grazie », rispose l'altro con un filo di voce.

« Se avessi saputo... »

MacCready alzò una mano. « Lascia stare. » Provava un improvviso senso di claustrofobia.

« Hai avuto notizie dei tuoi cugini? Anche se sono al fronte, immagino che potrebbero aver sentito... »

« No! » ribatté MacCready con più fermezza di quanto avesse voluto. Lanciò un'occhiata fugace all'amico prima di abbassare lo sguardo. « D'altra parte, mandare biglietti di Natale non è mai stato il forte della Wehrmacht. » Si avvicinò a una finestra aperta e, senza pensarci, tirò fuori dalla tasca la forcula dell'ibis. Dopo averlo piegato tra le dita come una molla, sollevò l'osso a forma di Y all'altezza degli occhi e lo esaminò alla luce del sole. « In pochi sanno che gli uccelli necessitano di molto più ossigeno di noi. »

« Perché battono in continuazione le ali? »

« Volare è un'attività che richiede molta energia. La forcula funziona come un mantice per camini, aiuta a pompare più aria dentro e fuori dai polmoni. Un adattamento incredibile. »

« Me ne ricorderò, la prossima volta che mio figlio vorrà usarne una per esprimere un desiderio. »

Il maggiore si voltò verso la mappa, seguendo con l'indice l'andamento sinuoso del Rio delle Amazzoni dalla sorgente. « Sai, Mac, continuo a pensare a una cosa che mi hai detto l'anno scorso a Londra. »

« Quella storiella su Marlene Dietrich e i soldati americani? » MacCready rimise la forcula in tasca. « Credi che mi sia inventato tutto? »

« Sto parlando di quando mi hai detto che gli animali feriti o in trappola sono più pericolosi. »

« Ah, sì. E allora? »

« E allora non mi piace. Non mi piace per *niente.* »

« Be', io non la prenderei sul personale, Pat, ma sappiamo bene entrambi che quei tizi - Hitler, Mussolini e Hirohito - sono destinati all'estinzione. »

« E che c'è di male? » chiese Hendry. Anche se era d'accordo con l'amico, in quel momento non aveva nessuna importanza. Ciò che *aveva* importanza era l'amo accuratamente nascosto che stava per lanciargli.

« È chiaro che non c'è nulla di male », ribatté MacCready. « Ma il punto era - *è* - che ora come ora il mondo è una casa in fiamme. Ed è piena di carnivori feriti, incazzati e pericolosi. E se ce lo dimentichiamo, anche solo per un istante, se ci rilassiamo... siamo spacciati. »

« Quindi stai dicendo che non dobbiamo abbassare la guardia, giusto? »

« Esatto. E così hai cominciato a crederci anche tu? »

« Certo », rispose Hendry. Poi lanciò l'amo: « Ed è per questo che sei qui ».

MacCready capì subito cos'aveva fatto il maggiore, e a quel punto non c'era altro da fare che ascoltare il motivo per cui era stato convocato.

« Da un po' di tempo sospettavamo che i crucchi stessero architettando qualcosa nell'entroterra brasiliano. All'inizio erano solo alcuni indizi sparsi qua e là, niente di concreto, ma quattro settimane fa un pescatore si è imbattuto in un sottomarino classe I-400 arenato. Ed è stato allora che *tutti* abbiamo cominciato a crederci. »

« Sì, ho letto », mentì l'altro, battendo un dito sulla busta di manila che aveva tirato fuori dal gilè. « Ma non capisco perché tutto questo clamore... L'Atlantico è pieno di U-Boot. » Il volto di Hendry si animò improvvisamente, ma MacCready, che ormai aveva preso il via, non se ne accorse e continuò: « Diamine, potresti andare da un'isola all'altra dei Caraibi senza bagnarti i piedi. L'anno scorso, quattro olandesi su una spiaggia di Aruba sono stati centrati da... »

Hendry gli strappò la busta dalle mani ed estrasse con un grugnito un disegno in sezione dell'I-400.

Se la scala grafica in fondo al foglio non fosse stata coperta da macchie di grasso e da quello che sembrava sangue, MacCready avrebbe notato subito che il sottomarino era lungo un centinaio di metri. Non era da lui trascurare i dettagli.

Hendry gli porse il disegno con l'espressione spiacevole di un insegnante deluso dal suo studente migliore. « Stai perdendo colpi, Mac, e questo non è il momento di abbassare la guardia *né* di commettere errori. »

MacCready studiò il foglio, questa volta con più attenzione.

« L'I-400 non è un U-Boot, ma un nuovo progetto giapponese. Sappiamo da tempo che il Giappone sta utilizzando i sottomarini per scambiare rifornimenti e tecnologie con la Germania, ma questo è tutto un altro paio di maniche. Ha una stiva immensa e una gru di venti metri proprio sotto la torretta. Riteniamo che sia stato costruito per trasportare fino a tre idrosiluranti monomotore Seiran. »

« Merda. »

« Sì, merda, ma non è tutto. Il pescatore si è imbattuto in quest'affare nel Rio Xingu. »

« Il Rio Xingu? Ma si trova... »

« Milleduecento chilometri nell'entroterra. »

« Un sottomarino di cento metri ha percorso tutti questi chilometri, e nessuno si è accorto di nulla? Ma... come...? »

Missione o no, Hendry provò una punta di orgoglio per averlo lasciato senza parole, qualcosa che non accadeva molto spesso: pochi occidentali conoscevano i tropici sudamericani meglio di MacCready. L'intrepida audacia e la capacità di fare quasi qualunque cosa – tra cui pilotare un aereo, infiltrarsi tra i membri di una tribù ostile, aiutare i medici a estrarre la punta di lancia che i nativi gli avevano conficcato in una gamba – lo rendevano l'unico in grado di sbrogliare quella matassa, anche nelle sue attuali condizioni. « Non sappiamo come ci siano riusciti. L'unica cosa di cui siamo certi è che nell'ultimo anno la stagione delle piogge è stata molto intensa. Il sottomarino era semiaffondato. »

« Pat, quell'affare è enorme. Di quanta pioggia stiamo parlando? »

« Non abbastanza, temo. Il sottomarino è più bloccato del generale Montgomery a un briefing dell'intelligence. Secondo i nostri sommozzatori, la stiva era completamente vuota. Niente di niente, a parte qualche cinghia e del materiale per imbottitura. »

« Vediamo se ho capito bene... Tu credi che qualcuno abbia sottratto un grosso carico dal sottomarino? »

« Un carico enorme. La gru su quell'affare non sfigurerebbe su un molo di Jersey City. Dev'essere stato uno scherzo caricare e scaricare gli aerei dalla stiva. »

« E poi cosa? Se ne sono... andati? »

« Come ho detto, il sottomarino era incagliato, quindi,

sì, l'hanno coperto con rami e foglie e poi l'hanno abbandonato.»

«Da quanto tempo si trova lì?»

«Difficile a dirsi. Due o tre mesi. Non lo sappiamo con certezza.»

«Nessuno è riuscito a scoprire quando sono stati tagliati quei rami?»

«Mmm...» Il maggiore era a disagio. Gli piaceva avere la meglio sull'amico tanto quanto odiava essere colto in fallo. «Non che io sappia.»

«Okay», si limitò a dire MacCready con una risata mesta, e tornò a guardare la mappa.

A preoccupare Hendry non fu tanto la sua risata sconsolata, quanto il fatto che l'amico si era voltato subito verso la cartina. Il vecchio MacCready gli avrebbe spiegato *per filo e per segno* come capire se una manciata di rami in una foresta fosse stata tagliata giorni, settimane o mesi prima, tanto che alla fine sarebbe stato costretto ad afferrarlo per le spalle e a costringerlo a studiare la mappa.

«Non possono essere andati molto lontano. Avete trovato qualche pista? Devono essersi aperti un bel varco nella foresta.»

«I nostri esploratori non hanno trovato nessuna pista, né carichi abbandonati o idrovolanti giapponesi.» Il maggiore fece una pausa, fissando l'amico negli occhi. Se fosse riuscito a fare leva sulla sua insaziabile curiosità, si sarebbe potuto astenere dal chiedergli e – alle brutte – dall'ordinargli d'intraprendere l'ennesima missione suicida. «Chi lo sa? Forse lo hanno trasportato di peso e hanno coperto le loro tracce.»

«Di peso? Questi tizi possono essere in gamba quanto vuoi, Pat, ma qualche traccia devono averla lasciata.

Niente?» Si voltò verso Hendry, sperando in una risposta positiva.

«*Niente.* È come se il carico si fosse volatilizzato.»

«Be', allora possiamo scartare la tua ipotesi.» Tornò a concentrarsi sulla mappa. «Si saranno allontanati via fiume... Con delle chiatte, credo.»

Hendry, che non aveva mai mostrato particolare interesse per la pesca, cominciò a riavvolgere la lenza. «Credi?»

MacCready annuì molto lentamente, e il maggiore notò un lampo di eccitazione nel suo sguardo, simile al piacere negli occhi di un bambino davanti a un nuovo puzzle da comporre.

«Se quel sottomarino è grosso come dici...»

«Sì.»

«Lo è abbastanza da trasportare aeroplani?»

«Esatto.»

«*Maledizione!* È un bel giocattolino... Non il genere di cosa che si abbandona a cuor leggero.» MacCready stava parlando da solo, oltre che col maggiore. «Ma allora perché diavolo hanno risalito il fiume? Dovevano saperlo che non sarebbero mai riusciti a tornare indietro. E cosa trasportavano per correre un rischio simile?»

«Belle domande, Mac. Qualunque cosa fosse, era abbastanza importante da sacrificare un sottomarino di prima classe. Diamine, era così importante che non ne parlano neanche nei loro messaggi cifrati.»

«Ah! Abbiamo decrittato il loro ultimo codice?»

Hendry distolse lo sguardo, improvvisamente interessato a un geco che stava pedinando uno scarafaggio sul soffitto.

MacCready non colse l'antifona. «Chi ci è riuscito? Non dirmi quegli inglesi di Bletchley Park...»

Il maggiore ignorò la domanda, aspirando una profonda boccata dal sigaro. Poi, espirando una nuvola di fumo, indicò un punto sulla mappa. « Basandomi sulla tua teoria delle chiatte, e tenendo conto delle rotte fluviali più probabili, penso che l'equipaggio dell'I-400 possa essersi diretto qui, al Portão do Inferno ».

« La *mia* teoria, eh? » disse MacCready sorridendo. Osservò con attenzione la località sulla mappa. « La Bocca dell'Inferno. È dove negli anni '20 quell'esploratore britannico è andato alla ricerca della sua *Eldorado*? »

« Esatto. Il colonnello Percy Harrison Fawcett e la città di Z », rispose Hendry un po' troppo repentinamente.

« Be', non c'era nessuna città e Fawcett e i suoi uomini non hanno mai fatto ritorno. »

« Proprio così », confermò Hendry soffiando una nuvola di fumo sulla mappa. « La Bocca dell'Inferno è in realtà un canyon sull'altopiano del Mato Grosso, con pareti rocciose di circa seicento metri e una valle perennemente avvolta dalla nebbia. È dove andrei *io* se volessi nascondere qualcosa ai ricognitori degli Alleati. »

MacCready rimase in silenzio, fissando un piccolo punto lungo il Rio Xingu.

« Allora, che ne pensi, Mac? »

Mac si schiarì la gola. « Bello l'effetto del fumo sulla mappa. »

Hendry non commentò la sua osservazione, e soprattutto non mostrò nessuna reazione. Era qualcosa che aveva imparato a fare col suo amico: non fargli mai capire se aveva fatto centro o no.

MacCready si voltò di nuovo verso la mappa. « Nebbie perenni, pareti di seicento metri... Mi sembra plausibile. Qualcuno è andato a dare un'occhiata? »

« Tre settimane fa ho mandato una squadra di ranger. Soldati con le palle. »

«E?»

«Non ho più avuto loro notizie.»

MacCready rimase in silenzio.

Hendry prese dalla scrivania un fermacarte di piombo (una piramide di palle di cannone), e cominciò a passarselo lentamente da una mano all'altra. «Adesso mi rendo conto... che forse non avrei dovuto mandarci i ranger.»

«Ah, no? E chi vorresti mandarci, ora? *Me?*»

Il maggiore sbatté il fermacarte sulla scrivania come se fosse il martelletto di un giudice. «Risposta esatta, Mac! Niente male!»

MacCready non batté ciglio e non staccò gli occhi dalla mappa. «Siete incredibili, voi militari», disse piano tra sé, scuotendo la testa.

Continuando a sbuffare fumo, Hendry prese una bottiglia di Jack Daniel's e un paio di bicchierini da un mobiletto. «Un paio di anni fa ho parlato con un tizio che non faceva che ripetere che l'Età dell'Avventura era ormai finita.» Fece una pausa, svitando con tutta calma il tappo della bottiglia. «Ti ricorda qualcuno?»

«Sì», rispose MacCready, voltandosi infine verso l'amico. «Un dannato idiota.»

Hendry riempì i bicchieri e gliene porse uno. «E un vero e proprio rompipalle. Eppure non gli chiederei mai una cosa simile, se...»

«... se non fosse assolutamente necessario.» MacCready finì la frase e prese il bicchiere.

«Esatto.» Hendry bevve il whisky d'un fiato, subito imitato dall'altro.

MacCready si avvicinò di nuovo alla mappa e fece scorrere lentamente un dito lungo l'altopiano, la valle e un groviglio di affluenti così intricato che il cartografo doveva aver tirato a indovinare. *Per forza.* «Pat, neanche i brasiliani sanno granché di questo posto. È un territorio isolato, seicento chilometri quadrati di natura selvaggia e strade di merda, sempre che si riesca a trovarle. Potrei andarci con un centinaio di uomini, o anche un migliaio, e non incontrare nessuno. I soldati dell'Asse potrebbero essere ovunque. E quei ranger che hai mandato... » Si abbandonò ai suoi pensieri, cercando di ripescare dalla memoria qualsiasi cosa sapesse su quella regione. Ma non sapeva molto. La verità era che nessuno ne sapeva un bel niente. Era un punto interrogativo sulla mappa del Sudamerica, uno dei luoghi più inaccessibili del pianeta.

« Non so se i nostri uomini si siano imbattuti nell'equipaggio dell'I-400, ma è giusto informarti che l'alternativa è altrettanto spiacevole. Una delle tribù che vivono nella Bocca dell'Inferno, gli xavante, potrebbe rappresentare un grosso problema. »

« Ne ho sentito parlare. »

« Allora saprai che si tratta di tipi per nulla raccomandabili. L'ultimo incontro documentato con la tribù risale ai tempi in cui i conquistadores tormentavano gli inca per il loro oro. Pare che il capotribù degli xavante avesse promesso al governatore appena insediatosi di soddisfare una volta per tutte il suo appetito di metallo scintillante. Il portoghese ha pensato che la tribù avesse finalmente deciso di presentargli un'offerta di pace, sai, per pura disperazione. E invece, durante il banchetto per suggellare il trattato, gli xavante l'hanno catturato e legato, poi gli hanno aperto a forza la bocca per versargli in gola una colata di oro fuso. Per accertarsi che *tutti* avessero recepito il messaggio, hanno massacrato qualsiasi uomo bianco nel raggio di centinaia di chilometri. »

« Gran bella festa », commentò MacCready con una smorfia.

«Puoi dirlo forte. Da quel giorno, le uniche tracce della presenza degli xavante sono state le loro frecce. I bambini si tuffavano nel fiume per estrarle dalle schiene dei cadaveri trasportati dalla corrente.»

«Non male come pubblicità. La nebbia... il fiume... e un mucchio d'indigeni affettuosi.»

«Esatto: 'Via dalle palle!'»

«Il posto ideale dove portare un sottomarino di cento metri, se...» Lasciò la frase a metà, non sapendo come concluderla.

«Proprio così, Mac», esclamò Hendry facendo sbattere il bicchiere vuoto sulla scrivania. «Ed è per questo che ho bisogno di *te* per scoprire cos'hanno in mente quei figli di puttana dell'Asse. E, già che ci sei, scopri cosa ne è stato dei nostri uomini.» Il maggiore aspirò una boccata dal sigaro e trattenne il fumo in bocca per qualche secondo prima di soffiarlo sulla mappa. «Chapada dos Guimarães è stata fondata dai gesuiti alla fine del XVIII secolo», continuò, indicando un puntino lungo il corso del fiume. «Oggi è abitata perlopiù da contadini, mezzosangue caboclo, ma c'è anche un bell'assembramento di farabutti – minatori d'oro e simili –, quindi tieni gli occhi aperti. Verrai paracadutato appena fuori il villaggio, dove troverai ad attenderti un tuo vecchio amico: Robert Thorne.»

MacCready, che si stava ancora chiedendo che aspetto avesse avuto l'oro una volta solidificatosi nello stomaco del governatore portoghese, ebbe una reazione ritardata. «C... cosa?»

«Hai sentito bene, Mac.»

«Ma Bob Thorne è scomparso cinque anni fa nella...»

«... foresta amazzonica. Sì, sì, sappiamo tutto sulla sua 'scomparsa'.»

«Il suo accampamento era devastato... C'era sangue

ovunque... Avevano detto che era stato... » Fece una pausa, ripensando a quei giorni. All'epoca, la situazione negli Stati Uniti stava già precipitando e la perdita del suo caro amico aveva peggiorato le cose. « Sei *sicuro* che stiamo parlando della stessa persona? »

« Nato e cresciuto a Brooklyn, giusto? Un testaverde. »

« Si dice 'botanico' », lo riprese lui. « Ma è impossibile. » La voce gli si affievolì fino a diventare quasi impercettibile: « Tutti dicevano che Bob era... »

« Avevano ragione, Bob è morto. E ora lavora per noi. »

MacCready sollevò la testa di scatto.

« Ci sei arrivato. Ah, prima che me ne dimentichi, ha detto di portargli una decina di pacchetti di cartine. Immagino dunque che non solo sia ancora vivo, ma che si coltivi anche il tabacco. Se fossi una testa d'uovo come te, sarebbe la *mia* teoria. »

MacCready scosse la testa per poi sorridere apertamente. Era *senza dubbio* Bob Thorne. « Gesù, Pat... ho fatto un discorso al suo funerale. »

« Be', adesso potrai raccontarglielo di persona. Scommetto che la gente farà la fila per assistere a questa storica rimpatriata. »

« Bob Thorne », ripeté MacCready, meditabondo.

« Ne hai ancora per molto, capitano? » chiese Hendry, senza preoccuparsi di celare la sua crescente irritazione.

« No, signore. »

« Quando arrivi a Chapada, fatti raccontare quante più cose possibile dal tuo amico morto. È pappa e ciccia coi nativi, un pezzo grosso nel villaggio. Se c'è qualcuno che potrebbe aver notato la presenza di quegli stronzi dell'Asse, sono i locali. E, dopo che avrai raccolto le informazioni, mettiti subito in marcia per la Bocca dell'Inferno e scopri cosa sta succedendo. Decollerai non appena avrai preparato le tue cose. Il caporale Juliano ti assisterà fino al momento della partenza.»

MacCready non disse niente, ma il maggiore sapeva che non sarebbe durata.

«Hai qualcosa da aggiungere?»

«Sì... Be', oltre al fatto che tutta questa storia non mi piace per niente, quella di Thorne e del tabacco è un'ipotesi, non una teoria. La gente tende spesso a confondere questi due term...»

«*'Fanculo* le ipotesi!» sbraitò Hendry. Poi, dopo una pausa, aggiunse con calma: «Era un'imprecazione, giusto?»

«Sì.»

«Bene. Perché spesso tendo a confondere anche queste.»

Adesso era MacCready a sembrare irritato. «C'è altro, *maggiore*?»

«Sì.» Hendry lo fissò negli occhi. «È bello riaverti con noi, Mac.»

Il capitano passò dall'irritazione al disagio.

Seguì un silenzio imbarazzato. Hendry raddrizzò la schiena e si schiarì la gola. «Prima di lanciarti, lascia le istruzioni della missione sull'aereo. E non farti ammazzare. È un ordine.»

MacCready scattò sull'attenti. «Sì, signore.» *Figuriamoci*, pensò. *Giapponesi.*

Xavante.

E Bob Thorne.

Cosa potrebbe andare storto?

Le attività nella base erano rallentate a mano a mano che il caldo aumentava, ma il battito regolare di un martello sul metallo continuava imperterrito.

Un nero a petto nudo smise di martellare e alzò la testa

quando MacCready e Juliano gli passarono davanti. Fradicio di sudore, stava percuotendo la base di un fusto vuoto di petrolio da cinquantacinque galloni.

MacCready lo osservò con un'espressione perplessa ma gli rivolse un cenno col capo, che l'altro ricambiò. «Che sta facendo?» chiese a Juliano.

«Quello è Sparrow, signore. È il suo campo, no?»

«Ah, sì?»

«Sparrow, signore. È un 'passero'.»

«Grazie, caporale, ne ho visto qualcuno in giro. Ma perché sta martellando quel fusto?»

«Signore, Sparrow è una specie di musicista... Dice di suonare il calypso.»

MacCready ebbe un flash improvviso.

«All'incirca un anno fa, la gente del posto ha cominciato a sgraffignare fusti di petrolio vuoti per trasformarli in strumenti musicali.»

«Tamburi?»

«Sì, signore. *Pan drum* e *steel drum*.»

Mentre proseguivano, un ultimo colpo deciso risuonò alle loro spalle, seguito un attimo dopo da una splendida nota ripetuta. MacCready si fermò voltandosi, mentre Juliano continuò a camminare. Adesso l'accordatore di *pan drum* stava colpendo l'acciaio temprato con un martello di legno, producendo un suono metallico e squillante che MacCready non aveva mai udito in vita sua.

Senza alzare lo sguardo, Sparrow avvertì la presenza di un pubblico e cominciò a cantare.

La guerra tra Inghilterra e Germania
porterà fame e povertà.
Ma io penso ai fatti miei e mangio il cibo di casa mia
mentre l'uomo bianco per mille anni combatterà.

Il musicista si voltò verso MacCready rivolgendogli un largo sorriso. Lui annuì e gli fece okay con una mano. Sarebbe voluto andare a fargli i complimenti, ma proprio allora il caporale attirò la sua attenzione indicandogli freneticamente la baracca dei rifornimenti.

«Dobbiamo prepararci, signore.»

MacCready salutò Sparrow con un cenno del capo prima di raggiungere Juliano. «Se ci riuscite, caporale, tanto di cappello.»

«A fare cosa, signore?»

«A trasformare il ciarpame della base in musica.»

«Non sarebbe male, signore», rispose l'altro entrando nella baracca. «Non sarebbe per niente male.»

Venti minuti dopo, MacCready aveva finito di preparare il suo equipaggiamento da campo. Mentre stringeva le cinghie di tela dello zaino, ripensò a un verso della canzone di Sparrow.

«*Per mille anni combatterà*... Speriamo di no.» Si voltò in tempo per vedere Juliano uscire da una stanza sul retro con una sacca di cuoio in mano e un sorriso largo come quello del musicista.

Il caporale prese la sacca e l'aprì. Puzzava di grasso per pistola. Ne estrasse un'arma dall'aspetto strano. «Signore, s'innamorerà di questo mitra. È un PPSh-41. Pesa un chilo meno di un Thompson.»

«Un ingrassatore russo. Caporale, perché mai vorrei...»

«Il caricatore a tamburo contiene settantatré cartucce», continuò Juliano, ignorando l'interruzione. «Ha un tiro utile di un centinaio di metri e, ciliegina sulla torta, può sparare novecento colpi al minuto senza rinculare quasi mai.» Si guardò intorno, poi abbassò la voce: «Se l'è perso un carrista, non so se mi spiego».

«Un carrista diretto a nord», commentò lui, notando le macchie bianche e nere sulla tracolla che servivano a mimetizzarla in un paesaggio innevato.

«Ci strofini sopra del fango, signore. Ce ne sarà parecchio, dove sta andando.»

MacCready, che avrebbe preferito portarsi dietro un *pan drum,* si fece d'un tratto interessato. Ripensò a una catena di montaggio della Ford che aveva visto vicino a Detroit, e ricordò di aver letto da qualche parte che il PPSh era uno dei primi esempi di arma automatica fabbricata con tecniche di produzione di massa. «E quello a cosa serve?» chiese indicando un piccolo interruttore davanti al grilletto.

«A seconda che lo si sposti in avanti o indietro, il mitra spara una raffica o un colpo singolo.» Senza preavviso, il caporale afferrò il PPSh per la canna e lo brandì da una parte all'altra come una mazza da baseball. «Se resta a secco di munizioni, signore, può sempre usarlo come un bastone. È bello forte.» Glielo porse dalla parte del calcio. «Per concludere, signore, è un'ottima arma.»

MacCready lo soppesò. «Non lo so... Sembra troppo pesante», disse, restituendolo a Juliano.

«Capitano, il maggiore Hendry non vuole che parta solo con la sua pistola. È stato piuttosto insistente al riguardo. Credevo che avrebbe trovato il PPSh interessante.»

MacCready doveva riconoscere che quell'arma *era* interessante. «Che succede quando si sporca o si bagna?»

In tutta risposta, Juliano smontò il mitra in quattro e quattr'otto, poi prese la canna e se la premette su un occhio a mo' di cannocchiale. «Signore, potrebbe cacarci dentro e farebbe comunque fuoco.»

«Ti credo sulla parola», ribatté prontamente MacCready.

Soddisfatto che tutto fosse a posto, Juliano cominciò a riassemblare l'arma.

«Prima della guerra, ci preoccupavamo del tipo di tenda da portarci in missione», disse MacCready senza mai staccare gli occhi dalle mani del caporale. «Adesso, invece, ci tocca scegliere le mitragliatrici.» Attese una replica ma, visto che l'altro non aprì bocca, si rispose da solo: «Questo *non* lo considero progresso».

Juliano esaminò ogni elemento del mitra in cerca di difetti o sporcizia. «Dice bene, capitano... ma non metterà in fuga molti cattivi agitando un paletto da tenda, non crede, signore?»

Ancora una volta MacCready si trovò d'accordo con lui, mentre un'altra parte del suo cervello urlava: *Non può essere un bene!*

Il C-47 stava scaldando i motori da dieci minuti quando MacCready salutò Juliano, trascinò i bagagli su per la rampa mobile e salì a bordo del bimotore. Le due file di sedili richiudibili ai lati della cabina potevano ospitare ventotto paracadutisti e le rispettive attrezzature.

Dopo aver preso posto in coda, MacCready osservò Juliano allontanarsi al volante della jeep e trasalì quando l'uomo fece grattare il cambio per l'ennesima volta. Ma lo stridore del metallo sul metallo venne inghiottito dal rombo dei ventotto cilindri dei motori Pratt & Whitney sovralimentati.

La partenza da Waller Field fu meno movimentata dell'arrivo. Un attimo dopo che il C-47 si fu portato in assetto orizzontale, un uomo in divisa da aviatore sbucò dalla postazione del marconista. Appena lo vide, MacCready pensò a un clown che usciva da un'auto assurdamente piccola. Alto almeno due metri, era tutto braccia e gambe; non poteva pesare più di settanta chili. L'uomo gli andò incontro, fece il saluto e, alzando la voce sopra il rombo dei motori, si presentò: « Buon pomeriggio, signore. Mi chiamo Richards, Tex Richards ».

« MacCready, R.J. MacCready. »

« Lo sappiamo, capitano », ribatté Richards. C'era un pizzico di fastidio nella sua voce strascicata. « Faccia come fosse a casa sua. Sarà un lungo viaggio... Venti ore, senza contare lo scalo per il rifornimento. A bordo ci sono una cuccetta e un bagno. E qualche sandwich. »

« Grazie. »

« Lanci un urlo se le occorre qualcosa, signore », concluse, e s'infilò agilmente nella minuscola postazione piena di attrezzature.

Tenendo a freno il desiderio di andare a vedere come facesse a stare in quel bugigattolo, MacCready controllò di nuovo che le sue borse fossero ben sistemate nel vano bagagli, dopodiché si sedette e allacciò la cintura di sicurezza.

Mezz'ora dopo, lo Skytrain viaggiava in direzione ovest-sudovest a millecinquecento metri di altezza.

MacCready guardò fuori da un piccolo finestrino rettangolare al suo fianco, proprio mentre le rigogliose foreste del Venezuela sparivano sotto una fitta e ininterrotta coltre di nubi che si allungava fino all'orizzonte. *Bob Thorne... vivo.* Guardò davanti a sé con un profondo sospiro. *E se fosse cambiato? E se fosse diventato una specie di Mr Kurtz?* Si era spesso chiesto quali demoni zaristi avessero spinto un polacco di nome Teodor Józef Konrad Korzeniowski a scrivere delle regioni isolate e malariche dell'Africa. *Molto strano...* La testa gli cominciò a cadere poco alla volta. *Molto... str...*

Qualche tempo dopo, quando il C-47 entrò in una turbolenza, MacCready aprì gli occhi e rimase sveglio per alcuni secondi. Stava sognando delle estati trascorse sulla South Shore di Long Island durante l'infanzia, un periodo della sua vita caratterizzato da spiagge soleggiate, libri e baseball. E neanche l'ombra di giapponesi o nazisti. *Dio, sembrano passati mille anni.*

Poco alla volta il ronzio dei motori tornò ad affievolirsi, e R.J. MacCready ebbe un ultimo pensiero prima di scivolare di nuovo nel sonno: *Nazisti. Come fa la gente a diventare nazista?*

Per la maggior parte delle persone, la percezione del passare del tempo sembrava accelerare dopo i sedici anni. Ma gli ultimi dodici mesi erano stati così ricchi di avvenimenti emozionanti e inediti che a MacCready erano sembrati dodici *anni,* se non venti. A volte si chiedeva se avesse perso il controllo non solo della percezione del tempo, ma anche della sua mente.

Nazisti. Come fa la gente a diventare nazista?

Ogni volta che la domanda si faceva strada dentro di lui - da sveglio o nel sonno -, il suo cervello andava indietro nel tempo, alle estati che aveva passato da bambino nel Long Island rurale. A quel tempo i suoi due cugini erano bambini innocenti come tanti, ma più intelligenti della media. Assieme a Mac, erano gli straordinari virgulti di una famiglia di origini irlandesi e tedesche, ognuno apparentemente destinato a fare strada in qualunque campo avesse scelto.

Di recente, però, sembrava che ogni volta che chiudeva gli occhi i suoi meravigliosi ricordi d'infanzia si tramutassero in incubi sempre peggiori: i cugini, da compagni di giochi, si trasformavano in mostri che si muovevano col passo dell'oca, e il viso della sorella minore sfolgorava per un istante prima di dissolversi nel nulla. Notte dopo notte, diventava sempre più difficile ricordare che aspetto avesse.

Ma l'orrore peggiore era l'eterna ossessione provocata da due parole che MacCready desiderava che nessuno mai avesse pronunciato assieme: « se solo ».

Se solo io non fossi stato oltreoceano quando la mia famiglia aveva più bisogno di me.

Se solo un figlio che si batteva contro l'Asse avesse giocato a favore di mia madre più di due nipoti schieratisi dalla parte del male.

Prima che accadesse, nessuno avrebbe creduto che lo stesso presidente che aveva condannato le potenze dell'Asse definendole « apostoli di un'arroganza razziale » potesse ordinare il trasferimento coatto dei cittadini americani della West Coast di discendenza giapponese o italiana. Gli italo-americani della East Coast avevano ricevuto una dispensa speciale dopo che Charles « Lucky » Luciano e le famiglie mafiose di cui era a capo si erano offerti volontari per proteggere l'area navale di New York dai sabotatori dell'Asse. Lungo quella stessa costa, però, i tedeschi americani non se la passavano molto meglio degli italiani dall'altra parte del Paese.

In tutto ciò, MacCready, che era tedesco da parte di madre, era impegnato in Nuova Guinea in una missione con alcuni alleati locali. E, mentre lui rischiava di perdere una gamba per colpa di una lancia intinta nel veleno, a migliaia di chilometri di distanza elementi deviati del governo statunitense stravolgevano l'esistenza della sua famiglia.

Col pretesto di « proteggere i bambini », una sezione della burocrazia marziale di New York aveva stabilito che qualsiasi minore adottato da una famiglia di tedeschi americani andava restituito alla sua famiglia « naturale ». Non aveva nessuna importanza che suo padre fosse morto soffocato per gli effetti a lungo termine del gas mostarda, respirato mentre combatteva i tedeschi durante la prima guerra mondiale; né che sua madre fosse nata e cresciuta a Long Island. Nel corso di quella che si era rivelata un'udienza tutt'altro che equa, la corte non si era opposta quando Amelia MacCready era stata apostrofata con l'appellativo di « Führer ». Subito dopo, Brigitte, sua figlia adottiva, era stata strappata all'affetto dei suoi genitori e ricacciata nell'istituto disumano da dov'era stata salvata un decennio prima, una bambina di tre anni deperita e con le dita di una mano spezzate. Quella volta la ragazza non era sopravvissuta. La madre l'aveva seguita di lì a poco, dopo una lenta e straziante agonia, e da allora i « se solo » avevano cominciato a corrodere l'anima di MacCready, giorno e notte.

Se solo fossi venuto a sapere di quelle atrocità in tempo per tornare a casa. Per provare a impedire che prendessero Brigitte. Per chiedere aiuto ai pezzi grossi che conoscevo. Per ricordare a mia madre che aveva ancora qualche ragione per vivere.

E invece da allora conviveva con la rabbia e il rimorso, il senso di colpa e la solitudine. Sembrava che ormai non riuscisse a pensare ad altro che alla morte di due innocenti, di una madre e sua figlia.

Se solo il telegramma fosse arrivato prima.

Se solo mia madre fosse stata un briciolo più forte.

La madre era stata sottoposta all'elettroshock.

« La cura più efficace per l'esaurimento nervoso e la schizofrenia », avevano detto i dottori, anche se non c'era stata una diagnosi condivisa.

« Ciarlatani da strapazzo! » aveva esclamato MacCready quando aveva letto il telegramma, spedito un mese prima.

Se solo fossi stato presente per impedirlo.

Se solo.

In quel momento stava sognando il volto della madre che urlava e urlava, fino a trasformarsi in un oggetto grottesco e bizzarro, un mostruoso burattino indossato dalla sorellina che, facendone schioccare la mandibola, avanzava verso di lui.

Brigitte, mamma... Mi dispiace. Mi dispiace tanto!

Si risvegliò un istante prima di lanciare un urlo. Si guardò intorno. Anche se aveva avuto un sonno agitato, non aveva attirato l'attenzione di Richards nella sua postazione. Una magra consolazione, ma comunque gradita.

Guardò fuori dal piccolo finestrino per qualche secondo, poi si assopì di nuovo per affrontare un'altra serie di incubi. Nel mondo sottostante, un'immensa distesa verde si stendeva da orizzonte a orizzonte.

3

L'IGNOTO

«Sono corso alla roccia per nascondere il mio volto,
ma la roccia ha urlato: 'Nessun nascondiglio!
Nessun nascondiglio quaggiù!'»
Nessun nascondiglio quaggiù (spiritual afroamericano)

Portão do Inferno, Brasile centrale,
19 gennaio 1944

Nelle foreste della notte, nella lotteria della selezione naturale, c'erano solo la vita e la morte.

Niente di più.

E niente di meno.

Mezzo miliardo di anni di mostruosità zampettanti - di veri e propri imperi nascosti sottoterra - aveva portato un po' ovunque a esistenze inconsapevoli. La mente di una tarantola era quanto di più vicino al nulla potesse esserci, e comunque *era* qualcosa. L'unica consapevolezza del ragno pronto ad attaccare un grillo era un assieme di reazioni neurologiche meccaniche, più simili ai calcolatori usati dagli amici di Hendry per decifrare i codici dell'Asse. L'aracnide si era fermato ben prima di sviluppare un'autocoscienza. Ma gli andava bene così. La sua specie abitava il pianeta cinquecento milioni di anni prima che un piede umano lasciasse un'impronta sul suolo, e sarebbe stata ancora lì cinquecento milioni di anni dopo la scomparsa delle piramidi.

Sul suolo della foresta, qualcosa di enorme si mosse improvvisamente nel campo visivo della tarantola, ma la sua unica reazione fu un fulmineo spostarsi di zampe e zanne in posizione difensiva. L'intruso arrivò con incredibile velocità, ma nel predatore trasformatosi in preda non c'era nulla di simile allo stupore o al terrore.

Il coati, una versione più asciutta e agile del procione americano, *aveva* invece una specie di autopercezione. Sebbene negli ultimi tre anni avesse vissuto in solitudine, non aveva nessun rimpianto. L'artrite all'anca aveva cominciato a rallentarlo, ma anche le reazioni fulminee di un ragno erano fin troppo prevedibili. Il suo pasto si sollevò sulle quattro zampe posteriori e agitò minacciosamente quelle anteriori, mostrando le zanne.

Lo scontro terminò nel giro di cinque secondi. Fingendo di attaccare con la zampa destra, il mammifero distrasse l'aracnide e lo colpì con la sinistra. Le tarantole erano prelibatezze rare e nutrienti per i coati, avevano una consistenza delicata come quella del tuorlo di un uovo appena aperto.

Nella foresta intorno alla piccola radura, altre creature osservavano e attendevano.

Il coati era completamente preso dal suo pasto, e per quello era meno vigile del solito. In circostanze normali avrebbe avvertito una leggera vibrazione, si sarebbe accorto che, nel groviglio di rampicanti e ramoscelli intorno a sé, i grilli avevano smesso di frinire, e anche le delicate crisope si erano immobilizzate. Tra gli alberi, nei loro imperi invisibili di cortecce e foglie, solo le creature più piccole – soprattutto i collemboli e gli acari – registrarono un cambiamento. Fossero state esseri senzienti, in grado di comunicare, avrebbero dato l'allarme. Ma anche loro erano creature dotate di un istinto meccanico. E dunque attesero, in silenzio, nascoste dalle tenebre, che le ombre si spostassero e si allontanassero.

Incurante delle ombre, il coati stava finendo il suo pasto quando si levarono suoni nuovi: uno spostamento d'aria seguito dallo scricchiolio di arbusti e rovi calpestati da due grossi animali in avvicinamento. Avanzavano con la delicatezza di un albero che cade, abbastanza grossi - percepì il coati - da non preoccuparsi di attirare l'attenzione con la loro andatura sgraziata. Il mammifero si alzò sulle zampe posteriori e si voltò verso i rumori, cercando di stabilire l'entità del pericolo. Non aveva familiarità con quegli animali. Incauti e goffi, emettevano una sequenza alternata di versi, simili a quelli di un uccello, ma allo stesso tempo differenti. Quei rumori causarono un'ondata di paura e una scarica di adrenalina nell'animale, e ogni sensazione di dolore all'anca artritica sparì. Apparentemente senza sforzo, il coati schizzò via dalla minaccia e da quanto rimaneva del suo cibo preferito.

Ormai vicine all'animale, le creature si erano appostate in silenzio. Erano sulle tracce del vecchio coati da quasi un'ora. Il gioco consisteva nell'avvicinarsi il più possibile alla preda senza metterla in allarme, ma gli ultimi rumori, inaspettati e strani, l'avevano interrotto.

E così rivolsero l'attenzione a essi.

I due soldati erano partiti in perlustrazione dalla base *Nostromo* in pieno giorno ma, nelle profondità della valle fluviale, i raggi del sole non riuscivano quasi mai a penetrare l'onnipresente coltre di nebbia. Adesso, però, la luce era sparita del tutto e cadeva una pioggerella fitta. I due tedeschi, che avevano impiegato quindici ore buone per trovare il paracadute, fissavano la stoffa bianca aggrovigliata al ramo di un albero a circa dieci metri dal suolo.

L'ogiva che conteneva la telecamera e la sua imbracatura penzolava accanto ai resti del paracadute.

« Non posso arrampicarmi », disse uno dei due uomini, alzando le mani. « Ho la schiena a pezzi. »

« Grandioso », mormorò il soldato semplice Wilhelm Becker, che stava già cercando un ramo basso che potesse reggere il suo peso. « Be', mal di schiena o no, devi comunque aiutarmi a salire. »

Il soldato semplice Karl Fuchs emise un profondo sospiro prima di appoggiarsi con la schiena al tronco e intrecciare le mani per sollevare il collega. « Muoviamoci, allora », disse con evidente mancanza di entusiasmo.

Aiutato da Fuchs, Becker afferrò il ramo orizzontale e s'issò. Rimase seduto per alcuni secondi, riprendendo fiato e scuotendo la testa. A causa del caldo e dell'umidità incessanti, anche il più semplice gesto fisico sembrava trasformarsi in uno sforzo sfibrante.

« Sei già stanco? » chiese Fuchs.

In tutta risposta, Becker si alzò e, reggendosi al tronco con una mano, finse di sbottonarsi la patta dei pantaloni. « Apri la bocca, Karl », urlò, ma venne ignorato. Poi, con molta attenzione, cominciò ad arrampicarsi sull'albero.

Di sotto, Fuchs si guardava intorno con gli occhi socchiusi. Un po' a disagio, prese una sigaretta dalla giubba e l'accese. Ricordò la prima impressione che aveva avuto di quel posto, con la sua strana e perenne coltre di nebbia, quand'era uscito sul ponte del *Nostromo* dopo un viaggio sottomarino apparentemente interminabile.

Il suo primo pensiero era stato che solo Edgar Allan Poe avrebbe potuto apprezzare quella nebbia. Aveva scoperto che non era il solo a pensarla così.

« Se Londra somiglia a questo posto », gli aveva sussurrato il suo amico Auerbach, « quel ciccione schifoso di Churchill può anche tenersela. »

No, quel posto *non* somigliava a Londra, né si avvicinava neppure lontanamente a ciò che lui si era aspettato. Fuchs si era convinto che la loro missione in quell'enorme sottomarino giapponese fosse l'inizio di un viaggio fantastico alla Jules Verne. Subito dopo la breve sosta a Peenemünde, aveva cominciato a circolare la voce di una base segreta ai tropici, una notizia che non aveva fatto altro che incendiargli l'immaginazione. Era certo che al loro arrivo avrebbero trovato una laguna idilliaca circondata di sabbia bianca e palme, con farfalle di un rosso e blu metallici che svolazzavano nel cielo senza nuvole. E nessuna guerra.

Ma, mentre emergevano dal ventre umido del *Nostromo*, si era accorto che tutti - ufficiali e sottoposti - si guardavano intorno in silenzio. A venti metri di distanza, su ciascun lato del sottomarino, una foresta incombeva sopra di loro, con fitte pareti di alberi che spuntavano tra i rari squarci nella nebbia. La sua fantasia di spiagge e farfalle aveva subito ceduto il posto a una visione di sentinelle ammantate di nero che allungavano i loro rami scheletrici e spettrali nella nebbia, con l'intenzione di ghermire quella che d'un tratto era diventata un'imbarcazione minuscola.

Fuchs aveva pensato che non potesse esserci nulla di peggio che passare dagli alloggi angusti e maleodoranti del sottomarino a una giungla nebbiosa ancor più claustrofobica e nauseabonda, con sbuffi di gas palustre (metano, gli aveva spiegato qualcuno) che puzzava di uova marce.

E invece poco dopo il loro sottomarino gemello si era arenato. Trovare qualcosa di più opprimente dell'interno del *Nostromo* era un'impresa, soprattutto da quando il loro spazio si era dimezzato per accogliere l'equipaggio del *Demetra*.

Merda, se solo non ci fosse una nave di fantasia con lo stesso nome. Ma perché hanno dovuto chiamarlo cos...

«Karl!» Qualche metro più in alto, sull'albero, Becker aveva finalmente raggiunto il ramo su cui si trovava il paracadute. «Per l'amor del cielo, punta quella torcia quassù!»

L'ogiva, simile a un gigantesco occhio meccanico, dondolava piano da un groviglio di cotone attorcigliato.

«Sembra tutta intera», urlò Becker.

«Buono a sapersi», ribatté l'altro.

Nessuno dei due avrebbe voluto riferire al dottor Sänger che la sua preziosa telecamera era andata perduta, o peggio, distrutta al momento dell'atterraggio.

Sotto la volta degli alberi, Fuchs si sentiva sempre più a disagio. La foresta si era popolata di suoni notturni, un sovrapporsi incessante di stridii, fruscii e schiocchi, con in sottofondo l'onnipresente ronzio delle zanzare. A un certo punto il soldato credette di sentire una vibrazione appena percettibile corrergli lungo la spina dorsale e le costole. Ma la sensazione svanì rapidamente com'era apparsa, e così Fuchs non ci fece caso e cercò di pensare a qualcos'altro, qualsiasi cosa.

Subito dopo essere sbarcato, aveva cercato di calmare le sue paure provando a identificare i suoni notturni. Sfortunatamente, in seguito al tentativo di rendere familiare ciò che non riusciva a comprendere, aveva fatto una figuraccia. Il suo errore era consistito nel suggerire che il ripetuto e monotono *toc-toc-toc*, che tutti avevano sentito durante la ricognizione, fosse stato prodotto da un picchio.

« Un picchio di notte? » aveva ribattuto il sergente Vogt, ridendo. L'ufficiale delle SS aveva atteso che si avvicinassero altri soldati prima di aggiungere: « Era una rana, somaro ».

Fuchs aveva fatto spallucce, arrossendo. « Sembrava un picchio, sergente. »

Anche altri soldati avevano pensato che fosse un picchio, ma avevano deciso di schierarsi dalla parte di Vogt, e così avevano finto disappunto per quel banale errore commesso dal loro commilitone.

L'improvviso ritorno di quel *toc-toc-toc,* anonimo e irritante, riportò Fuchs alla realtà dei suoni presenti.

« *Toc-toc-toc* », disse nel buio, puntando il fascio di luce nella nebbia, che sembrava essersi abbassata un po' rispetto a qualche minuto prima. « *Toc-toc-toc* », ripeté, incurante del fatto che Willy potesse sentirlo e prenderlo in giro.

Fece una pausa per asciugarsi la fronte sudata con l'avambraccio.

Fu allora che la foresta gli rispose.

Fuchs s'irrigidì quando una sequenza di note musicali replicò al suo *toc-toc-toc*. Erano quasi metalliche, anche se non ne aveva mai sentite di simili in vita sua. Ma « sentite » non era la parola esatta. Più che altro le aveva avvertite, quasi che quei suoni avessero *attraversato* il suo corpo. *Ma cosa... da dove sono arrivate?* Girò su se stesso, e il fascio di luce danzò tra gli alberi, facendo guizzare le ombre tra il fogliame aggrovigliato. « Te le sei immaginate », si disse. Poi, senza pensarci, urlò di nuovo: « *Toc-toc-toc* ».

Questa volta, però, in risposta arrivarono solo i rumori notturni e il picchiettio intermittente della pioggia che aveva cominciato a scendere. Fuchs puntò la torcia verso l'alto, ma ormai la luce non arrivava più alla volta degli alberi. La nebbia sembrava ancora più fitta del solito.

« Willy, hai sentito? » chiese nervosamente. « Sembrava un... »

« Non dirmelo... un picchio. Lascia perdere, ho raggiunto la telecamera di Sänger. Apri gli occhi, te la mando giù. »

« Va bene. Sbrigati. »

Dall'alto giunse il suono di un ramo che veniva agitato. *Willy ha finalmente liberato la telecamera,* pensò lui, più che felice di avere trovato quell'affare e di tornare alla base.

Una foglia scese ondeggiando e si posò sulle sue spalle.

Improvvisamente un forte schiocco risuonò sopra di lui, e qualcosa cominciò a cadere dall'albero. Il soldato fece un balzo all'indietro, evitando per un pelo di essere centrato sulla testa dalla telecamera, che precipitò al suolo a pezzi. Il frammento più grande si trascinava dietro una striscia di pellicola esposta.

« Cristo santo, Willy, l'hai rotta », gridò Fuchs, fissando l'apparecchio distrutto. « Chi lo spiegherà a Sänger e al colonnello? Io no di certo. »

Becker non rispose.

« Willy? » Fuchs si accorse che era calato un improvviso silenzio nella foresta, come se la nebbia sempre più fitta avesse inghiottito ogni suono. Persino il ronzio delle zanzare era cessato di colpo, così come la pioggia; eppure, tutto quel silenzio era a suo modo sconvolgente come l'esplosione di una granata.

Rabbrividendo, il soldato impugnò l'MP-43 e accese la torcia sulla canna. Poi, con mani tremanti, tolse la sicura e puntò la mitragliatrice verso l'alto. « Willy? Willy, torna subito giù! »

Silenzio.

Un fruscio quasi impercettibile alle sue spalle lo fece voltare di scatto. La torcia era inutile. La nebbia, se possibile sempre più fitta, rifletteva la luce. A soli cinque metri di distanza, il mondo era un bagliore informe.

« Chi va là? »

Niente.

« Maledizione, Willy », disse con voce acuta e tremolante. Indietreggiando verso il tronco, trasalì quando qualcosa di appuntito lo punse sotto la scapola sinistra.

Che devo fare? pensò. Ma, prima che potesse darsi una risposta, il silenzio venne rotto da una vibrazione che gli penetrò nel petto e si propagò alla testa e agli arti. Per un istante anche i denti vibrarono. Gli sembrava che qualcuno gli stesse guardando nell'anima. La puntura alla schiena lo riempì di un terrore che non aveva mai provato prima.

Fu pizzicato di nuovo, questa volta con più forza e da due direzioni diverse allo stesso tempo. Un pensiero istintivo, granitico, s'impossessò di lui: *Non te lo stai immaginando. Via da qui!*

Ma una terza puntura, da una nuova direzione, glielo impedì.

RILASSATI.

D'un tratto il soldato si sentiva più calmo. Qualcosa aveva cominciato a vibrare nella sua testa, come se quel misterioso « qualcosa » stesse metodicamente accendendo e spegnendo regioni specifiche del suo cervello. In effetti era proprio ciò che stava accadendo.

TRANQUILLO.

« Chi va... »

RILASSATI.

« ... là? »

In seguito a un abbondante rilascio di endorfine, che

ebbe un effetto così calmante da paralizzarlo, nella sua mente prese forma un'immagine della madre. La donna, impegnata a preparare una grossa oca natalizia, si voltò verso di lui sorridendo.

« Dove... dove sei? » chiamò lui nella nebbia.

TRANQUILLO, sembrò dirgli la madre. La sua rassicurazione vibrò attraverso il suo corpo come una canzone, una ninnananna.

Inumano. Quel pensiero gli arrivò dal subconscio, e il cuore prese a battergli più velocemente. « Che cosa vuoi? »

TRANQUILLO, giunse la risposta da dentro di sé, mentre sentiva rilassarsi i muscoli della spalla sinistra. La puntura era stata del tutto indolore. *Va tutto bene, ora. Rivedrò la mia famiglia, tornerò a casa.* Provò a sorridere, ma riuscì a muovere solo l'angolo destro del labbro superiore, che si spostò verso l'alto e rimase congelato in quella posizione.

Adesso sembrava che la sua bocca si stesse riempiendo velocemente. Riempiendo di...

Fuchs si appoggiò di schiena al tronco e cominciò ad accasciarsi. *Va tutto bene.* La mitragliatrice gli cadde dalle mani bagnate. Lui provò a riprenderla, ma non ci riuscì perché l'arma era troppo scivolosa. Cercò a tentoni il piccolo crocifisso d'argento che aveva in una tasca della giubba, e per puro caso le dita gli rimasero impigliate nella catenina. La testa si piegò da un lato, e il resto del corpo la seguì subito dopo. La vista cominciò ad affievolirsi. « Mamma? » chiamò con un filo di voce, anche se chiunque fosse stato nelle vicinanze avrebbe sentito una parola del tutto differente.

TRANQUILLO, arrivò la risposta. Poi, per l'ultima volta: RILASSATI.

Fuchs emise un gemito che si trasformò in un colpo di tosse strozzato. Poi sentì un tonfo, che sembrava provenire da molto lontano, quando qualcosa si abbatté sul terreno.

Becker era tornato.

Ma ormai non aveva più importanza, perché c'erano nuovi segnali. Ed erano tutt'altro che tranquilli e rilassanti.

FAME.

FAME.

FERMO.

Il soldato cercò di sollevare le braccia, ma scoprì che quelle non reagivano, non *riuscivano* a reagire.

Il suo urlo cominciò come un gargarismo, ma si fece via via più intenso, anche mentre sentiva un respiro caldo sul volto. Le creature smisero di mangiare e, inclinando le teste da una parte, indietreggiarono per ascoltare quel suono. Una di loro sembrò momentaneamente distratta dal piccolo oggetto argentato che era caduto nel fango.

Adesso Fuchs riusciva a vedere i loro volti, la loro curiosità, gli occhi simili a scintillanti gocce di marmo nero. Una creatura sibilò. Poi, per un momento, l'urlo del soldato si fece forte e distinto, e cominciò a salire nella notte, sempre di più, fino a perdersi nella nebbia.

4

QUALCUNO CHE MI PROTEGGA

«Non conosco altre zone del Sudamerica su cui ci siano così poche informazioni attendibili come questo altopiano centrale.»

Comandante George M. Dyott,
capo della (infruttuosa) spedizione del 1928
alla ricerca del colonnello Percy H. Fawcett

Regione settentrionale del Pantanal, Brasile centrale,
sedici ore dopo, 20 gennaio 1944

Il vecchio albero del kapok era ormai morto, ma la metà inferiore era ancorata all'acquitrinoso suolo tropicale grazie a quattro gigantesche radici di sostegno, che s'irradiavano dalla sua base simili a pinne triangolari. Attaccato da funghi e insetti del legno, era ormai ridotto a un guscio vuoto. Grigio e rachitico, l'albero di quindici metri resisteva ancora alla pioggia e al vento, anche se gli uccelli non gli si avvicinavano più, e persino gli insetti sembravano evitarlo. Il suo interno cavo era più buio del tunnel di una miniera. Ciononostante, nelle sue viscere l'oscurità aveva cominciato a muoversi.

A diversi chilometri di distanza, e circa centocinquanta metri sopra la cima dell'albero del kapok, R.J. MacCready stringeva il moschettone della corda di sicurezza del paracadute.

Una luce rossa s'illuminò sopra il portello.

«Ci siamo, capitano», urlò Richards, uscendo dal suo

cubicolo. Era la prima volta che si faceva sentire da quando aveva ordinato a MacCready di «prepararsi al lancio», e la prima volta che si faceva vedere da quando avevano fatto scalo per rifornirsi di carburante e sgranchirsi le gambe. «Sessanta secondi al lancio.»

Il capitano si alzò dal sedile e assicurò il moschettone di metallo al cavo di acciaio che andava da una parte all'altra del C-47. Poi si trascinò verso il portello, sentendosi come un ottantenne sotto il peso della sua attrezzatura e dell'ingombrante paracadute T-5. Perché non poteva fare come tanti altri zoologi, che si accontentavano di trascorrere la vita tra montagne di libri ed esemplari da museo invece di cacciarsi in un mare di guai? Tre volte prima di allora si era ripromesso: «Non salterò mai più da un aereo che non sta andando a fuoco o cadendo a pezzi».

E invece...

Adesso, inoltre, la volta della foresta sotto di lui scorreva troppo velocemente e troppo vicina. *Fattore strizza alle stelle,* pensò, socchiudendo gli occhi per proteggerli da una raffica di aria calda. Un tappeto verde di alberi si allungava ininterrotto fino all'orizzonte. «Dov'è Chapada?»

«Quarantacinque secondi, capitano.» L'uomo non aveva sentito la domanda, oppure aveva scelto d'ignorarla.

MacCready ci riprovò: «Dov'è la città? Il maggiore Hendry ha detto che mi sarei paracadutato poco fuori Chapada».

Scuotendo la testa, Richards gli si avvicinò e diede un'occhiata al paracadute. «Capitano, non può lanciarsi sopra la città. Se le persone sbagliate vedessero l'aereo o lei che si lancia di sotto, chissà *cosa* potrebbe accadere...»

MacCready doveva ammettere che aveva ragione, e annuì impercettibilmente mentre osservava il paesaggio che sfrecciava sotto i suoi piedi. « E allora dove salto? »

« È segnato sulla sua mappa, signore », ribatté Richards, e ancora una volta MacCready notò un pizzico d'impazienza nella sua voce. « Troverà un villaggio e una strada, ma farà meglio a evitare il primo e a prendere la seconda. Tre ore di cammino verso nord e arriverà a Chapada. » Richards guardò l'orologio. « Quindici secondi, capitano. »

Stavano ancora sorvolando una foresta fitta e pianeggiante, anche se MacCready riusciva a scorgere qua e là delle radure. Avrebbe fatto meglio a rivedere il piano d'azione mentre era in volo, ma aveva preferito riposare. *I preparativi sono sopravvalutati*, provò a rassicurare se stesso. In lontananza, il terreno cominciava a sollevarsi in un intrico di alte formazioni rocciose che non avrebbero stonato negli Stati Uniti sudoccidentali, nello Utah, per esempio. Ma di un villaggio o di una strada neanche l'ombra, e MacCready iniziava ad avere seri dubbi sulla possibilità di trovare l'uno o l'altra. « Inizio ad avere seri dubbi, Richards », urlò, notando che la luce rossa sopra il portello era stata sostituita da una verde.

« Ci siamo, signore. »

MacCready si avvicinò al portello spalancato. « *Sicuro* che ci s... »

« È ora di spiccare il volo, capitano! »

« Cosa? »

« Via! Via! Via! » lo spronò quello indicandogli il portello.

MacCready lo fulminò con un'occhiata. Poi spostò il piede destro nel vuoto, ricordando a se stesso che doveva assumere una posizione semifetale per impedire che il suo corpo intralciasse l'apertura del paracadute. Lo spostamento d'aria lo scaraventò verso la coda dell'aeroplano e, un istante dopo, quando la corda di sicurezza di cinque metri raggiunse la sua estensione massima, MacCready ebbe l'impressione che qualcuno stesse cercando di strappargli il paracadute dalla schiena. In realtà lo strattone era stato causato dalla corda di sicurezza che aveva staccato la copertura in tela dallo zaino principale.

Fin qui tutto bene.

«Uno... due... tre... qu...» MacCready venne sballottato con violenza verso l'alto, come se un gigante avesse fatto schioccare un'enorme frusta alla cui estremità c'era lui. Sfortunatamente, sembrava pure che stesse cercando di sfilargli l'imbracatura inguinale facendogliela passare su per il culo.

Fin qui tutto bene.

Alzando lo sguardo, provò un'immediata ondata di sollievo vedendo la volta rigonfia di seta sopra la sua testa. Poi passò a controllare le funi di sospensione, accertandosi che nessuna si fosse attorcigliata.

Perfetto, pensò, tirando la linguetta di rilascio dello zaino prima di assumere la posizione corretta per atterrare. *Ma dove diavolo atterrerò?*

In seguito alla violenta apertura del paracadute, aveva cominciato a ondeggiare da una parte all'altra, cosa che gli aveva reso difficile studiare il terreno sottostante. Aveva sperato in una manciata di secondi per cercare il villaggio o, meglio ancora, la strada, ma la foresta gli stava andando incontro più velocemente di quanto avesse preventivato.

Rilassati. Non irrigidirti. Non...

Prima che potesse completare il pensiero, il gigante tornò e lo scagliò tra gli alberi.

Possiamo riprovarci? pensò mentre fissava, tra gli alberi e le ombre che si allungavano, il cielo ancora azzurro e limpido. Ma nell'aria c'erano solo zanzare, moscerini e sciami di *pium*. Il C-47 si era allontanato da tempo.

Era fermo davanti a un torbido torrente ingrossato, su una stretta lingua di sabbia argentata, con una bussola in una mano e una mappa nell'altra. Anche se aveva studiato la cartina da tutte e quattro le angolazioni, non aveva la più pallida idea di dove si trovasse.

Poco lontano da Chapada, gli aveva detto Hendry.

Sì, certo. Sarà un mucchio di chilometri, e restano soltanto un paio d'ore di luce.

Usando la bussola e gli ultimi raggi di sole cercò di stabilire in che direzione fosse Chapada, o almeno una strada che avrebbe potuto portarlo a destinazione. Ma dal punto in cui si trovava, sotto un tetto umido di foglie e accanto a un corso d'acqua che nessuno aveva mai mappato, era frustrante. Alla fine gli parve di aver individuato un percorso soddisfacente, ma poi alzò gli occhi dalla mappa e scoprì che avrebbe dovuto attraversare il torrente.

«Merda», mormorò, cominciando a guadare l'acqua torbida. *Hendry pagherà caro questo scherzetto.*

Mentre arrancava sul terreno paludoso, MacCready cercava di non soffermarsi troppo sull'impossibilità della sua missione. Solo due settimane prima era in licenza, a mangiare hot dog da Nathan's, e adesso vagava nel cuore del Brasile alla ricerca di un ago in un pagliaio: un gruppo di giapponesi e di nazisti che, a quanto pareva, si erano fatti strada nel bel mezzo del nulla a bordo di un sottomarino, mossi da motivazioni oscure e indubbiamente ostili che né lui né Hendry riuscivano a immaginare. Per quello sperava che Bob Thorne e i suoi amici nativi potessero fornirgli qualche indizio importante. *Almeno una buona notizia. Bob è vivo.* Sembrava improbabile tanto quanto le indicazioni per Chapada che gli aveva fornito Richards.

Controllò la bussola, rivolse una colorita imprecazione al texano e tracciò una nuova rotta che gli permettesse di aggirare quell'acquitrino. *Forse così andrà meglio.*

Due ore dopo, inzaccherato, bagnato e borbottando di conquistadores e stomaci pieni d'oro, MacCready sbucò dalla fitta vegetazione in una radura. Si sentiva come una falena appena fuggita da un barattolo di marmellata in cui era rimasta intrappolata. Allo stesso tempo si chiese se l'accordatore di *pan drum* a Trinidad avesse bisogno di un aiutante.

Okay, smammate, pensò, sapendo che durante la sfacchinata nella giungla aveva attirato succhiasangue di ogni tipo, dalle zecche alle sanguisughe di terra, che si erano rimpinzati al punto di raggiungere un peso centinaia di volte superiore a quello naturale. *Staccatevi ora ed eviterete guai più gr...*

S'immobilizzò.

Al centro della radura sorgevano quattro palafitte rettangolari di legno con tetti di fronde di palma. I pali erano alti almeno tre metri. L'aspetto era quello di un tipico villaggio tropicale, con pentole e ceste sparse qua e là, e una struttura verticale di legno con alcune pelli essiccate, probabilmente di coati e capibara.

Eviti il villaggio, gli aveva consigliato Richards. *Troppo tardi,* pensò, indietreggiando con passo rapido e furtivo verso la giungla. *Prenda la strada.*

Ma, un attimo prima di voltarsi, si fermò. *Qualcosa non mi torna.* Si guardò di nuovo intorno. *Niente uomini, niente cani, niente fuochi. Niente di niente.*

Con la mia fortuna, c'è appena stato un attacco degli xavante. Estrasse la Colt 45 dalla fondina e avanzò verso le palafitte.

Uno strano e snervante silenzio aleggiava sull'area.

« *Bom dia* », disse piano. « Ehilà? »

Nessuna risposta.

Aveva l'impressione che la foresta gli si fosse stretta intorno e la luce stesse calando velocemente.

Guardò l'orologio. *Tra dieci minuti sarà buio pesto. Allora sì che ci divertiremo.*

Gli Stati Uniti si trovavano a una latitudine in cui la notte calava per gradi, ma ai tropici il crepuscolo durava pochissimo. Sapeva di dover trovare quella maledetta strada prima che fosse troppo tardi, invece s'incamminò verso la capanna più vicina. Panni di stoffa lercia, simili a brandelli di pelle morta, coprivano una larga apertura accanto all'entrata.

Notando la scala di legno che portava alla capanna, MacCready infilò la pistola nella fondina e cominciò a salire piano e con attenzione. Una debole zaffata dolciastra lo raggiunse dall'interno, e lui capì immediatamente che si trattava di un corpo in avanzatissimo stato di decomposizione.

Sporse la testa oltre l'ultimo piolo e sbirciò dentro la palafitta. *Ma quelli sono...?*

All'improvviso qualcosa gli avviluppò la faccia, come un velo, e vibrò con violenza. MacCready scivolò qualche piolo più in basso, sbucciandosi entrambe le ginocchia, e quindi mollò la presa sulla scala per strapparsi la sottile membrana che gli si era incollata alle guance e alla fronte.

Poi, sentendo qualcosa che gli ronzava e pulsava tra i capelli, si diede alcune manate sulla testa prima di riprendere il controllo. Abbassando lo sguardo sulle mani, notò diverse creature intrappolate tra quelli che sembravano fili di seta. *Insetti... moscerini. È una ragnatela,* pensò scuotendo la testa. *Sono andato nel panico per una maledetta ragnatela.*

Ma il vero problema non era la ragnatela, né gli insetti che vi erano intrappolati. Era *qualcos'altro. Qualcosa dentro quella cap...*

Neanche a farlo apposta, proprio in quel momento un altro ronzio si levò all'interno della palafitta, sempre più intenso, simile al brusio di una frequenza radio disturbata. Prima che lui potesse fare qualcosa, un denso nugolo di moscerini si sollevò dal pavimento, turbinò fuori dalla capanna e lo avvolse completamente.

«Merda!» urlò disgustato, agitando le braccia in modo convulso. Numerosi altri insetti rimasero impigliati nei brandelli di velo organico ancora appiccicati alla sua faccia; quei pochi che riuscirono a entrargli in bocca sapevano ancora del loro ultimo pasto. Sputando e tossendo, MacCready riprese a strapparsi la ragnatela dal viso.

Diversi minuti dopo, sbarazzatosi finalmente della ragnatela e degli insetti, R.J. MacCready fissava di nuovo l'entrata della capanna. *Be', sarebbe potuta andare meglio. A quest'ora dovrei essere già su quella strada.*

Ma c'era *qualcosa* in quella capanna – i moscerini e il

fetore, tanto per cominciare – che gli diceva: *Per il momento non andrai da nessuna parte.*

«Questa volta teniamo lontani gli insetti, okay?» annunciò prima di tornare sulla scala con una torcia in una mano.

La prima cosa che vide fu il cadavere di un uomo, seduto con la schiena contro la parete in fondo. Gli ricordava un grosso palloncino quasi del tutto sgonfio, e sapeva di non essere molto lontano dalla verità. Una volta aveva visto un bufalo d'acqua accasciarsi e morire sotto il sole dei tropici. Per una ragione che ignorava, gli abitanti del villaggio, invece di rimuovere l'enorme carcassa, si erano limitati a evitarla, passandole sempre più alla larga col trascorrere dei giorni. Qualcuno, però, si era distratto, e un giorno il bufalo d'acqua si era vendicato... con gli interessi.

Dopo essersi gonfiato per sette giorni a causa dei gas, l'animale era esploso come una bomba, inondando gli abitanti inorriditi di carne liquefatta. Spesso, ai tropici, gli effetti speciali della morte erano troppo persino per i biologi. MacCready sapeva che nella capanna era accaduto qualcosa del genere. Il torace dell'uomo, gonfiato dai gas batterici, era scoppiato. *Circa una settimana fa,* ipotizzò. *Per fortuna sono arrivato dopo l'esplosione.* Da allora, l'Uomo Palloncino aveva cominciato ad afflosciarsi delicatamente su se stesso.

Si avvicinò al cadavere e gli scrutò la bocca, congelata in un urlo silenzioso: le gengive si erano ritirate, i denti erano stati anneriti da uno sbocco di sangue che gli si era riversato sul petto. MacCready sapeva che la bocca dell'Uomo Palloncino aveva adesso una nuova funzione: un pratico ingresso per gli insetti che potevano entrare a piacimento nel suo corpo per deporvi le uova.

Dieci giorni...

Anche il tanfo della morte - un miscuglio nauseante di carne putrefatta e ortaggi marci che MacCready odiava più di qualsiasi altro odore - si era attenuato. Ma, sotto quel fetore, sentiva qualcosa di più familiare. *Una fragranza di fiori,* pensò, e d'un tratto gli tornò alla mente il profumo preferito di sua madre. *Cespugli di gardenie.*

Spostò la torcia dal cadavere, ma il resto della capanna non aveva un aspetto migliore: la famiglia dell'uomo giaceva morta su alcune stuoie intrecciate. *Nessun segno di lotta. Che siano stati uccisi nel sonno? Qualcuno sta testando gas tossici?*

Tutti i corpi, però, giacevano in pozze di una sostanza nera e catramosa.

Incollati al pavimento dal loro stesso sangue rappreso. Niente gas tossici. Qualcos'altro. «Davvero un brutto caso di magia nera», disse rabbrividendo.

La risposta gli arrivò sotto forma di un fruscio appena udibile, come una pergamena mossa da una leggera brezza. Ma le «tende» alla finestra erano immobili. Non soffiava nessuna brezza.

Il suono cessò, e MacCready ebbe la sinistra certezza che fosse arrivato dall'angolo più lontano della capanna. *Dalle tenebre.*

L'istinto gli diceva che, se vi avesse puntato la torcia, qualunque cosa fosse sarebbe svanita.

Sarebbe davvero un male? MacCready resistette alla tentazione di fissare quell'angolo, un sistema inefficace per osservare qualcosa al buio. Invece lo guardò con la coda dell'occhio, la cosa più vicina alla «visione notturna» che gli esseri umani possedevano.

Qualcosa si mosse, una forma a malapena distinguibile dalle ombre, accompagnata da un secco zampettio sul pavimento di legno. Poi il silenzio.

Questa volta MacCready puntò la torcia. Il fascio di luce illuminò in parte una fila di semplici ripiani di bambù in un angolo incassato. Era troppo piccolo per essere un nascondiglio, ma una voce dentro di sé gli urlò: *Imboscata!*

MacCready indietreggiò piano verso la porta e scese la scala. *Qualcosa mi sta osservando.* Continuando a illuminare l'entrata, abbassò lentamente una mano verso la fondina.

Nel momento stesso in cui sfiorò il calcio della pistola, una vibrazione gli attraversò il corpo. *Un'esplosione di energia,* pensò, mentre una scarica di adrenalina lo preparava ad affrontare una minaccia, reale o immaginaria che fosse.

VIA, gli disse qualcosa. Un messaggio inarrestabile che si propagò nel suo sistema nervoso come un'onda.

MacCready indietreggiò, spostando la pistola alternativamente dall'ingresso alla finestra, e fermandosi giusto il tempo per recuperare lo zaino, giusto il tempo per...

VIA!

Strinse le cinghie con forza e cominciò a correre pericolosamente veloce. Ma, in quel momento, le uniche cose che gli premevano erano obbedire a quel comando - VIA - e mettere quanta più distanza possibile tra sé e qualsiasi cosa lo stesse osservando dalla capanna.

VIA.

Ancora quella parola. *Me la sto immaginando, o è reale?*

La giungla era un labirinto di ombre mentre lui scavalcava alberi caduti e sfrecciava tra rovi che s'impigliavano nei pantaloni. Eppure c'era qualcosa che attirava il suo sguardo verso l'alto.

Guarda su. Scosse la testa. *Sì, certo, così finisco gambe al-*

l'aria. Ma quella sensazione non voleva saperne di sparire. *C'è qualcosa lassù... che mi osserva.*

Qualche istante dopo si fermò per bere un sorso dalla borraccia e alzò finalmente lo sguardo. Poteva giurare di aver visto delle ombre che lo spiavano. Ma quando gli puntò contro la torcia, quelle erano già sparite... qualunque cosa fossero.

Un'ora dopo non aveva ancora trovato la strada per Chapada, ma s'imbatté in una piccola radura, un vuoto lasciato da un albero caduto. Niente capanne. Niente cadaveri.

Posò un ginocchio a terra e cercò di riprendere fiato. *Ma che cazzo mi è preso? Prima la ragnatela, poi la folle corsa nella foresta.* Si rese conto che aveva perso il controllo... due volte. *È così che s'inizia a impazzire?* «Merda», bisbigliò.

Poi, come aveva fatto centinaia di altre notti, accese un piccolo fuoco. Solo che quella notte, per la prima volta in vita sua, rimase sveglio fino all'alba con la pistola in pugno. E non alzò più lo sguardo.

Nei pressi di Chapada dos Guimarães,
Brasile centrale, 21 gennaio 1944

Dopo essersi fatto strada a colpi di machete per buona parte del giorno, MacCready s'inerpicò carponi su un terrapieno fangoso e, arrivato in cima, si ritrovò su quello che era senza alcun dubbio uno sterrato rialzato. Il fatto che sembrasse più il letto di un ruscello che una strada non aveva nessuna importanza per lui, sollevato com'era di essere uscito dalla giungla e di poter vedere di nuovo la luce del sole.

Gli faceva male tutto il corpo. Quando faceva ricerca sul campo nella natura selvaggia, per quanto fosse malconcio, gli era capitato di essere contento dei dolori e degli acciacchi. Ma, chiaramente, non quella volta. Non per via della stanchezza, o per i morsi degli insetti, le zecche e i rovi, ma per quello che era accaduto al villaggio. E, per quanto potesse sembrare incredibile, non erano stati i cadaveri infestati di larve a sconvolgerlo, e neppure il ricordo del sapore degli insetti che gli erano entrati in bocca, ma quell'imperiosa voce interiore che gli aveva ordinato di andarsene. Troppo forte, troppo possente per essere stata frutto della sua immaginazione.

VIA.

Ho forse ereditato la malattia di mia madre? È così che comincia a manifestarsi la schizofrenia? « Okay, passiamo oltre », disse a voce alta, costringendosi a pensare a qualcos'altro... *Qualsiasi cosa.*

Bob Thorne è vivo, pensò ridacchiando. Non si era ancora abituato del tutto a quell'idea. Prese dalla tasca una *rapedura*, una zolletta di zucchero di canna simile a una caramella mou e, mentre la masticava, ripensò alla partenza improvvisa di Thorne dagli Stati Uniti. La notizia della sua scomparsa, e della sua presunta morte, era arrivata poche settimane dopo.

Che gli racconto, se mi chiede cos'è successo cinque anni fa? Scosse la testa. Anche se era trascorso tutto quel tempo, ancora non sapeva cosa avesse scatenato la tempesta di merda all'Atlantic Tech di Manhattan.

Mise via lo spuntino e calcolò di nuovo la sua posizione. In passato, ogni volta che si era perso (e, pur con riluttanza, doveva ammettere che adesso era una di quelle volte), aveva affrontato la situazione come se fosse un enigma facilmente risolvibile. In quel caso, per esempio, la città di Bob era *da qualche parte* lì vicino, e presto si sarebbe rivelata attraverso segni di attività umana. Il suo sguardo poteva vagare per chilometri lungo quel paesaggio roccioso, fino alle montagne blu che svettavano in lontananza. Da un punto di vista geologico, quella regione era tanto differente dalle foreste pluviali amazzoniche quanto queste lo erano dal centro di Manhattan. A MacCready ricordava decisamente il Sud-ovest degli Stati Uniti, solo che, in Brasile, quelle gigantesche sentinelle di pietra ospitavano una varietà di microclimi diversi. Gli sarebbe bastato arrampicarsi per una trentina di metri per passare dal *cerrado,* una pianura arida con alberi striminziti e nodosi, a una macchia di foresta stratificata fitta di latifoglie sempreverdi e felci.

E poi c'erano gli uccelli. Sembravano essere ovunque: tucani e pappagalli di ogni dimensione e colore, e più rapaci di quanti ne avesse mai visti in vita sua.

Già, un mucchio di uccelli, pensò, mentre alcuni parrocchetti verde smeraldo si alzarono in volo urlando i loro richiami, per tornare a posarsi su altri alberi più avanti.

Seguendoli con lo sguardo, MacCready notò un esile pennacchio di fumo in lontananza. « Ta da! » disse piano. *Ecco Chapada.*

Mosse qualche passo incerto nella direzione del fumo, che sembrava trovarsi a meno di una decina di chilometri di distanza, ma poi si fermò. Era quasi il tramonto, e lui si sentiva come se qualcuno gli avesse saldato le vertebre tra loro. *Sono troppo stanco. E poi, se arrivassi col buio, potrei mettere in allarme il villaggio.*

Dopo aver trovato un pezzetto di terreno pianeggiante, accese un piccolo fuoco e stese una coperta. Qualche minuto dopo, si stava già appisolando sotto le prime stelle.

Quando riaprì gli occhi, le stelle sopra di lui erano ormai milioni.

MacCready non credeva ai fantasmi, ma temeva che quella notte la sua convinzione avesse cominciato a vacillare un poco.

« Via! » disse nel buio.

Ma c'erano solo le stelle, e la foresta... solo predatori e prede...

E i vivi.

E i morti.

E la follia.

5

RIMPATRIATA

«Le porte dell'inferno e del paradiso sono una di fianco all'altra; identiche tutte e due.»
Nikos Kazantzakis*

«Forse questo mondo è l'inferno di un altro pianeta.»
Aldous Huxley

Chapada dos Guimarães, Brasile,
22 gennaio 1944

La prima cosa che MacCready vide di Chapada dos Guimarães fu un arco di pietra da cui pendeva un paio di gambe umane.

Due bambini di circa otto anni scoccavano frecce a turno contro gli arti amputati. Quando notarono l'uomo, si fermarono e si voltarono verso di lui senza dire niente.

MacCready si sforzò di sorridere ed evitò deliberatamente di guardare le gambe appese. «*Bom dia. O meu nome é MacCready. Alguém fala inglês?*»

Senza dire una parola, i bambini lasciarono cadere le armi e sfrecciarono nella piazza polverosa al di là dell'arco di pietra.

«*Muito obrigado*», disse lui con un cenno. *Non dimenticate di mettere via le gambe, bambini,* pensò di aggiungere, ma sapeva che non sarebbe mai riuscito a tradurre quella frase in portoghese.

* *L'ultima tentazione*, trad. it. di Marisa Aboaf e Bruno Amato, Frassinelli, Milano, 1987.

Il buonsenso gli diceva che la cosa migliore da fare era attendere l'arrivo di qualcuno, ma le gambe amputate, che penzolavano da strisce di cuoio grezzo, gli facevano venire i brividi. E così decise di entrare nella piazza per cercare Thorne, o magari qualcosa da mangiare per colazione, evitando con cura di passare sotto gli arti in putrefazione.

Una splendida chiesa antica si ergeva al centro della piazza in tutta la sua sbiadita eleganza. I gesuiti avevano costruito la Igreja de Sant'Ana nel 1779 con la collaborazione degli indios locali. Quel giorno, sembrava che la congregazione fosse ridotta a un paio di cani avviliti e a qualche gallina ossuta che raspava nel cortile antistante l'edificio. La maggior parte delle abitazioni che si affacciavano sulla piazza erano poco più che baracche, e la città esibiva un disinvolto squallore tropicale cui MacCready si era ormai abituato. In verità, era arrivato al punto di apprezzare la pace che caratterizzava quei posti. Ma a Chapada regnava un silenzio insolito; e sarebbe stato snervante anche senza le gambe amputate e il volteggiare lento degli avvoltoi che cavalcavano le correnti ascensionali decine di metri sopra l'arco di pietra.

MacCready salì i gradini della chiesa, scrollandosi di dosso una strana sensazione di déjà-vu, ed entrò. La luce che penetrava dalle finestre senza vetro cadeva obliqua sui banchi di legno. La chiesa era deserta, e l'unico movimento al suo interno era quello della polvere che vorticava dentro e fuori i raggi di sole. MacCready si voltò per uscire, ma una statua catturò la sua attenzione. Era Giuseppe. Il volto era abbastanza benevolo, ma, cosa abbastanza strana, indossava un paio di pesanti stivali da lavoro moderni.

Fu allora che MacCready, sentendo alcune voci concitate nella piazza, si affrettò verso la porta e sbirciò fuori. Una decina di locali dall'aria seria avanzava con decisione verso di lui, seguiti dai due mocciosi che aveva visto prima. All'inizio, ad allarmarlo di più furono i bambini, che saltellavano alle spalle degli adulti con eccessivo entusiasmo. Poi, però, lo sguardo gli cadde sulle lame scintillanti e perfettamente affilate impugnate da alcuni membri di quello che a quanto pareva era il suo comitato di benvenuto.

Anche se i meccanismi del suo sistema nervoso simpatico aveva già dato inizio ai processi chimici che regolavano la reazione « combatti o scappa », la minuscola parte del suo cervello che governava l'ottimismo cercava di proporre qualche alternativa: *Forse erano al lavoro quando sono venuti a sapere dell'arrivo di uno straniero, e nella fretta di accogliere l'ospite hanno semplicemente dimenticato di posare i machete.* Il suo mesencefalo, decisamente rettiliano, ribatté con l'equivalente elettrochimico di un: *Non dire cazzate!* Una reazione così categorica che tutte le alternative ottimistiche (*Forse qui si usa andare in chiesa col machete?*) furono scartate. Mentre l'adrenalina gli invadeva il corpo e la vista gli si offuscava, notò il linguaggio del corpo dei nuovi arrivati e il modo in cui erano vicini l'uno all'altro, e giunse a un'altra conclusione: *Quegli uomini non sono solo arrabbiati, sono spaventati a morte.* E la paura li rendeva ancor più pericolosi. *Soprattutto se sei uno straniero attaccato a un paio di gambe fresche.*

« *Bom dia. O meu nome é MacCready. Alguém fala inglês?* » ripeté, uscendo piano dalla chiesa con le mani bene in vista.

« *Vá embora!* » sbraitò un uomo.

« *Não entendo* », ribatté lui.

« *Vá embora!* » ripeté quello.

Okay, va bene, questa volta ho capito. MacCready scosse il capo e alzò le mani, sperando che fosse un segnale di pace riconosciuto universalmente. Ma gli occhi gli caddero di nuovo sullo scintillio metallico dell'acciaio affilato, e cominciò a pensare meno alla pace e più alla Colt nella fondina sulla coscia. *Maledizione, dovrò sparare a qualcuno.*

«Questo idiota ti sta dicendo, e con parecchia enfasi, di andartene subito.» L'accento di Brooklyn era inconfondibile.

Bob Thorne.

Sembrava fosse sbucato dal nulla, tra MacCready e il gruppetto di uomini. I suoi capelli erano più lunghi, *molto* più lunghi, di quanto MacCready ricordasse. Anche se da un momento all'altro sarebbe potuta cominciare una mattanza, lui non poté fare a meno di ridere per la chioma dell'amico. *Una coda di cavallo!*

Thorne si rivolse in un portoghese fluente a quello che sembrava il capo. Sebbene quel tizio sembrasse meno agitato degli altri membri di quello che MacCready avrebbe in seguito ribattezzato «comitato di smembramento di Chapada», era evidente, nonostante la barriera linguistica, che le decisioni da prendere sarebbero state due: *chi* si sarebbe dovuto occupare di MacCready, e *dove* avrebbero appeso il suo cadavere.

MacCready cercava di capire cosa stesse dicendo Thorne, ma riuscì a recepire solo un paio di frasi: «*Tudo bom!*» e qualcos'altro che poteva significare: «Gradirei un altro cuscino», oppure: «È uno scienziato, non un Chupacabra».

In vita mia sono stato chiamato in molti modi, ma succhiacapre mi mancava.

L'animata discussione andò avanti per tre lunghi minuti, durante i quali lui sorrise, cercando di apparire il meno minaccioso possibile. *Non fate caso al mitragliatore russo che porto a tracolla.*

Alla fine il *jefe* gli lanciò un'occhiata piena di disgusto, poi biascicò qualcosa a Thorne e si voltò.

Mentre gli uomini si disperdevano, MacCready riusciva a percepire la loro delusione proprio come quelli avvertivano il suo sollievo.

Thorne li osservò con diffidenza, come se non fosse del tutto convinto che avessero rinunciato a tagliare l'amico in pezzi facili da appendere. « Mac, hai rovinato la giornata a quell'idiota di Raza. A quanto pare, non sei cambiato di una virgola. »

« Io ho rovinato la sua giornata? C'è mancato poco che non lo gambizzassi, il senhor Raza. Allora sì che gliel'avrei rovinata. »

Thorne gli rivolse un cenno di assenso forzato. « Sicuro, ma continui a non saperci fare con la gente. »

« *Io?!* » MacCready indicò col pollice l'arco di pietra alle sue spalle. « Che mi dici di quelle gambe appese lì dietro? E tu, poi, non dovresti essere morto? Ho parlato al tuo funerale! »

« Sì, be'... Sono felice di essermelo perso. »

Mentre si abbracciavano stretti, Thorne si ritrovò improvvisamente col volto a pochi centimetri dalla bocca del mitra dell'amico. « Interessante, questo nuovo strumento », gli disse mentre si separavano. « Fammi indovinare, quest'anno tutti gli zoologi girano armati. »

MacCready scosse la testa. « Quest'affare è un ottimo bastone. *E* puoi cacarci nella canna. » Thorne lo guardò con aria perplessa, ma lui tagliò corto con un gesto: « Lascia stare, ho altri problemi cui pensare ».

« Così pare. »

« Eh, già... sottomarini giapponesi, nazisti, primi sintomi di schizofrenia. Le solite cose.» Poi gli indicò l'arco. «Quelle gambe aggiungono un tocco interessante.»

L'altro emise una risata acuta e nervosa che MacCready non sentiva da cinque anni, e che in quel momento gli fece tornare alla mente un periodo della sua vita che ormai sembrava appartenere a qualcun altro.

Prima della sua improvvisa scomparsa, Thorne era stato uno dei giovani botanici più brillanti d'America. Aveva conosciuto MacCready quand'erano entrambi dottorandi: frequentavano università diverse (la Cornell e l'Atlantic Tech), ma il loro interesse comune per i neotropici li aveva fatti incontrare a una conferenza a Manhattan. MacCready si concentrava principalmente sulla zoologia dei vertebrati, mentre Thorne si divideva tra Brooklyn e l'Amazzonia brasiliana per studiare le piante medicinali di entrambi i posti, un argomento cui aveva dedicato la sua tesi di dottorato, *La pianta di Urucu come repellente per insetti, con osservazioni sui possibili effetti psicotropi*. A ventiquattro anni era stato sul punto di diventare assistente universitario quando, per usare le parole di Ashley Thorne - sua madre -, «si era fatto distrarre da qualcosa di luccicante».

Thorne si sedette sulla panchina di pietra all'esterno della chiesa, e batté una mano vicino a sé. «Dunque, per rispondere prima alla tua seconda domanda, diciamo che è cominciato tutto con un piccolo problema col fisco.»

«Un *piccolo* problema col fisco?» ripeté MacCready ridendo, mentre prendeva posto accanto all'amico. «Io ho sentito che volevano farti la pelle.»

«Sì, be', come dice Einstein, è tutto relativo. Un paio di verdoni di una borsa di studio. A quanto pare, mi sono dimenticato di dichiararli. Un bel problema, no?»

MacCready scosse la testa. « Non può essere vero... »

« È quello che pensavo anch'io all'inizio. Ma, per *qualche ragione,* i federali hanno cominciato a stritolarmi le palle. »

« E...? » MacCready continuava a scuotere la testa, mentre il dubbio si trasformava in incredulità.

« E... alla fine me le hanno stritolate per bene. »

Un paio di verdoni? « Solo venti dollari? » *Poteva succedere solo a Bob Thorne.*

« *Questo* è ciò che io chiamo relatività. E così ho detto ai federali: 'Ehi, parliamone'. E loro: 'Sì, certo'. E si sono fiondati sul resto della mia borsa di studio... o meglio, sulla parte su cui sono riusciti a mettere le zampe. »

« E l'Atlantic Tech, in tutto questo? »

« Ah! » esclamò Thorne alzando le mani. « Sono stati di *grande* aiuto. Mi hanno detto qualcosa del tipo: 'Sei fortunato che ti lasciamo entrare ancora all'università... *ebreo!*' »

Ecco cos'era, allora, pensò MacCready. *Ecco perché gli hanno revocato i crediti del dottorato. Quei figli di puttana gli hanno persino declassato la laurea specialistica. Adesso tutto ha senso.*

Al tempo della sparizione di Thorne, la stessa cosa era capitata ad altri studenti ebrei americani, in diverse università degli Stati Uniti. MacCready sapeva bene che l'ondata di supporto popolare che aveva portato i nazisti al potere non era stata un'esclusiva della Germania. E che, nonostante i proclami contro le potenze dell'Asse, prestigiosi istituti accademici americani avevano cominciato a scrivere i capitoli più bui della loro storia.

Scosso dalla risposta dell'amico, MacCready decise che non era il momento migliore per dirgli cosa ne era stato delle sue credenziali accademiche.

«È una lunga e piacevole storia con fughe rocambolesche e quant'altro», continuò Thorne, «ma ti farò un bel riassunto. In parole povere, prima che i federali potessero mettere le mani su tutto il gruzzolo, o peggio, spedirmi in gattabuia, ho deciso di tagliare la corda.»

«In Brasile?»

«Ho pensato: 'Ehi, il Brasile ha un mucchio di piante da studiare e pochissime università che odiano gli ebrei'. All'inizio la vedevo come una soluzione temporanea, sai, in attesa che la tempesta di merda cessasse. Ma, più passava il tempo, più mi piaceva l'idea che tutti mi credessero morto. Dopotutto, chi è più libero di un uomo morto?»

«Te ne do atto, ma continuo a pensare che la tua coda di cavallo sia un po' troppo stretta.»

«Sì, be'... Vivo o morto, alla fine i federali mi hanno trovato comunque, e adesso pare che lavori per loro, anche se non mi hanno detto praticamente nulla di quello che dovrei fare.»

«Ognuno fa la sua parte», disse MacCready. Indicò col pollice dietro di sé. «Tornando ai tizi armati di machete, mi spieghi che diamine ci fanno lì quelle gambe?»

Thorne evitò di guardare gli arti infestati di mosche che oscillavano nella brezza e cambiò subito argomento: «Hai fatto colazione? Io ho un certo languorino».

MacCready scosse la testa.

«Allora sarà meglio andare a...»

«Perché la statua di san Giuseppe in chiesa ha gli stivali?»

Thorne fece spallucce con aria imbarazzata. «Sì, be'... Quella è l'influenza tutt'altro che discreta dei cercatori d'oro sull'artista cui avevano commissionato l'opera. Sembra che, dopo una notte in cui hanno esagerato con la *pinga*, lo sciacquabudella locale, questi soggetti abbiano deciso che un paio di stivali avrebbe aggiunto un tocco di classe alla statua. La cosa buffa è che, dopo aver cominciato a discutere dei vantaggi di una sepoltura prematura, anche l'artista si è mostrato improvvisamente entusiasta. Ora, per quanto mi riguarda, credo che abbia fatto un casino coi lacci, ma che ne capisco io di scultura? Senti, le hai portate quelle cartine? »

MacCready non riuscì a trattenere una risata. L'amico poteva anche essersi integrato in quella nuova realtà, ma a quanto pareva le sue abitudini non erano cambiate. Thorne era sempre stato un tipo piacevole, tuttavia anche i suoi amici ammettevano che il suo cervello funzionava in modo strano. MacCready sapeva che ciò era dovuto soprattutto alla sua leggendaria propensione a fumare o a mangiare regolarmente gran parte del suo materiale di studio. Sapeva inoltre che Bob Thorne aveva appreso molte cose quand'era dottorando a New York, gran parte delle quali non erano le esperienze tipiche di un dottorando a New York.

« Avrai le tue cartine, ma solo dopo avermi parlato di quelle *gambe.* »

Thorne scosse la testa. « Le gambe, eh? » disse piano. « Sai, Mac, non saprei da dove cominciare... ma, credimi, anche questa è una lunga storia. Parliamone in un posto più tranquillo - tipo casa mia - mentre facciamo colazione e fumiamo. A questo proposito, c'è una persona che vorrei tanto presentarti, il vero motivo per cui mi sono stabilito qui. » Mentre attraversavano la piazza, gli mise un braccio sulle spalle. « Allora, raccontami, com'è stato il mio funerale? Una festa o un piagnisteo? »

6

YANNI

« Dio ha dato a tutti gli uomini la Terra da amare,
ma, essendo piccolo il cuore dell'uomo,
ha stabilito per ciascuno di essi
un posto che egli dovrà dimostrare di amare sopra tutti. »
Rudyard Kipling

Chapada dos Guimarães, Brasile

Bob Thorne si era sistemato bene. Viveva in una semplice casa di legno a un solo livello, quasi del tutto coperta da una parete di rampicanti fioriti dai colori brillanti. C'era movimento ovunque: i colibrì spuntavano dal nulla, si libravano per un istante su un fiore e poi sparivano in modo altrettanto repentino. C'erano anche farfalle, decine di specie diverse che si mescolavano a formare un vortice danzante blu, giallo, rosso e nero.

Anche la veranda era piena di una varietà apparentemente infinita di piante tropicali in fiore, i cui profumi intensi si mescolavano creando in qualche modo un bouquet non nauseante. Ma la cosa più sorprendente era l'incredibile pulizia. Le faccende domestiche non erano mai state il forte di Thorne, ma a quanto pareva era cambiato, da quel punto di vista. MacCready stava per scoprire il perché.

Una giovane donna uscì da una stanza sul retro. Aveva capelli neri e lucenti che le arrivavano alla vita, e si muoveva con una strana grazia che MacCready trovò vagamente felina. Quando Thorne le corse incontro e la prese per un braccio, MacCready notò che lei era più alta di una decina di centimetri.

« Mac, ti presento Yanni. Yanni, lui è Mac, un vecchio amico di New York. »

La donna fece un passo avanti e un piccolo inchino. Aveva la carnagione scura e tratti indios: apparteneva senza dubbio a una qualche tribù locale.

I suoi occhi... sono davvero viola?

Thorne si schiarì la gola e MacCready capì, con un attimo di ritardo, che stava fissando la donna.

« *Bom dia* », balbettò restituendole l'inchino, mentre ripassava tutte le frasi in portoghese che conosceva.

La donna sembrava osservarlo come se avesse davanti una nuova specie d'insetto. MacCready abbassò lo sguardo sui propri abiti lerci. *Gran bella prima impressione*, pensò, provando a venir fuori da quella situazione con eleganza. « Yanni, *o meu nome é* Mac », disse scandendo bene le parole.

« Tifi per gli Yankees, vero? » ribatté lei con un inconfondibile accento di Brooklyn.

MacCready sollevò la testa di scatto, quasi strappandosi i muscoli del collo. *L'ho sentito davvero?* Ma il largo sorriso sul volto dell'amico gli diceva: *Sta' al gioco.*

« Certo, sono il loro fan numero uno. »

Yanni agitò una mano come se volesse scacciare una mosca fastidiosa. « Ah, quelli puzzano più di te », disse, prima di voltarsi con un sorriso che solo il marito riuscì a vedere.

« Ovviamente Yanni tifa per i Dodgers », spiegò Thorne, sforzandosi di restare serio. « Allora, Mac, queste cartine? »

I due uomini facevano colazione seduti su una stuoia variopinta di cotone, mentre Yanni affettava della frutta in cucina.

«Mac, sono pazzo di quella donna», disse Thorne, porgendogli una tazza di succo appena spremuto. «Tieni, bagnati la gola.»

«Sembra davvero eccezionale», replicò MacCready, accorgendosi subito che riferita a lei, quella parola era un eufemismo. A dirla tutta, stentava a credere che l'uomo che aveva di fronte fosse lo stesso che aveva conosciuto all'università. (Al tempo, si diceva che Bob Thorne si sarebbe scopato un serpente, o anche una pila di pietre, se avesse pensato che sotto ce n'era nascosto uno.) *Sì, le cose sono cambiate.* Si stiracchiò negli abiti troppo piccoli e scomodi che gli aveva prestato l'amico. Poco dopo il suo arrivo, Yanni aveva affidato i suoi vestiti lerci a una ragazza che non si era preoccupata di celare il proprio disgusto per il compito che l'attendeva.

Dopo aver finito di affettare la frutta, Yanni si voltò verso un lavandino di stagno e lanciò con noncuranza il coltello, che andò a conficcarsi in un piccolo ceppo di legno.

«Ci sa anche fare con le lame», disse Thorne.

«Mi sembra un bel vantaggio da queste parti», ribatté MacCready. «A proposito, che fine avranno fatto i miei vestiti?»

«Sta' tranquillo, Mac. Almeno non sono appesi in piazza... con te dentro.»

Su questo ha ragione, pensò MacCready sorridendo.

«Certo che ho ragione», ribatté Thorne, leggendo l'espressione sul suo volto. «Senti, hai bisogno di rilassarti un poco prima di passare ai discorsi seri, e ho quello che fa per te.» Prese una sigaretta alle erbe spessa quanto il suo indice. «So che non ti piacciono le paglie», disse, accendendo un fiammifero, « ma questa è... Come posso dire? Qualcosa d'incredibile. »

MacCready la rifiutò con un gesto, mentre Thorne aspirava a fondo. « Grazie, ma sono in servizio, ricordi? »

Dopo aver trattenuto il respiro per quello che sembrò un tempo troppo lungo, Thorne soffiò una nuvola grigio-azzurra verso il soffitto. Alcuni gechi rimasero momentaneamente avvolti dal fumo, prima di sparire sotto una trave di legno, forse spinti a mettersi alla ricerca di qualche insetto da sgranocchiare.

« Allora... questa missione », rantolò Thorne. « Sputa il rospo, perché io non ne so praticamente un cazzo. »

Anche se l'amico aveva trovato una qualche specie di accordo coi militari - sarebbe potuto restare in Brasile a patto di essere gli occhi e le orecchie dell'esercito -, era all'oscuro di molte delle informazioni che MacCready gli stava rivelando, incluso ogni dettaglio relativo al sottomarino giapponese arenato. A quanto pareva, i pezzi grossi dell'esercito avevano ritenuto che un civile non dovesse sapere più dello stretto necessario. MacCready venne a sapere che Thorne aveva incontrato i ranger, ma che non gli avevano detto nulla dei loro piani. Per come la vedeva lui, quel livello di segretezza era una stupidaggine, date le circostanze. *Se i ranger si fossero affidati maggiormente ai consigli dei locali – anche di uno nato e cresciuto a Brooklyn –, forse avrebbero fatto ritorno a casa.*

MacCready concluse il suo racconto mentre Thorne finiva di rollarsi un'altra sigaretta « magica ». « E io che pensavo che mi avresti rivelato un mucchio d'informazioni. »

« Vuoi informazioni? Be', posso dirti che da qualche parte sull'altopiano sta succedendo *qualcosa*... strani rumori e cose del genere. »

« Che tipo di rumori? »

« Boati... come fossero tuoni, ma non proprio. Sono cominciati poco prima dell'arrivo dei ranger. »

« E loro cosa hanno detto, quando gliene hai parlato? »

« 'Li abbiamo sentiti', mi ha risposto uno di quegli sbruffoni. E in un batter d'occhio si sono inoltrati nella valle. »

« Cos'altro sai dirmi di questi rumori? »

« All'inizio se ne sentiva uno ogni qualche settimana. Adesso, invece, sono quasi all'ordine del giorno. »

« Colpi di artiglieria? »

« No... più intensi. Come tuoni... ma... »

« ... non proprio. »

« Esatto! Una cosa però posso dirtela. Queste stronzate possono farti uscire di testa, ma *non* è per questo che stamattina Raza e la sua cricca del machete erano così turbati. »

« Spiegati. »

« Circa un mese fa, di notte, qualcosa ha cominciato ad accoppare il bestiame. »

« Come, scusa? » disse MacCready, confuso.

« Hanno fatto fuori quelle bestie. »

« E...? »

« I cervelloni del posto hanno deciso di lasciare liberi i cani, in modo che tenessero d'occhio gli animali potenzialmente a rischio. »

« Lasciami indovinare: anche i cani da guardia sono stati ammazzati. »

Thorne scoppiò in una risata lugubre. « Senza fare neanche un fiato. Mac... stiamo parlando di mastini di tutto rispetto. »

Mac ripensò al villaggio deserto nella foresta.

« All'inizio hanno dato la colpa agli xavante. Non c'è

molto da sorprendersi, visto che questa tribù viene accusata praticamente di ogni cosa, dal bucato scomparso alla stitichezza dei polli. Per quanto mi riguarda, la trovo un'accusa davvero ridicola... soprattutto perché la maggior parte dei locali non distinguerebbe uno xavante da Carmen Miranda. I loro antenati hanno ricacciato questa tribù nel cuore della foresta, e da quanto ho sentito non ci sono affatto andati leggeri. A ogni modo, dopo essersela data a gambe, gli xavante hanno assunto un nuovo ruolo.»

«Vale a dire?»

«Quello di spauracchi. Del tipo 'mangia i piselli o verranno a prenderti gli xavante'.»

Ho sempre odiato i piselli, pensò MacCready.

«Sì, sì... lo so, i piselli sono un pessimo esempio. Per diverso tempo le cose sono state tranquille, ma di recente i locali hanno cominciato a vedere questi spauracchi in carne e ossa.»

«Le gambe sotto l'arco erano di uno di loro?»

«No, appartenevano a quello che chiamiamo uno 'straniero sfortunato'. *Tu,* invece, sei uno straniero fortunato. Ora vuoi lasciarmi finire?»

«Continua.»

«Raza e i suoi amici pensano che gli xavante siano stati stanati dalla foresta dal Chupacabra.»

Chupacabra? MacCready ricordava di aver sentito quella parola durante il battibecco con la cricca del machete. «C'è qualche possibilità che si tratti dei giapponesi o dei tedeschi, e di quello che stavano trasportando nel sottomarino?»

Thorne scosse la testa. «Lo escludo. Stando alla leggenda locale, questi Chupacabra sono demoni notturni che ammazzano il bestiame. Qualunque cosa siano, di certo non sono musi gialli o crucchi. A quanto pare, però, la prendono piuttosto male se qualcuno mette le tende nel loro giardino di casa. E, nel caso tu non l'avessi notato, è esattamente dove ci troviamo ora.»

«Che opinione ti sei fatto al riguardo?»

«Io, al Chupacabra, non ci credo. Ma, per quello che vale - e ti garantisco che vale molto -, Yanni dice che i locali sono sulla strada giusta.»

«Sai, Bob, penso che Yanni abbia ragione.»

«Cosa te lo fa credere?»

MacCready gli parlò del villaggio in cui si era imbattuto nella foresta e dello stato dei cadaveri che vi aveva trovato. Tralasciò la parte relativa alla «voce» che lo aveva quasi mandato nel panico, per un motivo che non riusciva a spiegarsi razionalmente. «Sembrerebbe che dietro ci sia la stessa mano», concluse, e fece una pausa. «Andiamo a dare un'occhiata a questi animali.»

Thorne non fece nulla per nascondere il proprio disappunto. «Io sarei più dell'idea di mangiare qualche mango e buttarci sulle amache là fuori... Sai, per evitare che volino via. Ma se preferisci vedere quegli animali...»

«Sì.»

Thorne annuì con una smorfia.

Dopo colazione, Thorne fece strada all'amico attraverso la città. MacCready teneva gli occhi aperti nel caso rispuntasse fuori il suo comitato di benvenuto ma, a parte qualche cane dall'aria malmessa, le strade erano pressoché deserte.

«Probabilmente sono in casa ad affilare i machete», scherzò l'amico.

«Grande», mormorò MacCready.

Thorne si fermò davanti a un rozzo recinto accanto a una casetta di legno che sembrava essere stata abbandonata di recente. Il ronzio delle mosche raggiunse i due uomini un istante prima del tanfo acre di carne in putrefazione.

« È successo stanotte? » chiese MacCready.

Thorne annuì turandosi il naso. « È la ragione principale per cui questa mattina hai ricevuto un'accoglienza così calorosa. »

MacCready entrò nel recinto sventolandosi una mano davanti alla faccia. « Iniziamo bene. »

« Eh? »

« Le mosche. Sto cominciando *seriamente* a odiarle. »

« Be', qui siamo pieni di mosche. E di manghi, ma *qualcuno* voleva vedere gli animali morti. » Prima che MacCready potesse protestare, Thorne lo anticipò: « Sì, lo so, lo so, la missione. Anche se non vedo nessun collegamento fra gli strani tuoni e questa merda ».

Scosse la testa, continuando a tapparsi il naso, prima di seguire l'amico nella stalla.

Il pavimento di terra battuta era coperto da una crosta di sangue scuro non ancora del tutto secco e coagulato, al cui centro giaceva un asino morto, steso su un fianco. Quando MacCready si avvicinò, un nugolo di mosche schizzò fuori dalla bocca spalancata dell'animale.

Voltandosi di scatto per evitarle, notò la carcassa di un cane. Era un grosso esemplare, simile a un pastore tedesco. I suoi occhi erano sbarrati, come quelli dell'asino, ma le sclere bianche erano appena visibili dietro una patina nera. Entrambi gli animali erano cementati al suolo da quelle che sembravano secchiate di sangue. E quello che non si era riversato a terra era schizzato sulle pareti vicine della stalla.

«Bob, lo senti quest'odore?»

«Certo che lo sento. E non invidio per niente il tizio che dovrà pulire questo schifo.»

«No, sto parlando di qualcos'altro... un odore di... fiori.»

«Fiori? Io sento più una puzza di... merda.»

Ignorando il commento dell'amico, MacCready si piegò sulle ginocchia per esaminare il terreno intorno a una pozza di sangue dall'aspetto catramoso. «Questi segni... sono senza dubbio insoliti.»

«Ah, *questo* sì che mi consola, perché stavo giusto pensando quanto fosse normale tutta questa storia.»

«Guarda qui. Sono impronte di animali... impronte molto strane.»

Thorne socchiuse gli occhi e fissò i segni apparentemente casuali sul terreno.

«Sono tutte esterne al lago di sangue. Come di...»

«... animali raccolti intorno a una pozza d'acqua.»

«Proprio quello che stavo pensando.»

«Ma non *esistono* animali che si cibano in questo modo, giusto?»

«Giusto. Ma questi lo fanno... e non sono pochi.» Poi MacCready fece qualcosa che persino il suo amico non si sarebbe mai aspettato: entrò nella poltiglia scura e si accovacciò accanto all'asino. «Una sonda smussa mi farebbe comodo», disse, con un briciolo di speranza.

«Sì, be', sfortunatamente ho barattato il mio kit di dissezione qualche tempo fa per del... ehm... materiale di ricerca.»

«Allora trovami qualcosa di appuntito. Devo dare un'occhiata più approfondita a questa bestia.»

Circa trenta secondi dopo, Thorne rientrò nella stalla

tutto fiero con un rametto di una quindicina di centimetri. « Ta-da! »

MacCready lanciò un'occhiata scettica al ramoscello prima di prenderlo. Poi, avvicinandosi al posteriore del quadrupede, ne punzecchiò le carni con la punta di legno. « Guarda! » disse, specillando una fossetta a forma di cratere dietro la coscia sinistra.

« C'è troppo sangue per una ferita così piccola », osservò Thorne. « Cosa potrebbe... »

« Sembrerebbe *quasi*... » MacCready esitò, misurando la ferita tra il pollice e l'indice. Era lunga un centimetro e mezzo.

« Cosa? »

« Lascia stare. Questo morso è tutto sbagliato. Troppo lungo, troppo largo, troppo profondo. »

« E allora cos'è? »

« Non ne sono certo, ma *qualcosa* ha dato inizio a una grave emorragia sistemica. »

« Il morso stesso? »

« Forse, ma non solo. » MacCready si tirò in piedi, uscì dalla pozza e si voltò verso l'amico. « Un modo curioso per ammazzare una preda, eh? »

« Chupacabra », bisbigliò Thorne. MacCready lo guardò con aria perplessa, prima di capire che l'amico aveva risposto alla domanda che prima non era riuscito a terminare.

« Sì, qualunque cosa sia. Sai, Bob, potremmo trovarci di fronte a una nuova specie. Diamine! Forse anche a un nuovo genere, o persino a una famiglia! »

« Hai ragione, Mac », disse Thorne, notando che l'amico era entrato in « modalità zoologia sfrenata ». « Tutto questo è eccitante e meraviglioso. Stavo pensando... Vuoi comprare una fattoria da queste parti? Perché si dà il caso che ho deciso di mettere in vendita la mia.»

«Cosa? Rinunceresti al tuo nuovo lavoro coi...»

Proprio allora un forte boato - o meglio, più un sibilo prolungato - risuonò in cielo. Uscendo dalla stalla, i due amici si accorsero subito che la strada era gremita di uomini, donne e bambini. Avevano tutti la testa all'insù.

«Quando si dice il tempismo», disse Thorne. «Questo è esattamente il suono che sentiamo da un po' di tempo a questa parte.»

«C'è un telefono nel villaggio?»

Thorne rispose con una risata. «Il telefono e il telegrafo più vicini si trovano a Cuiabá, a un centinaio di chilometri da qui.»

Seguendo le numerose dita puntate verso il cielo, MacCready vide un'esile scia di fumo che si estendeva per una quindicina di chilometri, se non di più. Alla sua estremità anteriore credette di scorgere uno scintillio - *Il motore di un velivolo?* - che poco dopo scomparve, lasciando dietro di sé nient'altro che la scia di condensazione.

Nessun dubbio. Un fottuto missile. «Merda», disse con un filo di voce. Era sempre alla ricerca di un ago in un pagliaio, ma almeno le dimensioni di quest'ultimo si erano ridotte.

«Questa è l'altra ragione per cui i locali sono usciti di testa, quando hanno saputo del tuo arrivo», disse Thorne, adesso estremamente serio. «Scommetto che il tuo amico Hendry ti ha chiesto di scovare quei fuochi d'artificio.»

Scommessa rifiutata, pensò MacCready, continuando a osservare la scia.

7

VERSO LA BOCCA DELL'INFERNO, *DEMETRA*

«Darò a chiunque saprà dirmi dove si trova Eugen Sänger l'equivalente in oro del suo peso.»
Vasilij Iosifovič Džugašvili (figlio di Stalin)

Quando frequentava il primo anno delle superiori, Maurice Voorhees scrisse a un parente: «Se il diavolo m'insegnasse a raggiungere la Luna e i pianeti, diverrei con piacere un suo discepolo».

E, nell'inverno del 1942, quando il diavolo bussò alla sua porta, l'allora ventitreenne ingegnere aeronautico si era punto un dito e aveva firmato col sangue sulla linea tratteggiata, senza preoccuparsi di leggere le clausole in piccolo. Come tante grandi sventure della storia, il viaggio di Maurice Voorhees da Peenemünde (sulla costa baltica della Germania) al Brasile era cominciato con una tragica cecità e sarebbe finito con una tragica visione.

In quel momento, Voorhees si trovava con un altro uomo sotto la lunghissima scia di fumo di un razzo ausiliario. La scia orizzontale correva parallela a un'antica strada lastricata rimessa a nuovo di recente per accogliere una monorotaia montata su un'impalcatura di legno e acciaio. Il fumo, inizialmente poco appariscente, era poi attirato verso l'alto nel fitto lago di nebbia della Bocca dell'Inferno, una nuvola opaca e rovente che si estendeva per chilometri.

«La sua rotaia non resisterà ancora a lungo, dottor Sänger.»

L'uomo più anziano agitò una mano come se volesse scacciare una zanzara. «Quando i due velivoli saranno andati in orbita, crede che a qualcuno importerà del destino di questa rampa?»

Sänger apprezzava l'importanza strategica delle semplificazioni progettuali di Voorhees, e quest'ultimo lo sapeva. Prima, il direttore di volo era preoccupato dall'idea di usare le ultime scorte di calcestruzzo e sbarre d'acciaio per il lancio dei suoi «uccelli d'argento», i Silbervogel. Ma le migliorie suggerite da Voorhees gli avevano consentito di risparmiare materiale. «Avrei comunque preferito che sull'ultima slitta ci fosse stato un modello pieno d'acqua e a grandezza naturale», si lamentò, col tono irritante che sfortunatamente era diventato un suo marchio di fabbrica.

«Si fidi, non ne sarebbe valsa la pena. Una replica dello stesso peso e dimensione non farebbe altro che logorare di più la rampa... per non parlare dei rischi. Posso effettuare tutti i calcoli necessari basandomi sui risultati del lancio di una slitta 'spoglia'.» Voorhees alzò gli occhi verso i banchi di nebbia come se il suo sguardo potesse penetrarli. «L'unica differenza è che la slitta 'spoglia' si è staccata dalla rampa in anticipo ed è volata molto più in alto.» Guardò il cronometro. «Scommetto che avrà raggiunto i trenta chilometri di altitudine, prima di cominciare la discesa. Ormai il parafreno dovrebbe essersi aperto.»

«Dov'è previsto il punto d'impatto?»

«Proprio qui.»

«*Scheisse!* Sta scherzando, spero.»

«Niente paura, dottor Sänger. I suoi giroscopi sono buoni, ma non *perfetti*. Non atterrerà mai in questo punto esatto. E poi è un buon modo per testare i suoi sistemi di guida sui velivoli in rientro.» Sorrise – e quel giorno non era la prima volta – al pensiero che la sua logica aveva prevalso di nuovo. Tornare a sorridere, sentirsi entusiasta per qualcosa, gli dava una strana sensazione.

In diverse occasioni Sänger gli aveva ricordato che, all'indomani dell'attacco della RAF contro le installazioni missilistiche a Peenemünde, due ufficiali l'avevano letteralmente trascinato fuori dal cratere di una bomba. «L'hanno trovata che scavava a quattro zampe come un cane», aggiungeva ogni volta Sänger, il quale sembrava gustarsi quella parte del racconto solo perché sapeva quanto Voorhees ci sarebbe rimasto male.

Fino alla notte del raid aereo, pensando al *Demetra*, Voorhees avrebbe provato meraviglia per la lungimiranza ingegneristica che aveva portato alla creazione di un sottomarino lungo quasi quanto l'*Hindenburg*. Ma il ragazzo che un tempo sognava il giorno in cui gli uomini sarebbero salpati nei nuovi oceani dello spazio era passato dal cratere di una bomba a una nave in cui aveva paura di sognare e, per certi aspetti, provava anche vergogna a farlo.

Durante tutta la lunga traversata dell'Atlantico, Sänger gli aveva riservato una piccola cabina che, secondo gli standard degli angusti alloggi dell'equipaggio di un sottomarino, era lussuosa, con un letto a scomparsa e un tavolo e una seggiola pieghevoli. Non aveva la porta, ma una tenda di tela che dava modo al suo occupante di sentire le incessanti attività all'esterno. Alcune delle voci che udiva erano tedesche. Altre giapponesi.

All'inizio, Voorhees si era sentito come un prigioniero. Ma nessuno gli aveva mai impedito di uscire per raggiungere la latrina più vicina, collocata come per ripensamento in un dedalo di tubi di rame e valvole variopinte.

E non aveva mai ricevuto ordini, né era stato infastidito. Il pranzo - perlopiù pesce essiccato e riso - gli veniva consegnato da un aiutante di cambusa, un giapponese taciturno. L'uomo gli sorrideva e s'inchinava tutte le volte che entrava nella stanza, ma restava sempre in silenzio, non cercava mai di comunicare con lui.

E Voorhees lo apprezzava.

Toccava a malapena il suo cibo.

E cercava di dormire il meno possibile.

Aveva ormai perso il conto dei giorni quando, dall'altra parte della tenda, aveva sentito fare il suo nome.

Eugen Sänger era entrato senza attendere una risposta. «Forse è il caso che riposi un po' », gli aveva detto il visitatore indesiderato. «A proposito, spero che l'alloggio sia di suo... »

«Perché sono qui?» aveva chiesto Voorhees, sdraiato sul lettino a scomparsa.

«Dottor Voorhees, lei ne ha passate tante.»

Persino nello stato fisico e mentale post Peenemünde in cui si trovava, Voorhees sapeva che Sänger fingeva solo di essere comprensivo, e che avrebbe potuto commentare la presenza di grumi in una zuppa d'avena con lo stesso tono. «Non ha risposto alla mia domanda.»

La voce di Sänger era fredda e controllata: «Lei è qui dietro *mia* richiesta. Posso sedermi?»

Ancora una volta, il giovane ingegnere non aveva risposto e, ancora una volta, Sänger non aveva atteso il suo permesso.

Aveva aperto la piccola sedia pieghevole e si era seduto pericolosamente vicino alla sua faccia. «Maurice, mi domando se è consapevole che lei e gli amici di von Braun a Peenemünde non eravate l'unico gruppo coinvolto in un importante programma missilistico per la patria.»

Voorhees aveva continuato a fissare il soffitto senza dire niente.

A quel punto, l'altro aveva srotolato alcuni disegni e li aveva spiegati sul poco spazio libero sul lettino.

Voorhees aveva lanciato un'occhiata ai fogli e si era messo seduto. Il suo primo pensiero era stato che doveva trattarsi di uno scherzo.

« Ecco qua », aveva detto Sänger, come un pescatore che aveva appena preso un pesce da record. « Posso continuare? » Voorhees era rimasto in silenzio, ma l'altro gli aveva letto la risposta negli occhi. « Va bene, continuo. Come può vedere, questo veicolo spaziale avrà un pilota a bordo. I migliori sistemi di guida ideati dai nostri ingegneri sono troppo pesanti per... »

« Cosa vuole da me, dottor Sänger? »

« Maurice, l'abbiamo voluta qui... *Io* l'ho voluta qui per la sua capacità di progettare e controllare motori a razzo, e per la sua abilità a riprogettarli anche con poco preavviso. Le sue qualità sono fondamentali per la buona riuscita della nostra missione. »

« Intende ora che il dottor von Braun è sparito? »

Sänger si era mosso a disagio sulla sedia. « Non m'interessa dove sia von Braun. So che era il suo idolo, ma era diventato un peso... un peso sempre più instabile. »

Una strana espressione aveva attraversato il viso di Voorhees. In un altro momento, in quella che sembrava un'altra vita, la sua amata Lisl - una giovane e brillante donna con gli occhiali e un sorriso gentile - avrebbe riso all'idea che von Braun o un qualunque ingegnere aeronautico potessero essere definiti « non instabili ».

« Ho detto qualcosa di buffo, Maurice? »

« No, stavo solo ripensando a... »

« Peenemünde. Sì. Il suo attaccamento al progetto di

von Braun è... ammirevole. Ora, però, deve affrontare la realtà. Peenemünde era un dinosauro ancor prima che la RAF ci forzasse la mano. Adesso bisogna pensare al futuro... non a quello di von Braun, ma a quello della Germania! »

Voorhees aveva scosso la testa. « Dottor Sänger, Peenemünde non era un dinosauro. È il nostro cosiddetto governo che presto sarà estinto. E io, lei e chiunque altro su questo sottomarino saremo un mucchio di ossa sbiadite. »

« È un'ipotesi interessante », aveva replicato Sänger dopo alcuni secondi di silenzio. « Forse il Reichsführer... »

« E adesso? Mi lasci indovinare. Vuole che l'aiuti a costruire il suo nuovo missile? »

« No, non sarà necessario », aveva ribattuto Sänger con indifferenza. « Vede, nella nostra stiva abbiamo già un missile perfettamente funzionante. Due, per la precisione. »

Voorhees gli aveva lanciato un'occhiata perplessa, cui Sänger aveva risposto con un accenno di sorriso. « Maurice, voglio che lei mi costruisca una slitta. »

Per quasi ventimila anni prima dell'arrivo del *Demetra*, gli hoatzin avevano nidificato sugli alberi lungo le rive del Rio Xingu. Quegli uccelli grandi quanto un pollo erano superstiti di un'altra era. Durante i primi anni di vita, le loro ali uncinate li rendevano straordinariamente adatti alla vita fluviale: al primo segnale di pericolo, i piccoli non ancora in grado di volare si tuffavano in acqua come pinguini. Passata la minaccia, tornavano in superficie e si arrampicavano di nuovo sugli alberi grazie agli artigli sulle ali.

Dal momento che gli hoatzin erano estremamente radicati nel proprio habitat, e dunque non molto adattabili, erano stati i primi animali ad avvertire i cambiamenti quando, agli inizi dell'inverno, una serie di terremoti e i conseguenti smottamenti avevano cominciato ad alterare la forma e persino il corso del Rio Xingu. Anche se di lieve entità, i terremoti avevano avuto un impatto enorme sulle colonie degli uccelli. Gli alberi che fino a poco prima sporgevano sopra l'acqua adesso erano completamente sommersi o, al contrario, si ritrovavano all'interno, lontano dalle rive del fiume. Le scimmie carnivore avevano approfittato subito della confusione degli hoatzin: rapidi branchi di astuti primati si avvicinavano facendo deliberatamente rumore, mentre altri, nascosti nel sottobosco melmoso, attendevano la pioggia di uccelli disorientati, le cui vie di fuga familiari erano scomparse. Un mese e mezzo dopo il primo terremoto, metà generazione di hoatzin del Rio Xingu era stata sterminata. E, quando, nel settembre 1943, il *Demetra* si era avvicinato alla costa atlantica del Brasile, erano del tutto spariti dal fiume.

Anche se erano stati avvertiti da pochi uomini, quegli scossoni naturali avevano cominciato ad alterare il paesaggio con frequenza sempre maggiore, al punto che i fondali dei fiumi navigati e mappati avevano iniziato a modificarsi, fino a formare i primi abbozzi degli ampi passaggi interrotti da rapide che sarebbero divenuti familiari ai futuri cartografi. Neppure l'anomala intensità delle piogge della stagione precedente era riuscita a innalzare il livello dell'acqua abbastanza da garantire una navigazione sicura, senz'altro non a un sottomarino lungo un centinaio di metri. E così, com'era inevitabile, il fondale del Rio Xingu si era ridotto gradualmente, imprigionando senza alcuno sforzo il *Demetra* a circa milleduecento chilometri dalla costa.

Nel corso delle ore e dei giorni seguenti, ogni tentativo di proseguire o d'invertire la rotta del sottomarino aveva peggiorato sempre di più la situazione, finché quella non si era fatta – per usare le parole di Sänger – « disperata. È come una mosca intrappolata in una ragnatela ».

Alla fine non c'era stata altra scelta che ormeggiare il *Nostromo,* il sottomarino gemello, nelle acque profonde più vicine e trasferire nella sua stiva il carburante e l'attrezzatura a bordo dell'imbarcazione arenata. Voorhees era rimasto senza parole quando la gru del *Demetra* aveva estratto dalla stiva le sezioni prefabbricate di due massicci elicotteri.

Sänger e Voorhees avevano osservato in silenzio mentre i due imponenti mezzi venivano montati. Ognuno aveva un singolo motore, il quale alimentava due rotori a tre pale ai lati di una fusoliera simile a quella di un aereo. I rotori, dal diametro di quasi dodici metri, erano fissati ciascuno su un telaio in acciaio tubolare. L'abitacolo completamente vetrato era una novità che, secondo Voorhees, avrebbe permesso ai piloti di avere una visuale panoramica della loro morte. I piloti in questione erano un uomo magro dallo sguardo feroce e una donna minuta dai corti capelli biondi.

« Cosa sono quelle macchine? » aveva chiesto Voorhees.

« I loro creatori, Heinrich Focke e Gerd Achgelis, li chiamano Drache. »

Voorhees aveva indicato uno dei piloti dei « Draghi ». « Quella donna è chi credo che sia? »

« Hanna Reitsch », aveva risposto Sänger con orgoglio. « La conosce? »

«Sfortunatamente sì.»

Mentre osservava gli elicotteri alzarsi in volo nell'aria umida, al giovane ingegnere era apparso subito chiaro che i Drache erano instabili a basse velocità.

«Se pensa che controllare un aerorazzo sia un'impresa», aveva detto Sänger, che sembrava avergli letto nel pensiero, «provi solo a immaginare quanto devono essere abili la Reitsch e Lothar per manovrare *questi* affari. Se dovessero perdere il controllo anche solo per un istante...»

Voorhees non aveva ascoltato il resto della lezione, preferendo immaginarsi Hanna Reitsch che passava dalla sorpresa al terrore quando la sua libellula meccanica avrebbe cominciato a vibrare, perdere quota e infine precipitare nel fiume, mentre uno dei rotori troncava...

«Maurice?» La voce di Sänger era un misto di fastidio ed esasperazione, soprattutto perché aveva notato il sorriso sarcastico sulle labbra del suo riluttante protetto.

Anche se i due velivoli avevano svolto in tutta fretta il loro compito - nascondere il sottomarino incagliato sotto una cascata di rampicanti e rami -, non c'era stato nesun incidente. Sänger, però, era tutt'altro che soddisfatto, e l'argomento del suo nuovo, ossessivo monologo lasciava trapelare la paura che il relitto del *Demetra* fosse scoperto troppo presto da qualcuno. «Non abbiamo molto tempo», aveva detto a Voorhees. «Dobbiamo fare in fretta.»

La stessa mattina in cui MacCready e Bob Thorne esaminavano le carcasse sanguinolente dei due animali, Voorhees osservava l'intenso bagliore prodotto dalla sua ultima slitta di prova affievolirsi rapidamente, per poi svanire nella nebbia. Per effettuare un'adeguata analisi del test di volo c'era bisogno che i resti della slitta a razzo venissero riportati alla base per essere studiati. Sarebbe stato facilissimo recuperarla, se solo Voorhees avesse ricevuto il permesso di attaccarci un radiotrasmettitore. Ma era occorso più di un anno di lavoro per pianificare e preparare la base per l'arrivo dei due spazioplani. E, anche se l'arenamento del *Demetra* aveva aumentato la possibilità che i loro piani venissero scoperti, il comandante della base non aveva voluto sentire ragioni e aveva ordinato il silenzio radio nel compound avvolto dalla nebbia. Per quel motivo, Voorhees aveva dovuto fare ricorso a metodi più primitivi per cercare e recuperare le slitte.

Il primo test era filato liscio come l'olio. In meno di un giorno, una squadra composta da quattro uomini aveva localizzato il punto dove la slitta era atterrata, dopodiché una staffetta era tornata alla base per riferire che i compagni la stavano preparando per l'aviotrasporto. Il Drache I, pilotato da Hanna Reitsch, si era spinto per quattro chilometri a nord fino al punto indicato dalla staffetta sulla mappa. Dopo aver individuato un grosso pallone rosso spuntato all'improvviso dalla nebbia, la Reitsch aveva calato un cavo con una serie di robuste cinghie all'estremità. Pochi minuti dopo essere stata imbracata, la slitta di Voorhees era sulla strada del ritorno verso la base.

L'analisi della slitta aveva portato a qualche leggera modifica, ma a livello concettuale l'intricato veicolo di lancio funzionava perfettamente. Anche se era a conoscenza dell'utilizzo finale che avrebbe avuto quella nuova e straordinaria invenzione, Voorhees riusciva a trarre una piccola consolazione dalla consapevolezza che la porta per lo spazio era stata spalancata. Per un istante fugace avrebbe voluto urlare di gioia, ma sapeva che intorno a lui c'erano persone che non condividevano il suo sogno.

A un certo punto, però, il sogno era diventato un incubo.

Nel test successivo, le cose non erano andate secondo i piani. Erano trascorsi due giorni dalla partenza della seconda squadra di recupero, poi altri due, poi una settimana. Era come se la foresta l'avesse inghiottita.

Tre sere prima, altri due uomini erano andati alla ricerca di alcune telecamere piazzate per un esperimento di Sänger. Erano in ritardo di due giorni quando un membro di una tribù locale aveva trovato i loro cadaveri... completamente dissanguati.

Fantasmi. Era così che i tedeschi e i giapponesi avevano cominciato a chiamare i nemici invisibili che avevano fatto sparire i loro compagni. La manovalanza locale alla base, invece, usava un altro termine: Chupacabra.

Fantasmi o Chupacabra, il nome non faceva nessuna differenza. Gli uomini dell'Asse e i locali avevano iniziato a demoralizzarsi. Prima c'era stato il fiume, che aveva intrappolato il *Demetra,* e poi ci si era messa anche la foresta, portando i soldati a fare ciò che gli esseri umani facevano meglio (o almeno Voorhees iniziava a sospettarlo): sanguinare e morire.

Nello stesso istante in cui MacCready e Bob Thorne osservavano la slitta che tracciava una scia infuocata in cielo, Maurice Voorhees, in un raro momento filosofico – qualcosa che si sarebbe aspettato più da Lisl che da se stesso –, si chiese se la natura, destata dalle devastazioni della violenza tecnologica, non stesse cominciando a reagire consapevolmente, con una violenza dallo stile molto particolare.

8

PAURA DEL BUIO

«In natura non ci sono ricompense, né punizioni,
ma solo conseguenze.»
Robert G. Ingersoll (1833-1899)

Chapada dos Guimarães, Brasile,
22 gennaio 1944

Il lancio del missile, come avrebbe detto Bob Thorne, non era stato proprio un buon segno, dal momento che aveva confermato senza ombra di dubbio che le forze nemiche dovevano essere numerose e ben equipaggiate. La natura della loro missione restava incerta, ma qualunque cosa i crucchi stessero architettando ci stavano lavorando da tempo. Una notizia ancora peggiore era la loro distanza dal suolo americano. *Vicini. Troppo vicini.*

Stavano testando un qualche tipo di velivolo. MacCready l'aveva visto tracciare una traiettoria quasi verticale nel cielo, lasciandosi dietro una scia di fumo dal punto in cui era partito. Mettendo assieme le loro informazioni e facendo alcuni calcoli, lui e Thorne erano riusciti a circoscrivere il sito di lancio con un certo grado di precisione: si trovava a non più di cinquanta chilometri di distanza.

Non c'era tempo da perdere.

MacCready elaborò un piano semplice. Per prima cosa, Thorne e Yanni sarebbero andati a Cuiabá per comunicare a Hendry le coordinate approssimative del sito di lancio. Ci avrebbero pensato i bombardieri di Waller Field.

Purtroppo ci sarebbero voluti giorni prima che le novità raggiungessero le orecchie giuste e le alte sfere dell'esercito organizzassero una reazione. Nel frattempo, lui sarebbe partito alla volta della Bocca dell'Inferno per snidare la squadra dell'Asse addetta ai fuochi d'artificio e provare a localizzare con maggiore precisione i loro siti di lancio. Ovviamente, lungo il cammino avrebbe cercato traccia dei ranger scomparsi, anche se immaginava che le probabilità di trovarli fossero scarse.

In quel momento, però, ciò di cui aveva bisogno era dormire qualche ora, ma sapeva che non sarebbe successo. Per quanto detestasse l'idea di andare a corto di sonno in « territorio nemico », odiava ancora di più l'eventualità di lasciare irrisolto un buon mistero... soprattutto se quel mistero aveva a che fare con degli animali. « Voglio farlo stanotte », disse a Bob Thorne.

« Cosa, raccogliere manghi? Ne abbiamo in abbondanza. »

« Sì, certo... o forse stanare le creature che hanno ucciso quelle bestie. Stasera mi metterò di vedetta per provare a cogliere sul fatto i nostri caotici amici. »

« Ascolta, Mac. Capisco, chi non adora le carcasse di asino incrostate di sangue e merda? Ma non puoi dire sul serio. Hai bisogno di farti una bella dormita, amico mio. »

MacCready alzò una mano. « Apprezzo la tua preoccupazione, ma quello di cui ho bisogno è che tu mi aiuti a trovare alcune cose. Riesci a sgraffignare una capra e una corda con cui legarla? »

« Gesù, Mac, non stai scherzando. »

« E mi serviranno anche una scala e una coperta. » Prima che l'amico potesse replicare, alzò di nuovo la mano. « Non costringermi a ucciderti, Bob. »

Lui si strinse nelle spalle. « Ehi, contento tu. »

Qualche minuto dopo i due uomini si trovavano alla periferia del villaggio, in un frutteto che si affacciava su una rupe alta sessanta metri. Erano a cento metri dalla fattoria più vicina. Sembrava che, per qualche ragione, il proprietario di quella *fazenda* avesse levato le tende e si fosse nascosto da qualche parte.

« Qui va bene », disse MacCready, studiando il frutteto e il luogo che aveva scelto prima di posare lo sguardo sullo spettacolare panorama della valle sottostante.

I due uomini rimasero in silenzio a lungo, limitandosi ad ammirare il tramonto. Poi Thorne raccolse un frutto marcio e lo lanciò verso le rocce ammucchiate in fondo alla rupe. « Fossi in te, Mac, se stanotte mi venisse da pisciare, farei molta attenzione a dove metto i piedi. »

MacCready annuì.

Alle loro spalle la capra agitò la testa, testando la resistenza della fune di tre metri che aveva legata intorno al collo.

« Sicuri che non volete affittarvi una stanza? » scherzò Thorne, indicando l'animale.

MacCready ignorò il commento. Era concentrato su un vecchio albero nodoso che spiccava in una macchia di limoni e aranci. « Quello che albero è, testaverde? »

« *Bertholletia excelsa.* »

« Che spaccone... »

« Un noce del Brasile, per voi zoologi. »

« Spine? »

« No. »

«Linfa velenosa?»

«Negativo.»

«Perfetto.»

Cinque minuti dopo, Thorne aveva fermato la corda della capra accanto al grande albero con un picchetto da tenda.

Nel frattempo, MacCready si era arrampicato fino a uno spesso ramo orizzontale a una decina di metri dal suolo. Dopo essersi accertato che fosse abbastanza resistente da reggere il suo peso, sorrise all'amico in basso. «Se alle tre non sono ancora tornato, manda Yanni con una bottiglia di *pinga* e un paio di bicchieri. Per ravvivare un po' le cose.»

Thorne rispose con un gesto volgare che aveva imparato da alcuni italiani transitati l'anno prima da Chapada. «Ti è piaciuto?»

«È vecchio, Bob. Puoi fare di meglio.»

«Sì, be', alle tre torno io, non preoccuparti.» Poi aggiunse: «Sta' attento, okay?»

Dopo che i due amici si furono scambiati un cenno di assenso, Thorne s'incamminò verso il villaggio, accelerando via via il passo. Il senso di colpa che provava per aver lasciato MacCready da solo fu presto sovrastato da un disperato bisogno di tornare a casa prima che calasse il buio.

MacCready strisciò all'indietro fino ad appoggiare la schiena al tronco, poi prese la coperta che aveva portato per usarla come cuscino. La capra, che aveva smesso di strattonare il picchetto, alzò lo sguardo verso di lui, apparentemente interessata a quello che stava facendo.

Lui la salutò con la mano, poi controllò l'orologio, la torcia e la Colt nella fondina.

C'era qualcosa di teatrale nel modo in cui calava la notte ai tropici. Era tutto così repentino. E ora il sipario era calato.

Si guardò intorno stringendo le palpebre, per certi versi sorpreso di non riuscire a vedere il ciglio della rupe, anche se distava meno di cento metri, e ripensò al monito di Thorne: *Attento a dove metti i piedi.*

Sebbene si fosse accampato in foreste pluviali più di una volta e nei posti più disparati, *inclusi* i rami di un albero, quando spense la torcia i suoi pensieri andarono come sempre all'opprimente e aliena oscurità che lo circondava. Era del tutto consapevole che gli alberi erano vivi e ospitavano altre vite a loro volta, e quella consapevolezza portava con sé una leggera claustrofobia impossibile da descrivere e che non spariva mai del tutto.

Si concentrò sui suoni della notte: lo strepito continuo dei grilli... lo sporadico schiocco di un insetto che non aveva ancora identificato... il gracidio isolato di un rospo. A differenza dell'incessante coro delle rane che vivevano in regioni più temperate, MacCready sapeva che il verso del *Physalaemus* era tenue, conciso e infrequente. *Sta cercando una femmina, ma non vuole essere mangiato.*

Poi udì un altro suono, metallico e fuori luogo, ma per certi aspetti rassicurante. In lontananza, nella fattoria che MacCready aveva *creduto* abbandonata, un grammofono stava suonando *Embraceable You* di Frank Sinatra.

Si fece cullare dalla musica, esausto, e per un momento – *solo per un momento,* ne era certo – chiuse gli occhi e si appisolò...

Il belato turbato della capra lo risvegliò di colpo. *Quanto ho dormito?* Erano cessati la musica e, stranamente, anche i versi delle rane e degli insetti. La luna, che stava spuntando da dietro una nuvola, illuminò l'animale legato e il gruppetto di alberi poco lontano. Anche la sua immaginazione sembrava essersi svegliata. Nel silenzio spettrale che lo avvolgeva, vedeva ombre ovunque... e in quelle ombre percepiva dei movimenti.

Fantasmi?

Spettri?

Chupacabra?

No, sono frutti della mia immaginazione. Niente di più.

Nell'oscurità della foresta, quattro « frutti dell'immaginazione » aspettarono che la creatura si fosse stiracchiata, avesse sbadigliato e si fosse rilassata di nuovo, dopo essersi guardata a lungo intorno. Gli esseri tra gli alberi elaborarono un'immagine acustica delle due prede - l'uomo e la capra - grazie a un equivalente ultrasonico della visione notturna, un senso affinato da più di cinquanta milioni di anni di evoluzione. Il corpo di MacCready, e persino il suo respiro lento e regolare, furono analizzati a una velocità inimmaginabile, visualizzati e ascoltati nello stesso tempo con una serie di rapidissimi *clic*. Comunicando con gli ultrasuoni, madre e figlio identificarono la creatura sul ramo: era della stessa specie di quella in cui si erano imbattuti alcuni giorni prima nella grotta di paglia. Ma quella era stata più vigile, pericolosa per la madre e, soprattutto, per il piccolo. Questa, invece, era lenta, rilassata... quasi addormentata. E così la madre decise di servirsene per il successivo passo dell'educazione del figlio.

Il più grosso dei fantasmi di MacCready comunicò qualcosa che le orecchie umane avrebbero percepito come una successione di *clic* appena rilevabili. Il piccolo recepì e intese il messaggio: CIBO.

La giovane creatura tese i muscoli e cominciò a vibrare in previsione dell'attacco.

Poi il comando.

UCCIDI.

Nella radura sotto MacCready e i suoi fantasmi, la capra si muoveva a disagio. L'animale era del tutto ignaro del sangue che stava fuoriuscendo da un paio d'incisioni sopra ciascuno degli zoccoli posteriori. Le due sagome scure rannicchiate alle sue spalle - due gemelli, di un anno più grandi del fratello - erano invece perfettamente consapevoli di quel flusso caldo.

Sotto lo sguardo della madre, il più giovane cominciò ad avanzare con lentezza, appeso sotto il ramo su cui dormiva il bipede. Si muoveva con cautela, anche se la vera furtività sarebbe venuta solo con l'esperienza. E, mentre si avvicinava alla gamba destra di MacCready, l'artiglio sul pollice allungato spezzò un rametto secco.

Svegliatosi di soprassalto, MacCready batté le palpebre nella luce lunare. *Non vedo un accidente.* Si strofinò gli occhi con una manica e quindi abbassò lo sguardo verso la capra.

Ai lati dell'animale c'erano due sagome nere, all'apparenza non più minacciose di due mucchietti di foglie e ramoscelli. Poi, nello stesso momento, i mucchietti presero vita. Sollevarono le teste chinate e, con lunghi incisivi che scintillavano come metallo, guardarono MacCready. Un attimo dopo erano già spariti.

Ma che cazzo?

Ci fu un debole fruscio come di pergamena. *Lo stesso*

rumore della capanna dell'Uomo Palloncino. D'un tratto MacCready si rese conto di avere compagnia. Strane forme si stavano muovendo verso di lui... molto lentamente, restando nell'ombra, e lui capì che le tenebre stesse avevano preso vita. Sopraffatto da un improvviso senso di claustrofobia, prese un profondo respiro e si puntellò meglio che poteva contro il tronco, cercando di distanziarsi il più possibile dai fantasmi. Ora, se solo fosse riuscito a convincersi che il leggero zampettio che sentiva – o meglio, percepiva – alle sue spalle veniva dalla sua immaginazione e non dal lato opposto del tronco... *Se solo...*

Piegando la testa, MacCready scorse – o credette di scorgere – un'ombra che si stava spostando per ripararsi dietro il tronco. Solo per caso aveva scoperto di essere circondato da ombre in carne e ossa e non da fantasmi della sua immaginazione... solo per caso. A un metro di distanza, sul ramo che lo sosteneva, notò una protuberanza scura che prima gli era sfuggita.

Sono spacciato...

Per lunghi secondi, osservò come in trance le ombre che gli si stringevano intorno, e per la prima volta da che aveva memoria si chiuse in se stesso, dominando il panico con quella che riteneva sarebbe stata la sua ultima osservazione scientifica: *Morfologia e comportamento incredibilmente criptici. Nessun movimento non necessario. Sono predatori sociali al culmine della loro scala evolutiva. Col cazzo che è magia nera! Queste sono le creature che...*

Qualcosa di simile a un'onda lo trapassò vibrando, ricordandogli immediatamente la sensazione che aveva provato al villaggio deserto nella foresta. Solo che quella volta era diverso.

TRANQUILLO.

« Ma che... »

TRANQUILLO, sentì di nuovo, e subito dopo un incomparabile senso di pace s'insinuò in lui, s'*impossessò* di lui.

Non stai impazzendo, pensò. *Va tutto bene, ora.*

RILASSATI.

E all'improvviso si ritrovò a sognare il volto della madre. *È passato così tanto tempo dall'ultima volta che ti ho visto sorridere.*

Di sotto, la capra si dimenava frenetica, come se si trovasse su una pozza d'acqua elettrificata. Poi emise un colpo di tosse sorprendentemente simile a quello di un essere umano.

MacCready sgranò gli occhi. Riusciva *ancora* a vedere sua madre... ma adesso la donna stava ingerendo una manciata di pillole. Stava per...

«No!» urlò. *È una specie di sonar. Mi sono entrati nella testa... Mi ronzano e sibilano nella testa, cercano di uccidermi.* «No!»

Provò ad afferrare la Colt e, nei millisecondi immediatamente successivi, avvertì un sussulto nell'oscurità. Sempre in quella minuscola frazione di tempo, MacCready si rese conto che le ombre gli sarebbero state addosso prima che fosse riuscito a estrarre la pistola. E così la sua vita avrebbe avuto fine, se la fretta non lo avesse fatto sbilanciare e cadere dall'albero.

Percepì un altro frusciare di pergamena secca prima di atterrare su un fianco. Girandosi sulla schiena, puntò la 45 da una parte all'altra, in cerca di un bersaglio. Ma le ombre erano sparite, e un istante dopo era sparito anche il lungo e opprimente silenzio, rotto dal ritorno dei versi degli insetti e delle rane. Era come se qualcuno avesse spostato su ON l'interruttore dei suoni notturni.

MacCready prese diverse boccate d'aria senza mai abbassare la pistola. « Tranquillo un corno », disse, alzandosi con cautela.

Poi accese la torcia per esaminare la capra, che continuava a contorcersi in preda agli spasmi, anche se ormai erano meno frequenti, e perdeva sangue da ogni orifizio. Poco dopo, assieme alla leggera brezza che cominciò a spargere l'odore di morte e di gardenie, si levò anche un nuovo rumore. I cani del villaggio avevano cominciato a ululare. Ma non era il tipico guaito dei cani da guardia che strattonavano i guinzagli. Quegli animali ululavano di terrore.

MacCready si avvicinò al ciglio della rupe e fissò lo sguardo sull'orizzonte, cercando di stabilire in quale direzione si fossero allontanate le creature. *Sono volate via,* pensò, mentre la sua mente iniziava a mettere assieme i pezzi del puzzle.

Vista da quel punto, a quell'ora, la sommità della foresta ai suoi piedi era illuminata, con le ombre degli alberi che si allungavano a mano a mano che la luna, salendo nel cielo, spostava l'angolazione della luce. Lo sguardo di MacCready si fermò una ventina di chilometri più avanti, dove le bianche montagne dell'altopiano del Mato Grosso si stagliavano contro lo sfondo scuro dello spazio, sentinelle spettrali che incombevano sulla valle dove lui, il giorno dopo, sarebbe sceso.

9

PARTENZA

« Di quando in quando, sebbene io lo ammetta raramente,
l'universo mi si mostra con un ghigno orrendo. »
H.G. Wells

MacCready entrò nella casa di Bob Thorne in punta di piedi. Non voleva svegliare nessuno, e soprattutto non era granché impaziente di parlare del suo incontro troppo ravvicinato. Gli avevano preparato un'amaca dietro un paravento e lui ci si sdraiò sopra con un lungo sospiro. Per quanto fosse molto scosso dall'esperienza nel frutteto, e ancor più da quello che gli era *quasi* accaduto, si addormentò in un attimo.

Quella notte fece un sogno, nato negli oscuri recessi della capanna dell'Uomo Palloncino e tra i rami di un noce brasiliano infestato. E ancora una volta nel sogno c'era sua madre.

Era china su una forma scura. Gli dava la schiena... ma gli faceva cenno di avvicinarsi... aveva bisogno del suo aiuto. « Tranquillo. »

Ma c'era qualcosa che non andava, qualcosa di molto sbagliato, e così, invece di avvicinarsi alla donna, MacCready fece un passo indietro. Riusciva a sentire il profumo preferito di sua madre.

La telecamera nella sua mente indietreggiò ancora...

Abbastanza da mostrare tutto il suo corpo,
carne putrida avvolta in stracci laceri,
accovacciata sopra la carcassa della capra.

Poi la testa della madre si sollevò, lentamente. E la donna cominciò a sorridere.

I denti scintillavano come se fossero di metallo.

Svegliato dall'urlo di MacCready, Bob si trascinò fino alla sua stanza. Il sole non era ancora sorto. « Mac, svegliati », disse, scuotendolo piano per una spalla. Dietro di lui, Yanni reggeva una candela.

« No! » strillò MacCready, afferrando con violenza il braccio dell'altro. « Ti prego, mam... »

« Rilassati, amico. È solo un incubo. »

MacCready si mise seduto sull'amaca e si guardò intorno, fissando le ombre. Alla fine posò lo sguardo su Thorne, che stava prendendo la candela da Yanni.

L'amico gli rivolse un piccolo gesto con la mano e qualcosa di simile a un sorriso. « Ehi, Mac. »

MacCready annuì.

« Te l'avevo detto di non fartela con le capre », scherzò Thorne, osservando l'amico per valutarne la reazione.

MacCready emise una debole risata che si tramutò subito in un accesso di tosse.

Yanni notò che le spalle del marito si erano rilassate un poco. Leggendo il suo linguaggio del corpo, stabilì che aveva la situazione sotto controllo e se ne andò in cucina.

« Ti va di parlarmene? » chiese Thorne.

MacCready si strofinò gli occhi, che sembravano pieni di sabbia. « Non particolarmente. »

« Allora assecondami. Che è successo? »

« Be'... diciamo che stanotte ho avuto un piccolo faccia a faccia con alcuni tuoi vicini di casa. »

« Raza e i suoi uomini? »

« No, qualcosa che non era affatto umano. »

Thorne esitò, in attesa di una battuta che non arrivò. «Dici sul serio, vero?»

«Altroché.»

«Sputa il rospo, allora. Di che si tratta?»

L'amico spostò le gambe oltre il bordo dell'amaca. «Sono predatori sociali. Arboricoli. E intelligenti... *estremamente* intelligenti.»

«E... sarebbero?»

«Vampiri.»

Thorne alzò il pollice e l'indice, tenendoli distanti sette centimetri. «Vampiri?»

«No», ribatté MacCready, alzando le mani e tenendole distanti un metro. «*Vampiri.*»

«Stai parlando dell'apertura alare, suppongo.»

«No, delle loro dimensioni. Sono notevolmente più grandi di qualsiasi specie di pipistrello di cui abbia mai sentito parlare. Specie non estinte, cioè. E, cazzo, se sono subdoli.»

«Li hai *visti*?»

«Sì che li ho visti! Be'... di sfuggita.»

Thorne sembrava spaventato. «Ma... com'è possibile?»

«Bella domanda. A volte, specie che si *credono* estinte non lo sono *davvero*.» Poi, quasi tra sé, aggiunse: «E questi pipistrelli possono... possono...» *... spingerti a pensare e a fare cose...*

«Aspetta un momento, Mac... Quando dici 'notevolmente più grandi', cosa intendi?»

«Immaginati un pipistrello grosso come un procione e con un'apertura alare... diciamo... non so... di tre metri?»

«Ma hai... hai detto che queste creature sono estinte, no?»

«Ho detto che si *credono* estinte. A ogni modo, stanotte

ce n'erano almeno tre... forse quattro, e io stavo per fare la fine degli animali nella stalla e degli abitanti di quel villaggio nella foresta. »

« Pipistrelli con un'apertura alare di tre metri... vivi? Oggi? *Qui?* Ma com'è possibile? »

Yanni tornò dalla cucina con due tazze di qualcosa di caldo e profumato e ne porse una a Bob. La sua presenza tranquilla sembrò calmare immediatamente MacCready, cui la donna passò l'altra tazza prima di sedersi accanto al marito.

« Grazie », le disse MacCready con un cenno della testa; poi si voltò di nuovo verso l'amico. « Come ti ho già detto, non ne ho idea. Ma vampiri giganti *sono vissuti* in Brasile, e si sono estinti solo recentemente. »

« Quanto recentemente? »

« Non so... un paio di migliaia di anni fa. Credo che questa data possa essere rivista, che dici? »

Thorne non rispose, ma a giudicare dalla sua espressione era evidente che non fosse del tutto convinto dall'idea dei giganteschi mammiferi alati.

« Senti, Bob, so che ti sembrerà strano... ma credo si tratti di loro. »

« 'Loro' chi? »

« I *Desmodus draculae.* »

« 'Dracule'? E che diavolo ci fanno qui - nel 1944 - questi 'dracule'? »

Yanni intervenne per la prima volta nella discussione: « I Chupacabra ci sono sempre stati ».

I due amici raddrizzarono la schiena, come se avessero preso una scossa elettrica nello stesso momento.

« Gesù... » bisbigliò Thorne. « Non è possibile. »

« Rifletti, Bob », disse MacCready, alzandosi. « Ha

perfettamente senso. Questi *draculae* non sono esseri mitologici, ma sopravvissuti di un'altra era... Fossili viventi.»

«Vuoi dire come quegli orribili pesci che tutti credevano estinti da ottanta milioni di anni?»

«I celacanti? Direi di sì, più o meno.»

«Ma perché hanno attaccato il bestiame e gli abitanti del villaggio in cui ti sei imbattuto? Voglio dire... se la gente pensa che sei estinto, perché non te ne resti nascosto?»

«Ottime domande», replicò MacCready, andando davanti a una finestra. *Manca poco all'alba,* pensò, concentrandosi sul profilo del pollaio recintato. «Forse ha a che fare col cibo, forse le loro prede naturali cominciavano a scarseggiare. E poi sono arrivati gli allevatori di bestiame - i tuoi amici fottipecore - e *bang*! In men che non si dica, in città hanno aperto nuove banche del sangue.»

«Sì, potrebbe essere. Oppure, dando per scontato che non hai preso un abbaglio, questi *draculae* sono stati scacciati dalla foresta dalle stesse persone che hanno stanato gli xavante.»

«Intendi i tizi arrivati col sottomarino?»

«Sì, forse i crucchi li hanno disturbati. *Tutti* odiano quegli stronzi, perché un mucchio di pipistrelli estinti dovrebbe fare eccezione?»

«Bob, dimentichi che il sottomarino arenato è giapponese.»

«Giapponesi, nazisti... Uniformi diverse, stronzi uguale.»

Il suo commento strappò un sorriso a MacCready.

«Non lo so, Mac, mi sembra tutto un po' forzato. Del resto, che ne so io di pipistrelli?»

«Abbastanza da prendere Yanni e filarvela da qui.» L'espressione di MacCready era seria. «A ogni modo, ho bisogno che andiate a Cuiabá per riferire a Hendry del missile e dargli le coordinate che siamo riusciti a calcolare. Ma per l'amor del cielo... *non* parlargli dei vampiri giganti. L'ultima cosa di cui ho bisogno è che pensi che io sia impazzito. »

« Andarmene... da qui? » Thorne si sedette come se le gambe gli avessero ceduto. « Lo so cosa ho detto ieri, ma forse c'è un'altra... »

« *Non c'è* nessun'altra spiegazione! Credimi, Bob, ho visto quelle creature... Qualunque cosa le abbia tenute buone tutti questi anni... be', ormai non lo fa più. Tu e Yanni dovrete cercarvi un altro paradiso, perché questo sta per trasformarsi in un inferno. »

Sembrava che l'amico stesse aspettando un'alternativa ma, quando capì che MacCready non gliene avrebbe offerta una, affondò la faccia tra le mani.

MacCready si girò verso Yanni in cerca di sostegno, ma la donna si era allontanata.

Anche Thorne si alzò e s'incamminò lentamente verso la sua camera da letto, senza dire altro.

MacCready prese la sua tazza e tornò alla finestra. Si stava chiedendo se fosse riuscito a convincere l'amico a lasciare Chapada, quando uno strano rumore all'esterno della casa lo strappò ai suoi pensieri. Era per certi aspetti familiare, ma allo stesso tempo del tutto unico.

Senza dire una parola, afferrò la candela e seguì il rumore, fermandosi davanti alla porta aperta sul retro.

La fiammella tremolò nella brezza che precedeva l'alba, animando le scatole e gli attrezzi da giardinaggio disseminati nel cortile.

MacCready mosse un altro paio di passi, poi si fermò di nuovo. Anche se era a pochi metri dalla casa, riusciva comunque ad avvertire l'immensità della foresta... una creatura vivente in attesa al di là del minuscolo spiazzo di terreno spoglio su cui lui si trovava.

Lo strano suono si levò nuovamente nelle tenebre, e MacCready capì dove lo aveva sentito prima.

Nel frutteto.

Il noce del Brasile.

Il ramo.

TRANQUILLO.

Sembra quasi...

MacCready strinse le palpebre nelle tenebre. Qualcosa si muoveva nella luce guizzante della candela.

Yanni?

Era lei, riusciva a distinguere la sua schiena. Era del tutto immobile, appena distinguibile contro lo sfondo nero della foresta. Per un attimo MacCready pensò che anche la donna stesse ascoltando lo strano verso, poi si rese conto che quel suono veniva da lei.

« Che succede, Mac? » disse Thorne, arrivandogli improvvisamente accanto.

« È Yanni. » Indicò con un cenno della testa la donna che emetteva un'alternanza di fischi e *clic* in direzione della foresta. La sua attenzione sembrava concentrata sulla fitta macchia di alberi un paio di metri più avanti.

Yanni si zittì di colpo, ma rimase immobile.

Per diversi secondi ci fu un silenzio assoluto...

... e poi la foresta le rispose.

Un'ora dopo, Thorne osservava nervosamente l'amico sulla veranda, intento a risistemare il contenuto del suo zaino. Yanni, seduta al suo fianco, aveva un'espressione preoccupata.

« Mac, dovresti venire con noi », disse Thorne.

Anche se il suo silenzio equivaleva a un no, MacCready doveva ammettere che avrebbe di gran lunga preferito andare con l'amico che aveva creduto morto e la sua misteriosa moglie, piuttosto che scendere in *quella valle*. E invece continuò a togliere dallo zaino qualsiasi oggetto superfluo per alleggerire il carico. Quando una noce del Brasile lo colpì alla schiena, mostrò il medio a Bob senza voltarsi.

« Portão do Inferno... che posto di merda », disse quest'ultimo.

« Hai finito? » sbottò MacCready, scuotendo la testa.

Thorne e Yanni fecero spallucce nello stesso momento, poi lei si alzò e tornò in casa.

MacCready decise di cambiare argomento: « E così Yanni parla con quelle creature, eh? Interessante ».

« Ehi, ne so quanto te. »

« Bob, stiamo parlando di tua moglie. Non puoi non sapere cosa fossero quei versi che faceva stanotte. »

« Te l'ho detto, Mac, non ne ho idea. Ma Yanni è sempre stata un po'... inquietante. »

« Inquietante? »

« Sì... roba di spiriti e altre stronzate soprannaturali. La sua tribù l'ha cacciata per questo, e gli idioti della zona la credono una specie di strega. »

« Una strega? »

« Che ti devo dire? Le stanno tutti alla larga, cosa che mi sta assolutamente bene. Almeno non farà cenno a nessuno di questa storia dei vampiri giganti. »

MacCready scosse la testa. « Be', è già tanto. A ogni modo, avrete qualcosa di cui parlare mentre fate i bagagli. »

Thorne distolse lo sguardo. « Cristo, ancora con questa storia? Ma poi dove dovremmo andare? »

« Non lo so. Dopo aver contattato Hendry, potrete cercarvi un appartamento a Cuiabá. »

« In quel postaccio? »

« Perché non te ne torni a Brooklyn? A Yanni piacerebbe. »

Thorne scoppiò a ridere. « Brooklyn? E come ci arrivo, in taxi? »

« Senti, ti dico solo che dovete andarvene da qui. » Prima che l'altro potesse replicare, gli mise in mano la mitraglietta russa e una sacca piena di cartucce. « E, a proposito di andarsene, ho bisogno di viaggiare il più leggero possibile. Puoi tenermi queste? »

Quando tornò in veranda, Yanni notò un'espressione di fastidio sul volto del marito.

MacCready si rivolse a lei in cerca di sostegno. « Ehi, Yanni. La situazione si sta facendo pericolosa da queste parti e vorrei lasciarvi il fucile. Bello, vero? »

La donna prese l'arma e la sacca delle cartucce dalle mani del marito. « Da' qui, mammoletta! »

MacCready sorrise per quella scelta di parole e, quando parlò, il suo tono era più rilassato: « Adesso che siete entrambi armati, c'è una cosa che voglio chiedere a Yanni ».

« Spara », disse Bob.

« Perché parli con quelle creature? Cosa sono quei versi? »

Yanni non rispose.

« La tua gente ti ha cacciata, ti ha esiliata per questo, vero? »

« C'era un'altra come me. È stata esiliata. È scesa nella valle, come farai tu. Sua madre l'ha seguita. Non credo che le incontrerai. »

« Capisco. Ma i Chupacabra ti mettono in testa delle parole? Pensieri? »

« Certo, Mac. Mi fanno parlare con le persone che non ci sono più. Ho imparato a comunicare coi Chupacabra ascoltando le loro voci. Quelle che tu chiami versi. »

Il volto di MacCready s'illuminò. « Yanni, questa potrebbe essere la notizia migliore che sento da anni. »

« Come mai? » chiese Bob.

« Perché probabilmente vuol dire che non sto impazzendo. »

« Sì, be', se la metti così, hai ragione. Ma come ti spieghi quei versi cantilenanti dei vampiri? »

« È una forma di adattamento. È così che ti spingono a fare quello che vogliono. 'Rilassati', e diventi la loro preda. Oppure 'scappa', e ti levi dalle palle. »

« Ma come ci... »

« I pipistrelli ricorrono all'ecolocalizzazione, giusto? Bene, io penso che i *draculae* possano fare di più, molto di più. Quelle creature mi hanno radiografato il cervello, e scommetto che in questo modo sono riuscite a innescare il rilascio di specifici... »

« ... neurotrasmettitori. »

« Esatto, Bob. »

« E cosa sono? » chiese Yanni.

« Sostanze chimiche nel cervello », rispose il marito. « Alcune regolano le emozioni. »

« Come la paura o la calma », aggiunse MacCready. « Ritengo che i pipistrelli abbiano trovato il modo per servirsi di queste emozioni, come uno strumento. È una tecnica di caccia. »

Yanni si voltò verso il marito. « I Chupacabra... si sono *evoluti* in pipistrelli, giusto? »

« Ci hai preso, Yanni! » Poi, sfoggiando il suo sorriso più orgoglioso e compiaciuto, disse a MacCready: « Dunque è questo che ti hanno fatto stanotte? »

« Sì », rispose lui, cambiando posizione per nascondere un brivido. « Hanno provato a ingannarmi facendomi ricordare alcune cose. »

« Tipo le persone che hai perso? » chiese Yanni con un filo di voce.

« Tipo le persone che ho perso. »

Dopo che MacCready ebbe spiegato ai Thorne come usare il mitra, si diressero tutti e tre alla periferia di Chapada. Anche se il sole era sorto da quasi un'ora, non c'era molta attività nel villaggio. I maiali e il pollame non si vedevano in giro, e persino i cani se ne stavano tranquilli.

« A proposito di prudenza... » cominciò Thorne. « Dover parlare al *tuo* funerale m'imbarazzerebbe non poco. Dunque evitiamo che succeda, non so se mi spiego. »

« Ho capito, ho capito », rispose MacCready, abbracciandolo. « Mi raccomando, Bob, ricorda due cose: primo, riferisci a Hendry del missile e dagli le coordinate. Secondo, andatevene da qui, almeno finché questa storiaccia non sarà finita. »

« Sì, lo so, me l'avrai ripetuto una ventina di volte. »

MacCready scoppiò a ridere. Sapeva che aveva la tendenza di ripetere fino alla noia i concetti che considerava importanti.

« Tieniti lontano dai guai, non ho voglia di venire a salvarti le chiappe. »

« Ricevuto », ripose MacCready salutando l'amico con un gesto. Non diceva mai *addio*. Nella sua famiglia – e in quel particolare periodo storico –, si pensava che quella parola portasse sfortuna. « Ci vediamo presto, Yanni. Magari sotto il ponte di Brooklyn. »

Quando la donna gli andò incontro, lui pensò che

avesse intenzione di dargli un bacio su una guancia. Invece, Yanni gli mise uno strano ciondolo al collo.

Il sottile laccetto di cuoio era attaccato a una minuscola ampolla sigillata con una sostanza resinosa. *Altra magia nera locale,* immaginò lui.

Yanni pronunciò qualcosa nella sua lingua natale che Thorne tradusse: «Se vai nella palude, spalmati il contenuto dell'ampolla sul corpo e non verrai morso».

«Ricevuto, sorella!» disse lui rivolgendole un piccolo inchino, prima d'incamminarsi a passo svelto verso la foresta. Sapeva che c'era un canyon da qualche parte al di là degli alberi, un canyon conosciuto come la Bocca dell'Inferno.

10

PREDATORE

«Impicchiamo i ladruncoli e nominiamo
i grandi ladri alle cariche pubbliche.»
Esopo

Chapada dos Guimarães,
24 gennaio 1944, ore 10

Jesus Raza ruttò mentre allungava una mano verso la bottiglia semivuota di *pinga,* facendola quasi cadere dal tavolo... *di nuovo.* «Avresti dovuto vedere la faccia di quel gringo», farfugliò alla moglie.

Maria aveva sedici anni, quasi quaranta in meno del marito, ed era incinta di due mesi, anche se a lui non lo aveva ancora detto. Era stata costretta a sposare il *jefe* per una sola ragione. Di certo non per il suo fascino (inesistente) o per il fatto che Raza era un ubriacone violento persino nelle sue giornate migliori. Era semplicemente l'uomo più importante di Chapada dos Guimarães. E tutti avevano paura di lui.

A volte Maria si chiedeva come fosse riuscito a diventare così importante. Raza si vantava spesso di avere passato la gioventù in un posto chiamato Messico, assieme a un tizio di nome Zapata. Ma Maria, che in tutta la sua vita non si era mai allontanata più di dieci chilometri dal suo villaggio, non aveva mai sentito quel nome.

E non si vanta solo di questo, pensò la ragazza. Sembrava che il marito avesse fatto carriera millantando amicizie con uomini famosi, di cui lei però non aveva mai sentito parlare.

Ma di una cosa era assolutamente certa: Raza era un assassino. Le sue vittime erano perlopiù stranieri che avevano avuto la sfortuna di metterglisi contro; altri, invece, erano solo capitati a Chapada nel momento sbagliato. E, con le recenti uccisioni di bestiame, quello era *senza dubbio* un momento sbagliato.

« Il gringo se l'è quasi fatta sotto quando mi ha visto », disse l'uomo tra un sorso e l'altro di acquavite di canna, ripensando con orgoglio all'incontro davanti alla chiesa. Avrebbe dovuto ucciderlo, ma l'altro gringo, Thorne, gli aveva promesso due tini di liquore se l'avesse lasciato in pace. E, se c'era una cosa che a Raza piaceva più della violenza, era l'alcol. E poi non voleva che quella strega della moglie di Thorne gli lanciasse contro un maleficio.

Maria sorrise, cercando di ricordare se fosse la terza o la quarta volta che il marito ripeteva quella storia. Annuì, accertandosi di continuare a sorridere. *La quarta... sì, nessun dubbio.*

« Avresti dovuto vedere la sua faccia », ripeté Raza, finendo di pavoneggiarsi con un rutto che alla ragazza ricordò il verso di una vacca ammalata.

Maria annuì di nuovo. *E, guarda caso, con lui c'erano i suoi amici armati di machete.* Sfoggiò il suo sorriso più radioso. *Sto diventando brava a fingere.*

« È fortunato che mi sentivo... »

Qualcuno sfondò la porta d'ingresso con un calcio. Un pezzo d'infisso finì accanto al tavolo dov'era seduto l'uomo.

Il cervello impregnato di *pinga* del *jefe* registrò l'urlo di Maria e un movimento fugace. Ma, prima che potesse alzarsi dalla sedia, Raza si ritrovò con due canne di pistola premute addosso, una sulla nuca e l'altra sulla guancia destra.

S'immobilizzò, tenendo le mani sul tavolo. Solo gli occhi si muovevano.

Qualcuno stava trascinando Maria nella camera da letto. « Noooo! » strillò lei, poi la porta si chiuse e cadde il silenzio.

Raza poteva sentire il battito accelerato del suo cuore.

« Chi ha ucciso i miei uomini? »

La voce veniva da dietro di lui. Era calma e misurata, quasi cortese. L'uomo che aveva parlato era senza dubbio uno straniero, ma il suo portoghese era fluente.

Raza provò a voltarsi, ma un doloroso aumento della pressione delle pistole gli fece cambiare idea. « Non... non so di che sta parlando. Quali uomini? »

Altri cinque secondi di silenzio, poi un urlo agghiacciante arrivò dalla camera da letto. *L'ho già sentita urlare prima d'ora,* pensò il *jefe, ma mai così.*

Le urla di Maria cessarono all'improvviso così come erano iniziate.

« Chi ha ucciso i miei uomini? » ripeté la voce alle sue spalle, sempre calma, sempre misurata.

« Dev'esserci un errore », sbottò Raza. « Ma... ma gli errori capitano. *Prendete* la donna. Ve... ve la *regalo.* »

Seguì un'altra pausa, poi un'improvvisa riduzione della pressione della pistola sulla nuca. *Così va meglio. Adesso...*

Qualcosa lo colpì con violenza su un lato della mascella, e un dolore lancinante, simile a una scarica elettrica infuocata, gli si propagò lungo il collo e il braccio destro, che si tese come in un saluto militare. Pezzetti duri e affilati ticchettavano nella parte inferiore della bocca e, quando la lingua passò sul punto in cui fino a un istante prima c'erano stati quattro denti, trovò aria fredda e sangue caldo.

L'uomo con la voce calma sapeva che il movimento involontario del braccio era uno spasmo muscolare dovuto a un nervo danneggiato. Riconobbe inoltre l'espressione di sbigottita sorpresa di chi ha appena scoperto di avere un buco sulla guancia, un buco abbastanza ampio da permettere alla lingua di passare da una parte all'altra.

Raza si accasciò a terra, e una delle pistole lo seguì nella discesa, per poi posarsi spiacevolmente vicino al suo occhio destro.

«Chi ha ucciso i miei uomini?» Il tono dell'uomo non era cambiato di una virgola.

«Io... non lo...» La bocca del *jefe* era piena di calabroni. Li sputò fuori, duri e bagnati, e attese un altro colpo, che però non arrivò. Per qualche ragione, ciò lo spaventò più di qualsiasi altra cosa successa negli ultimi minuti. *Chiedimelo di nuovo. Rifammi la domanda!* Ma non ci fu nessuna domanda, solo un dolore atroce e un silenzio ancor peggiore. La sua mente lavorava in modo frenetico. *Forse un proiettile, questa volta.* L'immagine della sua testa spappolata all'altezza degli occhi lo fece trasalire.

Ma la stanza era ancora immersa nel silenzio.

Poi si concentrò su qualcos'altro. Qualcosa d'importante. *Sì. Qualcosa che può salvarmi. Il gringo.* Si sforzò di schiarirsi le idee. «Stra... niero... due giorni... fa... ameri... americano.» La giuntura della mandibola non funzionava correttamente, ma la sua unica preoccupazione era buttare fuori quelle parole. «Stre... ga... e... mari...» ricominciò. «Strega... e... mari... to paz... zo. Vivon...» Fece una pausa. Gli scatti della giuntura e il gocciolio del sangue lo stavano confondendo, e così allungò una mano e indicò la porta: «... fuo... ri... villag... gio».

La pistola puntata alla tempia venne ritratta all'istante.

Adesso il dolore arrivava a ondate ma, compiendo uno sforzo enorme, Raza riuscì a sollevare la testa.

Un'alta figura si materializzò davanti a lui. Aveva un viso dalla forma allungata e dei baffetti sottili.

Qualcosa di familiare, pensò Raza, socchiudendo gli occhi come se stesse cercando di ricordare il nome di un vecchio conoscente. *È forse un attore?* Ripensò a un film che aveva visto a Cuiabá.

Poteva vedere che l'uomo dal viso stretto stava sorridendo, ma quel sorriso non lo rassicurava per niente. Anzi, all'improvviso sentì lo stomaco che si contorceva.

L'uomo sorridente fece un piccolo cenno col capo.

E finalmente Raza capì. *Era...*

Una mano lo afferrò per i capelli e lo strattonò all'indietro con violenza, facendolo inginocchiare. Raza scalciò con una gamba e cercò di tirarsi in piedi, ma le mani scivolarono su qualcosa di caldo e bagnato. Il suo mondo, ormai dominato da un senso di vertigine e da una calma irrazionale, cominciò a inclinarsi come il ponte di una nave sul punto di affondare, e d'un tratto l'uomo ebbe la strana sensazione che le sue dita si trovassero sotto uno zampillo caldo. *Il tetto perde.*

Urlò il nome della moglie. *Ci penserà quella cagna a pulire il pavimento.* Ma dalla trachea recisa uscì solo un gorgoglio prolungato. Una sensazione di calma stava prendendo il sopravvento, e d'un tratto si ritrovò in un paesaggio da sogno, un paesaggio in cui figure indistinte sbucavano dagli angoli con le mani protese verso di lui, come se volessero trascinarlo sottoterra. Le ombre e il suo stesso rantolo gorgogliante fecero scivolare l'uomo più forte di Chapada in uno stato d'ipercoscienza. E fu allora che vide due uomini in uniforme nera.

Mentre le ombre si avvicinavano, l'immagine tremolò come la fiammella di una candela esposta a uno spiffero.

Ma perché sono a testa in g...

La coscienza di Raza si spense come se qualcuno avesse pigiato un interruttore. L'uomo cadde all'indietro, su un fianco, sbattendo la faccia stravolta a terra.

L'ombra sorridente coi baffetti sottili, sempre vigile e silenziosa, contò i secondi che impiegò per passare dalla vita alla morte, dalla Terra all'inferno. Poi guardò l'orologio da taschino, annotando il momento in cui gli occhi di Raza avevano smesso di guardarsi intorno, nell'istante in cui la vita li aveva lasciati. «Grazie», disse in tedesco al cadavere. «Sei stato molto collaborativo.» Poi infilò l'orologio nella giacca e scavalcò con noncuranza la testa del *jefe*. Gli importava poco della morte dei soldati semplici Fuchs e Becker. Erano due idioti. Ancor peggio, avevano distrutto la telecamera di Sänger prima di morire. Ciò che importava, l'*unica* cosa che importava, era che erano soldati tedeschi... soldati suoi. E, nella ricerca dei loro assassini, quel lurido ubriacone del luogo - per quanto si considerasse un pezzo grosso - era una pedina sacrificabile.

L'ufficiale delle SS era piuttosto orgoglioso del posto che era convinto di occupare nella storia, anche se ignorava che i posteri lo avrebbero ridotto a uno spauracchio stereotipato. Ma anche quello avrebbe fatto sorridere il colonnello Gerhardt Wolff.

L'alcol che il morto aveva lasciato sul tavolo aveva un odore ripugnante. Il sergente Vogt lo usò per pulire il suo stiletto, che poi asciugò sulla tovaglia tessuta a mano. *Il colonnello ha apprezzato la bellezza del mio taglio.*

Wolff aprì la porta della camera da letto ed entrò con passo felpato. Da dentro la stanza giunse un debole piagnucolio, seguito da un sussurro: « Sstt ».

E poi... il silenzio.

Come un ragno, pensò Vogt sorridendo. *Proprio come un ragno.*

11

ESTINZIONE

« L'universo non è soltanto più strano di quanto immaginiamo,
ma è più strano di quanto riusciamo a immaginare. »
Arthur Stanley Eddington, parafrasando J.B.S. Haldane

25 gennaio 1944

Era metà pomeriggio, e MacCready stava cercando di ricordare dove si fosse imbattuto in una peggiore combinazione di caldo e umidità. *Bangkok? Forse. In agosto a Port Arthur, nel Texas?* Trasalì al ricordo.

Stava facendo una pausa accanto a uno stagno pieno di alghe e delimitato da una manciata di alberi mezzi morti. *È più una pozzanghera con manie di grandezza.* Ma aveva bisogno di un po' d'ombra e di un riparo sicuro.

In quel punto la foresta non era continua. Fitte macchie di alberi erano sparse su un mare di erba alta. Al momento, a preoccuparlo di più era trovarsi in mezzo all'erba alta in pieno giorno. Prese un sorso d'acqua dalla borraccia. *Probabilmente Hendry lo asfalterebbe, questo posto.*

Anche se era stanco e avrebbe volentieri schiacciato un pisolino, MacCready sapeva che c'erano diverse questioni urgenti da prendere in considerazione. Trovare i ranger scomparsi senza essere infilzato dagli xavante era di certo la più importante. Ma per qualche ragione non riusciva a scacciare l'immagine di Yanni che fissava la foresta ed emetteva versi che ricordavano un po' troppo quelli delle creature che lui aveva incontrato nel frutteto, le stesse creature che avevano tentato - *due volte* - di ucciderlo.

In pratica mi hanno pedinato fino a casa di Thorne. Nonostante il caldo, un brivido gli corse lungo la schiena. *E quindi? Li ha chiamati Yanni?*

Un caimano affiorò nelle vicinanze, come se fosse improvvisamente interessato al suo dilemma.

È bello grosso. Tre metri dal naso alla punta della coda.

Con un colpo di coda, il rettile si avvicinò di un metro al punto in cui l'uomo era seduto. MacCready era uno zoologo, sapeva che il cervello del caimano non era cambiato molto dall'età dei dinosauri, e di conseguenza era grande come le chiappe di un moscerino. *Be', forse qualcosina di più.* Ma, anche se quel parente del coccodrillo non avrebbe mai dipinto la *Gioconda* o scatenato guerre, la sua specie era sopravvissuta immutata a qualunque cosa avesse sterminato i dinosauri, i suoi cugini più forti e intelligenti.

Forse la natura sta cercando di dirci che non sempre il cervello e i muscoli sono indispensabili. Lanciò un ciottolo sul dorso dell'animale, per poi cercarne subito un altro. *Sopravvissuto o no, si sta avvicinando troppo.* « Come fa Yanni a comunicare con quelle creature? » mormorò, mentre il corpo squamoso s'immergeva sotto uno strato di alghe verdi.

Ma un'altra domanda, ben più importante, era andata formandosi nella sua mente da quando aveva lasciato Chapada: *In tutto questo tempo, perché i* draculae *non l'hanno ammazzata?*

Gli occhi del caimano riaffiorarono, neri e imperturbabili.

MacCready prese un sasso più grosso e pesante. *Non costringermi a lanciartelo.* Senza perdere di vista il rettile,

MacCready ripensò a Yanni e ai suoi amichetti non-più-estinti. *Be', qualunque sia la risposta, non mi meraviglia che Thorne contribuisca alle faccende domestiche.*

Stava per sferrare un altro attacco preventivo col sasso, quando un lieve fruscio catturò la sua attenzione. S'immobilizzò d'istinto, così come il caimano, ma la mano destra scivolò piano verso la Colt. Alla sua sinistra, a meno di dieci metri, c'era una creatura che si muoveva piano tra l'erba, tenendosi bassa sul terreno.

MacCready socchiuse gli occhi, cercando d'identificare il nuovo arrivato. Ma, qualunque cosa fosse, si era fermata, e la sua sagoma era praticamente invisibile in pieno sole contro gli alti steli di erba.

Poi, senza nessun preavviso né esitazione, l'animale sbucò in una stretta radura sulla riva dello stagno.

MacCready sgranò gli occhi. *Non è possibile.*

Resistette alla tentazione di battere le palpebre, quasi temendo che, se lo avesse fatto, la creaturina sarebbe svanita come un miraggio.

Non è assolutamente possibile, pensò di nuovo, questa volta con una sensazione di disagio. Ormai si era quasi abituato all'idea che forse, e solo *forse,* non stava seguendo la madre nell'incubo perenne e incontrollabile della follia. *Devo riconsiderare la questione.*

L'animale sul ciglio dello stagno *sembrava* un cavallo. *E si comporta anche come un cavallo...* Abbassò il lungo muso per bere, con gli occhi color oro che scrutavano la superficie dell'acqua, attenti a qualsiasi movimento.

Ma, al di là dell'aspetto e del comportamento, definirlo un cavallo sarebbe stato una forzatura. Per cominciare (e *solo* per cominciare), era alto al garrese non più di un metro e, incredibilmente, aveva *tre* dita per zampa invece di un singolo zoccolo.

Mentre si sforzava di non spalancare la bocca, una parte del suo cervello scivolò in «modalità paleontologia» (*e al diavolo i giapponesi*), riportando alla memoria tutto quello che lui sapeva sull'evoluzione degli equidi preistorici.

Sapeva che l'antenato di tutti i cavalli era stato un brucatore dal muso corto che viveva nelle foreste, con quattro dita sulle zampe anteriori e tre su quelle posteriori. Poi, quando il clima del Nordamerica aveva cominciato a cambiare - all'incirca venti milioni di anni addietro -, le foreste umide avevano ceduto il posto alle praterie e i cavalli si erano adattati di conseguenza, sviluppando zampe più lunghe e perdendo via via le dita in favore dello zoccolo.

Un Mesohippus? si chiese, mentre l'animale dava una zampata a qualcosa nell'acqua. *No, è un po' più grande. Un Parahippus.*

Ma quell'esemplare apparteneva a una razza nordamericana in teoria estinta da tempo, una specie intermedia tra i cavalli delle foreste e quelli delle praterie.

Questo piccoletto stravolgerà tutto quello che credevamo di sapere sugli antenati dei cavalli.

Il *Parahippus* sollevò il capo e drizzò un orecchio, come se avesse ascoltato i suoi pensieri. MacCready trattenne il fiato.

Improvvisamente, un verso simile a un nitrito si levò dal mare di erba che delimitava il lato più lontano dello specchio d'acqua.

L'uomo sobbalzò senza volerlo. *Ce ne sono altri. Forse un intero...*

La creaturina girò il capo e lo fissò dritto negli occhi.

... branco.

MacCready non provò neppure a trattenere il sorriso

che gli stava spuntando sulle labbra. Ma poi un colpo di fucile riecheggiò nelle vicinanze, costringendolo a buttarsi faccia a terra. *Un Mauser.* Impugnò la pistola e vide di sfuggita la creatura che superava lo stagno torbido con un unico balzo.

Una frazione di secondo dopo, ci fu un'esplosione di acqua verdastra. Prima che MacCready riuscisse a puntare la Colt nella direzione del nuovo rumore, le fauci spalancate del caimano schizzarono fuori dall'acqua, mancando però la loro preda. Provando un certo sollievo, MacCready vide che il *Parahippus* spaventato era già sparito tra l'erba.

I riflessi da mammifero, migliori rispetto a quelli dei rettili, avevano fatto la fortuna del cavallo, ma la sfortuna di MacCready. Il caimano atterrò sull'acqua con la grazia di un bambino sovrappeso che si tuffa di pancia in piscina, producendo un baccano che il proprietario del fucile doveva avere sentito. MacCready si nascose tra l'erba, tenendo gli occhi aperti nel caso si fosse avvicinato qualcuno.

Un secondo sparo, questa volta più lontano, rimbombò circa un minuto dopo. *Di sicuro un Mauser. Di sicuro i crucchi. Ma non stanno sparando a me,* pensò con sollievo misto a irritazione. *La Razza Superiore sta facendo il tiro al bersaglio contro un branco di animali estinti da quindici milioni di anni.*

Quando la scarica di adrenalina si esaurì, MacCready cominciò a rendersi conto che la stanchezza, e la decisione di proseguire in pieno giorno, gli erano quasi costate la vita. Decise quindi che avrebbe atteso il crepuscolo prima di lasciare il suo nascondiglio.

Tre lunghe ore dopo, mentre aggirava con circospezione lo specchio d'acqua, fece una breve sosta per osservare una perfetta serie d'impronte di *Parahippus* nel fango. *Pagherei un milione di dollari per fare un calco di queste impronte.* Poi lanciò un'occhiata nella direzione in cui era sparito l'animale. *E altrettanti per seguire quel branco.*

Ma represse il suo istinto da esploratore: aveva una civiltà da salvare. La sua. Si voltò con decisione verso le spoglie pareti rocciose dell'altopiano del Mato Grosso. Svettanti dal loro lago di nebbia, e ormai molto più vicini, i guardiani di pietra della Bocca dell'Inferno sembravano ripidi in modo impossibile, e altrettanto inospitali.

Gesù... fa' che non debba scalare quei figli di puttana.

12

DALLA NEBBIA

«Dio è nei dettagli.»
Freeman Dyson

«Il diavolo ha un addetto stampa migliore.»
Lewis Abernathy

26 gennaio 1944, un'ora all'alba

I dieci vampiri, simili a enormi lacrime nere, erano appesi ai rami nodosi di un grosso albero. Qualche metro più in là, sembrava che la foresta fosse stata attraversata da una forte raffica di vento, che aveva spazzato via ogni pianta e ogni forma di vita lungo una linea retta. Gli strani suoni e l'improvviso sciame di bipedi aveva costretto la maggior parte dei *draculae* a lasciare quello che, fino a poco tempo prima, era il loro terreno di caccia.

Adesso erano tornati per indagare.

Il maschio alfa emise una serie di *clic* ultrasonici che si propagarono lungo la radura, senza incontrare ostacoli.

Confuso, il vampiro ripeté il verso, questa volta emettendo un fascio di energia più ampio che disegnò un'immagine acustica del fitto fogliame ai lati della radura. L'informazione di ritorno fu elaborata all'istante: un lungo tratto di foresta era scomparso.

Dalla sua posizione al centro del gruppo, la madre poteva avvertire la combinazione di paura e rabbia nei feromoni del compagno. Appesi allo stesso ramo della madre, i due gemelli si mossero a disagio quando recepirono il messaggio chimico del padre.

Il maschio alfa vibrò per un istante prima di spalancare le fauci: due ghiandole salivari specializzate si gonfiarono, occupando la metà anteriore della bocca. Poi emise un lungo sibilo accompagnato da un sottile spruzzo aerosolizzato. Alle spalle della madre diversi maschi subordinati, tra cui uno dei gemelli, reagirono immediatamente, riproducendo il verso.

Fino a quel momento, avevano attaccato i bipedi solo quando se li erano ritrovati davanti. Adesso, invece, avrebbero cominciato a cacciarli.

Qualche istante dopo, i rami del grosso albero si svuotarono. Le dieci creature si alzarono in volo prima dello spuntare dell'alba e si diressero verso le montagne, lasciandosi dietro un profumo di gardenie.

Sdraiato su una sporgenza rocciosa coperta da una fitta vegetazione, MacCready scrutava la valle sotto di lui. Mancava poco all'alba e, un centinaio di metri sotto il suo trespolo, un mare di nebbia si estendeva ininterrotto per alcuni chilometri.

Arrivato la sera prima, MacCready aveva deciso che il modo migliore per raggiungere la Bocca dell'Inferno era passare dall'alto. Fortunatamente era anche riuscito a dormire qualche ora, ma si sentiva ancora stanco.

Se non fosse stato per le cime degli alberi che facevano capolino qua e là, un osservatore avrebbe potuto pensare che ci fosse una distesa d'acqua, sotto quella coltre di nebbia, e non una foresta rigogliosa. *L'Indian Lake all'alba,* pensò MacCready con un sorriso, ricordando quando aveva visto sorgere il sole sugli Adirondack.

Le strida dei pappagalli, che planavano dagli alberi in cima alle pareti rocciose, lo riportarono al presente. Precisi come orologi, a ogni spuntare del sole i pennuti lasciavano rumorosamente i loro nidi e scendevano nella gola per mangiare. Al crepuscolo, lo stesso tragitto chiassoso veniva compiuto al contrario. Si udivano anche altri versi, perlopiù d'insetti e di rane.

All'improvviso, come se qualcuno avesse premuto un interruttore, calò un silenzio di tomba.

MacCready ebbe giusto il tempo di registrare quel cambiamento, quando la terra cominciò a tremare e un basso rombo risuonò nell'aria.

Viene da sotto la nebbia!

Un istante dopo, a poco meno di un chilometro di distanza, una piccola chiazza di nebbia avvampò e, quasi nello stesso momento, un missile sbucò dalle sue viscere. Lungo quasi otto metri e largo all'incirca uno, con quattro alette fissate alla sezione centrale, saliva velocemente in cielo lasciandosi dietro una scia di condensazione nera e rossastra.

Non è ciò che ho visto da Chapada. Poi il suo sguardo scorse un altro oggetto, quasi invisibile a causa della maggiore altitudine.

Tese le orecchie per sentire il suono del motore. *È un ricognitore fotografico degli Alleati... Un B-24, probabilmente.* «Merda», sussurrò.

Di punto in bianco, la scia di condensazione deviò bruscamente, e per un momento – ma solo un momento – MacCready credette che il missile avesse qualche problema. Fu allora che si rese conto che stava guardando un missile terra-aria diretto verso l'aereo ricognitore. *Qualcuno sta guidando quell'affare,* pensò. In quello stesso istante, il missile e il B-24 si fusero a formare un'enorme palla di fuoco.

MacCready sussultò quando il suono dell'esplosione

lo raggiunse qualche secondo dopo. Stordito, spostò di nuovo lo sguardo sulla valle sottostante, ma adesso c'erano solo la nebbia e alcuni rami scheletrici che indicavano il cielo come dita accusatrici.

Devo comunicare a Hendry le esatte coordinate. Se solo Thorne non fosse già partito. Mentre cercava il modo più rapido per trasmettere quella nuova informazione al mondo civilizzato, sentì una puntura appena sotto l'orecchio destro.

È un...

MacCready non vide né sentì niente. Il suo senso del pericolo, la percezione del tempo, qualsiasi pensiero cosciente o no, la percezione di sé si erano semplicemente annullati.

Diversi chilometri sopra la sua figura prona, la scia irregolare del missile stava già svanendo nel cielo azzurro del mattino.

13

MARUTA

« La crudeltà, la sofferenza e la paura lasciate in eredità dal generale Shirō Ishii e dalla sua Divisione armi chimiche turbano ancora il mondo. Non ci si è impegnati molto per fare ammenda con le famiglie delle vittime dei suoi barbari esperimenti. Shirō Ishii è ormai morto, ma le conseguenze del suo lavoro sono una minaccia che ancora oggi sconvolge il mondo libero. »

Gregory Dean Byrd

Base Nostromo,
26 gennaio 1944

« Chi ha ucciso i miei uomini? » chiese il colonnello Wolff. Parlava un ottimo inglese, ma l'accento tedesco si sentiva.

Il prigioniero si reggeva a stento sulle gambe e aveva le mani legate strettamente dietro la schiena. « Ti ha mai detto nessuno che somigli a quell'attore? » Poi si voltò verso Schrödinger, enorme sergente delle SS e braccio destro di Wolff. « Hai capito di chi parlo, sì? È alto come te... solo che lui è un essere umano. »

Il viso del gigante non tradì nessuna emozione.

« Chi ha ucciso i miei uomini? » ripeté Wolff. La sua voce non aveva nulla di minaccioso. Anzi, era quasi rassicurante.

L'uomo legato si voltò di nuovo verso l'ufficiale vestito di nero. « Questo attore... non ce lo vedo per niente come protagonista in un film romantico. Piuttosto potrebbe... »

Ci fu un rapido movimento, e il prigioniero si accasciò

al suolo come se gli avessero falciato le gambe. Il capitano R.J. MacCready non aveva visto arrivare il pugno sferratogli alla tempia dal sergente Schrödinger, fulmineo come il dardo che lo aveva steso quattro ore prima.

Wolff fissò l'uomo accasciato a terra per un istante, poi lanciò un'occhiata esasperata e infastidita al sergente.

«Un sistema interessante per porre fine a un interrogatorio», disse una voce alle spalle del colonnello, in un tedesco accettabile. «Allora, li ha uccisi lui i suoi uomini?» Era il dottor Kimura, uno degli ultimi acquisti del progetto. Aveva un camice da laboratorio e portava gli occhiali, ma il resto del suo abbigliamento non aveva nulla di professionale: un paio di bermuda e, ai piedi, degli strani sandali piatti rialzati. Una mascherina chirurgica abbassata gli copriva parte del mento pronunciato.

«Non credo», rispose Wolff. «È stato chiaramente mandato qui per rintracciare i suoi compagni scomparsi.»

«Bene, così potrò usarlo per...»

«Prima che faccia *qualsiasi cosa,* dottore, il nostro ospite trascorrerà del tempo con *me.*» Poi, senza ulteriori spiegazioni e prima che Kimura potesse replicare, il colonnello si voltò e, tallonato da Schrödinger, s'incamminò a grandi passi verso il *Nostromo.*

«Non era così arrogante quando ha fatto incagliare l'altro sottomarino», mormorò tra sé il giapponese nella sua lingua. Dopo essersi accertato che il colonnello e il suo scimmione fossero andati via, toccò il prigioniero con la punta di un *geta.* Appurato che era solo semisvenuto, fece un cenno ai due soldati giapponesi sull'attenti che erano con lui. Niente nelle loro espressioni lasciava trasparire che, solo un minuto prima, avevano sghignazzato per il suo eccentrico abbigliamento. Kimura pronunciò una sola parola: «*Maruta*». Ma era tutto ciò che i militari avevano bisogno di sentire.

I due osservarono il loro superiore allontanarsi a fatica, sforzandosi di nascondere l'andatura claudicante. Tutti loro avevano trascorso un'infanzia all'ombra della poliomelite.

I soldati giapponesi afferrarono MacCready per le braccia e cominciarono a trascinarlo via. Gli stivali dell'americano tracciarono due solchi superficiali fino a un edificio simile a un capannone, grande quasi quanto un garage per camion. Il tetto arrotondato della struttura in lamiera ondulata era striato di rivoletti rossastri: i pannelli di metallo si stavano arrugginendo dopo quasi quattro mesi in quel clima torrido. Dopo aver spalancato la porta con una pedata, i soldati e il prigioniero sparirono all'interno della «segheria» del dottor Kimura.

Akira Kimura avrebbe voluto essere ancora in Manciuria o, per quello che valeva, da qualsiasi altra parte. *Ovunque ma non qui, con questi selvaggi che hanno messo la loro bandiera sui nostri preziosi sottomarini... e hanno avuto l'impudenza di ribattezzarli. Ma poi che razza di nome è* Nostromo*?*

Il mio lavoro qui è tutt'altro che terminato, pensò, guardando in un microscopio. «*Maruta*», disse tra sé. Era un termine che, nonostante l'afa, l'umidità, il cibo pessimo e la compagnia ancor peggiore, lo faceva sogghignare. Persino il dottor Ishii, ai tempi di Harbin, si era fatto una risata quando l'aveva sentito. *Maruta.*

Kimura era un microbiologo, con un dottorato di ricerca all'università imperiale di Kyoto. Dopo la laurea era rimasto nell'ex capitale giapponese per lavorare all'ospedale militare, dove si era guadagnato il favore di alcuni alti ufficiali. Il giovane ricercatore si era identificato con gli ultranazionalisti, facendo suoi i loro obiettivi e ideali, così come l'odio per tutto ciò che era capitalista, borghese o liberale.

La sua esistenza era cambiata per puro caso nel 1928, quando aveva saputo che il protocollo di Ginevra aveva messo al bando le armi chimiche e biologiche. « Se si sono presi la briga di bandirle », aveva ragionato Kimura, « devono avere un grosso potenziale. » Sfruttando le sue conoscenze tra gli esponenti ultranazionalisti del ministero della Guerra, aveva cominciato a insistere per un programma di sviluppo di armi patogene. Consapevoli che il loro esercito era di gran lunga meno numeroso di quello bolscevico, i suoi superiori si erano mostrati impazienti di favorire lo sviluppo di armi in grado di annullare il vantaggio dei sovietici in un qualsiasi conflitto imminente. Kimura ricordava con piacere quanto il suo status sociale si fosse elevato durante la costruzione di un immenso complesso di ricerca nella Manciuria occupata.

Quand'era stato completato, nel 1939, sotto la supervisione del dottor Shirō Ishii, l'impianto di Pingfan comprendeva più di settanta edifici. Oltre ai laboratori all'avanguardia e alle strutture riservate alle dissezioni e alle autopsie, c'erano ventidue dormitori, un grande tempio shintoista, otto bar-ristoranti e bordelli con giovani « donne di conforto » cinesi e coreane. Il microbiologo aveva sempre trovato divertente che i quindicimila operai che avevano creato l'impianto di Pingfan, perlopiù cinesi analfabeti, fossero morti per le condizioni di lavoro disumane senza neppure sapere cosa stavano costruendo.

Ancor meno fortunati erano stati i prigionieri negli edifici 7 e 8, uomini e donne che, con loro grande stupore, dormivano in celle riscaldate e ricevevano abbondanti razioni di cibo.

« I miei pazienti », li chiamava il dottor Kimura, sapendo che i comfort di cui godevano erano simili a quelli che i mandriani di Kobe riservavano alle loro vacche ingrassate a dovere. Il programma era noto in via ufficiosa come « Unità 731 ».

La maggior parte dei « pazienti » dell'Unità 731 erano cinesi, ma c'erano anche russi e coreani, oltre a qualche decina di prigionieri di guerra inglesi e americani. Anche se sarebbero andati tutti incontro a una morte atroce, i metodi di uccisione variavano parecchio. Alcuni venivano legati a pali conficcati nel terreno e disposti a griglia, e « bombardati » con un'ampia gamma di agenti infettivi, dalle pulci portatrici di peste all'antrace. Kimura e la sua squadra calcolavano poi fino a quale distanza dall'epicentro gli agenti patogeni continuavano a mietere vittime.

Nei vicini villaggi occupati, i bambini non venivano sottoposti a quelle bombe batteriologiche, ma ricevevano dagli uomini di Kimura cioccolatini contaminati con antrace e biscotti appestati.

Il numero degli esperimenti era cresciuto così tanto che i soldati giapponesi non riuscivano a seppellire i cadaveri abbastanza velocemente, o abbastanza in profondità. In alcune zone, i corpi putrefatti ammassati sottoterra avevano prodotto una quantità tale di metano che il terreno si era innalzato di alcuni metri.

Kimura aveva scoperto, più con fastidio che con preoccupazione, che i tentativi di far passare le fosse comuni per normali terreni agricoli erano destinati a fallire. I contadini dicevano che il terreno era avvelenato. Le piante morivano, e neppure i maiali volevano andarci.

Ma la terra tossica non era l'unico dettaglio macabro che faceva impensierire i locali e sorridere Kimura. L'impianto stesso di Pingfan era una presenza minacciosa: più di cinquanta ettari circondati da un fossato profondo cinque metri e da alte mura di mattoni sormontate da filo spinato o elettrificato, con una torre di guardia munita di mitragliatrice a ogni angolo. Kimura aveva ordinato al personale dei treni passeggeri in transito dalla stazione di Pingfan di chiudere le tendine di tutti i vagoni: « Chiunque sia abbastanza sconsiderato da sbirciare, vedrà il complesso da una posizione molto meno confortevole ».

Una costante fonte di orgoglio per Kimura era la consapevolezza che l'efficienza dei comandanti dell'Unità 731 – a differenza di quella degli ufficiali dei campi di sterminio tedeschi – era assoluta. *Non è mai trapelata una voce.*

I locali non facevano caso ai « mezzi di trasporto speciali » che entravano nell'impianto a tutte le ore: avevano imparato a loro spese che era meglio sparire dalla circolazione quando l'urlo delle sirene della polizia annunciava l'arrivo di quei grossi camion.

La situazione era arrivata al punto in cui persino gli amministratori regionali del governo fantoccio del Manciukuò si preoccupavano di mantenere la copertura. « Cosa dobbiamo dire alla gente? »

Kimura non avrebbe mai dimenticato la replica colma di disprezzo del dottor Ishii. « Dite che abbiamo costruito una segheria », aveva detto ai suoi sottoposti, che a loro volta avevano informato i ministri manciù.

Da quel giorno, i « pazienti » di Pingfan sarebbero stati conosciuti come *maruta*.

Da quel giorno, sarebbero stati « ciocchi di legno. »

La giornata afosa rendeva più opprimenti le condizioni all'interno della segheria, che non aveva finestre ma solo un condotto di aerazione all'altezza del soffitto. Oltre alla temperatura e all'umidità, nell'aria aleggiava l'inconfondibile tanfo di escrementi umani... e qualcos'altro, qualcosa d'indescrivibile. Uno dei due soldati giapponesi cominciò ad avere conati di vomito ancor prima di scaricare il corpo privo di sensi di MacCready nella sua cella. L'uomo nauseato indicò la porta con un cenno e se la filò senza dire una parola.

L'altro soldato, Yamane, richiuse la cella il più in fretta possibile per seguire l'amico di fuori. Ma, per qualche strano motivo, esitò. All'improvviso, qualcosa in quel posto gli aveva riportato alla mente un ricordo di gioventù, e la macelleria in cui lavorava il padre. *Di certo non è questa puzza terribile.* Ma proprio allora, e solo per un momento, riuscì quasi a sentire la voce del suo adorato papà.

JENTORU.

Scosse la testa. *Mio padre non avrebbe mai detto una cosa del genere.*

Poi udì un sibilo e portò istintivamente la mano alla pistola. Ma era solo il nuovo prigioniero che cominciava a riprendere i sensi. Yamane si rilassò un poco, mentre l'americano si girava su un fianco lamentandosi.

L'ultimo arrivato s'immobilizzò di nuovo ma, non appena il soldato si voltò per andarsene, dall'angolo più lontano dell'edificio si levò un fruscio. *Come due vecchi fogli di carta di riso che sfregano tra loro.*

Yamane si mise a fissare l'oscurità con gli occhi socchiusi: c'era qualcosa in quel punto... qualcosa di strano e appena visibile... una sagoma scura appesa al soffitto.

Si è mossa?

Si è mossa.

Lo strano oggetto sembrò espandersi per un momento.

Poi Yamane sentì di nuovo la voce del padre. JENTORU.

« Uh, oh! » cantilenò qualcuno nella cella più lontana.

Il soldato si voltò di scatto e si affrettò verso l'uscita, inciampando quasi nei suoi stessi piedi. *Perché sto correndo?* pensò, rendendosi conto che una parte di lui voleva restare.

La segheria fu inondata di luce quando la porta si spalancò, ma il suono del chiavistello che veniva chiuso la fece ripiombare nell'oscurità assieme a tutti i suoi segreti.

Nell'angolo più lontano dell'edificio, vicino al soffitto, ci fu un breve frullio d'ali e la sagoma nera sparì.

MacCready aprì gli occhi e batté le palpebre più volte, in un vano tentativo di mettere a fuoco.

« Q-q-q-questo è tutto, gente! » disse una voce nella cella più lontana, seguita da una risata soffocata.

Che diavolo ci fa qui Porky Pig? pensò MacCready un istante prima di perdere di nuovo i sensi.

Il colonnello Gerhardt Wolff sapeva poco del passato sanguinario del dottor Kimura, e non gli interessava approfondire l'argomento. Gli importava esclusivamente che il team del giapponese avesse gli strumenti necessari per perfezionare le armi biologiche e per costruire bombe in grado di diffondere gli agenti patogeni dai Silbervogel di Sänger.

Ma Wolff, che era a sua volta un microbiologo, aveva sempre saputo che sarebbero sorte domande. Domande *serie.*

I ceppi modificati di antrace e peste bubbonica di Kimura

quanto sono migliori delle armi psicologiche? E, nel caso, quanta gente ucciderebbero, queste bombe?

Poi c'erano i missili e le strane slitte su cui venivano montati per essere sparati in cielo. *Funzioneranno? Avremo tempo di lanciarli, ora che la squadra che se ne occupa ha combinato un pasticcio?*

Il colonnello era ancora furioso per l'abbattimento dell'aereo da ricognizione degli Alleati. Hanna Reitsch, uno dei piloti collaudatori, era stata presente durante l'attacco e, almeno inizialmente, Wolff aveva sospettato che la donna avesse avuto parte attiva. A quanto pareva, però, si era trattato di un incidente... di un « problema tecnico ».

« Il missile è partito un istante dopo che lo avevamo messo in standby », si era giustificato il caposquadra. « A quel punto, abbiamo dovuto abbattere il bersaglio nemico per evitare che individuasse la nostra posizione. »

Wolff doveva ammettere che si trattava di una spiegazione plausibile, ma non lo aveva dato a vedere agli uomini scoraggiati che aveva davanti. Incidente o no, l'intera missione era stata compromessa. « Le vostre azioni spingeranno inevitabilmente gli Alleati a concentrarsi di più nella regione », aveva detto, pensando che, se fossero stati in Germania, avrebbe fatto imprigionare o persino giustiziare quegli uomini.

Ma la Germania era lontana, e uccidere i propri uomini avrebbe solo intensificato la paura che stava prendendo piede nella base *Nostromo*. Era una paura che non aveva nulla a che fare con la loro missione o col lancio accidentale del missile, ma con la morte misteriosa – per « drenaggio di sangue » – di alcuni soldati tedeschi.

Wolff trovava particolarmente strano il comportamento degli indios che aveva preso a lavorare nella base. Sapeva che qualcuno dei suoi nuovi dipendenti trascorreva il tempo libero scuoiando i prigionieri delle tribù rivali con lame di ossidiana.

Ma non erano stati loro a uccidere i suoi uomini e, per quanto ostentassero indifferenza, era evidente che i locali non erano solo bugiardi patentati, ma avevano anche una gran paura di morire.

Non è la prima volta che vedono una cosa del genere, aveva concluso il colonnello. *Per loro non è solo una storia di spettri, glielo si legge negli occhi.*

Wolff era ragionevolmente sicuro che la sua squadra sarebbe riuscita a mandare in orbita i Silbervogel e a far sì che quelli sganciassero le loro bombe da un'altitudine inattaccabile. Tutto stava nel lanciarli prima che gli Alleati scoprissero la loro posizione e nell'accertarsi che il loro carico fosse letale. Al momento, però, c'era un nuovo problema: quella lingua lunga di Sänger si era lasciato sfuggire che forse il suo protetto stava perdendo di vista l'importanza della missione.

Scuro in volto, il colonnello s'incamminò verso il grosso capannone climatizzato in cui Eugen Sänger e Maurice Voorhees lavoravano ai loro missili.

Wolff entrò nell'hangar, seguito come sempre dal sergente Schrödinger, che chiuse la porta e le si piazzò davanti.

Il colonnello attese un momento prima di avvicinarsi a Voorhees e parlò col tono più calmo che gli riuscì: «Per quanto tempo ha studiato a New York?»

«Due anni», rispose lui, senza alzare lo sguardo dal lavoro.

Wolff si avvicinò alla scrivania e cominciò a scrivere sul diario della missione. «E, per la cronaca», continuò, cercando di sfoggiare un sorriso rassicurante, « quand'era in America, ha avuto modo di conoscere Harold Urey? »

Il giovane raddrizzò la schiena e si voltò verso il colonnello. « Sì. Era un professore esterno. »

« E Urey le ha mai esposto le sue idee su un veicolo spaziale alimentato a uranio? »

« Certo, ma nel corso di una lezione, non personalmente. Era convinto che sarebbe stato possibile raggiungere Marte con un sistema propulsivo di questo tipo, se solo avesse trovato il modo di raffinare un quantitativo sufficiente di uranio 235. »

« Un problema non da poco, giusto? » chiese Wolff, in tono indagatore.

L'espressione di Sänger si fece improvvisamente preoccupata.

« Un'impresa ardua, ma possibile... credo. Al tempo c'erano altri che la pensavano come me. »

« Altri? »

« C'era uno studente... » Voorhees fece una pausa, cercando di ricordare il suo nome. « Si chiamava... Isaac... Asimov. Un giorno ho avuto l'idea di proporre a Urey una piccola modifica alla sua astronave a fissione nucleare... Era così orgoglioso di parlarne con un esperto di quel calibro... Ma per qualche ragione Urey è andato su tutte le furie, urlandogli che non avrebbe mai funzionato. E da quel momento non ha fatto più nessun cenno ad astronavi alimentate a uranio. »

« Ma lei... ritiene ancora che sia possibile? »

« Cosa, la propulsione nucleare? »

Wolff annuì. « E ci permetterebbe di raggiungere Marte? »

« Credo di sì, ma ciò che stiamo realizzando in questi giorni non è per nulla sufficiente allo scopo. Dovremmo modificare drasticamente il progetto dei missili, trovando per esempio il modo di convertire in spinta propulsiva l'enorme calore sprigionato da un'accelerazione. Se ci riuscissimo, provi solo a immaginare fin dove potremmo spingerci a una velocità di sessanta o anche di cento chilometri al secondo.»

«Ho l'impressione che lei l'abbia immaginato sin troppo», osservò il colonnello.

Solo allora Voorhees sembrò notare l'espressione affranta di Sänger.

«Lei mi ricorda molto von Braun», disse Wolff. «Non è d'accordo, dottor Sänger?»

Sänger non disse niente, limitandosi a scrollare le spalle con un leggero imbarazzo.

«Dottor Voorhees, lei pensa più alla Luna e a Marte che ai nostri obiettivi», proseguì Wolff, scrivendo qualcos'altro sul diario. «Credo di aver trovato il modo per impedirle di volare troppo con la fantasia. Da questa notte comincerà a effettuare turni di guardia.»

«Ma c'è bisogno di me, qui», protestò Voorhees, muovendo un passo verso il colonnello.

Il sergente Schrödinger, immobile come una statua, emise un grugnito minaccioso.

Qualsiasi tedesco alla base sapeva che era poco saggio mettersi contro Schrödinger. La sua storia era leggendaria: era stato il primo membro del Reich a essere imprigionato dagli americani e ad aver fatto ritorno in Germania dopo essere evaso. Il gigante ariano, che era stato catturato in Italia dagli americani mentre cercava di far esplodere un ponte di barche utilizzato per i rifornimenti, non aveva risposto a nessuna domanda né aveva rivelato il suo nome, neanche quando un ufficiale frustrato gli aveva sferrato un violento pugno su una ferita da proiettile. Stando alle voci, Schrödinger non aveva battuto ciglio, ma aveva semplicemente rivolto all'ufficiale un mezzo sorriso che aveva fatto rabbrividire tutti gli uomini presenti all'interrogatorio. Dopo essere evaso, aveva attraversato a piedi le Alpi e, senza alcun anestetico, si era estratto il proiettile che aveva ancora in corpo e si era ricucito la ferita.

La sua storia era arrivata anche alle orecchie degli Alleati. Nelle loro comunicazioni radio non si parlava d'altro: « Credete che Hitler abbia altri uomini come lui? »

« Sì », avrebbe risposto Maurice Voorhees.

Schrödinger, la collaudatrice Hanna Reitsch e altri due milioni di tedeschi erano stati attentamente « indottrinati » - fin dalla primissima infanzia e con un'efficienza da catena di montaggio - sul dogma della purezza razziale e sull'inevitabile destino della stirpe pura di Thule che avrebbe dominato il mondo. La gioventù hitleriana - diverse centinaia di migliaia di ragazzi - era stata imboccata con pappe di sdegnosa superbia e ira senza fine, addolcite con puro piacere sadico e perfidia fine a se stessa. Schrödinger era il perfetto prodotto finale di un meticoloso programma d'indottrinamento, uno strumento accuratamente plasmato (come milioni di altri) all'interno delle nazioni dell'Asse, uno dei numerosi esempi dell'abuso minorile più sistematico, raccapricciante e capillare cui il mondo avesse mai assistito fino ad allora.

« Oh, sì, ce ne sono molti altri come lui », avrebbe detto Voorhees ai nemici americani.

Una loro rappresentanza piuttosto nutrita si trovava lì

con lui, alla base *Nostromo*. Se qualcuno glielo avesse chiesto, Voorhees avrebbe ammesso candidamente di non essere uno di loro. Pensava davvero di essere buono, con nulla a che spartire con gentaglia come Kimura e Wolff. Ogni tanto ripensava a quando - ancora adolescente, in cerca della propria strada -, aveva chiesto ai suoi genitori se unirsi al partito nazista fosse una cosa buona o cattiva, e se li avrebbe resi orgogliosi. Non poteva fare a meno di ricordare il monito che la madre gli ripeteva: « Dimmi con chi vai, e ti dirò chi sei ».

Mentre cercava di evitare lo sguardo del gigante ariano, il giovane scienziato si sforzò di accantonare quei pensieri e ricordi che non gli davano pace. Poi Wolff infilò il diario della missione in un cassetto della sua scrivania e lo chiuse a chiave. L'incontro, o l'interrogatorio, o qualunque cosa fosse, era terminato. Ma, invece di andarsene, il colonnello prese da un altro cassetto una custodia perfettamente oliata e conservata, da cui tirò fuori un violino.

Il dottor Sänger, che sembrava intento a stabilire il suo record personale di mutismo, decise che era ora di uscire dal capannone.

« Chiuda la porta, per favore », gli disse Wolff, con la voce tornata alla sua consueta calma.

« Sì, certo », si affrettò a obbedire l'altro. Senza vie di fuga, si voltò verso l'enorme sergente delle SS. « L'umidità... Certo non fa bene... al suo... »

Schrödinger ringhiò e, per la seconda volta in una manciata di minuti, Eugen Sänger si ritrovò senza parole.

Poi Wolff cominciò a suonare, e tre minuti dopo tutta la squadra addetta ai missili aveva cessato di fare ciò che stava facendo per ascoltare.

Guardandosi intorno, Voorhees notò che tutti avevano le lacrime agli occhi. Tutti, tranne il gigante delle SS.

Le note del violino sembravano amplificare la sua capacità di guardare al di là dei Silbervogel, verso la Luna e i mondi che lo attendevano da qualche parte lontano da quella follia.

« Arriveranno giorni migliori », aveva detto una volta all'unico vero amore della sua vita. « Dopotutto, siamo la patria di Brahms, Bach e Beethoven. »

Peccato che Brahms, Bach e Beethoven non siano a capo del Terzo Reich, replicò il suo subconscio.

La musica non arrivò alle orecchie di MacCready. Non quella del violino di Wolff, almeno.

Quando riaprì gli occhi, il capitano si guardò intorno con aria confusa: non capiva se fosse davvero sveglio o se stesse vagando in un incubo provocato dalla commozione cerebrale. In ogni caso, era rinchiuso in una cella buia che puzzava come il pozzo nero di una latrina. Aveva ancora le braccia legate dietro la schiena e un mal di testa d'inferno.

Poi c'era l'uomo nell'altra cella. L'irritante accento bostoniano lo aveva subito qualificato come americano. Era messo *decisamente* male, non c'erano dubbi. « Sono tutti morti, ormai », gemette. Sembrava uno che aveva appena perso la sua intera famiglia. « Tutti tranne me... e il tizio nuovo. »

« Ehi, amico », disse MacCready, tenendo la voce più bassa che poteva. La tempia destra gli faceva male come se fosse stata centrata da una palla da bowling. Non ottenendo nessuna risposta, parlò di nuovo: « Mi chiamo MacCready, R.J. MacCready. E tu? »

Altro silenzio. Poi lo sconosciuto tirò su col naso.

« Hai capito cosa ti ho chiesto? Come ti chiami? »

« Scott », rispose quello con un filo di voce. « Ned. » Poi biascicò il suo grado e il suo numero di matricola.

Silenzio, poi altri singhiozzi. Sommessi. Strazianti.

MacCready riconobbe quel nome. Il tenente Scott era uno dei ranger mandati da Hendry.

Provò inutilmente a mettersi seduto, e prima di ricadere sul fianco riuscì a vedere nella penombra che tutte le celle, tranne quella di Scott, erano vuote. *Cos'è successo agli altri ranger? Sono morti?* Respirò a fondo per riordinare le idee. « Andrà tutto bene, Scott. Ti tireremo fuori da qui. »

Niente.

« Mi hai sentito? Ho detto che ti tireremo fuori da qui. »

« Nooo », cantilenò l'altro. « Tu non sei altro che un nuovo *maruta.* »

Dove ho già sentito questa parola? « *Maruta?* Cosa vuol dire, tenente? »

L'uomo lo ignorò, improvvisamente interessato a qualcosa all'esterno della sua cella. « Oh-oh, i cagnolini sul soffitto sono spariti. »

MacCready fece un grosso sforzo per mettersi seduto. « Tenente, quella parola... *maruta*... che vuol dire? »

L'altro rispose con una risata priva di allegria. « Amico mio, vuol dire che sei *fottuto.* »

MacCready trasalì. *Grazie, mi sei molto d'aiuto.*

Poi, quasi a volergli assicurare che le cose sarebbero potute andare *peggio,* il tenente Ned Scott cominciò a cantare ad alta voce: « *Uno, due, tre, sei un* maruta *come me! Ciocchi, ciocchi, ciocchi, io e te siam due ciocchi!* Andiamo, Mac, conosci le parole », urlò allegramente, per poi lanciare una risatina acuta. « E se no... le imparerai presto. »

MacCready si stese di nuovo e chiuse gli occhi, sperando in un oblio che si rifiutava di arrivare, mentre il soldato impazzito continuava a ripetere la sua canzoncina.

14

BAMBINI DI SANGUE

«E in molti luoghi ci sono pipistrelli di una tale grandezza
(incontrati da coloro che hanno seguito Colombo nei tropici
del Nuovo Mondo, pipistrelli simili a grossi uccelli).
Questi pipistrelli hanno spesso attaccato gli uomini nel sonno,
mordendoli coi loro denti venefici, tanto da spingerli
quasi alla follia. E così questi uomini sono stati costretti
a fuggire da quei luoghi, e da quelle fameliche Arpie.»

Pietro Martire d'Anghiera, 1525

Base Nostromo,
27 gennaio 1944, 20 minuti all'alba

«Una vera sfortuna, eh?» disse il caporale, un ventiduenne allampanato.

«Cosa?» rispose Maurice Voorhees, sporgendosi oltre il parapetto della torretta dell'I-400. A causa della nebbia – ancora più fitta all'alba che durante il resto del giorno –, non riusciva a vedere neppure il ponte del *Nostromo.*

«Il fatto che l'abbiano messa di guardia. Lei è uno scienziato... È qui perché il colonnello ha deciso di raddoppiare il numero delle sentinelle?»

Voorhees si voltò verso di lui. «Sì, caporale Kessler, è per *questo* che sono qui.»

«Non si vede un accidente con questa nebbia», si lamentò l'altro, agitando un braccio davanti al viso. «Scendo a controllare la poppa.»

«Ma dobbiamo restare...»

«Dobbiamo *proteggere* il sottomarino», lo interruppe

Kessler. «Ma come possiamo proteggere qualcosa che non riusciamo a vedere?»

Il caporale si mise l'MP-43 a tracolla e scese alcuni scivolosi gradini di metallo. Arrivato a metà scaletta si fermò e, con un filo di voce, disse: «Dottor Voorhees, che fa, non viene?» Il suo linguaggio del corpo contraddiceva l'improvviso sfoggio di spavalderia.

Voorhees tergiversò per un momento, poi annuì, cogliendo un leggero sollievo sul volto del caporale prima che sparisse sotto il ponte della torretta.

Un minuto dopo, erano quasi all'estremità del ponte di poppa del sottomarino. Era silenzioso e deserto. Sembrava che persino i pappagalli, che scendevano strepitando a valle ogni mattina, quel giorno non si fossero ancora svegliati.

«Questo posto non è come me l'aspettavo», sussurrò Kessler. «Speravo di trovarci noci di cocco e donne col seno al vento.»

Voorhees non disse niente, sperando che l'altro cogliesse l'antifona.

«Le chiedo scusa se l'ho offesa, dottore. Ha una fidanzata che l'aspetta a casa?»

«Caporale Kessler, se è *questa* la sua idea di conversazione, preferirei che tacesse.»

«Mi perdoni. Non volevo... voglio dire, è questo posto. Mi fa quasi rimpiangere il fronte rus...» Kessler si fermò di colpo e sollevò una mano, improvvisamente concentrato su qualcosa che si trovava davanti a lui. Socchiuse gli occhi, cercando di guardare attraverso la nebbia che nascondeva la coda e la sezione più prossima alla poppa dell'I-400.

Anche Voorhees intravedeva qualcosa: tre piccole sagome incappucciate.

«Ehi», chiamò Kessler. «Che state facendo?»

Ci fu un movimento rapido e le figure, che sembravano rannicchiate, indietreggiarono nella nebbia con un debole ticchettio.

Voorhees rimase sorpreso dalla loro velocità e ancora di più dalla loro agilità. Invece di raddrizzarsi prima di arretrare, le tre sagome erano rimaste chinate e si erano allontanante raspando sul pavimento. *Come granchi in spiaggia.*

I due uomini si scambiarono un'occhiata. Poi il caporale imbracciò la mitragliatrice e cominciò ad avanzare. Voorhees estrasse la sua arma e gli andò dietro.

« Saranno bambini », sussurrò Kessler, ma il suo tono sembrava tutt'altro che convincente. « Bambini del villaggio che giocano sul sottomarino... Giusto? »

Voorhees non disse nulla. *Di qualunque cosa si tratti, di certo non sono bambini.*

Mentre il caporale procedeva nella nebbia, le tre figure tornarono visibili per un istante prima di saltare all'indietro e sparire nuovamente.

Si muovono su mani e gambe, pensò Voorhees. *Ma sono troppo piccoli per essere umani... troppo...*

« Chi va là », abbaiò Kessler, facendogli prendere un colpo. La voce del caporale si era rotta sulla seconda parola.

Non ci fu nessuna risposta, solo una serie di rumori raspanti e di *clic.*

Il caporale Kessler continuò ad avanzare e poco dopo i suoni cessarono.

Un'immagine si formò nella mente di Voorhees. *Artigli.* Poi un altro pensiero: *Ci stanno attirando.* Provò a parlare, ma improvvisamente aveva la bocca secca. « Caporale... non sono... »

Kessler sparì nella nebbia.

Nello stesso istante in cui il caporale Kessler scendeva dalla torretta per andare a controllare il ponte di poppa del *Nostromo*, MacCready fu svegliato dal secco rumore intermittente del manganello che il colonnello Wolff faceva scorrere sulle sbarre della sua cella.

Alzandosi a fatica, il capitano strinse le palpebre verso le luci accese sul soffitto, poi incrociò lo sguardo dell'ufficiale delle SS. Riuscì persino a rivolgergli un largo sorriso sarcastico. « Herr Crucco, ma che ore sono? Credevo di averti detto di svegliarmi alle nove. »

« Lei è un uomo molto divertente », disse Wolff, impassibile. Poi, allontanandosi dalla cella, aggiunse: « A un suo buon amico avrebbe fatto comodo un po' del suo spirito, quando gli ho parlato di recente ».

Sulle prime MacCready fu perplesso, ma poi spostò lo sguardo sulla cella più lontana. Il tenente Scott non c'era più. *Se mai c'è stato.* « Dev'essere stato difficile sbarazzarsi di un prigioniero denutrito e fuori di sé, Herr Crauti. »

Wolff scosse la testa, come un insegnante deluso da uno studente. Era un'espressione che MacCready cominciava *davvero* a odiare. Poi Wolff fece un cenno allo scimmione in divisa che il giorno prima aveva mandato al tappeto il capitano.

Mentre il gigante avanzava verso la cella, MacCready notò che aveva qualcosa in mano: una pistola mitragliatrice russa, un PPSh. Anche se l'arma era macchiata di fango, la mimetizzazione della sua tracolla era più adatta al circolo polare artico che alle giungle brasiliane. Era senza alcun dubbio la mitragliatrice che gli aveva dato Juliano.

MacCready trasalì come se avesse ricevuto un colpo allo stomaco. *Bob... Yanni.*

Solo allora il colonnello sorrise, gustandosi quel momento. « Le è passata la voglia di scherzare? »

L'altro si accasciò contro la parete della cella senza dire niente.

« Bene, allora forse troverà divertente l'offerta che sto per farle. »

Solo se potrò infilarti quella mitragliatrice su per il culo e premere il grilletto. Questi figli di puttana hanno ammazzato Bob. E Yanni.

« Se collaborerà », continuò il colonnello, « vale a dire, se ci racconta *ogni dettaglio* della sua missione, e ciò che i suoi amici sanno sul nostro conto... le garantisco personalmente che avrà una morte rapida. » Wolff alzò la mano destra e sollevò l'indice e il medio. « Parola di scout, come dite nel vostro Paese. »

MacCready gli mostrò un sorrisetto e scosse la testa, spostando poi la sua attenzione su uno scarafaggio che zampettava velocemente all'esterno della cella.

Il colonnello indicò il gigante ariano con un cenno. « Il sergente Schrödinger, che ha già avuto modo di conoscere, ha escogitato una procedura di laboratorio piuttosto ingegnosa per cremare le... scorie mediche. Questa procedura prevede l'utilizzo di un missile simile a quello che ieri lei ha avuto la sventura di vedere. »

MacCready continuava a guardare l'insetto, che stava andando dritto verso gli stivali del sergente. *Bob e Yanni... morti.*

« Provi a immaginare il suo corpo assicurato sotto il motore di un missile pronto ad andare in orbita. »

MacCready alzò la testa verso l'alto ufficiale nazista. *Tu non sei un essere umano.*

Wolff si sporse in avanti per studiare attentamente la reazione del prigioniero. Poi, come a voler evitare che

Schrödinger lo sentisse, sussurrò: « Detto tra noi, il metodo del sergente è assolutamente inadeguato a sbarazzarsi di soggetti viventi. In passato, ho visto un esperimento simile all'Istituto Hermann Göring. Il missile ha fatto volare brandelli di carne intorno a tutta la rampa di lancio ». Sorrise al ricordo. « Sembravano crauti rossi. »

MacCready scosse la testa, prima di fare cenno al colonnello di avvicinarsi. E, quando l'ufficiale si sporse di nuovo in avanti, gli bisbigliò tra le sbarre: « Tua madre lo sa che sei coinvolto in queste stronzate? »

Wolff si tirò su e si voltò di scatto. Il sorriso era sparito.

« Come immaginavo », gli urlò MacCready, che decise d'insistere. « E scommetto che non vedi l'ora di dirmi quanto sarebbe tutto più facile, se solo collaborassi. »

Il colonnello si girò sui tacchi, ridendo. « *Se?* Lei collaborerà. Perché, in caso contrario, scoprirà che alcuni locali hanno l'ossessione di determinare quanto ci impieghi a morire un uomo scuoiato un centimetro alla volta. » Wolff cominciò a divagare: « Una questione interessante, no? Secondo le mie stime, ci... »

Un colpo di pistola lo interruppe. Due secondi dopo, all'esterno del capannone risuonarono alcuni spari di armi automatiche, ma il colonnello e la sua enorme guardia del corpo stavano già sfrecciando verso l'uscita.

Quando Wolff e Schrödinger salirono di corsa la passerella di legno del *Nostromo,* un gruppo di uomini si era già radunato a poppa del sottomarino.

« ... simili a bambini deformi, ma incredibilmente veloci », stava dicendo un uomo al sergente Vogt, che sembrava ancor più arrogante e furibondo del solito.

« Ha danneggiato il sottomarino per via di... » Vogt s'interruppe di colpo e scattò sull'attenti.

« Che sta succedendo? » chiese Wolff.

« Signore, il caporale Kessler dice... »

Il colonnello alzò una mano. « Sergente, lasci parlare il caporale Kessler », disse con calma. « Tutti quelli che non sono coinvolti in questa storia possono andare. Vogt, lei resti qui. »

Dopo che gli altri uomini si furono dispersi, Wolff fece cenno al caporale di parlare.

Kessler prese alcuni respiri profondi prima di raccontare che lui e un'altra sentinella stavano pattugliando il ponte di poppa dell'I-400, quando avevano visto dei bambini, o così pensavano. Il caporale ebbe uno spasmo improvviso, come se avesse preso una scossa elettrica. Poi inclinò la testa di lato, fissando un punto alle spalle del colonnello. « Ma *non erano* bambini. » Sgranò gli occhi. « Erano... erano... »

« Erano creature, signore », intervenne Maurice Voorhees.

« Esatto », confermò il caporale. « Creature che cantavano. »

Wolff scrutò alternativamente il viso dei due uomini. *Gli ha dato di volta il cervello a entrambi?* Si voltò verso il civile. « Che intende il caporale con 'cantavano'? »

« Non ne sono sicuro... ma quegli... esseri... emettevano una specie di suono. »

« Li sentivo... dentro di me », disse Kessler, a nessuno in particolare. « Mi dicevano che sarebbe andato tutto bene. »

« E le hanno anche detto di sparare, caporale Kessler? » intervenne Vogt.

« Ho sparato *io* per primo », disse Voorhees, rivolto a Wolff. « Il caporale sembrava... paralizzato. »

«Stavano cantando», sussurrò Kessler.

Wolff fece cenno a Voorhees di continuare.

«Quelle creature avanzavano verso il caporale come... predatori, e così ho esploso un colpo di pistola, mettendole in fuga. Il caporale è tornato improvvisamente in sé e ha fatto fuoco a sua volta. Credo... Credo che ne abbia colpita una.»

Wolff sapeva che Voorhees stava proteggendo il soldato, ma non gli importava.

«Dunque sta dicendo che *entrambi* avete danneggiato il sottomarino», intervenne Vogt.

Wolff lo ignorò, come anche gli altri. «E poi cos'è accaduto?» Adesso la sua voce era quasi rassicurante. «Dove sono andate queste creature?»

Voorhees indicò una sezione del ponte raggiunta da alcuni proiettili. «Da quella parte.»

«Sono fuggite a nuoto?»

«No, colonnello. Non c'è stato nessun tuffo... più un frullio d'ali. Credo che in acqua non ci siano proprio entrate.»

«Nessun tuffo», disse Kessler con voce cantilenante, fissando la nebbia. «Nessun tuffo.»

15

LEILA

«In terra,
Vampìro tornerai; sul natio suolo
orribilmente vagolando, il sangue
suggerai di tua razza.»
Lord Byron, *Il Giaurro**

All'esterno della base Nostromo,
27 gennaio 1944, 5 minuti alla mezzanotte

L'insetto zampettava sul soffitto di canne di bambù, assaggiando l'aria attraverso sfiatatoi simili a oblò su entrambi i lati dell'addome. Era entrato nella capanna decrepita da pochi secondi, ma i suoi chemiorecettori, stimolati dagli elevati livelli di anidride carbonica, stavano già trasmettendo segnali al suo cervello. I messaggi elettrochimici si riducevano a una semplice istruzione.

CIBO.

L'insetto assassino cominciò a scendere.

Un paio di metri più in basso, sul pavimento in terra battuta, una giovane donna si alzò dalla sottile stuoia di canapa su cui era seduta e, dopo aver raggiunto il lato opposto della capanna, si chinò su un bambino che dormiva su una pila di stracci. Da un giaciglio di fortuna addossato alla parete di canne intrecciate si levava il respiro irregolare di una donna di mezza età.

Mentre controllava se la febbre del figlio fosse scesa,

* Da *Poemi*, trad. it. di Pietro Isola, Veladini, Lugano, 1832.

Leila si chiese per l'ennesima volta come fossero arrivati a quel punto. Un tempo aveva fatto parte della famiglia più rispettata del villaggio. Ma, dal giorno alla notte, la sua vita era cambiata: da un crescente senso di orgoglio e pensieri radiosi sul futuro era passata alla disperazione, alla solitudine e alla fame. E così trascorreva le sue giornate a rovistare tra i rifiuti, in cerca di cibo per se stessa, la madre e il figlioletto malato.

Scosse la testa. *Il bambino non c'entra niente. E neppure Sereburã.* Per più di tre anni lei e suo marito avevano pregato per avere un figlio. *È tutta colpa del santuario. Quel santuario che avrebbe dovuto garantire la discendenza alla mia famiglia.*

Leila piangeva ancora la morte di Sereburã, e ogni notte riviveva gli eventi che avevano portato alla fine della loro storia, come se, rievocandoli, potesse cambiarne in qualche modo l'esito. Ma ovviamente non accadeva, e quelle notti lei capiva che la morte peggiore di tutte era la morte della speranza. E dunque Leila riviveva di giorno in giorno il passato nella sua testa. Cominciava sempre dall'amicizia stretta con Sereburã durante l'infanzia, e proseguiva fino al loro matrimonio. E, anche se quello era durato poco, lei sorrideva al pensiero che assieme avevano conosciuto più amore di quanto molta gente ne conosceva in una vita intera. L'unica lacuna di quell'unione era che, dopo tre anni, lei non era ancora riuscita a dare un erede al marito.

La coppia sapeva che le donne avevano cominciato a sussurrare alle spalle di Leila, e all'inizio aveva fatto del suo meglio per ignorarle. Ma, quando gli uomini avevano cominciato a deridere Sereburã, lui aveva reagito con violenza. Nel corso di una rissa particolarmente feroce, uno dei suoi avversari aveva perso un occhio.

Consapevoli del loro dramma, e temendo che il conflitto avrebbe potuto generare altra violenza se non fossero intervenuti, i leader spirituali del villaggio, tra cui il padre di Leila, avevano convocato Sereburã nella capanna fumosa del *cacique*. Quella notte, gli sciamani lo avevano mandato nel Posto delle Visioni, dove lui era rimasto due giorni.

Quando aveva fatto ritorno, Sereburã non aveva rivelato niente di ciò che era accaduto. Da allora, però, ogni mattina era stato svegliato da sogni agitati, e di lì a poco aveva cominciato a parlare come se fosse posseduto. « Ho visto... una città morta », aveva confessato alla fine, con un tono monotono che la moglie non aveva mai sentito prima di allora. « E, nella città, un santuario. È lì che dobbiamo andare. »

« Perché? »

« Se lo facciamo, se lasciamo un'offerta, gli spiriti della foresta e del fiume ci daranno un figlio. »

Leila non aveva mai sentito parlare di quel santuario ma, come altri membri della sua tribù, era a conoscenza di storie su una Città Perduta, costruita tra le pareti rocciose che svettavano sopra la loro valle. Stando a quelle storie, *nessuno* metteva piede in quella città, perché vi dimoravano demoni che avrebbero ucciso qualsiasi intruso. Erano le storie che la sera i genitori raccontavano ai figli per convincerli a non allontanarsi troppo dalla madre e comportarsi bene. Ma, come gli altri mostri della sua infanzia, anche i Chupacabra erano scivolati nell'oblio quando Leila era diventata adulta. La donna era combattuta tra la consapevolezza che il santuario sarebbe potuto non esistere e la convinzione che, a volte, le verità più importanti si celavano nei sogni. Alla fine, nonostante i brutti presentimenti, aveva deciso di mettersi in viaggio col marito.

Sereburã aveva scovato un sentiero ripido che saliva lungo una parete rocciosa. La parete era irregolare, in più punti si protendeva sul sentiero. Alcune sporgenze erano state intagliate a forma di animale: un giaguaro che tendeva i muscoli di pietra come se volesse lanciarsi nel vuoto, per esempio, o un caimano abbozzato che sembrava voler fuoriuscire dalla roccia.

In diverse occasioni, Leila si era convinta di aver visto qualcosa con la coda dell'occhio, un movimento di ombre tra le fessure e i massi ricoperti di muschio. Ma, ogni volta che dava un'occhiata più da vicino, scopriva che le ombre erano immobili.

La coppia aveva continuato a salire finché non era arrivata davanti a uno squarcio verticale che sembrava essere stato inciso nella parete rocciosa. Era due volte l'altezza di un uomo e quasi altrettanto largo.

Mentre Sereburã accendeva la lanterna a luce rossa che gli avevano detto di portare, la moglie aveva scrutato all'interno della caverna ed era rabbrividita. Anche se era mezzogiorno, la luce penetrava a stento in quell'oscurità che non conosceva fine. Ancora più inquietante era il vento che soffiava dalle viscere della grotta, trasportando un forte odore organico.

I due erano entrati con cautela in una larga anticamera e, dopo averla attraversata, avevano imboccato un passaggio che si restringeva sempre di più. In quel punto della caverna, l'odore era molto più intenso.

Sa di funghi e terra preta, aveva pensato Leila, associando quell'odore a qualcosa d'innocuo e ordinario. Allo stesso tempo, però, si era accorta che la corrente d'aria trasportava altro... Un suono che non era propriamente un suono.

Un canto? si era chiesta, mentre, mano nella mano col marito, scendeva nelle profondità dell'altopiano.

Sereburã aveva provato ad aumentare il passo, ma Leila aveva opposto resistenza e, sporgendosi in avanti, si era sforzata di ascoltare lo strano canto trasportato dal vento della caverna.

Metterò al mondo un figlio, aveva pensato.

Ed era stato allora che aveva deciso di seguire il marito e gli aveva stretto la mano con più decisione. Ma qualcosa l'aveva fermata. Quel suono-che-non-era-un-suono le aveva mandato un brivido lungo la schiena. Un brivido che le aveva paralizzato le gambe.

Nessuno dei due aveva parlato, ma Leila aveva sentito la stretta del marito allentarsi, il suo pollice scivolarle sul palmo.

E poi era sparito.

Quand'era tornata barcollando al villaggio, la donna non aveva saputo spiegare in nessun modo la scomparsa di Sereburã. Convocata quella notte nella capanna del *cacique,* aveva raccontato agli anziani del vento che soffiava nella caverna e dei suoni che trasportava. Aveva finito il resoconto con l'ultimo dettaglio che ricordava, la sua mano che scivolava via da quella del marito.

«Parlaci di queste suoni», le aveva detto il *cacique,* sporgendosi verso di lei.

All'improvviso qualcosa aveva rotto il silenzio che regnava nella capanna fumosa dello sciamano. Era cominciato come un debole sibilo, poi era cresciuto via via d'intensità, fino a trasformarsi in una serie di brevi note, una melodia che si era protratta per alcuni secondi.

Resasi conto che quei suoni provenivano da lei, Leila

aveva chiuso gli occhi e preso un altro lungo respiro. *Era in piedi nell'anticamera.*

Sereburã si stava allontanando.

Il passaggio buio.

Le ombre proiettate sulle pareti rocciose dalla lanterna del marito.

Un ticchettio di artigli sulla pietra.

Un movimento fugace davanti a lei.

Qualcosa che strisciava sul soffitto.

Avanzava verso Sereburã, spaventosamente veloce.

Più di uno. C'erano...

Leila aveva ansimato, interrompendo la sua strana melodia.

Sgranando gli occhi, aveva notato che tutti gli anziani era immobili; persino il *cacique* sembrava pietrificato. *Cosa ho fatto?*

Il leader della tribù era stato lapidario: « La donna appartiene ai Chupacabra ».

Erano state le ultime parole che Leila aveva sentito da quell'uomo, o da qualunque altro membro della sua tribù.

Dopo essere stata esiliata, Leila e sua madre si erano impegnate per costruire e mantenere una piccola capanna di paglia. Era pericolosamente vicina al bordo di un terrazzamento, su una collina ripida affacciata sulla Valle delle Nebbie. Ma, ancora prima che la capanna fosse ultimata, lei aveva capito di essere incinta.

Col passare dei giorni, aveva preso a occuparsi di faccende solitamente riservate agli uomini, impratichendosi nell'uso della cerbottana e cacciando pecari e capibara con dardi intinti nel curaro. Sua madre, invece, raccoglieva frutti di bosco, noci e radici commestibili. Contro ogni previsione, le loro vite avevano cominciato a stabilizzarsi.

Quand'era arrivato il momento di partorire, la madre aveva aiutato Leila a mettere al mondo la sua creatura. E, anche se Leila aveva provato una punta di orgoglio per aver finalmente dato un erede a Sereburã, le era stato subito chiaro che il bambino non era sfuggito alla maledizione dei genitori. Da neonato piangeva appena, e a quattro anni non aveva ancora pronunciato una sola parola. Era sempre stato mingherlino, ma negli ultimi tempi aveva iniziato a perdere peso, e gli occhi si erano infossati sempre di più nel cranio.

Anche la madre di Leila si stava indebolendo. Il suo volto, un tempo meraviglioso, era tirato e rugoso come un mango rinsecchito, tanto che la donna sembrava più vecchia dei suoi quarantacinque anni.

Moriremo presto... tutti e tre, aveva pensato più di una volta Leila.

Un giorno, quasi a conferma dei suoi timori, la madre era rincasata dall'ennesimo viaggio massacrante per fare scorta d'acqua con un racconto fantasioso: «Sono arrivati molti *warazu*. Sono usciti dalla pancia di un pesce gigantesco».

Leila si era spaventata, ma non per il prodigioso arrivo degli stranieri. Alcuni degli anziani che aveva amato e rispettato quand'era bambina avevano iniziato a un certo punto a fare discorsi confusi: era un segno della demenza. Possibile che stesse accadendo la stessa cosa a *sua* madre?

«I vecchi hanno terminato le parole sagge», aveva detto sua madre all'epoca, «e ora stanno tornando bambini.»

Leila sapeva che i membri di una strana tribù pesantemente armata facevano avanti e indietro da ormai più di un anno. Venivano a bordo di zattere cariche di quelli che sembravano lunghi bastoni di ferro, pesanti sacchi pieni di terra grigia e l'occorrente per costruire rigide capanne metalliche. Non aveva idea di cosa ci facessero nella giungla o a cosa servisse tutto quel materiale, ma era *certa* che quegli uomini non fossero usciti dalla pancia di un pesce.

«Questi *warazu* sono diversi», aveva continuato la madre. «Qualcuno ha i capelli gialli. E venerano una croce storta.»

Leggendo l'incredulità negli occhi della figlia, la donna l'aveva afferrata per un polso e l'aveva trascinata al fiume.

Con un misto di sollievo e timore, Leila aveva appurato che la madre non era regredita all'infanzia. C'erano molti *warazu*, e il loro pesce gigante era in realtà una specie di enorme canoa nera. Una parte della canoa si estendeva verso l'alto, simile alla pinna di un grosso pesce. E conficcata in quella pinna c'era un'asta su cui sventolava un pezzo di stoffa con la strana croce che le aveva descritto la madre.

I primi giorni Leila aveva osservato gli stranieri di nascosto, restando sempre più perplessa dal loro comportamento. Aveva notato che i *warazu* erano divisi in caste, come le formiche. Qualcuno era di altezza normale, con capelli lisci e neri; come la gente della sua tribù, quegli uomini svolgevano il loro lavoro con calma e in silenzio. Altri *warazu*, però, erano veri e propri giganti e, come aveva detto sua madre, avevano i capelli gialli. Si esprimevano a voce alta, in una lingua dal suono aspro che pareva una serie di sputi. Leila aveva notato inoltre che entrambi i gruppi indossavano abiti che sembravano di buona fattura, ma erano troppo pesanti per essere pratici.

Sin dall'inizio, aveva avuto l'impressione che i *warazu* si comportassero più come divinità conquistatrici che come visitatori. E, incredibilmente, la sua gente li trattava come tali, accettandoli e persino lavorando con loro fianco a fianco. E lavoravano tanto, dall'alba al tramonto e oltre, organizzando i gruppi di prigionieri appena arrivati in squadre addette all'abbattimento degli alberi e alla loro rimozione. Altri usavano un braccio gigante per trasferire strani oggetti dalla pancia dell'enorme canoa alla terraferma, e macchine volanti per poi spostarli da una parte all'altra del campo. Queste ultime sembravano immense libellule, ma l'assordante rumore e il vento impetuoso che producevano non avevano *nulla* a che fare col delicato balletto degli insetti che ricordavano. Il costante movimento dei *warazu* era un'altra caratteristica che li rendeva più simili a formiche che a essere umani, agli occhi di Leila.

Anche se il *cacique* l'aveva bandita dal villaggio, non le aveva proibito di avvicinarsi ai *warazu*. E così ogni notte Leila s'intrufolava nel loro campo, aggirando senza problemi le guardie (che secondo lei dovevano essere mezze cieche). Le loro strane capanne metalliche erano nascoste nella giungla, tra alte pile di oggetti misteriosi. Un giorno, seguendo il tanfo di cibo in decomposizione, si era imbattuta in un mucchio di strani contenitori, scatolette di metallo vuote che dovevano aver contenuto provviste. Da allora, Leila aveva cominciato a sgraffignare le scatolette ancora chiuse, che poi apriva nella sua capanna con uno dei coltelli di metallo che aveva rubato al campo. Per quanto a volte il loro contenuto fosse disgustoso, si trattava pur sempre di sostanze nutrienti, e in breve tempo

Leila era giunta alla convinzione che i *warazu*-che-veneravano-una-croce-storta avevano salvato la sua famiglia. «Grazie per la croce storta», diceva al fiume e alle stelle. «Questo cibo ti renderà più forte», sussurrava ogni sera al figlio, imboccandolo con cucchiaiate di carne e frutta irriconoscibili. Il bambino, che il più delle volte le ricordava un uccellino affamato, non reagiva quasi mai. Ma, a giudicare dall'aspetto generale, sembrava che la sua salute stesse migliorando col passare delle settimane.

E poi erano cominciate le urla.

All'inizio erano soltanto gli schiavi, perlopiù locali catturati dai *warazu*. Leila conosceva alcuni dei loro tatuaggi; altri, invece, non li aveva mai visti. Secondo i suoi calcoli, quei disgraziati costretti a tagliare alberi e a trascinare via ceppi e detriti dovevano essere stati più di duecento. Per ragioni a lei sconosciute, i *warazu* avevano cominciato a liberare una delle antiche strade rialzate che attraversavano il territorio della tribù. Ma, invece di utilizzarla per gli spostamenti, vi avevano costruito sopra un muro di legno e pietre lungo e basso. Le urla dei prigionieri, e soprattutto di coloro che tentavano la fuga, spesso andavano avanti per ore. Una sera, però, mentre tornava a casa dopo aver raccolto della frutta, un urlo diverso si era levato per alcuni secondi nella foresta al di là della valle. Aveva sentito uno dei *warazu* gridare qualcosa, e poi un suono inconfondibile: il gorgoglio della vita strappata alla gola di un moribondo.

Quella notte stellata, mentre osservava il lago di nebbia e rifletteva se scendere al campo per rifornirsi di altre provviste, Leila cercava di non pensare a quelle urla. Ferma appena dentro la soglia della capanna, lanciò un'occhiata veloce al figlio e alla madre per assicurarsi che dormissero.

I warazu *hanno aumentato le guardie.* Sapeva che le sue incursioni notturne si stavano facendo sempre più pericolose. Ma sapeva pure che la sua famiglia aveva bisogno di cibo, e lei avrebbe corso *qualsiasi* rischio per procurarglielo.

Uscì all'aperto e rabbrividì. Non sapeva se avesse freddo a causa dalla brezza notturna o se fosse il respiro di Sereburã, scomparso ormai da cinque anni. *Se solo qualcosa di così stupendo fosse possibile.*

Una strana e meravigliosa melodia, proveniente da una delle capanne di metallo, l'aveva accompagnata per quarantacinque minuti, il tempo che le era occorso per andare e tornare dal campo. Stringendo una manciata di scatolette tra le braccia, la donna rientrò nella capanna impregnata di aria umida e muschiata. *Odore di terra preta e funghi. E fiori.*

Un sussurro, non identificabile ma familiare, ruppe il silenzio.

Leila fece un profondo respiro, che si tramutò subito in un rantolo, quando notò una sagoma fuori posto sul pavimento. Qualche scatoletta le sfuggì dalle mani, ma, via via che i suoi occhi si abituavano velocemente al buio, cominciò a rilassarsi. La figura indistinta sul pavimento era suo figlio.

Anche tu stavi ascoltando la musica? « Dovresti dormire », gli sussurrò, mentre una parte del suo cervello si chiedeva per quale motivo la madre non si fosse svegliata quando le scatolette di metallo erano cadute a terra.

Come al solito, il bambino non disse niente.

« Vai », gli disse, indicandogli il suo giaciglio. « È molto tardi. »

In tutta risposta il figlio emise un gorgoglio umido, e per un istante - solo per un istante - il chiaro di luna che entrava di sbieco dall'unica finestra della capanna si riflesse in sei occhi, e non in due. Leila non sentì né si accorse quando il resto delle scatolette le cadde ai piedi.

Le sfuggì un gemito mentre accendeva a fatica una candela, e la sua mente cercava di comprendere quello che stava vedendo, o *credeva* di vedere: due sagome nere alle spalle del figlio che indietreggiavano per sfuggire all'improvviso sprazzo di luce.

Poi la fiammella della candela si mosse, prima a sinistra e poi a destra, quando due folate di vento soffiarono ai lati della donna, trasportando un tanfo nauseabondo e disegnando ombre impossibili sulle pareti.

La caverna. Le ombre che avanzavano verso Sereburã.

No!

Poi ogni cosa si fermò.

«NOOOO!» urlò Leila, correndo ad abbracciare il figlio, che si accasciò contro di lei come una bambola.

Il suo sguardo era spento, perso nel vuoto; poi, col rumore di qualcosa che si spezza, la testa gli si piegò di lato.

Leila allungò incerta un braccio finché la fiammella tremolante non rischiarò la stuoia intrecciata su cui dormiva la madre. La donna giaceva immobile in una pozza sempre più larga di...

Fu allora che Leila sentì urlare. Non sapeva che qualcuno potesse emettere grida così terrificanti. Non si era ancora accorta che erano le sue grida.

16

CIBO RUBATO, SOGNI RUBATI

«Una conflagrazione verrà sulla Terra, e piaghe. E l'errore della razza umana sarà di aver agito contro se stessa.»
Vangelo copto degli egiziani (I secolo a.C. circa)

Sei fasci di luce illuminavano il ripido sentiero che saliva dalla base *Nostromo*.

Wolff aveva deciso d'indagare personalmente sulle urla provenienti dalla collina. Sebbene quei versi terrificanti avessero allertato - e inquietato - tutti gli uomini nel campo, il colonnello aveva scoperto che a predominare in lui era la curiosità. *Cosa potrebbe spingere qualcuno a urlare in quel modo? E così a lungo?*

Il sergente Schrödinger e i quattro soldati che accompagnavano il colonnello erano invece tutt'altro che incuriositi, mentre si avvicinavano alla fonte di quelle grida disumane: una piccola capanna a pianta circolare.

Com'è possibile che i miei uomini non l'abbiano mai notata prima d'ora? pensò Wolff, mentre la sua torcia indugiava su una pila di scatolette vuote. *E di cos'altro non si sono accorti?* Digrignò i denti. *Troppi errori.*

Wolff notò che tra i soldati al suo fianco c'era il caporale che quella mattina era di guardia sul ponte del *Nostromo*. Poco prima, quello stesso uomo aveva ricevuto l'ordine d'inoltrarsi nella giungla buia dove si annidava un assassino misterioso, un assassino che forse lui aveva visto. Il colonnello si concesse un pizzico di soddisfazione. *Una giornata storta per il caporale Kessler.*

Il drappello si fermò appena fuori dall'umile dimora. Le urla al suo interno avevano ceduto il posto a un gemito prolungato.

Obbedendo all'ordine del loro superiore, tre soldati spaventati fecero irruzione nella capanna, tenendo le torce assicurate ai loro MP-43 all'altezza della vita.

Wolff entrò subito dopo, mentre Schrödinger rimase all'esterno per tenere d'occhio la piccola radura che li circondava.

I tedeschi puntarono le torce all'interno della capanna, sforzandosi di comprendere la scena che si ritrovarono davanti. Tutti loro avevano assistito a orrori d'ogni tipo, e in misura diversa erano diventati insensibili a qualsiasi tipo di violenza verso gli esseri umani. Ma nessuno aveva mai visto niente del genere: una giovane donna in preda a un attacco isterico stringeva un bambino pallido e catatonico, e una donna più anziana era addormentata - a quanto pareva - in una pozza del proprio sangue... troppo sangue per poter pensare che fosse ancora viva. Per non parlare del puzzo, assurdo anche date le circostanze.

Wolff indicò la donna dissanguata. « Quella verrà sottoposta ad autopsia. » Poi si voltò verso la madre e il figlio, un bambino di forse quattro anni. « E questi due... » Si avvicinò, accucciandosi al loro fianco.

La donna cambiò posizione per proteggere la creaturina prostrata dal bagliore della torcia, ma non prima che il colonnello intravedesse i suoi occhi. *Vivi, ma spenti e persi nel vuoto.*

Senza preavviso, il bambino s'irrigidì e prese a tremare in modo incontrollabile. Quando cominciò a tossire, Wolff fece istintivamente un passo indietro. Un istante dopo, il bambino vomitava sangue sulla schiena della madre e sul pavimento. La donna emise un altro gemito mentre il bambino completava la sua trasformazione in una bambola di pezza insanguinata.

Il colonnello era affascinato. *È proprio così che sono morti i miei uomini.* «Non disturbate questi esemplari», disse, senza mai distogliere lo sguardo dal bambino in fin di vita. «Caporale, vada a prendere un paio di sacche per cadaveri al laboratorio. Voglio questo bambino impacchettato e sul lettino del dottor Kimura tra quindici minuti.»

Kessler lo guardò con aria confusa. «Signore, ma è ancora...»

«Subito, caporale!» urlò Wolff. Era la prima volta che i presenti lo sentivano alzare la voce.

Il giovane soldato schizzò verso l'uscita, attento a non inciampare nelle scatolette sparpagliate sul pavimento ricoperto di sangue.

Dal loro trespolo sul fianco della collina, i gemelli tenevano d'occhio il caotico andirivieni dei bipedi. In quel momento, quattro di loro scendevano con difficoltà il pendio scosceso, appesantiti dalle armi e dalle prede.

CIBO, comunicò la femmina con l'equivalente ultrasonico di un sospiro umano. Poteva ancora sentire il sapore del cibo, anche se al momento gran parte di esso stava impregnando il terreno. E se avessero atteso ancora un po'...

I bipedi oltrepassarono l'albero dal quale pendevano in silenzio i due pipistrelli, che riuscirono a sentire il profumo del loro cibo nonostante lo spesso materiale che lo ricopriva. La preda più piccola era ancora viva, e il sangue che perdeva si raccoglieva nella membrana in cui gli intrusi l'avevano rinchiusa.

La femmina avvertì una vibrazione attraversare il corpo del gemello, propagandosi al tronco del loro albero, e percepì i suoi artigli affondare in profondità nella corteccia.

Il maschio emise un silenzioso ruggito ultrasonico.

MacCready stava sognando freddi ruscelli di montagna quando fu svegliato dal suono di una porta che si apriva. Si aspettava che Wolff o il gigante delle SS fossero tornati per finire quello che avevano iniziato, e invece vide due soldati tedeschi che scortavano una donna isterica e ricoperta di sangue verso una delle celle.

La vecchia cella di Scott, pensò lui, ricordando d'un tratto la folle canzoncina del tenente. « Ha vinto un appuntamento col sergente Frankenstein? » chiese, mettendosi seduto.

Gli uomini in uniforme trasalirono al suono della sua voce. Dopo aver constatato con sollievo che si trattava di un prigioniero, uno dei due chiese con aria perplessa all'altro: « *Was sagte er?* »

« *Er scherzt darüber.* »

MacCready parlava poco il tedesco, ma notò che, a differenza dei nazisti che lo avevano maltrattato, il soldato che accompagnava la donna nella cella aveva modi piuttosto gentili. Si accorse inoltre che non era stata la prigioniera a versare il sangue che le macchiava il vestito. Ciononostante, la donna si accasciò a terra nel momento stesso in cui il tedesco si voltò per uscire.

L'uomo chiuse la porta a chiave e si voltò verso l'americano. « Che cosa ci trovi di divertente? » chiese stancamente. Aveva un accento pesante, ma si faceva capire.

MacCready non disse niente, ma notò le profonde borse nere intorno agli occhi del soldato.

Non doveva avere più di vent'anni, ma la pelle del viso sembrava tirata sul cranio, cosa che gli dava un'aria spettrale. Fece un cenno verso la donna. « La sua famiglia è stata ammazzata da... » Si sforzò invano di trovare la parola giusta. « *Blutkinder.* »

MacCready si raddrizzò. *Bambini di sangue?*

L'espressione dell'altro soldato passò dalla perplessità all'irritazione. « *Kessler, warum sprechen sie mit einem Gefangenen?* »

« I *Blutkinder* sono venuti dagli alberi », proseguì l'altro, ignorandolo. « Hanno ucciso sua madre e suo figlio. Li hanno dissanguati... come maiali. »

Il corpo di MacCready reagì con un'improvvisa scarica di adrenalina, e la mente gli si schiarì all'istante, sollevata di potersi concentrare su qualcosa che non fosse notizie orribili, acciacchi e dolori e la sua morte imminente. *I* draculae. *Sta parlando dei* draculae*!* La considerevole porzione del suo cervello dedicata all'autoconservazione vide una minuscola opportunità, e decise di coglierla. « Bambini di sangue... » sbuffò, con un gesto sprezzante. « Che idiozia... »

Il secondo soldato si voltò per andarsene, ma quello dall'aria spettrale corse verso le sbarre della cella sgranando gli occhi. « Io li ho visti! *Es geschah an diesem Morgen!* » urlò. « Sembravano bambini... deformi... »

« E la famiglia di quella donna è morta dissanguata? »

« Ssssì », rispose il tedesco con una voce che sarebbe potuta appartenere a un fantasma.

Per MacCready aveva tutto perfettamente senso. La saliva dei vampiri conteneva sostanze chimiche che facevano sanguinare le vittime per diverse ore dopo il morso.

Persino i vampiri di dimensioni normali, dopo essersi staccati dalle prede ignare, si lasciavano dietro un lago di sangue. *Figuriamoci esemplari grossi come bambini.* Thorne aveva ragione. I tedeschi avevano disturbato i *draculae,* o li avevano provocati. E ora la missione di Wolff, di qualunque cosa si trattasse (e, chiaramente, era molto importante), era rimasta impantanata in un mucchio di guano di pipistrello. All'apparenza, però – e quella era la cosa importante –, *questi tizi non hanno idea di quello con cui hanno a che fare. Non ancora, almeno.*

Chi ha ucciso i miei uomini? gli aveva chiesto più volte Wolff.

« Ti svelo un segreto, Kaiser », disse MacCready, con tutta la disinvoltura di cui era capace. « Li ho visti anch'io. »

« Bugiardo! » urlò Kessler, stringendo con forza le sbarre. « Hai detto che era un'idioz... »

« Sì, so cosa ho detto. Ma li ho visti. » Adesso la sua voce era rassicurante. « E li ho anche *sentiti.* » MacCready sferrò il colpo prima che il nazista potesse replicare: « Mi chiedevo... li hai per caso sentiti cantare? »

« Cantare », ripeté Kessler, con la voce ridotta a un bisbiglio disperato. Aveva il volto quasi premuto contro le sbarre, ma poi, pensando che non fosse il caso di essere a portata di braccio del prigioniero, fece un passo indietro.

« Be'... io so di cosa si tratta », sussurrò MacCready.

« Ma è impossibile... Come puoi... »

« Sono uno zoologo. Lo sai di cosa si occupa uno zoologo, sì? »

Kessler non disse niente, ma un'espressione offesa comparve sul suo volto perennemente afflitto.

« Pensavo che forse al colonnello Wolff potesse interessare la *vera natura* di questi *Blutkinder* », disse, sedendosi con cautela, dando le spalle al caporale incredulo. « O forse no. Sembra piuttosto indaffarato. »

Chiuse gli occhi e attese. Qualche secondo dopo, la porta del capannone si chiuse di schianto.

« Dice di sapere cosa sono queste creature, signore. Dice di averle viste. »

Il colonnello Wolff scosse la testa. « Certo, caporale Kessler. E le ha anche detto come potrebbe mettere fine alla guerra e tornare a casa da eroe? »

« Signore? »

« L'americano si crede molto furbo, ma non è diverso da chiunque altro. Sa che non gli resta molto da vivere, e per guadagnare un po' di tempo le dirà tutto quello che vuole sentirsi dire. »

« Ma, signore, sa cose che non può... »

« Basta così », disse Wolff, congedandolo con un gesto. « Può andare, caporale. »

Sul lato più lontano della base *Nostromo* si trovava il laboratorio chimico in cui Voorhees stava lavorando. Wolff aveva ordinato che i suoi turni di lavoro sarebbero stati di quarantotto o anche di settantadue ore.

Essendo finito nella lista nera del colonnello, Voorhees era consapevole che a quell'ora si sarebbe già dovuto trovare sottoterra. Ma i Silbervogel avevano bisogno di qualche altro test di lancio, e così Sänger era riuscito a convincere Wolff che il giovane ingegnere era ancora indispensabile.

« Ma cosa le è saltato in mente di parlargli di missili nucleari e di altri pianeti? » lo rimproverò Sänger, sorvolando sul fatto che era stato *lui* a tirare fuori l'argomento col colonnello e sul timore che Voorhees stesse perdendo di vista la centralità della loro missione. «Da quando il programma atomico di Heisenberg è fallito, abbiamo i missili ma non le testate nucleari. Quanta fiducia crede che riponga Wolff negli agenti patogeni di Kimura? Personalmente, anch'io nutro qualche dubbio sulla loro efficacia. E poi arriva lei che, come von Braun e quell'altro sognatore di Heisenberg, si mette a parlare di viaggi spaziali verso altri pianeti.» Sänger si allontanò alzando le braccia al cielo. «Follia! Come posso salvarla dalla sua follia?»

Ma, a quel punto della guerra, c'era ben poco da salvare. Voorhees sapeva che ogni Silbervogel era una meraviglia tecnologica sempre più perfetta, con un potenziale quasi indistinguibile dalla magia. *E qual è la prima cosa che noi esseri umani pensiamo di farci? Trovare nuovi modi per ammazzarci l'un l'altro!* Lo stesso Sänger aveva cominciato a chiamarli «bombardieri antipodali».

E tuttavia Voorhees continuava a lavorare su quelle armi. Gli sembrava sempre più un viaggio di sola andata, però, in cui ogni veicolo spaziale sarebbe stato sacrificato, così come i suoi nuovi motori a razzo sganciabili. La stessa cosa era quasi accaduta a lui, solo per aver pronunciato alcune parole sbagliate. Tutto e tutti erano sacrificabili.

Alle cinque del mattino, il team di Voorhees mescolava polvere di alluminio e resina ricca di ossigeno, creando componenti per i motori ausiliari. Grandi e potenti a sufficienza per fornire a ciascun Silbervogel una spinta propulsiva supplementare, sarebbero entrati in funzione dopo che la slitta avesse esaurito il suo compito e prima dell'accensione dei motori principali.

Ormai Voorhees aveva la quasi certezza che le astronavi di Sänger potessero schizzare nell'atmosfera almeno fino all'altro capo del mondo, come ciottoli sulla superficie di uno stagno... in circa quarantacinque minuti.

Nelle sue fantasie più sfrenate, Voorhees sognava di pilotare personalmente uno dei Silbervogel, e magari di mettersi in salvo in America, dove, a guerra finita, avrebbe indicato la strada verso un mondo migliore. Ma non sarebbe successo. Guardandosi intorno, disse: « Sono all'inferno ». E, come sempre in momenti come quello, si chiese: « Lisl, come sono finito in questo orrore? »

17

ALL'OMBRA DELL'*HYDRA*

«Ci dissero che le nostre vite passavano in secondo piano rispetto alla distruzione del bersaglio.»
Sergente J.G. McLaughlan, 405° Squadrone della RAF

«Cristo santo, ragazzi! Guardate quelle fiamme... guardate quelle fiamme!»
Sergente K.G. Forester, 90° Squadrone della RAF

Il cervo rosso europeo viveva a Peenemünde da circa diecimila anni, quand'erano arrivati gli uomini dei missili. Entrambe le specie erano state attirate dalle stesse caratteristiche: antiche, fitte foreste di querce e pini, acque calme, estati calde e tranquillità. Nel XII secolo, i tedeschi avevano approfittato del porto naturale per attaccare e scacciare le tribù slave che dimoravano nella regione sin dalla fine dell'era glaciale. Eccezion fatta per un intervallo di settant'anni nel XVII secolo (quando gli svedesi erano riusciti a impossessarsi della penisola), il porto era quasi sempre stato usato dai pescatori tedeschi e dalle navi che portavano i rifornimenti al villaggio. Nell'inverno tra il 1936 e il 1937, tutti gli abitanti di Peenemünde avevano ricevuto una «richiesta» del governo, che «suggeriva» loro di trasferirsi altrove. Alcuni abitanti del villaggio avevano capito subito che quel suggerimento era in realtà un ordine, e quindi avevano fatto i bagagli; altri, perlopiù pescatori, si erano opposti in maniera decisa. C'erano sempre stati piccoli screzi tra quegli uomini, ma in quell'occasione avevano sostenuto all'unanimità che il *loro* duro lavoro portava il cibo sulle tavole di tutti i tedeschi, anche di quelli che vivevano a Berlino. In una dimostrazione di solidarietà senza precedenti, avevano eletto due rappresentanti tra i membri più eloquenti della comunità e li avevano inviati alla Cancelleria affinché perorassero la loro causa: « *Non potete* mandarci via ».

Una settimana dopo, una squadra d'ingegneri navali era sbarcata nel villaggio deserto e aveva cominciato a costruire un immenso sistema di pontili, che di lì a poco si sarebbero protesi come dita nelle acque scure e profonde alla foce del fiume Peene.

Costa baltica,
sei mesi prima, estate del 1943

La frenata svegliò Maurice Voorhees da un sonnellino agitato, un istante prima che la mente dell'uomo registrasse il fischio di un treno. Si stropicciò gli occhi sbadigliando. Quando von Braun in persona lo aveva invitato a Peenemünde, non avrebbe mai creduto, neppure se glielo avesse detto sua madre, che il giorno più bello della sua vita e quello più brutto avrebbero potuto coincidere.

Guardando fuori dal finestrino, notò che il treno procedeva su un binario soprelevato. La foresta di latifoglie che aveva osservato finché non si era appisolato era stata sostituita da un terreno paludoso, coperto in parte da una nebbia umida. L'odore pungente del sale gli fece capire che erano vicini alla costa. C'erano edifici sparsi qua e là, e il treno rallentò ulteriormente mentre superava una fila di cottage con tetti spioventi. Voorhees lesse un cartello consumato, e lo stridio metallico dei freni gli confermò che Zinnowitz era una fermata ferroviaria.

Sbadigliò di nuovo, poi sentì alcune voci. *Ma cosa...?*

C'erano centinaia di persone sulla stretta banchina della stazione. Uomini *e* donne.

In principio ebbe l'idea assurda che fossero lì per una manifestazione o qualcosa di simile, poi però si accorse che sgomitavano per salire sul treno. Si spostò su un sedile accanto al finestrino, un istante prima che una fiumana di gente si riversasse nel suo vagone. Trenta secondi dopo, tutti i sedili e i posti in piedi erano occupati. I viaggiatori sembravano stranamente sottomessi, e quei pochi che parlavano lo facevano in toni sommessi. Ciononostante, Voorhees riuscì a identificare una mezza dozzina di accenti. In quel marasma di persone c'erano perlopiù tedeschi del Nord e berlinesi, ma anche qualche cecoslovacco.

Questo non è un normale treno pendolari.

Il convoglio si rimise subito in marcia.

Un uomo stempiato di mezza età, che gli si era seduto pesantemente accanto con un grugnito, aprì una scatola di latta per il pranzo che stringeva tra le mani. Un forte odore di formaggio saliva dalla scatola. L'uomo tirò fuori un pezzo di salsiccia dalla carta in cui era avvolto e ne morse un grosso boccone.

« Buongiorno », gli disse Voorhees, chinando appena il capo.

« Mmm », rispose l'altro, risistemando il contenuto della scatola di latta.

« Zinnowitz è un posto meraviglioso. Ci vive da molto? »

L'uomo lo guardò per la prima volta. « Lei è nuovo di

queste parti», disse con un forte accento bavarese. Non era una domanda.

«Maurice Voorhees. Piacere di conoscerla.»

Il bavarese fissò la mano che Voorhees gli tendeva, ma non gliela strinse. Poi tornò a concentrarsi sul suo pranzo.

Voorhees abbassò la mano e si voltò verso il finestrino giusto in tempo per scorgere il mar Baltico, che un attimo dopo sparì dietro una macchia indistinta di pini e dune di sabbia.

Sì, sono nuovo di queste parti, pensò, sentendosi improvvisamente solo in una carrozza piena di sconosciuti. *Sono nuovo di queste parti.*

Diversi minuti dopo il treno rallentò di nuovo, e lui pensò che dovevano essere quasi arrivati a destinazione. *Finalmente.* Premette la faccia contro il vetro, cercando tracce della stazione di Peenemünde.

Poi, d'un tratto, l'aspirante progettista di razzi s'irrigidì, e l'eccitazione si trasformò in confusione quando una recinzione alta sei metri e sormontata di filo spinato gli ostruì parte della vista. All'interno di quello spazio recintato apparentemente infinito, c'erano file su file di tozzi edifici non verniciati, inframmezzati da torri di guardia.

Questa è Peenemünde? si chiese, avvertendo una forte morsa allo stomaco.

Poi, mentre il treno continuava a decelerare, vide alcuni uomini in logori abiti grigi in un cortile sabbioso. *O sono forse statue? Ma che senso ha mettere delle statue in quel punto? Perché mai...*

Una delle statue incrociò il suo sguardo. *Salvami!*

Il giovane scienziato trasalì come se fosse stato punto da una vespa, mentre una parte della sua mente urlava: *Voltati! Ora!*

Ma gli occhi dell'uomo-statua non glielo lasciarono fare, e i due continuarono a fissarsi fino all'ultimo istante possibile.

« Cos'è questo posto? » bisbigliò all'uomo al suo fianco. Il bavarese non gli rispose, e neppure lo guardò. Rimase semplicemente seduto in silenzio, con lo sguardo fisso sulle mani incrociate in grembo. L'unica risposta a quella domanda gliel'aveva data poco prima: *Lei è nuovo di queste parti.*

Al tramonto del primo giorno, Voorhees era abbastanza preso dal lavoro da essere riuscito a dimenticare l'esistenza dell'uomo-statua, e di qualsiasi altra cosa al di fuori del suo piccolo mondo di razzi e missili. *E questo è un bene, visti i tempi che corrono.* Quand'era arrivato, nessuno gli aveva fatto fare un giro della struttura né lo aveva presentato formalmente ai colleghi; e anche quello era un bene.

Pochi minuti dopo essere sceso dal treno, era stato accompagnato al laboratorio per lo sviluppo della propulsione di Peenemünde, dove aveva avuto la possibilità di dimenticare ogni preoccupazione grazie ai nuovi motori per missili, che avevano cominciato a dare problemi, *grossi* problemi.

Secondo i rapporti, la camera di combustione dei motori si era fusa. Una settimana prima un V-2 aveva perso il controllo, precipitando su un campo d'aviazione della Luftwaffe. E, anche se non c'erano state vittime, erano andati distrutti quattro aerei e l'esplosione aveva lasciato un largo cratere. Purtroppo l'incidente aveva coinciso con la visita del Reichsfüher delle SS, Heinrich Himmler, che si trovava a Peenemünde per assistere al test. Stando a uno dei nuovi colleghi di Voorhees, dopo l'esplosione Himmler aveva commentato con una smorfia ironica: « Adesso posso tornare a Berlino e ordinare con buona coscienza la produzione di armi bianche ».

Seduto in un angolo deserto della mensa, Maurice Voorhees stava riflettendo sul lancio fallito del V-2. Un osservatore distratto avrebbe potuto pensare che fosse concentrato, con una strana intensità, su una crepa sottile all'interno della sua tazza vuota. In realtà, il giovane scienziato stava esaminando mentalmente l'immagine tridimensionale di una camera di combustione, impegnato a ricostruire il fallimento del lancio dall'interno del motore.

Era un vero e proprio rompicapo. Se da una parte l'incremento della spinta propulsiva e l'efficienza del carburante erano stati un successo, dall'altra si era verificato un aumento incontrollato della temperatura, che presto era salita a ventiquattro volte il punto di ebollizione dell'acqua, e oltre il punto di fusione della camera di combustione stessa.

La soluzione più ovvia era quella di costruire la camera con leghe più resistenti; ma, dal momento che i metalli necessari scarseggiavano, i Peenemünder - come venivano chiamati gli scienziati impegnati nella costruzione dei missili - avevano ricevuto l'ordine di utilizzare l'acciaio.

Come possiamo impedire che l'acciaio si crepi, si eroda e si fonda? si chiedeva Voorhees. *Come possiamo...* Fece scorrere l'indice della mano destra su una fetta di pane imburrato e quindi la portò all'altezza degli occhi. Il burro cominciò a colargli lungo il dito, rivestendolo. Poi prese la tazza incrinata di caffè con l'altra mano, e passò il dito imburrato sopra la piccola crepa fino a coprirla del tutto. Voorhees sorrise e alzò la testa, trovandosi davanti un bellissimo volto occhialuto.

«Posso unirmi a lei, dottor Voorhees?» chiese una donna seduta - chissà da quanto - sul lato opposto del tavolo, di fronte a lui.

«Oh... Ah... Sì», rispose Voorhees, posando la tazza. Aveva ancora l'indice ricoperto di burro, e posò rigidamente la mano sul tavolo.

«È la prima volta che vedo bere un caffè in quel modo.»

«Sì... Cioè, no... Io... stavo lavorando.»

«Capisco», disse lei in tono allegro. «Io sono Lisl.»

«Il piacere è mio.» Le porse istintivamente la mano, ma poi ricordò il dito imburrato.

Lei gli porse un tovagliolo.

«Grazie, Lisl», disse Voorhees, pulendosi la mano. «Come fa a conoscere il mio nome?»

«Dottor Voorhees, qui la conoscono *tutti*. Non mi dica che non lo sapeva.»

Voorhees si sedette più dritto. Di recente non aveva forse sentito un suo collega di università definirlo «il nuovo von Braun»?

«Be', io...»

La ragazza scoppiò a ridere, e l'espressione di Voorhees passò da compiaciuta a confusa. «Che c'è?» chiese con un certo disagio.

«È scritto sul suo camice.»

Voorhees abbassò lo sguardo sul nome stampato a chiare lettere sul salvataschino, poi si nascose il volto tra le mani.

«È nuovo di queste parti?» chiese Lisl.

Era la seconda volta quel giorno che qualcuno glielo faceva notare, ma quella volta Voorhees rispose con una risata.

L'indomani mattina, Voorhees e Lisl Mueller uscirono assieme per la prima volta. La giornata era cominciata nel migliore dei modi. Lisl aveva fatto colpo su di lui parlandogli del suo sogno d'infanzia di diventare dottoressa, e lo aveva impressionato ancora di più in quanto era riuscita nell'impresa di ottenere il suo attuale lavoro di assistente medico. Sì, il loro primo appuntamento stava andando alla grande.

Poi, però, lui le aveva proposto di andare a fare una passeggiata in un campo vicino. « Voglio mostrarti qualcosa di speciale. »

Sfortunatamente, « speciale » non era nella lista degli aggettivi che Lisl avrebbe utilizzato per descrivere lo starsene seduta accanto a un buco nel terreno. Il cratere, le spiegò Voorhees, era stato provocato da un altro missile precipitato in seguito a un problema tecnico.

Lisl faceva dondolare i piedi oltre il bordo del cratere mentre lui, qualche metro più in basso, vagava tra cumuli di terra e metallo contorto.

« Tu sì che sai come far divertire una ragazza », ironizzò lei, guardando l'orologio.

Se le avesse prestato attenzione, si sarebbe accorto che era la ventesima volta che la donna ripeteva quel gesto.

Alla fine, Lisl raccolse un sassolino e glielo lanciò sulla testa.

« Ahia! » strillò lui, tirandosi su. Proteggendosi gli occhi dal sole, guardò verso il punto in cui era seduta la donna. « Perché lo hai fatto? »

« Scusa. Quassù il terreno trema tutto. Credo che possa venire giù da un momento all'altro. »

« Ma è impossibile », le disse lui. « Le pareti del cratere non sono scoscese... Ti assicuro che è assolutamente stabile. »

« Be', forse non è il cratere che sta perdendo la... »

« Guarda », la interruppe lui tutto eccitato, sollevando

un frammento frastagliato di metallo verde, grande quasi quanto un piattino da dessert.

« Davvero carino, Maurice, ma credo di aver appena visto un cane selvatico. »

« È un pezzo del blocco selettore della spinta propulsiva del V-2. »

« Un... cosa? »

« Aspetta, te lo porto. »

« No, Maurice, non ti... »

Ma Voorhees si stava già arrampicando lungo la parete, e pochi secondi dopo s'issava oltre il ciglio del cratere.

« ... disturbare. »

« Nessun disturbo, davvero. Guarda! » Le porse il frammento metallico come se si trattasse di un uovo Fabergé. L'uomo era sporco di terra e puzzava come se per tutta la mattina si fosse rotolato nella brace spenta di un fuoco da campo.

« Molto... interessante », disse lei, anche se, a distanza di mesi, nella giungla brasiliana, Voorhees avrebbe capito che la donna aveva probabilmente voluto dire: *Ma è una scheggia contorta di metallo!*

« Puoi toccarlo, se vuoi », le propose.

Lisl aggrottò la fronte.

« Avanti. Per favore... toccalo. »

In seguito, la donna avrebbe scritto nel suo diario: *Strambo, molto strambo, ma carino.* Toccò il metallo freddo con la punta dell'indice, sforzandosi di sorridere. *E sempre più strambo col passare del tempo,* avrebbe aggiunto.

« Stai toccando qualcosa che è quasi stato *là fuori.* »

« Tu sei già *fuori,* Maurice », sospirò lei.

« No, aspetta. Noi estraiamo il metallo e il silicio dalla terra e li combiniamo tra loro per creare qualcosa di più complesso. E a questo qualcosa diamo una parte della nostra coscienza... infondiamo un'anima in queste nuove macchine destinate a esplorare orizzonti ancora ignoti. Capisci cosa vuol dire? »

« *Prova* a farmelo capire, Maurice. »

« Da qui a un centinaio di anni, avremo esplorato la Luna e i pianeti, e sono certo che viaggeremo tra le stelle, nelle profondità inesplorate dello spazio. E, quando ci volteremo a guardare la Terra da quelle distanze siderali, ci apparirà come un puntino pressoché invisibile. »

Lisl scosse la testa, molto lentamente. All'inizio Voorhees credette che si fosse solo stancata di quell'argomento. Ma l'aveva sottovalutata.

« Guardati intorno », disse. « Tu, von Braun... pensate alla Luna e alle stelle, ma non è lì che andranno i vostri missili. Pensa piuttosto alle città che verranno colpite da queste armi. » Guardò nel cratere con aria affranta. « Dopo che avrai risolto i loro problemi. »

Voorhees trasalì alla parola « armi ». « Sì, be', all'inizio i militari useranno i missili contro obiettivi *militari.* » Poi sussurrò: « Ma chi lo sa quanto ancora potrà durare questa guerra? Un giorno, dopo che sarà finita, i missili orbiteranno intorno alla Terra, atterrando su piste lontane, anche in America e in Cina ».

Lei emise un verso di frustrazione e si alzò, scrollandosi la terra di dosso. « Ma noi siamo in guerra con l'America e la Cina. O l'hai dimenticato? »

Il giovane scienziato non rispose.

Lisl scosse di nuovo la testa. « Tu e le tue frontiere lontane », disse, allontanandosi dal cratere. « Un giorno ti spingerai troppo in là. Se già non lo hai fatto. »

Ripensando a quei giorni, Voorhees non avrebbe ricordato quante settimane fossero passate tra il « primo appuntamento » con Lisl e il pomeriggio in cui von Braun pronunciò le parole che avevano confermato i timori della donna.

Arrivò in anticipo a una riunione col dottor von Braun e coi membri del laboratorio di propulsione. Mentre girava un angolo, si era ritrovato davanti il responsabile del programma missilistico e il generale Dornberger, l'ufficiale della Wehrmacht che amministrava Peenemünde.

« Mireremo alla Luna », aveva appena detto von Braun, scrollando le spalle, « ma qualche volta colpiremo Londra. »

Voorhees si fermò di colpo, chiedendosi se avesse frainteso le sue parole. I due uomini si voltarono verso di lui e, anche se non gli dissero niente, le loro espressioni gli rivelarono che aveva sentito e capito bene. Il giovane scienziato rivolse loro un cenno col capo mentre li superava, e in quel momento desiderò di poter riavvolgere gli ultimi trenta secondi, o di essere arrivato un minuto dopo invece che un minuto prima.

La sera in cui vide per l'ultima volta von Braun e Lisl, Voorhees fu convocato per un incontro con Hanna Reitsch, la celebre pilota collaudatrice. L'accanita sostenitrice di Hitler era arrivata a Peenemünde in giornata per « aiutare a testare gli ultimi modelli di V-1 ». Voorhees si aspettava che l'incontro potesse essere interessante, sapendo che in passato l'aviatrice prediletta del Führer, a bordo di un aliante, aveva effettuato un atterraggio di fortuna all'interno di uno stadio brasiliano pieno di esaltati tifosi di calcio. (Una volta alla base *Nostromo*, Voorhees sarebbe stato dispiaciuto che quei tifosi non l'avessero fatta a pezzi.)

Si fermò davanti alla porta della mensa ufficiali ed esitò. La luna salì di dieci gradi in cielo prima che lui trovasse il coraggio di entrare. E in quel momento capì, forse ancor più chiaramente di von Braun, che le loro straordinarie macchine sarebbero state rivolte contro il corpo celeste sbagliato.

«Sapete, non rientrava nei miei piani diventare una pilota collaudatrice», disse Hanna Reitsch. Era alta poco più di un metro e mezzo, aveva una corporatura esile e corti capelli biondi. «Quando sono entrata alla facoltà di medicina, sognavo di pilotare aerei in Africa come medico missionario.»

Qualcuno tra i presenti ridacchiò; altri invece ripensarono a come, nel 1919, il trattato di Versailles avesse tarpato le ali alla Germania. Dopo che le forze aeree del Paese erano state smantellate per decreto, se un tedesco voleva avere una speranza di volare, doveva scegliere tra l'attività missionaria e gli alianti. E ora quella donna, a distanza di anni, pilotava aeroplani sperimentali, tra cui una nuova classe di velivoli conosciuti come *jet*.

Hanna Reitsch era attorniata da una ventina di ammiratori ipnotizzati, perlopiù ingegneri e ufficiali. Ma in disparte, nell'ombra, c'erano alcuni individui che la detestavano per le vette che era riuscita a raggiungere (letteralmente e metaforicamente), vette che loro non avrebbero mai nemmeno sfiorato... anche se erano uomini.

«Il tempo può cambiare le strade che abbiamo deciso d'intraprendere», continuò Hanna. «Finisce per assegnarci destini che non abbiamo mai pianificato né sognato.»

Grazie a Dio Lisl non è venuta, pensò Voorhees. Sapeva

che, quando Adolf Hitler era salito al potere, la vivace pilota era diventata rapidamente una delle sue favorite. La sua fama era salita alle stelle dopo aver pilotato il primo elicottero al mondo, un'impresa che aveva spinto il Führer in persona a nominarla Flugkapitän onorario. Era la prima donna ad aver ottenuto quel grado. *E ora eccola a Peenemünde, ben lontana dagli alianti e dagli stadi di calcio.*

« Destini che non abbiamo mai sognato, già. Purtroppo, miei cari amici, viviamo in tempi difficili. E dunque basta parlare della sottoscritta. Sono qui per fare un annuncio e una proposta. Qualcuno dei presenti conosce già il motivo della mia visita, ma adesso lo renderò ufficiale. Questa settimana ho intenzione di effettuare un volo di prova su un V-1E, una versione con pilota del V-1. »

Alcuni uomini sussultarono a quelle parole; quelli che invece avevano lavorato al prototipo prima di trasferirsi a Peenemünde, o ne avevano sentito parlare dai colleghi, non aprirono bocca. Altri, come Voorhees, furono colti del tutto di sorpresa.

Un momento dopo, nella sala era sceso un tale silenzio che si udì in modo chiaro l'unico rintocco dell'orologio a pendolo nell'angolo: quarantacinque minuti dopo la mezzanotte, quarantacinque minuti nel nuovo giorno.

« Dov'è ubicato l'abitacolo? » chiese timidamente qualcuno.

« Sulla fusoliera, davanti al pulsoreattore », rispose la donna.

Seguì una breve pausa, dopodiché sembrò che tutti i presenti avessero una domanda o un commento da fare.

« E come avviene l'atterraggio? »

« ... e il seggiolino eiettabile? »

« ... con una durata del volo di soli trentadue minuti... »

«... e un'autonomia di soli trecento chilometri...»

«Signori, signori», disse la Reitsch, alzando le mani per calmare i presenti. «*Ribadisco* che questi sono tempi difficili. Ma l'appello del Führer equivale a un sacro ordine! E ora egli ci chiede di affrontare e di vincere questa nuova sfida. Questo aeroplano è opera delle migliori menti della Luftwaffe.»

È proprio questo che mi spaventa, pensarono allo stesso tempo tre scienziati.

«Come approvato dal nostro magnifico Führer, due V-1E saranno agganciati sotto le ali di altrettanti bombardieri, come il vischio alla sua pianta ospite. E, quando i bombardieri si avvicineranno all'obiettivo... il vischio verrà rilasciato. A quel punto i piloti prenderanno il controllo dei V-1E, indirizzandoli verso il bersaglio, e quindi si espelleranno dai velivoli. Dal momento che i V-1E andranno distrutti nell'impatto col bersaglio, non ci sarà nessun atterraggio. Sarete felici di sapere che solo una settimana fa il Führer mi ha detto...»

«Espellersi a seicento chilometri orari?» la interruppe Voorhees. «Con l'abitacolo che si trova davanti alla presa d'aria del motore? Che ne sarà del paracadute? O del pilota?»

Molti uomini trasalirono e posarono lo sguardo sulla donna, che però non disse niente. Tuttavia il suo silenzio rivelò loro tutto quello che avevano bisogno di sapere sulle possibilità di riuscita di una manovra di espulsione.

Voorhees si voltò verso l'uomo al suo fianco e, a voce abbastanza alta affinché chiunque potesse sentirlo, disse: «Quell'affare è una trappola mortale *e* una vera merda». *Che sto facendo? E perché ora? Sono forse impazzito?*

Un forte brusio si levò nella sala: nessuno aveva mai sentito Voorhees esprimersi in quel modo. Gli ufficiali si allontanarono platealmente dagli scienziati, e questi ultimi cominciarono a guardare Voorhees come avrebbero guardato uno sconosciuto imbucatosi a un matrimonio.

No, non sto impazzendo. Sono le parole di von Braun. È l'uomo-statua. È Lisl.

Hanna Reitsch lo fulminò con uno sguardo di ghiaccio, ma un istante dopo tornò a sorridere, come se gli ultimi commenti non fossero mai stati pronunciati. «Ovviamente ho dato senza indugio la mia disponibilità e, una settimana fa, ho avuto il piacere di riferire al Führer che può contare su oltre mille volontari.»

Guardandosi intorno, Voorhees constatò che l'orgoglio nella voce della donna strideva con l'umore generale nella sala. Nessuno faceva più domande e molti stavano pensando a una scusa per allontanarsi in tutta fretta, come l'ora tarda o alcune pratiche che improvvisamente andavano sbrigate.

«Mille eroi! *Heil Hitler!*» urlò la collaudatrice.

Per diversi secondi nessuno si mosse, poi un paio di ufficiali scattarono sull'attenti e le restituirono il saluto nazista. Tuttavia le loro voci non fecero altro che accentuare la paura che si era impadronita degli uomini. Alcuni scienziati erano sotto shock, e persino gli ufficiali sembravano a disagio: strascicavano i piedi sul posto come se all'improvviso gli stivali gli si fossero ridotti di due misure. Nessuno fiatava.

Voorhees scosse la testa, rendendosi conto che *Il Sogno* era finalmente morto. Ed era sempre stato ridicolo, ora che ci pensava. Cos'era, dopotutto, *Il Sogno*? Un miscuglio di mitologia norrena e concetti romantici del XIX secolo? Jules Verne, H.G. Wells e il carro di Odino che spiccava il volo verso Marte? *Era ridicolo, e adesso è morto.* «Mille aspiranti suicidi», borbottò, voltandosi.

« *Eroi,* non suicidi! » gli ringhiò contro la Reitsch, i cui delicati lineamenti erano all'improvviso tesi. « Lo Squadrone Leonida! »

Voorhees prese un respiro profondo ed espirò lentamente. Era esausto, ma si girò verso di lei. « Con tutto il rispetto, Flugkapitän Reitsch, ma re Leonida non è colui che nel 480 a.C. ha condotto alla morte trecento spartani alle Termopili? »

Lì per lì la Reitsch rimase sorpresa, poi gli sorrise.

Dev'essere così che si sente un uccello tra gli artigli di un gatto, un attimo prima che il suo sistema nervoso induca il predatore a sferrare il morso letale.

« L'avevo giudicata un codardo, Herr Voorhees », disse con calma la donna. « Ma lei è molto di più. È un codardo che conosce la storia militare. »

Fu allora che la sala cominciò a tremare e, mentre una pioggia di polvere cadeva dal soffitto, all'esterno risuonò l'urlo delle sirene.

L'operazione Hydra fu il bombardamento aereo più massiccio che la RAF avesse compiuto fino a quel momento. Voorhees si ritrovò al centro del mirino di quasi seicento bombardieri Halifax, Sterling e Lancaster, il cui obiettivo era annientare lui e quanti più uomini impegnati nella realizzazione dei missili. Ma la scorta di Hanna Reitsch entrò subito in azione e cominciò a trasferire i presenti in un rifugio antiaereo.

Tuttavia il giovane ingegnere non pensava al rifugio, e quando uscì dalla mensa degli ufficiali aveva un solo pensiero in testa: *Lisl. Devo trovare Lisl.*

Qualcuno lo afferrò con forza per un braccio. « Da questa parte! »

« Devo trovare Lisl! »

«Non c'è tempo», disse il soldato, colpendolo col calcio di una pistola. «Torni in sé ed entri.»

Spronato dal militare, Voorhees scese i gradini di cemento con passo malfermo. La pesante porta di acciaio si chiuse di schianto alle loro spalle, un istante prima che i seicento giganti cominciassero a seminare il panico in superficie.

Un'ora dopo, Voorhees sentiva solo il crepitio smorzato di migliaia di tonnellate di legno che bruciava. Dopo che anche gli ultimi bombardieri inglesi furono andati via, l'urlo di una sirena annunciò il via libera. «Tutti fuori a prestare soccorso!» ordinò qualcuno.

Quando Voorhees uscì dal rifugio era buio pesto, anche se quella notte c'era la luna piena. Considerato tutto quello che era successo, su Peenemünde regnava un silenzio sinistro. Il fumo gli impediva di vedere, e ancor più di respirare, ma, a giudicare dal bagliore delle fiamme in ogni direzione, sembrava che ogni edificio fosse stato distrutto.

L'ingegnere si guardò intorno. Nessuno faceva più caso a lui.

Maurice Voorhees sparì nel fumo.

La storia tra Voorhees e Lisl finì dov'era cominciata: in un cratere.

Il secondo cratere si trovava nel punto in cui, fino a poco prima, sorgeva il dormitorio della donna. Al centro della voragine nel terreno, l'ingegnere individuò brandelli di vestiti appartenenti ad almeno una decina di persone diverse, oltre a cocci di stoviglie (che poi scoprì essere frammenti di ossa umane). Ogni speranza morì quando trovò una scarpa familiare. Era immacolata e ancora calda.

Quando i due uomini di Sänger lo trovarono, il mattino dopo che la RAF aveva raso al suolo quasi tutta Peenemünde, dubitavano che l'uomo che dovevano portare al *Demetra* sarebbe mai tornato in sé per essere di qualche aiuto.

Il soggetto che stavano osservando dal ciglio del cratere aveva l'espressione di uno scienziato intento a risolvere un complesso problema matematico. Anche se il loro ricordo dell'evento sarebbe andato perduto nelle caotiche settimane a venire, la loro prima impressione si rivelò del tutto corretta. Maurice Voorhees, che era in grado di creare nella sua mente una dettagliatissima immagine tridimensionale del motore di un missile, non sapeva come rimettere assieme il corpo di Lisl, né come seppellirlo.

18

CIMA DI SALVATAGGIO

«Troppa assennatezza può essere follia, e la follia più grande di tutte è vedere la vita com'è e non come dovrebbe essere.»

Da *Man of La Mancha*

28 gennaio 1944, ore 05.00

La scienza era sempre stata il rifugio di MacCready, ma quella sera, nella sua cella, neppure i *draculae* – la sua ripugnante scoperta – gli impedirono di scivolare di nuovo nelle tenebre.

Le urla distanti e smorzate dalla nebbia erano cessate poco prima dell'alba. I soldati che qualche ora prima erano venuti a prelevare la donna imbrattata di sangue avevano dimenticato di spegnere una lampadina. Voorhees vedeva la sua ombra allungata sul pavimento. Non era del tutto convinto che il suo tentativo di restare vivo avrebbe avuto successo, ed era ragionevolmente sicuro che, nel giro di un paio di giorni, qualcun altro avrebbe proiettato la propria ombra su quel pavimento.

Nonostante le interruzioni, di tanto in tanto era riuscito a strappare qualche minuto di sonno. L'istinto di sopravvivenza e l'esperienza accumulata nelle missioni precedenti gli dicevano che, se fosse riuscito a ottenere un altro incontro con Wolff, avrebbe avuto bisogno di ogni watt di lucidità e di capacità discorsiva.

Almeno qui dentro non ci sono draculae.

Fuori da quelle mura, erano loro i veri padroni della notte, non i soldati di Wolff. Col senno di poi, entrare in contatto con quelle creature era stato come ricevere un messaggio personale dalle tenebre. Non riusciva a scacciare la sensazione che quegli esseri senzienti gli avessero frugato nel cervello, utilizzando sensi simili a quelli di una qualche razza aliena. Un loro morso era chiaramente più letale del veleno di un cobra, ma a terrorizzarlo era l'intelligenza che avevano dimostrato di possedere.

Perché diavolo non mi hanno ammazzato? E quand'è che Wolff deciderà di farmi giustiziare?

Si era imposto di dormire ma, a causa delle incessanti urla nel cuore della notte, la sua immaginazione si era messa a galoppare, spingendolo a pensare a quello che Wolff aveva probabilmente fatto a Bob e Yanni.

Quando ormai si stava pian piano abituando al fatto che la guerra aveva eliminato tutte le persone che amava, l'incontro con Bob - per quanto breve - era stato un'inattesa cima di salvataggio che gli aveva permesso di fare ritorno in un mondo meno folle, di essere di nuovo parte dell'umanità. Ma quella cima si era spezzata nel momento in cui Wolff gli aveva mostrato la mitragliatrice russa con l'inconfondibile tracolla mimetizzata.

E adesso non aveva più niente per cui valesse la pena vivere. Niente, a eccezione della vendetta e della sua missione.

19

IL PORTATORE

«Alcuni di coloro che si lanciano senza riflettere in questa follia, credendo di essere saggi, non si rendono conto di quanto invece siano sciocchi... Non reputano se stessi esseri umani, ma animali. E, come gli animali si divorano l'un l'altro, così costoro si divoreranno tra loro... poiché essi amano i piaceri delle fiamme, e sono schiavi della morte.»

Vangelo di Tommaso (I secolo d.C.)

28 gennaio 1944, ore 05.00

Non era stata la tragica morte del bambino a tenere svegli Wolff e Kimura tutta la notte, e nemmeno il modo inquietante in cui il suo apparato circolatorio e il sistema muscolare avevano finito per collassare, portandolo a rigurgitare brandelli di stomaco.

A tenerli svegli era stata la consapevolezza che quelle manifestazioni ricordavano il decorso di una malattia infettiva. I due uomini, mossi da motivazioni che sarebbero rimaste ignote agli storici e agli antropologi del futuro, traevano piacere dai roghi, dalle pestilenze e dalle sofferenze umane. Forse condizionati da geni che li avevano fatti nascere «marci», o dai tempi in cui vivevano – o da qualche oscena combinazione delle due cose –, avevano deciso spontaneamente (e di buon grado) di diventare schiavi della morte.

Il colonnello Wolff fissava confuso gli occhi senza vita del bambino. «Come può un corpo umano perdere tutto questo sangue?» chiese al cadavere attraverso la mascherina chirurgica. Fece una pausa, come se si aspettasse una risposta, poi tornò a concentrarsi su due strane ferite, distanziate tra loro di mezzo centimetro, sul polpaccio destro del bambino. *Morso alle spalle.* A distanza di ore, le ferite stavano *ancora* sanguinando. *Perché non avevano...*

Il rumore di un bisturi caduto sul pavimento attirò la sua attenzione su un tavolo vicino. *Barbari maldestri.* Erano trascorse quasi cinque ore da quando i suoi uomini avevano trasferito i corpi dalla capanna alla base, ma due membri del team medico di Kimura, con le braccia guantate ricoperte di sangue fino ai gomiti, stavano ancora esaminando le viscere della donna anziana. Wolff sapeva che qualsiasi rancore potesse aver nutrito nei confronti dello scienziato giapponese e dei suoi colleghi era irrilevante. Ciò che *importava* era la loro indubbia competenza riguardo alla biologia e alla chimica della morte.

Wolff si chinò di nuovo per esaminare le due ferite, questa volta con una lente d'ingrandimento. *Non sono punture,* stabilì, notando invece che erano stati asportati lembi di carne con precisione chirurgica. *Cosa potrebbe aver provocato ferite simili?*

Kimura entrò nella stanza con un vassoio di vetrini per microscopio e campioni di sangue. Tutti i presenti, compreso l'ufficiale nazista, alzarono lo sguardo all'istante.

Il nuovo arrivato disse qualcosa in giapponese ai suoi colleghi, che si scambiarono uno sguardo ma non aprirono bocca. Poi Kimura si voltò verso il colonnello. « È un anticoagulante atipico », spiegò in tedesco. « Non è una sostanza chimica, come quella che viene trasmessa dal morso di una sanguisuga o di una zanzara. Nel nostro caso, l'emorragia è stata causata senza alcun dubbio da un batterio. »

« Dunque abbiamo a che fare con un'infezione. »

« Sì e no. » Dopo aver passato il vassoio a un assistente, Kimura indicò il cadavere del bambino con un cenno del capo. « I microbi sono penetrati attraverso le ferite cutanee. E, una volta all'interno del sistema circolatorio, nel giro di pochi minuti hanno scatenato una massiccia emorragia. Si tratta di un processo assolutamente unico. »

« Ma gli esperimenti di stanotte sugli animali? » chiese il colonnello attraverso la mascherina. « Nessuno dei topi cui è stato inoculato il sangue del bambino ha avuto un'emorragia. »

« Ho ripetuto l'esperimento sull'ultimo ranger americano, ma neppure in questo caso ci sono stati versamenti di sangue, come ha dimostrato la sua vivisezione », aggiunse il giapponese. « Anche l'altra donna, quella più giovane, non è stata infettata, sebbene le abbia iniettato per ben tre volte il sangue del bambino. »

« Ma, se si tratta di un microbo, per quale motivo non è contagioso? » chiese Wolff.

« Perché il batterio era già morto quando abbiamo estratto i campioni di sangue. Non so con esattezza come riesca ad agire così in fretta e in modo così sistemico. Probabilmente si divide subito dopo il morso con estrema rapidità, come dimostrano i miei vetrini, e in pochi minuti le pareti sottili delle cellule appena formate si rompono, riversando in tutto l'organismo la tossina emorragica – qualunque essa sia – che producono. Quando la vittima comincia a sanguinare, tutti i microbi sono già morti. Di fatto, l'agente patogeno si neutralizza da sé, e nel frattempo anche la tossina muore o si snatura rapidamente. »

« Che è il motivo per cui il sangue del bambino non è contagioso, giusto? »

« Giusto. »

Wolff annuì pensieroso. « Ma come fa a sopravvivere, questo microbo, se muore assieme al suo ospite? E qual è il suo scopo biologico? »

Kimura sorrise. « I suoi uomini, e questi due selvaggi » – indicò i cadaveri della donna e del bambino – « non sono mai stati ospiti. » Fece una pausa, quasi a volersi gustare il segreto per un ultimo istante. « Erano *prede.* » Il guerriero dei morbi si avvicinò a una finestra in plexiglas che si affacciava su quello che sembrava un muro interminabile di nebbia e alberi. « L'ospite è là fuori da qualche parte. Anche se 'portatore' sarebbe un termine molto più accurato. »

« Portatore? »

« Sì, come un serpente o uno scorpione. Un animale che morde o punge, un animale di cui ignoriamo ancora l'identità. Un portatore che permette al batterio di vivere nella propria bocca o nel pungiglione. »

« Vale a dire un endosimbionte. »

« Esatto, proprio come la nostra flora intestinale. I microbi emorragici prosperano e si moltiplicano all'interno di questi animali portatori. In pratica se ne stanno in un posto caldo e sicuro, finché... »

« ... finché l'ospite non morde o punge la sua preda, trasmettendo parte dei batteri attraverso la ferita. »

Kimura sorrise di nuovo. « E a questo punto l'agente patogeno rispetta la sua parte dell'accordo, provocando un'emorragia nella vittima e fornendo così cibo al portatore, che evidentemente si nutre di sangue. »

I due uomini fecero una pausa, meditando su quanto avevano scoperto.

Fu Kimura a riprendere per primo la parola: « Sembrerebbe, colonnello, che la nostra scelta di un sito per il lancio dei missili possa rivelarsi favorevole per una ragione del tutto inaspettata. Se riuscissimo a coltivare spore microbiche fresche, potremmo disporre di un'arma di gran lunga più terrificante, più efficace e dagli effetti più demoralizzanti dell'antrace e della peste bubbonica che abbiamo in programma di utilizzare».

«Un grosso 'se', dottore, soprattutto considerato quanto poco tempo abbiamo a disposizione», intervenne il colonnello, mentre il suo cervello lavorava alacremente. «Può recuperare qualcosa dal sangue di questi due selvaggi?»

«Non c'è nulla, se non batteri morti e rovinati. Quello che ci occorre è una fonte fresca di microrganismi attivi. Quello che ci occorre è...»

«... un portatore.»

«E ci occorre vivo, qualunque cosa sia.»

Wolff ripensò all'incidente del mattino prima sul ponte del *Nostromo*, e alla sua recente chiacchierata col caporale Kessler. Si sfilò i guanti in lattice, si tolse il grembiule gommato e la mascherina e si diresse a passo svelto alla porta. «Mi segua, dottore», disse senza voltarsi, mentre usciva dal laboratorio. «La cosa potrebbe interessarla.»

«Ha forse capito come disincagliare l'altro sottomarino?» sussurrò Kimura nella sua lingua. Al dottore sembrò di sentire uno dei suoi assistenti ridacchiare per il commento sarcastico ma, quando si voltò, li trovò tutti concentrati sul loro macabro lavoro. «Dieci minuti fa ho risolto il nostro problema più grave! Quel nazista non sapeva che pesci pigliare! L'ho risolto io!»

Nessuno dei suoi uomini alzò lo sguardo.

«E lui che fa? Continua a darmi ordini come se il merito fosse tutto suo.»

Per un breve momento, il biologo giapponese ricordò con nostalgia il suo laboratorio immacolato in Manciuria... *Gli strumenti chirurgici lucidi, la disponibilità illimitata di cavie per i test. Un posto dove nessuno m'impartiva ordini.* Fece un breve sospiro prima di seguire l'ufficiale tedesco, con gli zoccoli di legno che ticchettavano sempre più rapidamente sul pavimento a mano a mano che aumentava il passo. Quell'ingrato di un nazista stava andando verso la segheria, dove venivano tenuti i *maruta.*

Quella volta nessuno lo prese a pugni, né minacciò di legarlo al motore di un missile. E, quando il colonnello entrò nel capannone, al suo fianco non c'era l'enorme sergente delle SS, ma un civile giapponese vestito strano. *Promette bene,* pensò MacCready.

« Il caporale Kessler mi ha riferito che sa cosa sta uccidendo i miei uomini », disse Wolff.

MacCready si chiese quanti soldati tedeschi fossero stati uccisi. *A giudicare dall'interesse personale di un alto ufficiale, devono essere un bel po'.* « Proprio così. Li stavo studiando, quando uno dei tuoi tirapiedi locali mi ha infilzato col dardo. »

Il colonnello sorrise. « Si risparmi la storia dello zoologo, capitano MacCready. Sappiamo perché è stato mandato qui. »

MacCready gli restituì il sorriso.

« A ogni modo, siamo uomini di scienza e questa è una situazione che richiede... adattabilità. Di conseguenza, sto per farle una nuova proposta. Ci aiuti a scovare le creature che hanno ucciso i miei uomini. Ci aiuti a trovare e a distruggere questi *Blutkinder.* »

« Altrimenti? »

« Altrimenti stamattina non verrà con noi, ma il sergente Schrödinger la consegnerà a quegli stessi 'tirapiedi' che hanno già avuto il piacere di usarla come bersaglio per le loro cerbottane.»

Questa volta MacCready finse preoccupazione, cosa che gli riuscì piuttosto facile, date le circostanze. Ma, in realtà, sapevano entrambi che la proposta di Wolff era ottima. Era, anzi, *esattamente* quello che lui aveva sperato, la sua unica possibilità di salvare la pelle. *E, anche se dopo averli condotti dai* draculae *non riuscissi a scappare, forse prima di morire troverò il modo di comunicare a Hendry cosa sta accadendo in questo posto.*

Il colonnello rise brevemente, un suono che MacCready trovò snervante. «So cosa sta pensando, capitano. E dunque, sì, ci aiuti a trovare e a eliminare queste bestie e, chi lo sa, forse riuscirà a fuggire.»

Magari ci riesco davvero, stronzo, pensò MacCready, ma concesse a Wolff l'ultima parola.

«A quel punto, daremo la caccia a *lei.*»

Anche se la temperatura all'interno dell'albero morto era perfetta (quaranta gradi, con un'umidità quasi del cento percento), la madre non riusciva a dormire. Alla fine, il suo agitarsi svegliò il figlio più piccolo, che si spostò al suo fianco. Lei rigurgitò una piccola quantità di sangue di bipede da una sacca dello stomaco, dove veniva conservata una riserva di cibo non digerito, una particolarità fisica che accomunava tutte le specie di pipistrelli vampiro. Vibrando di trepidazione, il piccolo avvicinò il muso a quello della madre e cominciò a lappare dalla sua bocca. Quand'ebbe finito, tornò a penzolare in silenzio e poco alla volta scivolò di nuovo nel sonno. Non una sola goccia di sangue era caduta nella cavità buia che si estendeva sotto di loro.

La madre sapeva che era diventato più difficile cacciare i bipedi, e che il loro strano comportamento era un chiaro segnale che ormai erano consapevoli della presenza della sua famiglia. I bipedi non andavano più nella foresta di notte. Ancora più preoccupante, però, era l'odore della paura che dai loro bizzarri nidi si spargeva tra gli alberi circostanti.

Ma la madre rimase sveglia fino al mattino anche per un altro motivo: stava perdendo il controllo sui gemelli. Sebbene i due stessero attraversando una fase naturale del loro processo di crescita, la massiccia presenza d'intrusi era inaspettata e preoccupante, e rendeva la recente voglia d'indipendenza dei piccoli ancor più difficile da gestire.

L'ultimo incontro coi bipedi sul fianco della collina era stato il punto di svolta, e ora il suo istinto materno l'aveva portata a prendere una decisione. Emise una serie di *clic* che svegliarono immediatamente i gemelli e l'altro figlio satollo di sangue. NO CIBO BIPEDI PERICOLOSI.

Il piccolo rabbrividì e le andò più vicino. Dei gemelli, la femmina rimase immobile, mentre il maschio spiegò e distese le ali, una alla volta. Poi mostrò un improvviso interesse per una grinza sulla membrana alare e la appiattì abilmente coi denti.

Impassibile di fronte a quell'atteggiamento di sfida, la madre rilasciò un feromone direzionale da due ghiandole alla base delle ali, segnalando a tutti di tornare alla Caverna di Pietra, la loro dimora ancestrale.

Questa volta il maschio smise di fingere una mancanza d'interesse e rispose con un sibilo di rabbia.

Avvertendo un rapido movimento sotto di lei, la madre cambiò posizione e si voltò istintivamente, mostrando le zanne scintillanti.

Ma, invece di attaccare, il figlio le sfrecciò accanto, usando i pollici allungati per arrampicarsi fino al bordo dell'albero cavo. Essendo ormai quasi del tutto sviluppato, la madre si scansò rapidamente per evitare qualsiasi contatto col suo corpo muscoloso. Poi avvertì una breve folata d'aria proveniente dall'alto, e sentì una serie di versi di navigazione che si allontanarono quasi subito, affievolendosi sempre di più fino a sparire.

Un istante dopo, la femmina s'inerpicò lungo la ripida parete sul lato opposto dell'albero cavo e, poco prima di raggiungere l'apertura, si voltò ed emise un sibilo. Un frullio d'ali, una pioggia di pezzi di corteccia, e anche lei spiccò il volo.

Il piccolo si avvicinò con cautela alla madre, cercando il conforto del suo corpo. Istintivamente, però, lei gli morse un orecchio, con più forza di quanta ne avesse mai usata in precedenza. Il figlio lanciò un verso acuto di dolore e rilasciò il feromone della paura.

La madre raggiunse la cima dell'albero, decisa a mettersi alla ricerca dei gemelli, ma dovette rinunciare ancor prima d'iniziare. L'aria sopra di lei fu oscurata da una miriade d'insetti in volo. Falene di ogni dimensione si lanciavano dalle cime degli alberi, svolazzando l'una accanto all'altra e deformando l'ecolocalizzazione del vampiro con riflessi sonori ravvicinati provenienti da ogni direzione. L'arrivo di decine di minuscoli pipistrelli insettivori non fece che aumentare la confusione, dal momento che le loro ecolocalizzazioni impedivano al vampiro d'interpretare correttamente le informazioni di ritorno dei propri segnali sonar.

Non era la prima volta che la madre dei gemelli aveva a che fare con sciami simili, e quindi sapeva che le comunicazioni sarebbero state disturbate. Quella volta, però, decise che non poteva aspettare. SEGUIMI, comunicò al figlio prima di spiccare il volo.

Il piccolo emerse dall'albero morto e, sebbene fosse disorientato, attraversò la nuvola d'insetti e dei loro rumorosi predatori. L'orecchio gli faceva ancora male, e ora la rabbia e il dolore stavano confluendo in una nuova emozione: la diffidenza. Emettendo un fascio di ultrasuoni, riuscì a percepire il panico della madre che, tendendo le ali, si lanciò sotto la miriade d'insetti alla vana ricerca dei due gemelli. Era impossibile vedere qualcosa sotto lo sciame riflettente delle falene.

Poi, d'un tratto, i segnali del piccolo s'interruppero di colpo. La madre girò su se stessa e tornò indietro, ma del figlio non c'era più traccia. Senza preavviso, senza emettere un verso, senza alcun segnale, il cucciolo di pipistrello era semplicemente sparito.

20

LA TERRA AFFAMATA

«Da dove vieni, assassina degli uomini?
O dove sei diretta, conquistatrice degli spazi?»
Vangelo di Maria Maddalena (I secolo d.C. circa)

Base Nostromo,
28 gennaio 1944, ore 08.00

I sette soldati scattarono sull'attenti quando il colonnello Wolff si avvicinò.

L'ufficiale fece un cenno col capo, poi disse: «Riposo».

A terra, accanto a ogni uomo, c'era un pesante zaino militare che conteneva, oltre al consueto equipaggiamento, particolari lanterne realizzate dagli indios locali e un numero sufficiente di armi da sterminare qualsiasi creatura più grossa di uno scoiattolo nel raggio di duecento metri.

«Stando ai nostri amici indigeni», annunciò il colonnello, «i vostri compagni sono stati attaccati da demoni chiamati Chupacabra. Pare che questi *mostri* vivano in una caverna nelle profondità dell'altopiano. A quanto sembra, i Chupacabra sono irritati dalla nostra presenza.» Il colonnello fece una pausa per studiare il gruppo, fissando ciascun uomo negli occhi, e notò con soddisfazione che, per quanto assurde potessero essere sembrate le sue parole, nessuno aveva battuto ciglio né aveva sollevato obiezioni. *Schrödinger... Vogt... uomini che non metterebbero mai in dubbio qualcosa che ho ritenuto abbastanza importante da parlarne con loro.* Wolff rivolse un altro cenno ai soldati, questa volta appena percettibile, prima di continuare: «Il nostro insopportabile ospite americano afferma però che i locali si sbagliano.

«Le creature che hanno ammazzato i nostri fratelli non sono *mostri,* ma animali sanguivori delle dimensioni di grossi gatti. Animali che non hanno più abilità soprannaturali di quante ne abbiano le sanguisughe o le zecche». Fece un'altra pausa prima di proseguire: «Per quanto la cosa mi addolori, mi trovo d'accordo con l'americano. È venuto fuori che quell'uomo è uno zoologo, e a quanto sembra sa qualcosa di queste creature». Poi si voltò verso Kessler, che aveva un'aria sempre più spettrale. «E, proprio come lei, caporale, pare che le abbia pure viste.»

Anche se Kessler era in pessime condizioni, il colonnello non aveva mai pensato di fare a meno di lui. Oltre all'esperienza diretta con le creature, aveva una buona padronanza dell'inglese, cosa che sarebbe tornata utile dal momento che l'americano avrebbe preso parte alla spedizione. Wolff ne avrebbe approfittato per interpretare, assieme al caporale, la classica sceneggiata americana del poliziotto buono/poliziotto cattivo per tutta la durata del tragitto fino alla tana dei Chupacabra. *Un tragitto di sola andata,* pensò il colonnello, che aveva già spiegato al sergente Schrödinger cosa avrebbe dovuto fare di MacCready una volta scovate le creature. «La nostra missione è semplice. Dopo aver trovato la caverna con l'aiuto di due guide locali, cattureremo uno o più di questi animali, e li riporteremo - vivi - alla base.» Notando che Kessler si muoveva a disagio, aggiunse: «Il successo dell'intera missione dipende dalla nostra capacità di procurarci questi esemplari, e dunque non possiamo fallire».

Si scambiarono tutti un *Heil Hitler,* ma Wolff non congedò i suoi uomini. « C'è un'altra cosa... altrettanto importante. Il nostro prigioniero è convinto che stiamo andando da quelle creature per sterminarle, non per catturarle. Che a nessuno venga in mente di rivelargli il vero motivo della spedizione. » Poi guardò il suo braccio destro. « Sergente Schrödinger? »

Il gigante scattò sull'attenti.

« Vada a prendere il prigioniero. Ci mettiamo in marcia tra quindici minuti. »

Uscendo dalla fitta foresta, MacCready sbucò in una radura. Mancava un'ora a mezzogiorno. Colse l'opportunità per sbirciarsi di nuovo alle spalle, ma il sergente delle SS era sempre al suo posto e gli puntava una mitragliatrice al centro della schiena.

Da quand'erano partiti, MacCready si era sforzato di non pensare a cosa sarebbe potuto accadere se il bestione fosse inciampato in una radice, o fosse stato punto da una vespa. Era invece rimasto concentrato sull'inventario visivo che aveva fatto prima di lasciare il campo tedesco: macchinari pesanti, cataste di rifornimenti, capienti serbatoi pressurizzati pieni di carburante e un grosso cantiere, il tutto ben nascosto nella foresta e dalla maledetta nebbia che ammantava la valle. L'impressione generale era che l'elevato livello di segretezza della base avesse *qualcosa* a che fare con lo strano missile che aveva abbattuto l'aereo da ricognizione alleato. *Ma perché hanno allestito una base nella giungla? Qualunque cosa abbiano in mente, stanno costruendo qualcosa di enorme.*

La sua paura era che i nazisti stessero lavorando a missili intercettori teleguidati da lanciare contro obiettivi alleati direttamente dal Brasile. A prescindere dai dettagli del piano, sapeva che doveva scappare, o almeno trovare un modo per passare quelle informazioni a Hendry. *Soprattutto ora che Bob e Yanni non possono più farlo.*

Anche se gli assassini dei suoi amici sarebbero rimasti impuniti, provò una certa soddisfazione nel sapere che i tedeschi avevano subito perdite per mano dei *draculae.* Allo stesso tempo MacCready sapeva che, in seguito a quelle morti, Wolff e gli altri ufficiali erano estremamente impazienti di scoprire la vera identità di quelle creature. Era il motivo per cui l'avevano tenuto in vita.

A quel punto, andare alla ricerca dei «fantasmi» non aveva nessuna controindicazione. Era un'informazione che poteva barattare coi suoi nemici senza conseguenze, per tentare di portare a termine la sua missione prima che i nazisti portassero a termine la loro, *qualunque fosse.* Dopo una serie orribile di sventure e tragedie, il patto con Wolff si era rivelato un piccolo colpo di fortuna.

Poco più avanti, una parte del drappello si era fermata accanto a un fiume largo una decina di metri. Anche se l'acqua sembrava non superare la cintola, la corrente era pericolosamente veloce.

Le due guide locali, che alcuni minuti prima erano andate in avanscoperta, erano già dall'altro lato del fiume. Una delle due stava indicando col suo arco un punto che riteneva sicuro per attraversare il corso d'acqua disseminato di massi.

L'uno dopo l'altro, tutti i membri della squadra di caccia - a eccezione di MacCready e della sua gigantesca guardia - sollevarono gli zaini sopra la testa e cominciarono a guadare il fiume nel punto indicato dalla guida.

Mentre osservava la riva opposta, MacCready trovò curioso che la seconda guida si fosse spostata leggermente più a monte rispetto all'amico e al sentiero. *Che ha in mente, quel tipo?*

L'indio salì su una roccia e attese che i tedeschi fossero distratti dalla difficile traversata per pisciare nel fiume.

Bella mossa, pensò MacCready, spostando lo sguardo dall'arco di urina al punto in cui si trovavano Wolff e i suoi uomini. Attese ancora qualche istante prima di entrare in acqua, per dare modo al « saluto personale » della guida di scorrere a valle.

MacCready era a metà strada quando, all'improvviso, uno dei soldati cominciò a urlare e a dimenarsi con forza. Il gruppo s'immobilizzò all'istante, ma un attimo dopo ogni uomo imbracciò la propria arma e la puntò verso una sezione di foresta in cerca di segni di un'imboscata.

Nel frattempo, sbilanciato dal peso dello zaino, il soldato urlante era caduto sulla schiena, come una tartaruga, e tutti avevano potuto vedere che si stringeva il cavallo dei pantaloni.

Prima che la corrente lo trascinasse via, Wolff urlò ai suoi uomini di andarlo a recuperare. Due soldati lo presero da sotto le ascelle e percorsero a fatica gli ultimi tre metri che li dividevano dalla riva. Appena toccò terra, l'uomo dolorante si accasciò al suolo e cominciò a sbottonarsi freneticamente i pantaloni.

MacCready si voltò istintivamente per controllare se l'improvviso trambusto avesse distratto il sergente alle sue spalle. Come previsto, però, il colosso aveva mantenuto non solo la distanza ravvicinata, ma anche la concentrazione.

MacCready assunse l'espressione più innocente che gli riuscì prima di proseguire la traversata. Quando arrivò dall'altra parte, gli altri soldati si erano raccolti intorno al compagno sofferente.

Mentre due di loro gli bloccavano le braccia, una delle guide estrasse un pugnale di ossidiana da un fodero di pelle e si avvicinò all'uomo disteso a terra con un ghigno minaccioso. Poi, con un gesto rapido, gli squarciò il cavallo dei pantaloni e, con un altro movimento altrettanto fulmineo, fece la stessa cosa con le mutande. Tutti i presenti indietreggiarono istintivamente di un passo, non per una questione di pudore o d'imbarazzo, ma perché sembrava che il loro compagno si stesse strizzando il pene!

« *Es ist in meinem Penis!* » urlò l'uomo, e un attimo dopo quelli che gli erano abbastanza vicini (troppo vicini, a dire il vero) capirono *perché* il compagno si stesse strizzando il pene.

MacCready diede una sbirciata, riuscendo a intravedere la sezione posteriore di un piccolo pesce che sporgeva dalla pertica assediata del tedesco.

« *Es ist in meinem Penis!* » ripeté l'uomo con gli occhi sgranati, implorando aiuto. E, quando uno dei suoi commilitoni si fece finalmente avanti, il pesce dimenò con forza la coda e si spinse « a monte » di un altro paio di centimetri. L'unica parte visibile della creatura era adesso la pinna caudale che si muoveva da una parte all'altra.

« *Que é coisa aquela?* » chiese Wolff in portoghese ai due indigeni.

« *É um candiru* », rispose uno dei due.

« Merda », mormorò MacCready, evidentemente, però, non a voce abbastanza bassa.

Il colonnello si voltò di scatto verso di lui. « Come? »

« Sono quasi certo che abbia detto che è un candiru. »

« E cosa sarebbe questo... candiru? »

« Il *Vendellia cirrhossa*, un pesce gatto parassita. »

« Un pesce gatto? »

« Proprio così. Di solito attacca pesci più grossi, si aggrappa alle loro branchie per cibarsi del sangue che le irrora. Uno spettacolo disgustoso.»

«Ma che ci fa questo pesce *dentro* quell'uomo?»

«Il candiru è eccitato dall'odore dell'urina, forse perché è ricca degli stessi composti azotati che le sue prede secernono dalle branchie. I pesci non urinano.»

Quando il colonnello si girò di nuovo verso i suoi uomini, MacCready lanciò un'occhiata alle guide. E, quando vide Vescica Vuota scrutare il cielo con aria indifferente, come se stesse cercando nuvole di pioggia o forse farfalle, dovette soffocare una risatina. «Il tuo uomo dev'essersi liberato mentre attraversava il fiume», spiegò al colonnello. «E a quanto pare il suo nuovo amichetto ne ha approfittato per stringere amicizia col suo uccello.»

«E ora come lo liberiamo da questo... *parassita*?»

MacCready scosse la testa. «Da quello che ho sentito, c'è un solo modo per rimuovere un candiru.»

«E sarebbe?»

L'americano mimò il gesto delle forbici con l'indice e il medio.

Una delle guide si voltò, fingendo disgusto, per nascondere un sorriso.

Meno di cinque minuti dopo si rimisero tutti in marcia, a eccezione del soldato semplice Schoeppe che, zoppicando e piagnucolando, partì alla volta della base *Nostromo* stringendo disperatamente l'estremità di uno spago legato alla coda del candiru. Prima di partire, MacCready gli aveva fornito le indicazioni necessarie per l'«inevitabile intervento chirurgico».

E addio sogni di moltiplicare la razza superiore. «Se mai dovesse tornare a casa dalla guerra, quel tipo avrà una bella storia da raccontare», disse MacCready a nessuno in particolare.

Davanti a lui, il caporale Kessler si voltò per un istante. «Giusto, MacCready, ma credo piuttosto che sarà una storia... molto corta.»

MacCready sorrise, reprimendo il desiderio di scambiare due chiacchiere col soldato per paura che il bestione delle SS lo mandasse di nuovo al tappeto.

Le due guide indigene avevano omesso di dire che in realtà c'era un altro metodo per liberarsi di un candiru: una pozione ricavata dal frutto acerbo di una pianta di jagua da versare nell'orifizio interessato. L'estratto uccideva il pesce all'istante e ne dissolveva il corpo, i cui resti venivano poi espulsi assieme all'urina nel giro di uno o due giorni.

«Una pianta così comune», sorrise una delle due, scuotendo la testa.

«Solo oggi ne ho viste a decine», aggiunse l'altra, tranciando con un fendente di machete un ramo che le bloccava il cammino.

Dieci ore prima, nel suo laboratorio, Maurice Voorhees aveva avuto il suo secondo incontro coi *Blutkinder*, ma aveva deciso di tenerselo per sé. Kessler non era alla base e, dal momento che nessuno aveva la più vaga idea del perché Wolff se lo fosse portato nella foresta, Voorhees era giunto alla conclusione che la cosa più prudente da fare fosse tenere la bocca chiusa. Parlare degli avveniristici sistemi di propulsione lo aveva fatto finire nei guai; parlare dell'«ignoto conosciuto» probabilmente gliene avrebbe causati di peggiori. Ciò che sapeva era che i misteriosi fantasmi di Kessler non erano solo efficienti assassini, ma anche abili infiltrati.

Wolff era arrivato a sospettare la stessa cosa. Prima di partire, aveva ordinato alle sentinelle di limitare le loro ronde ai centri nevralgici della base *Nostromo.* Logica voleva che il modo migliore per impiegare gli uomini fosse di ridurre l'area complessiva delle linee difensive, e per quello le guardie erano state dirottate principalmente sui tre edifici in cui si lavorava, a un ritmo serrato, alle fasi finali della produzione chimica, della sperimentazione delle slitte e dello sviluppo delle testate esplosive.

Come ulteriore precauzione, sul tetto di ogni capannone erano appostati quattro soldati armati che tenevano d'occhio la base con gli esemplari più moderni dei binocoli a infrarossi dell'MI-5. Se quelle creature erano a sangue caldo - e il dottor Kimura ne sembrava convinto -, qualsiasi possibilità di passare inosservate, all'esterno o all'interno degli edifici, sarebbe stata eliminata o, almeno, notevolmente ridotta. Wolff era partito dal presupposto che l'evidente scaltrezza e furtività dei visitatori notturni potesse essere compensata da una massiccia vigilanza. Era chiaro che il colonnello scommetteva sulla superiorità della mente umana.

E avrebbe dovuto vincerla, la scommessa. Ma, la stessa mattina in cui Schrödinger aveva svegliato il prigioniero americano per la spedizione alla tana dei predatori notturni, Voorhees aveva saltato la chiamata per la colazione: aveva lavorato tutta la notte, persino durante la pausa. E, mentre i tecnici s'incamminavano verso la mensa e la nebbia che precedeva l'alba cominciava a scendere sulla base, qualcosa era entrato - non visto - nel campo dei *warazu.*

Per diversi giorni, il giovane ingegnere non aveva fatto

che pensare a come aumentare la portata dei Silbervogel. I prototipi originali di Sänger non sarebbero mai riusciti a volare oltre i loro obiettivi, e i nuovi motori ausiliari a razzo, per quanto potenti, non sarebbero stati sufficienti a colmare quella lacuna. Quindi Voorhees aveva incaricato i tecnici di eliminare ogni grammo superfluo di massa dai due spazioplani, nella speranza di aumentare la loro gittata e di dare ai piloti almeno una piccola possibilità di non doversi espellere, evitando così che i velivoli ormai fuori controllo finissero contro una montagna, in mare o in territorio nemico.

Ridurre la massa degli spazioplani significava che a bordo non ci sarebbero stati cibo, acqua, zattere gonfiabili o kit di sopravvivenza; in pratica, nulla che non potesse essere infilato nel cuscino di protezione (che avrebbe funto anche da giubbotto di salvataggio) dietro la schiena del pilota. Persino il paracadute di emergenza era stato eliminato. Tutto quello per migliorare la capacità di volo dei Silbervogel, nella speranza che un atterraggio di fortuna su una pista amica, coi serbatoi vuoti, potesse salvare i velivoli. « Manovra Leonida », l'avrebbe chiamata lui, un nome che a Hanna Reitsch sarebbe sicuramente piaciuto.

Voorhees aveva guadagnato alcune tonnellate eliminando i carrelli di atterraggio e i relativi sistemi idraulici e di supporto. Ciononostante, i Silbervogel sarebbero precipitati almeno un migliaio di chilometri prima di raggiungere una zona sicura. A complicare ancora di più le cose, erano terminati i materiali con cui preparare un'altra partita di combustibile solido a base di alluminio.

Ma il giovane ingegnere aveva trovato il modo di ovviare a quella mancanza: un nuovo composto chimico con cui riempire coppie di piccoli serbatoi supplementari da agganciare alla coda di ciascun velivolo. Quei serbatoi con propellente ipergolico venivano alimentati da due sostanze che si respingevano a tal punto che, quando venivano a contatto, producevano una spinta quasi equivalente a quella dei motori ausiliari a razzo.

Il vero problema stava nell'estrema tossicità dei due propellenti, che andavano tenuti il più lontano possibile dai piloti. Il carburante poteva bruciare la carne umana con una ferocia che ricordava il gas mostarda; il comburente, se rovesciato su un blocco di ghiaccio, era in grado d'incendiarlo.

Ciononondimeno Voorhees e Sänger erano fiduciosi che entrambi i componenti potessero essere contenuti in sicurezza e pompati nelle rispettive camere di spinta azionando una semplice manopola. E così, mentre il colonnello Wolff cominciava a organizzare una spedizione segreta nell'altopiano, e la madre dei *draculae* perdeva di vista il figlio minore in una nube di falene, Maurice Voorhees ultimava i test della versione definitiva del serbatoio a tenuta stagna, grazie al quale i bombardieri di Sänger sarebbero riusciti ad arrivare a destinazione.

Che semplicità, aveva pensato, provando una decisa sensazione di orgoglio. *Potrei pilotare questo velivolo pers...*

Voorhees si era reso conto di non essere più da solo.

Aveva avvertito un inspiegabile senso di calma, ma subito una parte della sua mente gli aveva urlato che l'improvvisa intensità di quella pace profonda e penetrante era quanto mai anomala, in un posto come quello.

TRANQUILLO.

La mano guantata si era rilassata ed era scivolata lentamente sopra l'ugello di una bombola di elio. Voorhees aveva voltato il capo. Nonostante quello che gli altri sensi stavano percependo, tra cui il profumo fuori luogo di gardenie, i suoi occhi gli dicevano che era solo. « Siete ancora voi? » aveva chiesto, conoscendo già la risposta. « Dove siete? »

Era stato allora che un fascio di ultrasuoni lo aveva scandagliato a una profondità che non riusciva a comprendere. Si sentiva nudo, solo, esposto. L'innaturale sensazione di pace era entrata improvvisamente in conflitto con le vibrazioni che lo stavano attraversando, dando vita a un senso di allarme. I suoi occhi guizzavano avanti e indietro, su e giù, spostandosi dalle pareti al soffitto e infine al pavimento. Non c'era niente e nessuno.

La confortante sensazione di un tocco delicato e intimo lo aveva invaso di nuovo, come in risposta all'anomala ondata d'inquietudine.

TRANQUILLO.

Voorhees non riusciva a opporsi. Anche se sentiva voci che sapeva che non potevano esistere, la sensazione di calma l'aveva preso e si rifiutava di lasciarlo. E alla fine la voce della madre aveva cominciato a insinuarsi nella sua testa.

Improvvisamente si era sentito più stanco di quanto pensasse possibile, e più nauseato di quanto lo fosse stato tutto il giorno. Si era portato una mano sullo stomaco e aveva iniziato a cedere.

La voce nella testa era cambiata... non era più quella della madre, ma di Lisl.

TRANQUILLO.

« Buon Dio », aveva sussurrato.

La bestia aveva aumentato gli sforzi per tentare di controllarlo, ma in quel momento Voorhees riusciva a visualizzare solo Lisl così come l'aveva vista l'ultima volta, come un uomo non avrebbe mai dovuto vedere la donna che amava: costole bianche scarnificate e frammenti di colonna vertebrale.

« No! » aveva urlato, spostando la mano sulla valvola a pressione della bombola di elio. Poi aveva abbassato lo sguardo.

La... *cosa* era stata tutto il tempo a poco più di un metro da lui. Quattro zampe affusolate, di cui due dotate di membrane nere, ancoravano la creatura al banco di lavoro.

Voorhees aveva fissato gli occhi del *Blutkinder* appeso a testa in giù. Non erano inespressivi come quelli di un serpente o di uno squalo. Al contrario, erano gli occhi di un essere senziente che stava guardando dentro di lui con curiosità, come se a sua volta si stesse facendo delle domande. La creatura inclinò la testa in avanti e si avvicinò.

Sei più piccola di quanto pensassi, si era detto Voorhees. Sembrava troppo esile e debole per essere pericolosa. *Ma sbagliare è umano, perseverare...*

Aveva aperto la valvola della bombola, e un violento getto di elio – mischiato a una nebbiolina rossa di propellente – era schizzato verso la creatura, che era riuscita a proteggersi il volto con un'ala prima che la sostanza potesse accecarla.

Voorhees aveva maledetto la sua sbadataggine per aver permesso a quella bestia di strisciargli letteralmente sotto il naso, ma in quel momento aveva capito come mai non si era accorto del suo arrivo. Era troppo veloce e quasi del tutto silenziosa. Solo quando si era girata su se stessa ed era fuggita verso il lato più lontano del capannone i suoi artigli avevano prodotto un leggero ticchettio sul pavimento.

Tossendo, il giovane scienziato era sfrecciato verso l'uscita e aveva spalancato la porta con un calcio.

La creatura aveva raggiunto l'uscita una frazione di secondo dopo di lui, anche se era partita dal fondo dello stanzone, ed era volata via con una fluidità così sbalorditiva che gli occhi e la mente di Voorhees non erano riusciti a starle dietro.

La stessa cosa era accaduta alle guardie all'esterno dell'edificio, che non avrebbero mai potuto sparare all'intruso con la speranza di prenderlo. Di fatto, neppure lo avevano visto. Ma avevano visto Voorhees, e sarebbe stata la fine per lui, se una delle sentinelle più attente e reattive non avesse dato una manata al fucile di un compagno, che aveva esploso un colpo innocuo in cielo.

Una pioggia di polvere di falene era scesa dall'alto. Poi il silenzio.

21

A TU PER TU CON LA LEGGENDA

«Non sprecare pallottole, Martin. Non possono nulla contro il vampiro.»
Dracula di Tod Browning, 1931

MacCready sospettava da tempo che i primi incontri degli europei coi pipistrelli vampiro del Nuovo Mondo avessero contribuito al mito dei vampiri in generale, e alla leggendaria associazione di questi ultimi coi pipistrelli in particolare.

Anche se i racconti su pipistrelli succhiasangue avevano cominciato a circolare in Europa subito dopo il terzo viaggio di Colombo nel 1498, i primi europei a essere entrati in contatto coi vampiri erano stati probabilmente Hernán Cortés e i suoi conquistadores. La creatura che MacCready conosceva come *Desmodus rotundus,* il pipistrello vampiro comune, non era molto più grossa di un criceto, ma i gesuiti portoghesi, di ritorno in Europa dai tropici del Nuovo Mondo, li avevano descritti come grandi e feroci esseri infernali. Gli storici non diedero mai credito a quelle voci. Ma, ora che aveva scoperto che il *Desmodus draculae,* l'enorme cugino del pipistrello comune, non era estinto come si pensava, MacCready si chiedeva se la leggenda sui vampiri mutaforma - diffusasi in lungo e in largo in tutta Europa a partire dal 1725 - potesse essere stata alimentata dagli avvistamenti del suo equivalente brasiliano, il Chupacabra. Alla fine del XIX secolo, un manager teatrale londinese di nome

Abraham Stoker si era ispirato alla rapida e scaltra creatura che dava il titolo a un racconto di John Polidori - *Il vampiro* - e aveva scritto il suo capolavoro, *Dracula.*

Doveva essere andata così: una storia messa in giro da marinai e preti terrorizzati si era diffusa per tutta Europa e, agli inizi del XX secolo, aveva fatto ritorno nel Nuovo Mondo, dove aveva preso piede anche grazie alla straordinaria interpretazione di Bela Lugosi sul grande schermo. A MacCready sembrava del tutto normale - e davvero ironico - che, quando dei frammenti di ossa rinvenuti in una caverna venezuelana erano stati attribuiti a un vampiro insolitamente grosso del genere *Desmodus* vissuto durante l'era glaciale, la scienza avesse chiuso il cerchio dando a quella specie il nome *draculae.*

La Città Perduta del Mato Grosso,
29 gennaio 1944

Quando il sole cominciò a scendere dietro l'orizzonte, il drappello guidato da Wolff stava percorrendo lo stretto e malmesso sentiero che saliva lungo la parete rocciosa. Durante le rare pause, MacCready aveva cercato di studiare il paesaggio, soprattutto le numerose sculture intagliate nella pietra. Ma aveva le mani legate e la bocca di un fucile costantemente premuta contro la schiena, quindi l'idea di fare il turista era da scartare. Tra l'altro, inerpicarsi lungo quel sentiero ripido era una rottura di scatole peggiore della traversata del fiume.

Giunte più o meno a metà salita, le due guide indigene si fermarono davanti a uno squarcio verticale nella roccia. MacCready notò che nessuno, meno che mai gli indios, sembrava particolarmente ansioso di entrare. E, a giudicare dalla reazione dei due burloni locali, quell'ingresso portava a ciò che stavano cercando: la tana dei *draculae.*

Uno dei soldati aprì il suo zaino e tirò fuori tre bizzarre lanterne. Ricordavano lampade da campeggio fatte in casa, solo che la luce emanata dalle candele al loro interno veniva filtrata da gusci di conchiglia trasparenti e pitturati di rosso.

MacCready annuì, avendo capito a cosa servivano. Era un sistema d'illuminazione simile a quello usato dai ricercatori che studiavano i mammiferi notturni. Gli indios contavano sul fatto che l'apparato visivo dei *draculae* fosse simile a quello delle altre creature della notte, insensibili alla luce rossa. Il calore era tutto un altro discorso, e i locali che avevano consigliato i soldati nella scelta delle attrezzature dovevano averlo scoperto da molto tempo. La facciata interna di ciascuna lanterna era stata abilmente isolata, in modo tale che il calore della candela non riscaldasse la superficie esterna. E dunque la lanterna sprigionava solo la luce rossa e un filo di aria calda che usciva da un'apertura proprio sopra la fiamma.

Vedremo i pipistrelli, ma loro non vedranno noi. Almeno si spera.

Le guide stavano rassicurando Wolff: i *Blutkinder* non potevano vedere la luce delle lanterne. Col passare del tempo, però, i tre cominciarono a discutere in modo molto animato. Qualunque cosa Wolff stesse proponendo, era chiaro che le guide non avevano nessuna intenzione di accontentarlo.

Poco dopo, l'ufficiale tedesco si allontanò a grandi passi dalle guide, che erano rimaste ferme sulle loro posizioni. *Anche se hanno quello stupido taglio di capelli a sco-*

della, gli indios non sono nati ieri. A dirla tutta, sembravano gli unici a sapere bene con cosa avevano a che fare.

Il colonnello istruì i suoi uomini per qualche minuto, dopodiché quasi tutti si sfilarono gli zaini e si accosciarono su una sporgenza rocciosa larga tre metri. Anche se la visuale all'interno della caverna era limitata, MacCready poteva vedere che qualche secolo prima l'ingresso era stato allargato. L'ampia anticamera che aveva davanti, però, si restringeva drasticamente qualche metro dopo, in un punto in cui la grotta passava dalla penombra alle tenebre più nere.

MacCready si avvicinò con difficoltà al caporale Kessler, seduto di schiena contro la parete. « Che sta succedendo? »

« Le guide non vogliono proseguire. Dicono che il popolo della Città Proibita è stato sterminato dagli dei, ma che lì dentro non troveremo nessun dio, solo demoni. I Chupacabra. »

« E quindi? »

« E quindi, per il momento, la maggior parte di noi aspetterà fuori. »

Che sollievo. Per quanto fossero pericolosi i *draculae*, rappresentavano comunque un affascinante fenomeno zoologico, e non gli piaceva l'idea di assistere al loro sterminio, un macabro preludio alla sua stessa esecuzione.

Uno dei soldati abbaiò un ordine al caporale, che rispose con un saluto privo di entusiasmo.

« Sembra che rivedrai i *Blutkinder,* MacCready. »

« Perché? » chiese lui, vedendo per la prima volta qualcosa di simile alla soddisfazione sul volto del giovane ufficiale.

Kessler estrasse un pugnale e gli fece cenno di voltarsi, quindi tagliò la fascia di cuoio che gli teneva i polsi.

« Perché entrerai nella caverna con Wolff. » Abbassando la voce, aggiunse: « E verrà anche il tuo amico, il sergente Frankenstein ».

MacCready faceva strada reggendo una delle tre lanterne degli indigeni; dietro di lui c'era la sua ombra delle SS, mentre il colonnello Wolff chiudeva la fila.

Dopo una ventina di metri, la spaziosa anticamera con pareti di roccia naturale s'incanalava in uno stretto corridoio di pietra scavato a mano. MacCready esitò, ma un immediato aumento della pressione del fucile sulla schiena fu sufficiente a farlo proseguire.

Il passaggio claustrofobico, largo all'incirca un metro e alto appena a sufficienza da non doversi curvare, era ricoperto di pittogrammi e pitture corrose, ciò che restava di una cultura perduta dell'altopiano. Anche se poteva esaminare le pareti solo di passaggio, MacCready era comunque affascinato da quegli strani disegni che sembravano animarsi sotto la tremolante luce cremisi che avrebbe fatto sentire Dante a casa sua. Si chiese se l'esploratore inglese scomparso - il colonnello Percy H. Fawcett - fosse arrivato fino a quel punto, o se fosse morto proprio in quella grotta.

Un grugnito alle sue spalle lo fece sorridere. « Attento alla testa, sergente », bisbigliò, prima che Wolff gli intimasse di fare silenzio.

Oltre alle iscrizioni sulle pareti, MacCready notò qualcos'altro di strano in quella caverna: una corrente d'aria che soffiava verso di loro. A volte era appena percettibile; altre, invece, era una brezza umida che trasportava un odore indubbiamente organico.

È come se l'altopiano stesse respirando.

Alcuni minuti dopo, l'improbabile trio localizzò la fonte del «respiro». L'aria calda saliva da un'apertura circolare sul pavimento roccioso; larga come un tombino, era delimitata da pietre intagliate e posizionate con cura. In quel punto l'odore era più intenso e acre, quasi doloroso da respirare. Ma almeno MacCready aveva capito a cosa fosse dovuto.

S'inginocchiò per sbirciare oltre il ciglio dell'apertura, e vide Wolff fare altrettanto al suo fianco. Sarebbe stato un gioco da ragazzi scaraventarlo in quell'abisso, se non fosse stato che Schrödinger era rimasto in piedi, con la schiena appoggiata a una parete e il mitra puntato alla sua testa.

«Cos'è questo odore?» chiese il colonnello.

«Guano», bisbigliò MacCready. «Merda di pipistrello. E l'odore di ammoniaca che senti è il piscio.»

«Le creature che hanno ucciso i miei uomini sono laggiù?»

L'altro si strinse nelle spalle. «Non ne sono ancora sicuro», rispose, confidando nelle sue doti di attore. Poi, con un filo di voce, gli disse: «Tienimi per le gambe». Si stese sulla pancia con la massima attenzione e cautela, quindi infilò la lanterna nel baratro.

Mentre si spingeva in basso col busto, sentiva la presa ferrea di Wolff sulle caviglie. Quello che non vide, però, fu lo sguardo che il colonnello lanciò a Schrödinger.

La madre dormiva poco lontano dal punto in cui la lanterna proiettava un cerchio di luce rossastra. Anche il piccolo stava dormendo, ma il suo sonno era agitato. La sua posizione, in disparte rispetto alla madre e al resto della colonia, era uno sviluppo nuovo e importante. Dal suo petto usciva un suono roco, e un'ala emanava un odore nauseante. Stava cominciando ad accusare le conseguenze del gas che gli era stato spruzzato addosso nella tana dei bipedi.

Il piccolo sarebbe potuto guarire o morire, ma per il momento sarebbe rimasto isolato dagli altri.

Poco distante, il maschio alfa si risvegliò con un crampo alla spalla destra. Aveva sognato i *bipedi. Gli strani suoni che emettevano prima di morire.*

Il sapore del loro sangue.

Vibrando di trepidazione, cominciò a spiegare le ali.

Sospeso nel vuoto dalla cintola in su, MacCready strinse le palpebre per vedere al di là del bagliore rosso sangue. Su una parete della camera sotterranea c'era una sporgenza larga circa un metro e mezzo, che digradava per una decina di metri fino al suolo disseminato di vecchie ossa.

È una tomba... o una camera sacrificale, sentenziò la parte più macabra del suo cervello, mentre le ombre cominciavano a giocargli brutti scherzi. *Devono essere le ombre,* pensò, perché per un momento gli era sembrato che le ossa si stessero...

La lanterna gli sfuggì quasi di mano.

... muovendo.

E un istante dopo capì che non era la sua immaginazione.

Il pavimento della camera sotterranea ondeggiava lentamente, come uno strato bollente di catrame da cui si alzavano sbuffi di calore. Scheletri disarticolati e impeciati si agitavano in un mare di materia semisolida che sembrava viva. Ancor peggio erano i suoni, prodotti dalle ossa che cozzavano e sfregavano tra loro. Un teschio, simile alla testa di un uomo che stava annegando in una piscina senza fondo, affiorò da quella superficie melmosa. Ma ciò che si riversava fuori dalle orbite non era acqua. *Era...*

Il suo cervello registrò qualcosa. Un dettaglio familiare.

Il tanfo sopra; il movimento sotto.

Ricordò uno scenario simile, ma senza le prove evidenti di una civiltà perduta, nelle viscere di una grotta nella zona settentrionale di New York.

MacCready esalò il respiro che non si era accorto che stava trattenendo, rendendosi improvvisamente conto che i resti umani sul fondo della tomba erano animati da milioni e milioni di larve d'insetto, larve che si nutrivano di quella sostanza organica che veniva costantemente rinnovata... dall'*alto.*

Ma questo vuol dire che...

Spostò lentamente la lanterna per illuminare il soffitto della camera sotterranea, e scoprì la fonte del banchetto degli insetti: un centinaio di sagome scure appese in un silenzio di tomba.

Sembrano giganteschi addobbi natalizi...

Rischiarata dalla luce rossa soffusa, una sagoma fusiforme spiegò le ali. Avevano un'apertura di tre metri.

Mentre scorgeva il profilo della testa della creatura, MacCready ricordò una delle frasi farneticanti del tenente Scott: *I cagnolini sul soffitto sono spariti.* Solo allora il senso delle sue parole gli fu chiaro. *Un gran bel momento per scoprirlo...*

Passò a preoccupazioni ben più immediate. Spinse lentamente il braccio libero fuori dall'apertura e fece ruotare la mano, sperando che di sopra capissero che quel gesto voleva dire: *Tiratemi fuori di qui...* ora*!*

L'avevano capito.

« Dobbiamo uscire », sussurrò a Wolff, tenendo gli occhi incollati all'apertura mentre indietreggiava con cautela. « *Senza fare rumore.* »

« Che c'è lì dentro? » bisbigliò Wolff, restando fermo sul posto.

« Pipistrelli, colonnello. Grossi pipistrelli vampiro. »

« Affascinante. Si stanno accoppiando? »

« No, dormono. Ma potrebbero svegliarsi da un momento all'altro, se percepiscono la nostra presenza. »

« E sono stati loro a uccidere i miei uomini? »

« Sì, ma al momento non possiamo fare niente, sono molti più di noi. Non puoi attaccarli adesso, a meno che non voglia farci ammazzare tutti. »

« Possiamo catturarne uno? » chiese il colonnello, incapace di nascondere la propria eccitazione.

E in quel momento MacCready capì di essere stato *raggirato. Questa spedizione non ha nulla a che fare coi soldati uccisi e con l'eliminazione dei loro assassini. Ma perché vogliono...*

Prima che potesse terminare il pensiero, un forte grugnito risuonò nel corridoio di pietra. I due uomini trasalirono e si voltarono verso il sergente Schrödinger. Il gigante, sempre appoggiato a una parete, stava fissando un centopiedi di una ventina di centimetri che gli pendeva dalla mano destra.

MacCready lanciò un'occhiata all'apertura, poi si portò d'istinto l'indice alle labbra per zittire l'uomo. Se i pipistrelli li avessero sentiti, l'atto finale di quel dramma sarebbe giunto in fretta, *à la* Lady Macbeth. Ma il sergente era molto preoccupato. Le pinze sternali dell'artropode, tanto forti da poter perforare uno stivale di cuoio, erano penetrate nel polpastrello carnoso del pollice e, una volta arrivate all'osso, cominciarono a chiudersi come le ganasce di una morsa idraulica venefica.

Schrödinger cercava di nascondere il dolore mentre il corpo dell'insetto si contorceva formando una serie di ampie S. Il sergente allungò il braccio e sbatté con violenza il dorso della mano contro la parete. Quindi emise un altro grugnito, si voltò e s'incamminò nelle tenebre.

I due uomini potevano sentirlo avanzare rumorosamente nel passaggio, diretto verso l'uscita della caverna.

Il capitano americano e il colonnello tedesco si scambiarono un'occhiata sorpresa, ma un istante dopo spostarono lo sguardo sull'apertura a terra.

Nuovi suoni si levavano dall'interno della camera sotterranea.

Clic, clic, clic, clic, clic, CLIC, CLIC.

« Appiattisciti più che puoi contro il muro », sussurrò MacCready, sperando che Wolff non avesse intenzione di seguire l'esempio del sergente. Sapeva che, se il colonnello se la fosse data a gambe, tutti e tre sarebbero stati attaccati e imbottiti di saliva anticoagulante. Sapeva inoltre che, com'era accaduto alla capra sotto il noce brasiliano, i *draculae* l'avrebbero tenuto in vita mentre bevevano il suo sangue.

La colonia nella camera sotterranea si era svegliata.

La reazione ai suoni provenienti dall'esterno fu immediata e sincronizzata.

BIPEDI, comunicarono tra loro i *draculae*.

Poi, con l'implacabile meticolosità di vespe mandate a proteggere il loro alveare in pericolo, quattro forme scure zampettarono a testa in giù sul soffitto verso l'apertura circolare, destreggiandosi abilmente attraverso un percorso a ostacoli di stalattiti. I quattro pipistrelli si muovevano in quella foresta di colonne con la stessa facilità con cui si spostavano tra gli alberi della giungla.

MacCready posò la lanterna a terra e si appiattì fulmineo in una depressione della parete, subito imitato dal colonnello. Per quanto avesse voglia di scappare, adesso che non aveva più il fucile puntato sulla schiena, la sua vita dipendeva dalla sua *assoluta* immobilità.

Quattro larghe ombre sbucarono dall'apertura sul terreno. All'inizio erano informi e astratte, sagome irrazionali spuntate dal sottosuolo che si arrampicarono senza sforzo lungo le pareti. Ma le ombre non producevano suoni, mentre quelle sibilavano, saturando il passaggio di un odore muschiato che a MacCready ricordava l'olio di puzzola.

Una creatura, zampettando a testa in giù sul soffitto, gli passò davanti al viso. Alla luce della lanterna indigena, MacCready poté finalmente vedere com'era fatta. *Sembrano gargoyle in carne e ossa.* La parte del suo cervello in perenne « modalità zoologia » notò che si muovevano in maniera aggraziata, sia sulle pareti sia sul soffitto, come i ghepardi negli spazi aperti. Sapeva che creature più piccole, come scarafaggi e camaleonti, sfidavano la gravità in quel modo, ma non aveva *mai* visto animali di quella stazza fare nulla del genere.

E poi, all'improvviso, i quattro gargoyle sparirono nel passaggio buio, diretti verso la preda che aveva attirato la loro attenzione.

Se Schrödinger non sopporta i centopiedi, chissà come reagirà quando si ritroverà addosso quegli affari, pensò MacCready, lanciando un'occhiata all'ufficiale al suo fianco.

Stava per staccarsi dalla parete, ma qualcosa lo fece

immobilizzare. Un frullio d'ali anticipò l'arrivo di un'altra sagoma nera, più piccola di quelle che l'avevano preceduta. S'issò fuori dall'apertura con uno sforzo notevole, dopodiché si fermò sul pavimento della grotta, ansimando... *ascoltando.*

MacCready resistette all'impulso di chiudere gli occhi. *È un piccolo.*

Il pipistrello annusò l'aria e poi fece qualcosa di completamente inaspettato: starnutì.

MacCready trattenne il fiato mentre il piccolo esemplare avanzava verso di lui. Quando passò davanti alla lanterna, il fascio di luce proiettò un'ombra rossastra da film horror sulla parete di fronte.

MacCready non riusciva a scacciare la sensazione che il pipistrello percepisse un odore familiare... non un odore umano qualsiasi, ma il *suo* odore. Il subconscio gli proiettò un'immagine in testa: *L'albero... la capra legata.*

In lontananza, Schrödinger sbatté rumorosamente contro una parete del passaggio buio.

Il cucciolo si voltò di scatto in direzione del suono, ma sembrò esitare per un istante. Spostando lentamente la testa da una parte all'altra, emetteva impulsi ad alta frequenza, a malapena percepibili dall'udito umano.

Il giovane *draculae* si mise bocconi, come un uomo che si apprestava a fare flessioni sulle braccia. Poi, in una frazione di secondo, i suoi pettorali spropositati lo catapultarono nelle viscere oscure del corridoio di pietra.

I due uomini erano completamente immobili, appiattiti il più possibile contro la parete. Muovevano solo gli occhi e, l'istante dopo che l'ultimo pipistrello si fu allontanato, li posarono di nuovo sull'apertura.

Ne usciranno altri? si chiese MacCready. *Devo...*

La raffica di un'arma automatica giunse dalla direzione in cui si era allontanato Schrödinger. Il ruggito intermittente della mitragliatrice in quello spazio limitato faceva sanguinare le orecchie, e MacCready dovette imporsi di non sollevare le mani per tapparsele. Granelli di terra si staccarono dal soffitto e gli piovvero sulla testa. Una seconda raffica, questa volta più breve, si levò dal fondo del passaggio.

I due uomini si voltarono verso il suono; gli ultimi sprazzi di luce provocati dagli spari mostrarono il gigante che cadeva sulle ginocchia mentre lanciava una sfilza d'imprecazioni sempre più incomprensibili che, poco alla volta, cedettero il posto a un nuovo e sorprendente suono. Il sergente Schrödinger era giunto al capolinea. L'uomo leggendario che un tempo aveva sorriso ai suoi carcerieri dopo aver ricevuto un pugno su una ferita di proiettile fresca stava strisciando a quattro zampe verso l'uscita della caverna, morso dai pipistrelli e frignando come una femminuccia.

MacCready guardò il colonnello, la cui attenzione era stata attratta dal piagnucolio inquietante. *La sua prossima mossa sarà giustiziarmi.*

Come se gli avesse letto il pensiero, Wolff si voltò lentamente verso di lui. I suoi movimenti erano calmi e rilassati; il volto non tradiva emozioni. E, quando il braccio destro cominciò ad alzarsi, MacCready sapeva che nella mano avrebbe stretto una Luger.

Ci siamo.

MacCready gli indicò il passaggio buio che aveva inghiottito Schrödinger e i vampiri e, per una frazione di secondo, notò un'espressione confusa sul volto del colonnello. Nel momento in cui Wolff si voltò, MacCready si allontanò dalla parete e si lanciò verso l'apertura sul pavimento. Il colonnello si girò di nuovo giusto in tempo per vederlo eseguire un tuffo perfetto nella camera sotterranea.

Wolff rimase momentaneamente sconcertato da quel gesto. Si aspettava un debole tentativo di fuga nel passaggio, *ma quello*?

Anche se non aveva avuto la prontezza di sparare all'americano, teneva comunque la pistola puntata verso l'apertura nel pavimento. *Usciranno altre creature? Quante ce ne saranno ancora, laggiù? Cinque? Cinquecento?*

Decise di aspettare un altro minuto e, pur ammettendo che aveva poco tempo per riflettere sul salto suicida del prigioniero, doveva riconoscere che era stato del tutto inaspettato e, a suo modo, spettacolare. *L'americano ha preferito sfracellarsi sul fondo di un lurido pozzo all'efficienza di un singolo proiettile lavorato ad arte.*

In realtà, un colpo alla testa non era *esattamente* ciò che aveva previsto per quello sbruffone di americano. *Più una pallottola in ciascun ginocchio, per tenere occupati quei pipistrelli nel caso...*

Il colonnello si costrinse a concentrarsi su questioni ben più pressanti... *Sopravvivere... e terminare la missione.*

Sì, la missione prima di tutto.

Si staccò dalla parete e si chinò per recuperare la lanterna, senza mai perdere di mira il buco da cui erano usciti i vampiri. Poi, con la lanterna protesa, si avvicinò con cautela all'apertura. Una leggera brezza saliva dalla sua oscura profondità, facendo agitare la fiammella della candela. Wolff si chinò, piegando un ginocchio.

C'era una sporgenza di pietra qualche metro sotto il bordo, ma il suo sguardo passò subito oltre e si posò sul pavimento della camera. *Qualcosa si muove, laggiù.*

Sperando che fosse solo il corpo dell'americano in preda agli spasmi della morte, Wolff spostò il fascio di luce per avere una visuale migliore. E solo allora si rese conto che era il pavimento stesso a muoversi.

Riso. Era un pensiero assurdo, ma era proprio ciò che gli ricordava quella sostanza: un mare di chicchi di riso insolitamente grossi che sciabordava tra stalagmiti un tempo torreggianti e ora semisommerse in una distesa di materia nera.

Ci sono delle ossa nel riso. Ma nessun corpo. E neanche pipistrelli. Wolff si stese sulla pancia. « Dove sei? » sussurrò, tanto a se stesso quanto a MacCready. Adesso riusciva a vedere con chiarezza tutto il pavimento della camera sotterranea, ma *ancora* non c'era traccia dell'americano.

Che sia...

Il colonnello colse un altro movimento, questa volta con la coda dell'occhio, e sollevò la lanterna all'altezza del viso per guardarsi intorno. Qualcosa che gli ricordava un'onda increspava il soffitto della camera sotterranea, un'onda di denti e occhi riflettenti che avanzava verso di lui.

Wolff scattò in piedi, ma, anche mentre indietreggiava, gli occhi gli rimasero incollati sull'apertura.

Clic, clic, CLIC, CLIC.

L'ufficiale nazista si voltò e sfrecciò nel passaggio con la lanterna in una mano e la Luger nell'altra.

Alle sue spalle, il ticchettio si faceva sempre più intenso.

I successivi novanta secondi gli sarebbero sembrati i più lunghi della sua vita. Steso faccia a terra, MacCready cercava di recuperare il fiato che aveva perso al momento dell'impatto con la sporgenza di pietra. L'atterraggio era stato morbido come aveva sperato, il che era un bene *e* un male. Un bene perché non si era rotto il collo; un male perché l'impatto era stato attutito da cinquanta centimetri di guano di pipistrello ed esseri viventi. E ora una pletora di specie diverse - ragni, blatte, vermi - che chiamavano « casa » quella caverna stava avidamente analizzando quella inaspettata ma benvenuta nuova fonte di cibo.

Una delle creature approfittò di uno strappo nei pantaloni per scivolargli su per una gamba, ma prima che potesse avventurarsi troppo a nord MacCready la schiacciò con una manata.

Lo scricchiolio del corpo chitinoso dell'artropode gli procurò un leggero senso di sollievo. *Uno scarafaggio gigante... La macchia non andrà mai via.* Sentì un pizzico sul polso e un altro su una guancia. *Pseudoscorpioni?*

Poi una creatura grossa come una noce si spinse a forza oltre l'inefficace barriera del colletto della camicia. *Un granchio di roccia, senza alcun dubbio.* Aveva deciso che l'unico modo per non perdere il controllo era fare un inventario mentale delle creature che stavano cominciando a divorarlo vivo. Ciononostante, sperava che la membrana vivente di « insetti di caverna » lo coprisse a sufficienza e abbastanza velocemente.

MacCready era anche concentrato a tenere la bocca e gli occhi chiusi, mentre migliaia di predatori riconoscenti gli brulicavano sulle gambe, sul petto e sulla testa, rivendicando ognuno il suo minuscolo spazio.

Non riusciva a vedere il bagliore della lanterna di Wolff, ma sentiva una voce ovattata. *E lui riesce a vedermi?* Poi, cercando di pensare ad altro, si chiese: *Cosa potrebbe esserci di peggio?* Dopo averci riflettuto per un paio di secondi, la risposta migliore che gli venne in mente fu la rabbia. *Schiuma alla bocca, demenza e la distruzione del mio sistema nervoso centrale. Sì, la rabbia sarebbe peggio.*

Poi gli sovvenne che anche il solo respirare l'aria in una caverna infetta piena di pipistrelli poteva trasmettergli lo stesso virus che aveva appena definito «il peggio che poteva capitare».

Mantieni il controllo. Pensa a qualcos'altro. E così fece... più o meno. *Chissà se sono stati compiuti studi sulla trasmissione della rabbia tramite inalazione.*

Probabilmente no, concluse, immaginando di assegnare quella particolare ricerca al maggiore Hendry. Poi, però, mentre gli artigli di un insetto cercavano di sollevargli una palpebra, si rese conto che era troppo tardi... la ricerca era in corso in quel momento, e lui era la cavia da laboratorio.

La sua mente era già passata ad altro - *Quanto ci metteranno questi esseri a spolparmi?* - quando qualcosa di grosso gli atterrò sulla schiena.

La creatura sibilò e si dimenò con forza. MacCready riusciva a sentire i suoi artigli affilati nonostante lo spesso strato di artropodi che si era ammassato su di lui per banchettare.

Poi l'essere - *qualunque cosa fosse* - saltò via.

Sì, la rabbia comincia a essere una possibilità.

Wolff svoltò un angolo e si arrestò di colpo poco prima che lo stretto corridoio terminasse. Il sergente Schrödinger aveva quasi raggiunto l'uscita quand'era stato attaccato, e ora il suo corpo esanime giaceva nell'anticamera.

Il colonnello gli corse incontro sparando un paio di proiettili. Le creature intorno all'uomo si diedero alla fuga, sparendo tra le crepe e le fessure delle pareti come ombre sorprese dal sole.

Lo stavano mangiando, pensò, scavalcando il cadavere.

Un movimento alla sua destra lo spinse ad aprire di nuovo il fuoco, e questa volta udì l'inconfondibile suono di un proiettile che si conficcava nella carne. Una delle bestie cacciò uno strillo e cominciò a contorcersi violentemente a terra.

Wolff continuò a correre, inalando l'odore della benzina. Riusciva a vedere i suoi uomini schierati davanti all'uscita, che ormai distava solo quindici metri.

Una vibrazione gli attraversò il corpo, *strana ma non spiacevole.*

« Non sparate! » urlò.

Dieci metri.

Non c'è bisogno di correre, gli disse una voce interiore. E doveva riconoscere che la vibrazione che sentiva dentro di sé era decisamente piacevole.

Tre metri.

Rallenta, figliolo.

Poco più avanti, vide il caporale Kessler piegarsi sulle gambe, come un mimo intento a sollevare un tendone invisibile. In realtà si trattava del bordo inferiore di una rete sottile che i suoi uomini avevano teso da una parte all'altra dell'entrata.

Fermo.

Wolff ignorò la voce interiore e si tuffò sotto la rete. Mentre si tuffava, sentì una raffica d'aria provenire dal punto in cui la sua testa era stata solo una frazione di secondo prima.

Nello stesso istante, la piacevole vibrazione che gli aveva attraversato il corpo cedette il posto a un lacerante strillo di rabbia, paura e frustrazione.

Il colonnello si alzò, ritrovandosi finalmente tra volti sollevati e familiari. L'ossequioso sergente Vogt cominciò anche a spolverargli la divisa, ma Wolff gli fece cenno di smetterla e si voltò verso l'entrata della caverna.

Versi striduli provenivano dalla rete a maglie finissime, ora tutta aggrovigliata. I giapponesi la chiamavano «rete ragna» e la usavano per catturare gli uccelli per i loro stufati. Quella volta, però, era stata utilizzata per intrappolare qualcosa di molto più pericoloso e di gran lunga più importante.

Come a voler ribadire la sua pericolosità, il pipistrello liberò la testa impigliata nel groviglio e cominciò a tagliuzzare le maglie della rete coi suoi numerosi denti aguzzi. Da vicino, la creatura sembrava più piccola rispetto a quelle che Wolff aveva visto intorno al cadavere di Schrödinger, ma in quel momento la sua taglia era l'ultima delle sue preoccupazioni.

Il colonnello fece un cenno ai due uomini che si trovavano ai lati dell'entrata, e quelli reagirono all'unisono, spostando la rete quel tanto che bastava per accendere le micce a combustione rapida che avevano preparato in precedenza. Due fiammelle gareggiarono tra loro per dieci metri, dopodiché una vampata di aria calda si levò assieme a un muro di fuoco che separò l'anticamera dal mondo esterno. Strisce di benzina in fiamme si propagarono verso un mucchio di sterpaglia secca che era stata ammassata all'entrata.

I tedeschi osservavano attentamente la scena, con le armi puntate verso il muro di fuoco e qualunque cosa potesse essere sopravvissuta alle sue spalle. Ma dalle fiamme non spuntò niente. Eccezion fatta per i versi acuti prodotti dall'incubo nella rete, l'unico suono era lo scoppiettio della sterpaglia che bruciava.

«Infilatelo in un sacco prima che si ferisca», ordinò Wolff indicando il vampiro che si dimenava nella rete.

Un minuto dopo, due soldati con spessi guanti di gomma si avvicinarono alla creatura con estrema cautela.

«Io attiro la sua attenzione», disse il soldato semplice Auerbach al compagno. «Tu vagli dietro col sacco.»

Il soldato semplice Horst, un diciottenne dal volto cinereo, annuì, ma sembrava troppo nervoso per l'incarico che gli era stato affidato.

Auerbach gli rivolse un cenno del capo prima di cominciare a sbracciarsi davanti al vampiro. «Ehi, mostriciattolo!» Con un certo sollievo, notò che il diversivo stava funzionando, ma quella sensazione svanì immediatamente quando gli occhi neri come il marmo della creatura incrociarono i suoi.

Come stabilito, Horst si spostò alle spalle del vampiro – che nel frattempo aveva smesso di dimenarsi e di lottare – e, senza fare nessun rumore, si avvicinò alla rete con un grosso sacco di tela.

Auerbach avrebbe voluto continuare a distrarre l'animale, ma era rimasto paralizzato dal suo sguardo... dalla sua *sonda*. Senza pensarci, cercò di fischiare, ma scoprì di avere la bocca secca. E, mentre emetteva uno sbuffo d'aria silenzioso, non vide il compagno lanciarsi in avanti e posizionare il sacco aperto sotto l'animale intrappolato.

«Ah!» esclamò trionfante Horst, cercando maldestramente di sollevare il sacco per bloccare il vampiro che aveva ripreso a dibattersi.

Approfittando del trambusto, Auerbach si liberò dallo sguardo ipnotico del *draculae* giusto in tempo per vederlo ruotare la testa di quasi centottanta gradi e affondare i denti nel guanto sinistro di Horst. Il giovane soldato si tirò istintivamente indietro. «*Schiest!*»

Il pipistrello emise qualcosa di simile a un ringhio e affondò i denti con più forza.

«Lasciami!» urlò il soldato, senza riuscire a sfilare la mano dal guanto nonostante gli strattoni. Intanto il collo del pipistrello si stava infilando in una stretta apertura nella rete aggrovigliata, ma la creatura non mollò la presa, neppure quando le maglie di nylon cominciarono a comprimerle la gola.

«Sparategli! Sparategli!» urlò qualcuno, e il caporale Kessler fece un passo in avanti con la pistola in pugno.

«Indietro, caporale», gli ordinò Wolff, spostando la canna della sua arma e prendendo rapidamente posizione.

Almeno non sarò io a uccidere il prezioso esemplare del colonnello, pensò Kessler con sollievo.

Un singolo colpo di pistola riecheggiò un istante dopo, e il caporale fece un salto all'indietro quando un frammento d'osso lo centrò su una guancia. Il soldato semplice Horst si accasciò al suolo, lasciando il guanto vuoto nella bocca della creatura. Wolff aveva calcolato con precisione il foro di uscita sulla testa del ragazzo, per accertarsi che nessun pezzo di cranio schizzasse verso il vampiro, ferendolo.

Il colonnello spostò all'indietro il perno del gancio di bloccaggio della Luger per estrarre il bossolo e infilare un altro proiettile nella camera a scoppio. Poi si voltò verso Vogt. «Per favore, sergente, aiuti il soldato Auerbach con la creatura. Poi raduni gli uomini, ce ne andiamo.»

La madre sentiva le urla del piccolo al di là dell'accecante muro di calore e luce che bloccava l'uscita della caverna. Per il momento non poteva fare nulla per lui, come non poteva fare nulla per il maschio alfa che stava bruciando nell'anticamera.

Quando i versi del piccolo cominciarono a farsi ovattati e indistinguibili, la madre distolse lo sguardo da quel bagliore doloroso e s'inoltrò nel corridoio relativamente libero dal fumo. Gli altri stavano arrivando. Poteva sentire l'odore della loro confusione e collera. Attese l'arrivo dei maschi della colonia, attese che i loro corpi coprissero le pareti e il soffitto del passaggio, una massa ondeggiante di muscoli guizzanti e denti scintillanti. I maschi ribollivano di rabbia e sibilavano tra loro, ma lei attese che si zittissero.

Poi gli comunicò cosa dovevano fare.

Nelle viscere della camera sotterranea, le piccole creature che stavano ancora approfittando dell'inaspettata fonte di cibo reagirono con qualcosa che ricordava una sgomenta sorpresa quando il loro pranzo si alzò e cominciò a scuotersi con forza. La maggior parte degli artropodi precipitò nel caldo conforto del loro mondo di guano. Gli altri, soprattutto quelli che non volevano (o non potevano) smettere di mangiare, furono uccisi, e i loro corpi schiacciati e martoriati vennero accolti con entusiasmo dalle masse affamate che attendevano di sotto.

E poi, prima che le creature della caverna potessero tornare alla carica, la gigantesca montagna di carne se ne andò.

22

DISCESA

«Noi esseri umani abbiamo scritto la nostra storia nella perversione della natura.»
Robert Thorne, botanico, citato da R.J. MacCready

Wolff aveva rotto il silenzio radio e, anche se il messaggio era cifrato in un impenetrabile dialetto locale, la cosa non lo lasciava tranquillo. *Un segnale radio in questa giungla è come un faro nella notte.* Ma ormai il tempo era diventato un fattore prioritario e il colonnello cominciava a dubitare che gli sarebbe bastato. Il tempismo e la logistica erano elementi essenziali, e ciò rendeva ancor più importante il destino dell'americano. *È decisamente un osso duro... e questo è un male.* Wolff non sopportava l'idea di lasciare l'altopiano senza la prova che l'uomo fosse morto, ma non aveva alternative.

In piedi davanti ai suoi uomini, notò che il gruppo contava tre unità in meno rispetto all'ultimo briefing. Erano radunati vicino a una nuova rete ragna che aveva teso davanti all'ingresso della caverna, per impedire ai pipistrelli sopravvissuti di uscire. I resti sbrindellati, bruciacchiati e insanguinati della prima rete erano stati tagliati a pezzetti e buttati a valle. Altre cariche esplosive, collegate a cavi disposti sul pavimento, erano state sistemate lungo una crepa parallela all'entrata e in altri punti dell'anticamera.

Se MacCready proverà a uscire da questa parte, avrà una bella sorpresa. Il colonnello si rivolse ai soldati a voce bassa, come se temesse che degli estranei potessero origliare: « Per quanto *sembri* che l'americano sia morto, per il bene della nostra missione *dobbiamo* accertarcene. Per questo motivo, i soldati Auerbach e Schmidt resteranno qui, posizionandosi a metà sentiero ». Wolff si avvicinò ai due uomini, spostando lo sguardo dall'uno all'altro. « Questo piccolo accampamento verrà presto abbandonato, o almeno così sembrerà. Voi resterete nascosti e falcerete chiunque o *qualsiasi cosa* scenda lungo il sentiero.

« Quando sarete sicuri che il prigioniero non si rialzerà più da terra, tornerete a valle e attenderete l'arrivo dei nostri alleati locali. » Il colonnello fece una pausa mentre i due gli rivolgevano il saluto nazista. « Sergente Vogt e caporale Kessler, voi tornerete a valle con le guide. Batterete la foresta alla ricerca di tracce dell'americano. Se per caso fosse riuscito a scappare, gli indios lo troveranno. In questo caso gli porgerete i miei ossequi e poi lascerete che i nostri amici indigeni soddisfino le loro eventuali curiosità sul suo conto. E, dopo che lo avranno liberato dalla sua gravosa esistenza terrena, voi raggiungerete Auerbach e Schmidt e farete ritorno alla base. »

Vogt alzò una mano, come uno studente che chiedeva al maestro il permesso di andare in bagno.

Wolff gli diede la parola con un cenno del capo.

« Mi perdoni, colonnello, ma lei e la... creatura? »

Quasi a rispondere alla domanda, dalla valle sottostante si levò un suono, un battito sincopato, sempre più intenso, che fendeva l'aria del tardo pomeriggio.

Il colonnello si voltò in direzione del velivolo a doppia pala che si era alzato in volo dal lontano mare di nebbia che ammantava la base *Nostromo*.

Gli uomini all'esterno della grotta riuscivano a vedere lunghi cavi neri che pendevano dalla base del Drache I.

E, mentre il velivolo guadagnava altitudine e procedeva verso di loro, notarono che i cavi erano agganciati a una grossa gabbia d'acciaio. Tutti riconobbero il pilota, inconfondibile per i suoi capelli biondi.

La talentuosa beniamina del Führer, pensò Wolff.

Il Flugkapitän Hanna Reitsch gli rivolse un saluto, che lui restituì attraverso una nube vorticante di polvere e terra. Il pilota depositò abilmente la gabbia su una stretta sporgenza affacciata sul baratro. Mentre i soldati semplici si affaccendavano per tenerla ferma, Kessler e Vogt le si avvicinarono reggendo due canne di bambù, cui era assicurato con lacci di cuoio un sacco di tela.

« Non mettetelo a terra », urlò il colonnello. « Appoggiate le canne sulle sbarre orizzontali della gabbia. »

I due ufficiali obbedirono, anche se avevano ben altri pensieri per la testa: i compagni uccisi, l'orribile creatura che si dimenava nel sacco, la possibilità concreta che altri mostri alati potessero uscire dalla caverna, e la certezza che una volta fuori sarebbero stati infuriati.

Kessler si sforzò di accantonare quei pensieri, soprattutto perché assicurare il sacco in fondo alla gabbia, che oscillava instabile a pochi passi da un precipizio di un centinaio di metri, rappresentava una minaccia molto più immediata alla sua sopravvivenza. Era una situazione che lo metteva di fronte a numerosi modi di morire, nessuno dei quali prevedeva « un letto, una bottiglia e la vecchiaia ».

MacCready si passò la mano sinistra sull'avambraccio destro, che si era già gonfiato una volta e mezzo le sue dimensioni normali. Cercava comunque di vedere il lato positivo della cosa: *Se avessi avuto ancora i polsi legati, il braccio sarebbe esploso come una salsiccia troppo imbottita.*

No, questa immagine non è di nessun aiuto.

Dopo essersi issato oltre l'apertura della camera sotterranea per recuperare una lanterna, era tornato sulla sporgenza ricoperta di guano e d'insetti e aveva imboccato il primo passaggio che aveva trovato, intenzionato a mettere quanta più distanza possibile tra sé e la massa di pipistrelli disorientati dal fumo al livello superiore. MacCready sperava che la maggior parte di loro fosse ancora concentrata sul sergente Frankenstein.

Sembrava che l'altopiano fosse interamente percorso da umidi passaggi sotterranei. Quello che lui aveva scelto di percorrere s'inoltrava nelle viscere della roccia erosa e, almeno all'inizio, procedeva in salita attraverso una cortina di denso fumo irrespirabile.

Sapeva che l'aria più pulita e non contaminata dal fumo saliva da uno sbocco sotto la tana dei vampiri. Sapeva pure che i passaggi inferiori con l'aria pulita erano quelli che con tutta probabilità avrebbero usato i pipistrelli, e che quindi lui doveva evitare.

Proteggendosi le vie respiratorie con la maglietta lercia, decise quindi di continuare nel passaggio affumicato, con la speranza che i *draculae* di sopra si fossero sbarazzati di Wolff e dei suoi uomini. « Ma ne dubito », mormorò, prendendo poco dopo una curva stretta dietro la quale il sentiero cominciava a scendere e l'aria si faceva via via più respirabile. Scese di circa duecento metri nelle viscere dell'altopiano prima di trovarsi davanti a una biforcazione. Optò per il passaggio più largo ma, quando una folata d'aria proveniente da una fessura sul soffitto quasi gli spense la candela, prese in considerazione l'idea di fare marcia indietro.

Mentre rianimava con prudenza la fiammella, si fece cullare da un falso senso di sicurezza. Dopotutto, si trovava su un sentiero pianeggiante in cui poteva camminare senza doversi piegare. Ma, quando il sentiero s'interruppe bruscamente, ripensò alle parole del maggiore Hendry: *Mai abbassare la guardia.*

Era un salto di neanche quattro metri, ma il pavimento della camera sottostante era coperto di stalagmiti, simili a spade puntate verso l'alto.

Scosse la testa. *Perché ti preoccupi di Wolff e dei vampiri quando basterebbe la tua stupidità a ucciderti?*

Circa trenta minuti dopo essere tornato alla biforcazione per cambiare strada, MacCready si spinse fuori da una stretta fenditura sul soffitto e uscì all'aria aperta. Provò una piccola soddisfazione nel constatare che quell'uscita lo aveva portato ben lontano dall'apertura che lui e i suoi carcerieri avevano usato in precedenza.

Finalmente ebbe la possibilità di fermarsi a riflettere. All'inizio credeva che le ghiandole salivari dei *draculae,* come quelle di qualsiasi altro pipistrello in natura, rilasciassero una serie di sostanze chimiche anticoagulanti al momento del morso, per impedire che il sangue della preda si raggrumasse. Il fatto che il morso dei *draculae* provocasse un'emorragia così abbondante lo costrinse a prendere in considerazione altre ipotesi. Forse quelle creature avevano una fisiologia differente, e il loro morso inoculava qualche altra sostanza chimica.

Ma quale?

Sapeva che certe specie di sauri trasmettevano con un morso un'intera comunità di batteri, e poi inseguivano con tutta calma le prede indebolite dalla febbre. *E se i* draculae *si fossero evoluti allo stesso modo? E se Wolff stesse cercando proprio un simile patogeno emorragico da usare come arma?*

Il colonnello glielo aveva rivelato senza volerlo il giorno in cui aveva minacciato di ucciderlo legandolo ai motori di un missile: gli aveva detto che in origine quel metodo era stato proposto per *sterilizzare* gli esseri umani. Wolff doveva essere un biologo, o addirittura un microbiologo. A ogni modo, di una cosa MacCready era ragionevolmente certo: nessuno investiva tempo e denaro per costruire una base missilistica nel cuore di una giungla brasiliana solo per scagliare un paio di tonnellate di esplosivi o di bombe biologiche sul nemico. Wolff era un uomo con una missione più grande.

E ora potrebbe essersi imbattuto in una nuova arma, ben più letale di qualsiasi cosa si sia portato dalla Germania.

Il piano di MacCready non era cambiato, aveva solo subito un rallentamento. Ma adesso la sua missione era più urgente che mai. Doveva andare a Cuiabá, mettersi in contatto con Hendry, riferirgli le coordinate della base e metterlo a parte della missione del nemico, che era peggio di quanto avesse inizialmente immaginato. Si trattava di una guerra biologica. *Se lo conosco, Wolff avrà già catturato un paio di quei pipistrelli.*

Dopo essersi assicurato che non ci fossero cerbottane o fucili nemici nei paraggi, scorse quello che restava di un sentiero alternativo, disseminato di rocce ma ancora percorribile, che portava a valle.

È tutto troppo facile, pensò, mentre un'altra parte della sua mente si chiedeva da dove fosse uscita quella sua « attitudine negativa ». *Se Wolff è ancora vivo, mi starà cercando. E, se le sue guide sanno di questo sentiero, probabilmente mi stanno aspettando di sotto.*

Lanciò uno sguardo all'immensa valle ai suoi piedi,

inspirò a fondo e s'infilò nella fenditura da cui era uscito poco prima. *Non andrò da nessuna parte con tutta questa luce.* In realtà non vedeva l'ora d'incontrare di nuovo il colonnello nazista. *Ma questa volta alle mie condizioni.*

Al crepuscolo, MacCready mise fuori la testa dalla fenditura, si diede un'ultima occhiata intorno e decise di scendere a valle. Durante la discesa si trovò a fare frequenti pause (*troppo frequenti*), a causa delle ondate di nausea e vertigini che sembravano arrivare a intervalli sempre più brevi. *Se perdo i sensi ora, sono morto.* Cercava di non guardare l'abisso di tenebre che lo attendeva ai piedi del sentiero.

Un'ora dopo raggiunse sano e salvo la base dell'altopiano. Non c'erano tracce d'inseguitori, umani o animali.

Si concentrò su tutto quello che ricordava della mappa della regione che gli aveva dato Hendry, pentendosi di non averla studiata con più attenzione. *Ho bisogno di una superficie pianeggiante e asciutta, un terreno su cui potermi muovere velocemente.*

Poi gli sovvenne qualcosa. « Trovato. »

O almeno così sperava.

23

IL DONO

«Nel momento stesso in cui vidi l'altopiano del Mato Grosso, e lo strano mondo che lo circondava, capii di aver trovato l'ambientazione del mio nuovo libro.»
Sir Arthur Conan Doyle (sull'ispirazione per il suo romanzo *Il mondo perduto*)

30 gennaio 1944, ore 05.15

Mancavano pochi minuti all'alba, e MacCready si trovava davanti a un'estesa palude primordiale. Tronchi di alberi morti spuntavano dalla nebbia e dall'acqua scura; l'aria, impregnata di un leggero tanfo di uova marce, era infestata di zanzare.

Ma la cosa peggiore era che lui si sentiva debole e febbricitante. «Sono nei guai», farfugliò, agitando inutilmente una mano per scacciare un nugolo di succhiasangue che sembrava stessero festeggiando il suo arrivo. *Altre punture d'insetto... proprio quello che mi ci voleva.* Quel pensiero, però, gli ricordò qualcosa, e si maledisse per non averci pensato prima.

Infilò una mano tremante sotto la maglietta e, tastandosi il petto con le dita gonfie, fu sorpreso di trovare il laccetto di cuoio al suo posto. Ma, cosa ancor più importante, l'ampolla che gli aveva donato Yanni era ancora intatta, nonostante i suoi tête-à-tête con Wolff e gli insetti. *Gran bel nome per una band be-bop del Greenwich Village.*

Se vai nella palude, spalmati il contenuto dell'ampolla sul corpo e non verrai morso, gli aveva detto Yanni. Gli tornò alla mente il suo viso sereno e premuroso, e si sentì ancora peggio al pensiero che lei e Bob Thorne erano morti.

Dopo aver sfilato il tappo con un'unghia, fece una smorfia e distolse subito la testa. « Per la miseria... cos'è questa roba, *eau de merde*? »

Nonostante il tanfo si versò un po' della sostanza densa e oleosa sulle mani e se la strofinò sul collo e sulle braccia devastate dalle punture. Poi richiuse l'ampolla, si guardò di nuovo intorno e alla fine entrò nel pantano ricoperto di alghe e lerciume.

Dopo aver percorso a fatica una ventina di metri, l'acqua gli arrivava quasi al petto, ma si sentiva sorprendentemente rilassato. Almeno l'acqua torbida avrebbe lavato via il guano secco e i residui d'insetti spiaccicati che lo coprivano dalla testa ai piedi come un esoscheletro fecale.

La cosa più importante, però, era che non aveva visto anima viva da quando si era lasciato cadere nella tana dei vampiri, né aveva sentito colpi d'arma da fuoco. Che fosse davvero riuscito a sfuggire agli uomini di Wolff? Ma sapeva che non poteva adagiarsi sugli allori, e così continuò a spostarsi con la massima prudenza da un isolotto fangoso all'altro.

Si era addentrato nella palude per un centinaio di metri quando, come avrebbe detto Bob Thorne, « tutto andò in vacca ». Era cominciato col rumore di qualcuno che procedeva pesantemente in acqua, cui avevano fatto seguito imprecazioni in tedesco. Lo stavano inseguendo.

Ora che avevano rivelato la loro presenza, gli inseguitori aumentarono l'andatura senza più preoccuparsi di passare inosservati, tanto che MacCready riusciva a sentire il risucchio del fango sollevato dai loro stivali.

« Sappiamo che sei lì », gridò una voce. Era il caporale Kessler. « È inutile che ti nascondi, arrenditi. » Si consultò in tedesco con qualcuno, poi proseguì: «Non vogliamo farti del male. Stiamo solo cercando le nostre guide. Per caso le hai viste?»

MacCready sussultò, tenendo a freno quella parte del suo cervello che aveva già in canna tre risposte argute a quella sciocca richiesta, e che lo stava *supplicando* di poterne usare una. Si rannicchiò invece dietro un vecchio tronco morto e studiò la palude che si estendeva davanti a lui. «Maledizione», mormorò. La linea degli alberi che segnava l'inizio della giungla distava quasi un chilometro.

Non ci sono nascondigli, pensò, appoggiando la schiena all'albero. Adesso riusciva a sentire i movimenti difficoltosi dei tedeschi che avanzavano a fatica nell'acqua più alta. *Sono vicini. Molto vicini.*

Stava cercando freneticamente un modo per uscire da quella situazione.

Decise d'immergersi e di allontanarsi il più possibile nuotando sott'acqua ma, mentre inspirava, un proiettile si conficcò nel tronco e del sangue gli schizzò addosso.

Prima ancora che potesse chiedersi dove fosse stato colpito, sentì qualcosa che si tuffava in acqua.

Non mi sembra di essere ferito... ma allora di chi è questo sangue?

Palpandosi il corpo in cerca di un foro di proiettile, si voltò istintivamente in direzione del rumore e intravide un movimento ciclopico.

I soldati si trovavano a una trentina di metri da lui, tra due vecchi e putridi tronchi d'albero che *avevano preso vita.*

Si stanno muovendo. E quelli... sono occhi!

Il caporale Kessler, che a quanto pareva si era appoggiato a uno di quei «tronchi» per spingersi in avanti, stava fissando MacCready con un'espressione sconcertata e implorante. Anche nel suo stato febbrile, l'americano capì che quello sguardo aveva a che fare col fatto che il braccio destro del caporale non era più attaccato alla spalla. Il sangue arterioso sgorgava dal moncherino a fiotti intermittenti, sincronizzati col battito accelerato dell'uomo.

A MacCready occorsero diversi altri secondi per rendersi conto che quei tronchi non erano affatto *tronchi,* ma le teste superbamente mimetizzate di due colossali tartarughe. E, anche se i loro gusci erano sommersi, MacCready stimò che dovevano essere lunghe tre metri ciascuna.

Un istante dopo il tedesco fu strattonato verso il basso e sparì sotto la superficie verdastra della palude. Tranne che per un vortice di schiuma rossa, era come se Kessler non fosse mai esistito.

Il secondo uomo stava andando incontro a una morte più atroce. Azzannato all'addome dall'altro « albero », urlava e tempestava di pugni l'armatura nodosa della creatura.

La grottesca tartaruga, infastidita dalla gragnola di colpi, mollò la presa, ma mentre arretrava si portò dietro qualcosa di rosa e umido. Il tedesco cercò disperatamente di recuperare le sue budella e rinfilarsele nello stomaco.

Un terzo finto tronco, a pochi metri da MacCready, aprì gli occhi dorati e cominciò a muoversi. La testa grossa come un cocomero si voltò dalla sua parte e le narici, larghe come piattini, si dilatarono annusando l'aria. Poi, inspiegabilmente, la tartaruga con una pallottola in corpo si diresse verso il tedesco agonizzante, lasciando dietro di sé una sottile scia di sangue. All'ultimo momento, però, cambiò direzione e si scagliò contro il suo simile.

Le due tartarughe cominciarono a lottare a colpi di collo. *Come due maschi di giraffa che litigano.* E, mentre si battevano per il possesso della preda, sibilavano e facevano schioccare le mandibole, producendo suoni che a MacCready ricordavano le strane grida di battaglia dei *Tyrannosaurus rex* in *King Kong*.

Il soldato moribondo approfittò di quello scontro per continuare a tirare a sé le budella. Per un momento, solo per un momento, sembrò che *potesse* farcela a rimetterle al loro posto, ma poi i due bestioni smisero di darsi battaglia e si concentrarono su di lui.

Alla fine le tartarughe si divisero equamente il pranzo, e quand'ebbero finito si allontanarono lentamente. Poco dopo s'immobilizzarono, tornando a trasformarsi in tronchi d'albero.

MacCready, che non si era più mosso dall'inizio dell'attacco, si guardò intorno con attenzione. Riusciva a vedere decine di tronchi d'albero, forse *centinaia*. Senza pensarci, prese l'ampolla di Yanni e, questa volta senza fare smorfie o cincischiare, si spalmò una quantità più generosa di olio sulle braccia, sulla testa e sul petto.

« 'Spalmatela e non verrai morso...' Puoi dirlo forte, Yanni! »

MacCready annusò l'ampolla vuota prima di lanciarla in un cespuglio. *Peccato che questa merda non respinga anche gli insetti, oltre alle tartarughe giganti.*

Erano trascorsi un paio di giorni da quando si era lasciato la palude alle spalle, e da allora l'assalto ininterrotto d'insetti di ogni tipo lo aveva reso sempre più debole.

Il terzo giorno il suo corpo perdeva liquidi più velocemente di quanti lui riuscisse a recuperarne masticando gambi e radici impregnati di umidità. Quanto alle punture, la corteccia medicinale di alcuni alberi impediva alla febbre di salire, ma non riusciva ad abbassarla.

Il quarto giorno cominciò a mostrare i primi segni di paranoia. Qualcuno lo stava seguendo.

Ma anche i paranoici a volte hanno ragione, si diceva. E, nonostante la febbre e i dubbi sulle proprie facoltà mentali, sapeva che era una di quelle volte.

Anni di esperienza sul campo gli avevano insegnato a prestare attenzione ai segnali di avvertimento del subconscio. Una manciata di molecole di fumo, un'impercettibile variazione nel canto degli uccelli erano elementi che non percepiva consciamente. Il campanello di allarme interiore non andava ignorato, e così prese ad avanzare a zig-zag, e solo di notte, orientandosi con le stelle ogni volta che uno squarcio tra le nuvole glielo permetteva.

Il quinto giorno aveva bisogno di proteine, un bisogno disperato.

Un nido di termiti sarebbe perfetto. Una sola regina basterebbe a farmi andare avanti.

Alla fine, però, si accontentò di un serpente – una *specie sconosciuta* – troppo lento per attaccarlo o per evitare di essere bastonato a morte. Sapeva che il lungo fascio di muscoli sotto la pelle e le squame del rettile, da crudo, era una fredda e insanguinata comunità di microbi, che in un giorno o due avrebbe peggiorato le sue condizioni. Ma MacCready non aveva il coraggio di accendere neppure un piccolo fuoco di bivacco, anche se il suo subconscio sembrava urlargli che tanto non ce li *aveva,* un giorno o due. L'idea di procedere zigzagando non stava portando i risultati sperati; qualcuno là fuori – il branco di lupi nazisti, senza dubbio – stava guadagnando terreno. E così MacCready si rimise subito in marcia, facendo del suo meglio per non lasciare tracce. *La salmonella non è mai stata così buona,* pensò, masticando l'ultimo boccone di serpente crudo.

Il sesto giorno, MacCready sapeva che i suoi inseguitori stavano riducendo la distanza che li separava da lui. Doveva riconoscere di non averli mai sentiti lamentarsi per una puntura o un morso, o per qualsiasi altro inconveniente di una caccia all'uomo in una giungla tropicale. *Cavolo, quei tizi sono davvero in gamba.* Provava suo malgrado una certa ammirazione nei loro confronti.

Sette giorni dopo l'incontro con le tartarughe cominciò ad avvertire le conseguenze della carne cruda di serpente. Ormai completamente privo di energie, si rannicchiò dietro un albero caduto stringendo un fascio di legnetti acuminati e un *atlatl* improvvisato con cui spararli. *Il mio misero arsenale.* «Ricordati di Alamo», biascicò, consapevole che l'unica cosa ancora da decidere era chi, tra i suoi inseguitori e la foresta, lo avrebbe ucciso per primo.

Ore dopo, quando gli inseguitori lo trovarono, MacCready stava farneticando di tartarughe gigantesche che sparavano missili nazisti. *Ci mancavano solo le allucinazioni,* pensò, vedendo un uomo e una donna posare a terra i loro zaini e corrergli incontro. *Quei due sembrano Bob e Yanni.*

«Mac?»

Gesù, anche la voce sembra quella di Bob, pensò, e quello lo convinse a stare al gioco. «Scusa, Bob, niente cartine.»

«Tranquillo, Mac, non mi servono.»

MacCready si rivolse quindi all'altra apparizione. «Ehi, Yanni.»

«Cosa c'è che non va, cugino?»

«Niente», rispose lui, liquidandola con un gesto, «soprattutto perché siete entrambi morti.»

«Morti?»

«Quel fottuto nazista mi ha mostrato l'ingrassatore russo.»

Le due allucinazioni si scambiarono un'occhiata confusa prima di riuscire a decifrare l'ultimo commento dell'amico.

Il miraggio di Bob sorrise con imbarazzo. «Sì, be'... a proposito di quella mitraglietta...»

«Sputa il rospo», lo spronò la donna fantasma.

«Ehi, che colpa ne ho, se non ho avuto il tempo di metterla in borsa quando quello stronzo di un nazista e i suoi scagnozzi hanno buttato giù la porta di casa?» replicò subito il miraggio di Bob, sulla difensiva.

MacCready si alzò sulle gambe malferme, improvvisamente memore della propria missione. Quei due non erano allucinazioni, Bob e Yanni erano vivi. Non c'era tempo da perdere, anche se si sentiva uno straccio. «Siete andati a Queequeg-bá? Avete parlato con Hendry?»

Yanni guardò il marito con aria perplessa.

«Intende Cuiabá», le spiegò lui, prima di rivolgersi di nuovo all'amico. «No, Mac, siamo dovuti scappare dai crucchi. Ma appena abbiamo potuto ci siamo messi sulle tue tracce, perché eravamo certi che *tu* ti saresti fatto acciuffare. E per fortuna tre giorni fa Yanni ha trovato qualcosa.»

La donna gli mise davanti al volto l'ampolla vuota di repellente per tartarughe.

MacCready si concentrò per mettere a fuoco la vista. Erano *ancora* le loro voci, ma adesso erano simili a echi sempre più deboli. «Sì, funziona alla grande con le tartarughe. Non è che hai qualcosa contro i vampiri e i nazisti? »

Detto ciò, crollò tra le braccia di Bob.

Yanni aiutò il marito a sdraiarlo a terra. « Ingrato », mormorò.

24

VERSO IL VALHALLA

«Mi auguro che queste meteore meccaniche diventino soltanto dei passatempi per le persone istruite e oziose, e non vengano mai trasformate in nuove macchine di distruzione della razza umana, così come spesso accade con le migliorie o le scoperte scientifiche. Il perverso ingegno umano studia di continuo come impiegare i frutti dell'intelletto per schiavizzare, distruggere o raggirare i suoi simili.»

Horace Walpole, XVIII secolo d.C.

Base Nostromo,
8 febbraio 1944

In tarda mattinata, i due spazioplani scintillavano sulle piattaforme di legno, in attesa di venire montati sulle rispettive slitte e coi serbatoi pronti per essere riempiti di carburante e comburente. Di lì a poco i velivoli avrebbero cominciato a scorrere lungo i binari, l'uno dopo l'altro, per raggiungere la rampa di lancio centrale comune.

Il colonnello Wolff stava cercando una scusa per allontanarsi da Sänger, che sembrava innamorato della propria voce mentre istruiva il team di scienziati e i piloti dei Silbervogel. Sfrondato dagli eccessi verbali, il succo del discorso era: «Tutto procede come da programma», ma l'ingegnere stava snocciolando ogni minimo particolare dei missili, tanto che persino Voorhees sembrava annoiato.

«... e dunque i medesimi esplosivi teleguidati che ho progettato per scavare miniere di diamanti in Africa sono stati ora *riprogettati* per alimentare i miei Silbervogel.»

Voorhees sembrava sul punto di addormentarsi in piedi quando uno dei collaboratori del dottor Kimura si avvicinò a Wolff e gli indicò con enfasi la porta. Il colonnello lasciò la riunione di buon grado, senza disturbare Sänger.

Mentre percorreva il sentiero fangoso tra gli edifici ripensò alla recente spedizione nella caverna. La missione era stata un successo, se non altro perché era tornato alla base con un esemplare di vampiro. Ancora più importante, i suoi uomini erano riusciti a tenerlo in vita. Ma il colonnello era andato su tutte le furie quando aveva scoperto che Kimura, senza chiedere la sua autorizzazione, aveva usato « volontari » locali per studiare come la creatura attaccava e si nutriva.

« Tutti i miei *maruta* sono stati bruciati », aveva ribattuto il giapponese senza scomporsi, quando Wolff glielo aveva rinfacciato. I volontari – lo aveva rassicurato – erano donne che vivevano da sole sopra la coltre perenne di nebbia. « Proprio come le due streghe e il bambino. » A suo dire, erano prede facili per i suoi uomini. « Sono emarginate. Nessuno sentirà la loro mancanza. »

Wolff non ne era altrettanto sicuro. Fino a quel momento, i loro riluttanti alleati indios erano stati placati con doni generosi, tra cui casse di carne e frutta in scatola e affilate lame tedesche. Ma ora i locali stavano morendo per mano dei suoi uomini, e di certo quella *non* era la ricetta per una pacifica convivenza.

A peggiorare le cose c'era la consapevolezza che la cattura dell'esemplare aveva avuto un costo molto elevato: sette uomini preziosi, inclusi Schrödinger e probabilmente Vogt e Kessler, ci avevano rimesso la vita. Per non dimenticare lo sfortunato soldato semplice Schoeppe, cateterizzato da un ancora più sfortunato pesce gatto. *Nes-*

suno dei due aveva fatto ritorno alla base, cosa che lo aveva doppiamente scontentato. Avrebbe tanto voluto vedere un candiru da vicino. *Un ausilio interessante per un interrogatorio,* pensò, prima di entrare nel laboratorio di Kimura.

«Il batterio si è dimostrato sorprendentemente collaborativo», gli annunciò quest'ultimo. «A maggior ragione considerato che quest'organismo, fino a una settimana fa, era sconosciuto.»

«Collaborativo?» ripeté Wolff prendendo una mascherina chirurgica.

«Be'... una volta capito come controllare e mettere la museruola al suo mostriciattolo, ottenere un campione di saliva non è stato difficile.» Kimura si rendeva conto che, per comprendere come agiva il batterio dei *draculae*, ciò di cui aveva davvero bisogno era un altro mezzo secolo di sviluppo tecnologico. Nessuno sapeva che aspetto avesse un codice genetico, e tuttavia il segreto di come i simbionti dei vampiri causassero rapide emorragie era lì da qualche parte, nei geni batterici, nel codice segreto della vita. Ciononostante, Kimura aveva scoperto che non serviva essere esperti di genetica dei batteri per ricavare un'arma biologica dalla saliva dell'animale. L'ignoranza non si era rivelata di ostacolo all'impegno. «Abbiamo affrontato problemi singolari, ma mai insormontabili. Presumo che questo batterio risieda nelle ghiandole salivari del pipistrello, nulla di particolarmente interessante. All'inizio ero disorientato dallo strano ciclo riproduttivo del microbo. Ma, come avviene di solito in questi casi, indurlo a moltiplicarsi non è stato per nulla difficile. In realtà, una volta infuso plasma fresco nel terreno di agar, le colture batteriche hanno manifestato una crescita esponenziale. Ma sono morte alla stessa velocità.»

« Lo so bene, ero presente quand'è successo, ricorda? » lo interruppe Wolff. « Ma non è proprio questo il problema? Come si può coltivare l'agente patogeno evitando che entri nella fase autodistruttiva del suo ciclo vitale, prima che possa essere stipato nelle bombe da sganciare sugli obiettivi nemici? »

« Ah, l'insolito suicidio microbico che avviene subito dopo il morso del suo incubo alato. »

« Proprio quello », disse il colonnello, cominciando a perdere la pazienza.

Kimura gonfiò un po' il petto e liquidò con un gesto della mano paffuta un problema che, in realtà, la sua équipe aveva risolto solo dopo alcuni giorni di lavoro ininterrotto. « Sappiamo che, quando il pipistrello morde la sua vittima, inocula il batterio nel sangue... »

« Sì, sì », lo interruppe di nuovo l'ufficiale nazista, mimando un paio di forbici. « Sarebbe troppo chiederle qualcosa che già non so? »

Il giapponese gli rivolse un piccolo inchino. « Ha ragione, chiedo venia. A quanto sembra nel sangue delle vittime, tanto quelle adulte quanto quelle giovani, ci sono agenti che danno inizio alla fase autolitica del ciclo vitale del batterio. Mentre questo si frammenta, rilascia una sostanza che fa sanguinare copiosamente la preda. Ora, usando plasma fetale - ma va bene anche quello estratto dal cordone ombelicale -, abbiamo evitato l'esposizione del batterio all'ASA. »

« ASA? »

« Agente di stimolazione dell'autolisi. »

« E questo tessuto fetale dove l'ha trovato? »

« Altri volontari », sorrise Kimura, indicando un lettino con sopra un lenzuolo appallottolato intriso di sangue. « Selvaggi. »

Quest'uomo sta usando i nostri utili alleati come cavie da laboratorio e cibo per i pipistrelli. Wolff allontanò quel pensiero, annuì e disse solo: «Prosegua».

«Sono riuscito a stabilire che i batteri coltivati in un terreno di agar senza ASA si moltiplicano in modo esplosivo, per poi entrare in una fase dormiente. Mi aspetto che un simile stato di dormienza si verifichi anche all'interno del suo cucciolo.»

«Come un seme», disse Wolff, più a se stesso che al dottore. Ma l'eccitazione crescente nella sua voce era inequivocabile.

Kimura sorrise di nuovo. «Sì, come un seme... un'analogia corretta. Un seme che attende di essere piantato... di schiudersi, una volta dentro l'organismo di una vittima.»

«Ma un seme che non diventerà mai un albero.»

«Esatto. Quando il seme viene annaffiato, muore e diffonde il suo veleno. E la coltura originale prosegue nell'ospite.»

«Dunque esclude ogni possibilità che questo seme, dopo aver annientato i nostri nemici, si moltiplichi e ci si ritorca contro?»

«Sì.»

Dopo essersi gustato il suo momento di gloria, Kimura indicò sei piccole strutture a forma di baccello che si era portato dal suo laboratorio in Manciuria a bordo del *Demetra*. Adesso, pulsanti di vita, si trovavano sotto una cappa isolante a temperatura controllata.

Wolff stava per chiedergli come pensava d'infettare intere popolazioni col batterio, quando Kimura si portò l'indice davanti alle labbra. «Sstt. I bambini stanno dormendo.»

La mattina dell'8 febbraio, due giorni dopo essere stato tratto in salvo, MacCready era di nuovo in piedi, e si era ormai convinto che i suoi due amici non erano fantasmi. «Dobbiamo fermare Wolff. E distruggere quel posto.»

«Sì, certo, non hai detto altro negli ultimi due giorni», ribatté prontamente Thorne. «Anche se camminare per tre metri senza cadere faccia a terra può essere considerato un requisito per attaccare una base missilistica.»

«Dovresti riuscire a percorrerne almeno il *doppio*», intervenne Yanni.

Da quando si erano riuniti, i tre si erano tenuti nascosti. La donna aveva costruito un rifugio ben mimetizzato e aveva guarito MacCready con impacchi a base di foglie, linfa di alberi e semi macinati.

Thorne, invece, aveva fatto la guardia al loro minuscolo campo e preparato quel poco di cibo che avevano avuto il coraggio di cucinare su un piccolo fuoco di bivacco acceso il minimo indispensabile. «Dopo aver decifrato i tuoi farneticamenti su questo Wolff, che ripetevi come un disco rotto, ci siamo presi la libertà di procurarti del materiale molto interessante.»

MacCready guardò Yanni.

Lei gli indicò alcune borse a una notevole distanza da loro e sorrise. «*Tic tac... bum.*»

«Esplosivi? Ma come...»

«Un minatore d'oro ha trovato molto intrigante una proposta che gli ho fatto», spiegò Thorne. «Una sacca di funghi raccolti personalmente in cambio di una sacca di tritolo.»

MacCready gli rivolse un'occhiata confusa. «Funghi?»

«Funghi magici», precisò Yanni, intenta ad affilare un ramo lungo e sottile. «Capito?»

«Sì.»

« Allora, bello, qual è il tuo piano? »

« Dobbiamo trovare il modo di comunicare col maggiore Hendry. Ci serve il suo aiuto. »

Gli altri due scoppiarono a ridere.

« Guardati intorno, Mac », disse Thorne. « Funghi e tritolo ne abbiamo, ma una radio a onde corte dove la trovi in questo posto? *Allora,* Mac, qual è il tuo piano? »

« Il mio piano? Introdurmi di nascosto nel campo dei nazisti e farlo saltare in aria. »

Thorne scosse la testa. « Non ti conviene, davvero. »

« Che alternative abbiamo? »

« Andiamo a Cuiabá e contattiamo questo maggiore Hendry. »

« Ci vorranno giorni, e non abbiamo tutto questo tempo. Aspetta, però... Hendry non ha più avuto mie notizie da quando sono partito... probabilmente avrà mandato un'altra squadra di soccorso. Magari questa è più vicina rispetto a Cuiabá, ma chissà da che direzione starà arrivando. »

« Questo potrebbe scoprirlo Yanni. »

« Giusto. Ma, anche se la trovassimo oggi stesso, passerebbero giorni prima che Hendry riesca a mandare armi e uomini per prendere a calci nel culo quei nazisti. » MacCready picchiò con forza un pugno sul terreno. « E *questo* è il motivo per cui tornerò in quel campo. »

« Va bene, Mac », intervenne la donna. « Solo una cosa. »

« Spara. »

« Noi veniamo con te. »

Lui fece per protestare, ma Thorne lo interruppe subito: « Lascia stare, Mac. Tanto non cambieremo idea ».

« No. » Yanni mise giù il rametto che stava intagliando e cominciò a mescolare una zuppa quasi fredda in una grossa ciotola di legno.

« Che profumino », commentò MacCready. « Che stai cucinando, Yanni? »

« Mac, sta' lontano da *questa* zuppa. »

« Rane velenose », gli rispose Thorne.

25

PREPARATIVI

« L'importanza di un'informazione è
direttamente proporzionale alla sua improbabilità. »
Teorema fondamentale della teoria dell'informazione

11 febbraio 1944

All'alba, Maurice Voorhees si trovava accanto alla sua monorotaia.

Il dottor Eugen Sänger era rannicchiato sotto il telaio di una slitta alimentata a razzi, coperta da un telone che la proteggeva dall'umidità. « Ottimo lavoro, Maurice. La scanalatura sulla superficie superiore del binario è stata una trovata brillante. »

« Grazie », rispose l'altro, in tono distratto. Stava osservando le linee degli alberi ai due lati della rotaia: gli stoloni e i viticci delle piante, simili a esili braccia verdi, si stavano già protendendo verso l'impalcatura di legno e acciaio su cui era montata la rotaia. *Tra pochi mesi l'avranno del tutto coperta.*

« Chissà perché non ci ho pensato io stesso », continuò Sänger, uscendo da sotto il telone. « Maurice... » L'uomo si zittì di colpo, notando che il suo interlocutore si era allontanato e stava fissando un punto tra il fogliame intricato. « Non ci sono neppure segni di cedimento sotto la rotaia », continuò, battendo un piede sul terreno. « È chiaro che usare quest'antica strada di pietra come base è stata un'altra decisione azzeccata. L'ultima cosa di cui abbiamo bisogno è che le rampe di lancio affondino in questo pantano tropicale assieme ai Silbervogel... »

Voorhees non aveva sentito una sola parola, preso com'era a immaginare un Silbervogel che sfrecciava sulla rotaia sopra la slitta a razzi che lui aveva progettato. Qualcosa lo colpì con forza sulla schiena, e quando si voltò di scatto vide con sollievo che era solo il collega.

Sänger gli rivolse una strana occhiata, poi riprese a parlare: « Ma la prova del nove sarà domani, no? Quando la sua amica Hanna Reitsch, col suo Drache e col mio sistema di carrucole, collocherà i Silbervogel sulle slitte ».

« Quella donna non è mia amica », sbottò Voorhees.

« Va bene, ma è un pilota estremamente dotato. Vogliamo parlare di come ha fatto atterrare quel V-1 senza un graffio? Dell'*abilità* che occorre per compiere un'impresa simile? »

« Sì, certo, ma voleva anche assemblare uno squadrone di piloti suicidi », disse Voorhees in tono sprezzante. « Molto eroico da parte sua. » Non aggiunse altro, perdendosi di nuovo nei suoi pensieri. Erano trascorsi pochi mesi da quando Peenemünde era stata bombardata, ma lui si sentiva invecchiato di molti anni.

Sänger, al contrario, sembrava ringiovanito. Avrebbe portato più che volentieri la guerra dal Brasile centrale all'Europa, per poi proseguire fino al Nilo e ai fiumi giordani. Sarebbe stato disposto, se necessario, a mettere fine al mondo civilizzato, fino al punto in cui si sarebbe tornati a combattere con falcetti, coltelli e bastoni appuntiti.

Per nulla turbato dalle critiche di Voorhees alla donna, Sänger continuò il suo monologo: « Secondo le mie stime ci vorranno due giorni, al massimo tre, per rifornire di carburante i razzi e le slitte. A quel punto il nostro lavoro sarà quasi terminato, e la palla passerà ai piloti. Ovviamente la riuscita della missione dipende dalle armi sviluppate da quel giapponese grassoccio... Non mi ricordo mai il suo nome. Com'è che si chiama, Maurice? »

Ma l'altro non rispose. *Le mie slitte, i meravigliosi sistemi di controllo che ho progettato, i sistemi di guida... Presto ogni cosa andrà distrutta.*

« Maurice... mi sta ascoltando? »

Sprecata. Nonostante tutto, Voorhees provò a convincersi che ci sarebbero stati giorni migliori. Restava da vedere se e come ci sarebbe arrivato. *Ma qualcosa mi verrà in mente.*

Nel suo laboratorio, il dottor Akira Kimura aveva appena finito di dare gli ultimi ritocchi ai sei veicoli di rientro - o « bombe a grappolo » - contenenti gli agenti patogeni. *Tre per ciascuno dei* Silbervogel *di Come-si-chiama.*

I batteri all'interno di ogni bomba riposavano (*comodamente,* immaginava lui) su letti di sabbia finissima, sabbia che si sarebbe dispersa per chilometri in ogni direzione quando le bombette cilindriche sarebbero scoppiate molto al di sopra degli obiettivi stabiliti.

Fino ad allora, i suoi « bambini » potevano dormire sonni tranquilli, al sicuro dall'umida aria tropicale. Nel corso dell'ultima settimana, il loro allevamento e la loro sicurezza erano stati le principali preoccupazioni del biologo. *Chissà la roba disgustosa che rischia di contaminarli mentre dormono.*

Per minimizzare il pericolo, le piccole camere d'incubazione erano state dotate di paracadute. Quelle bombette, che, come i Silbervogel di Sänger, erano già pronte il giorno in cui il *Nostromo* era arrivato alla Bocca dell'Inferno, avevano subito una sola modifica: la sostituzione del ceppo di antrace coltivato nell'Unità 731 con l'agente patogeno dei vampiri.

Cosa penseranno gli americani quando vedranno i paracadute? E il simbolo che vi abbiamo dipinto sopra? Sperava che ne sarebbero stati terrorizzati. *Ma non a morte. Finirebbe troppo in fretta, rovinerebbe il divertimento.*

Kimura era soddisfatto che tutte le difficoltà legate ai test e ai preparativi delle bombette fossero state superate. L'altra buona notizia riguardava i *draculae*, che senza dubbio avevano risolto il problema-MacCready. Il guerriero dei morbi immaginava che, quando avevano portato via l'esemplare di vampiro in elicottero, l'altopiano fosse somigliato a un nido di vespe agitato con violenza.

«Abbiamo tirato la coda al drago», gli aveva detto Wolff, «e abbandonato l'americano tra le fiamme.»

Nella foresta, a tre chilometri dalla base Nostromo, *15 febbraio 1944, sull'imbrunire*

Altro che camminare per sei metri senza crollare, aveva detto MacCready a Yanni. Era determinato a percorrere sei volte quella distanza. E ormai poteva dire di esserci quasi riuscito.

«Allora, Mac, cos'è che stanno facendo *di preciso* questo Wolff e i suoi amici?» gli chiese Thorne.

«Ormai sono certo che stanno cercando di riprodurre qualunque cosa ci sia nelle bocche dei vampiri... Una qualche forma di tossina emorragica... Molto probabilmente un batterio.»

«E cosa te lo fa pensare?» Thorne aveva sentito la spiegazione dell'amico diverse volte, ma a quanto pareva non era *ancora* del tutto convinto che il suo delirio fosse passato.

« Ascolta, il sottomarino incagliato nel Rio Xingu è di fabbricazione giapponese... e in quel campo c'erano dei giapponesi. Non è una coincidenza che il più grande programma di armi biologiche al mondo sia giapponese. »

« E quindi? Credi che ora stiano giocando coi microbi assieme ai crucchi? »

« Armi biologiche, bombe chimiche, sono la stessa merda che usano in Manciuria. Quei bastardi bombardano i cinesi coi ceppi della peste e della tubercolosi. »

« Luridi schifosi. »

« È probabile che abbiano anche un mezzo per trasportarle. La base è piena di barili di carburante. A giudicare dall'odore, credo sia metano. »

« Dunque pensi che, da un momento all'altro, questo Wolff bombarderà Londra o New York con missili pieni di una sostanza ricavata dai tuoi pipistrelli? »

« Qualcosa del genere. »

« Mac, non per fare il pessimista, ma hai considerato che bombardare una città di virus e batteri non sia la cosa peggiore che possa succedere? »

L'altro rise in modo lugubre. « Sto cercando di pensare a una cosa alla volta. Va' avanti. »

« Quando questi batteri si troveranno in un nuovo ambiente, o sotto il microscopio di qualche altra testa d'uovo, è *allora* che cominceranno i guai. Questa roba muta, Mac. È una legge fondamentale della biologia. »

« Dove vuoi arrivare? »

« Supponiamo che in natura ci sia una minima quantità di questo batterio, in tutti i pipistrelli viventi. Non è così difficile immaginare che Wolff e i suoi tirapiedi siano già riusciti a isolarlo. In questo caso, potrebbero riprodurlo all'infinito. Ora, cosa succede se lo modificano, se riescono a farlo sviluppare in un altro organismo che non sia il suo ospite naturale?»

«Sarebbe un problema.»

«Un problema *enorme*. Dunque, se qualcuno riuscisse a portare questa roba fuori dal Brasile...»

«... avremmo a che fare con la più grossa tempesta di merda di tutti i tempi.»

«Come se ci servisse un'altra ragione per far saltare tutto in aria», intervenne Yanni.

«Ma come?» chiese suo marito.

«Continuo a pensare a quelle riserve di carburante che ho visto alla base», disse MacCready.

«Il carburante esplode», aggiunse la donna.

«Be', questo sì che è un piano straordinario», ironizzò Thorne, con un sorriso palesemente forzato.

«Hai un'idea migliore, testaverde?»

L'uomo spostò lo sguardo sulla foresta incontaminata che si estendeva appena al di là del loro piccolo rifugio. «A quali persone civilizzate verrebbe in mente di ricavare un'arma biologica da qualcosa che si trova in un posto come questo?»

MacCready non rispose.

«La civilizzazione...» continuò Thorne. «Interessante in teoria, una stronzata nella pratica.»

MacCready apprezzò la terribile ironia di quell'affermazione. Aveva accettato da tempo il fatto che il suo vecchio amico attirasse i guai come nessun altro al mondo. E così, naturalmente, quando Bob Thorne aveva deciso di lasciarsi la civiltà alle spalle, la civiltà – nella sua incarnazione peggiore – aveva deciso di accamparsi nel suo giardino di casa. Le probabilità che accadesse una cosa del genere erano forse una su milioni.

Era, in pratica, quasi impossibile.

E quindi, naturalmente, era successo.

26

IO TI VEDO

«Siamo parte della natura, non superiori a essa.»
Stephen Jay Gould

Base Nostromo,
16 febbraio 1944

Nelle viscere del *Nostromo,* dov'era rinchiuso l'esemplare di *draculae,* Wolff era sempre più oppresso da un senso di claustrofobia causato dalla giungla che circondava il sottomarino su ogni lato, nonché dalla sensazione che l'intera missione stesse andando in malora. Trovava inoltre strano che la mancanza di attacchi di vampiri negli ultimi tre giorni avesse intensificato le sue preoccupazioni, invece di alleviarle.

Dopo aver studiato in più di un'occasione l'animale ingabbiato, era arrivato a condividere la convinzione di MacCready per cui quella specie possedeva un'intelligenza pari a quella di alcuni primati superiori, come i macachi mulatti o persino gli scimpanzé. *Stanno escogitando qualcosa, come gli Alleati. E, come gli Alleati, riflettono, osservano, aspettano.*

La sua unica speranza era di lanciare i due spazioplani coi loro carichi di morte *prima* che uno dei suoi nemici sferrasse un attacco e la giungla li inghiottisse tutti. Una volta mandati in orbita i Silbervogel, nient'altro avrebbe avuto importanza. Wolff non si faceva illusioni sul suo futuro. Quando Hanna Reitsch fosse decollata sopra l'oceano Atlantico e Lothar, l'altro pilota, si fosse diretto verso Washington, Pittsburgh e New York, la base *Nostromo* e tutti i suoi effettivi sarebbero diventati sacrificabili.

La madre, affiancata dai gemelli, era appesa a un ramo morto. Sulla riva del fiume c'erano due bipedi alle prese con altrettanti piccoli oggetti brillanti. Nonostante la cortina di fumo asfissiante che i bipedi producevano, i vampiri riuscivano a « vederli » piuttosto distintamente e sentivano il cibo che pulsava sempre più veloce dentro i loro corpi altrimenti immobili. Erano poco più a valle del nido dei bipedi dove il piccolo era stato portato molte notti prima, l'ultima volta che la madre lo aveva sentito o ne aveva percepito la presenza.

Sospesi a testa in giù, a sei metri da terra, i gemelli avevano già preso posizione, conficcando i pollici e gli artigli nella corteccia dell'albero.

TRANQUILLI.

All'improvviso, il soldato semplice Richardt Woessner si sentì bene, come non era mai successo fin dal giorno del suo arrivo. Fare la guardia al sottomarino era un incarico noioso, ma in quel momento provò un lampo di soddisfazione. « Hanno aggiunto qualcosa nelle sigarette, Hans? » Non ottenne risposta. « Hans? » Si voltò e vide il compagno steso a terra. « Ma che...? »

Qualcosa lo punse su una spalla, e qualcos'altro sul collo.

Yanni abbassò la cerbottana mentre la canoa che avevano «preso in prestito» dagli indios si fermava silenziosamente davanti ai due uomini riversi a terra.

«Bella mira, Tex», le sussurrò MacCready. «Prendiamo le armi e buttiamo i corpi in acqua.»

Dopo aver affidato al fiume i cadaveri di Woessner e di Hans, i tre fecero un giro di ricognizione in canoa col favore della nebbia, attenti a non far scattare allarmi o ad accendere inavvertitamente la scorta di candelotti di tritolo ricoperti di linfa.

«Bombe appiccicose», le aveva ribattezzate MacCready. «Le attaccheremo su qualsiasi cosa che possa saltare in aria.»

Poco oltre, non lontano da dov'era ormeggiato l'I-400, notarono una serie di strani tubi e montanti. Ogni tubo era infilato in un cono sopra la superficie dell'acqua, e tutti convergevano verso un unico punto sulla riva.

«Proprio come pensavo», bisbigliò MacCready, seguendo con l'indice i tubi fino al punto della riva in cui, se la vista non lo ingannava, c'erano alcuni serbatoi pressurizzati. «Stanno aspirando gas naturale dal fondo del fiume.»

«Per quale motivo?» chiese Thorne con un filo di voce.

«Ricordi il missile di cui ti ho parlato, quello che ha abbattuto l'aereo da ricognizione? Credo che in quel sottomarino ci sia qualcosa di più grande... qualcosa di abbastanza grande da trasportare le loro armi biologiche.»

«Quindi attacchiamo il sottomarino?» chiese Yanni.

«Non direttamente.»

«Allora cosa facciamo?»

MacCready sorrise. «Il carburante esplode. Ricordi, Yanni?»

La donna sorrise a sua volta.

«Se quei serbatoi sono pieni come credo, facendoli esplodere distruggeranno il sottomarino e, forse, l'intera base.»

Dal lato opposto della base *Nostromo*, la squadra addetta ai missili sentì la laguna precipitare nel caos: esplosioni e spari, un numero incredibile di spari.

Voorhees capì subito che si trattava di un'offensiva nemica. *Un attacco con mezzi anfibi! Quanti ne avranno mandati? Cento? Trecento?*

Quando esplosero le prime bombe, il giovane ingegnere e un assistente stavano eseguendo il controllo finale della rotaia, a un centinaio di metri dai capannoni in cui si lavorava ai missili. Coi due Silbervogel ormai pronti per il decollo, il tempismo del raid sembrava coerente con qualsiasi altro episodio della sua vita. *C'eravamo quasi...*

La porta per lo spazio stava per essere distrutta, e lui con essa.

Tuttavia al momento sembrava che la fortuna fosse dalla sua parte. Le esplosioni provenivano dal *Nostromo* e dal deposito di carburante. La prima mancata collisone avvenne quando un pezzo di generatore tracciò un arco di fuoco nell'aria e aprì un cratere sull'antica strada di pietra, a soli due metri dalla rotaia.

Nessun danno.

Nello stesso istante, un guanto di pelle con dentro una mano lo centrò in pieno volto. Voorhees e l'assistente scapparono mentre altri detriti piovevano dal cielo, perlopiù materiale leggero, come frammenti di tetti di lamiera e carta incendiata.

Quando Voorhees raggiunse i Silbervogel, Hanna

Reitsch era già seduta in cabina di pilotaggio e attendeva con impazienza che il dottor Sänger finisse la checklist pre lancio. I due bombardieri erano posizionati ciascuno su un braccio della sezione a Y del binario, appena prima della convergenza nella monorotaia.

« Al diavolo quella dannata lista! » urlò d'un tratto la donna, abbassando il tettuccio così velocemente che per poco non tranciò le dita del progettista. Poi, senza alcuna esitazione, cominciò a sigillarlo dall'interno. « Via! » urlò a Sänger, che saltò a terra e corse verso il suo giovane protetto.

Voorhees notò che l'abitacolo del secondo spazioplano era vuoto. « Dov'è Lothar? » chiese sopra il crepitio delle armi automatiche, ma non ottenne risposta: Sänger sembrava pensare ad altro. Lo superò di slancio e si arrampicò accanto all'abitacolo del Silbervogel I della Reitsch.

Evitando il contatto visivo con la donna, effettuò un controllo dei sigilli esterni del tettuccio. Sentì un urto improvviso, poi un'ondata di sollievo quando si accorse che quel movimento era stato causato da una piccola locomotiva che stava spingendo la slitta con sopra lo spazioplano nella posizione di lancio finale.

Voorhees saltò a terra e lanciò un'occhiata al secondo missile. L'abitacolo era ancora vuoto. « Dov'è Lothar? » urlò a Sänger, ma di nuovo non ebbe risposta.

Proprio allora ci fu un'altra serie di esplosioni, molto più vicina, ma fortunatamente ancora abbastanza lontana da non avere ripercussioni sulla monorotaia.

Non durerà, pensò lui, mentre altri colpi d'arma da fuoco risuonavano nelle vicinanze.

Il Silbervogel I non aveva ancora raggiunto la monorotaia quando la Reitsch avviò la slitta. I razzi si animarono con un boato, investendo con una fiammata la locomotiva e il suo autista prima che quest'ultimo potesse allontanarsi. Alcuni tecnici al lavoro nei dintorni cercarono rifugio mentre lingue di fuoco e frammenti di locomotiva volavano tutt'intorno, e l'intero edificio dedicato all'assemblaggio del Silbervogel cominciava a bruciare.

Era incredibile, dato il suo amore per i missili, ma Voorhees non pensò neanche per un istante di essere testimone del primo lancio di un'astronave con equipaggio della storia.

Ma non era il momento di restarsene con le mani in mano. Non c'era tempo da perdere: doveva pensare al Silbervogel II.

Il piano di MacCready era partito col piede sbagliato. Alcune bombe appiccicose avevano fatto cilecca, e quelle che invece erano esplose non avevano provocato nessun danno ai serbatoi di carburante che, come enormi termos, erano ben protetti da diversi strati di materiale isolante. L'*unica* conseguenza che avevano avuto era stata di allertare l'intera base.

Dopo lo scoppio dei candelotti di tritolo i tre si erano rifugiati nella foresta, a una distanza di sicurezza dalle deflagrazioni che speravano sarebbero state devastanti. Ma non c'era stata nessuna deflagrazione. Invece era stato come se avessero colpito un alveare, da cui era schizzato fuori uno sciame di soldati che avevano aperto il fuoco in centinaia di direzioni diverse, sbriciolando alberi per un raggio di cinquecento metri.

«A chi sparano?» chiese Thorne.

«A noi», rispose la moglie.

Poi giunse un suono nuovo, l'intenso brusio di enormi pale che fendevano l'aria a tutta velocità.

«E quello che diavolo è?» urlò Thorne, indicando qualcosa che somigliava a una gigantesca libellula sopra la linea degli alberi. I rotori del velivolo erano talmente potenti da squarciare la coltre di nebbia, risucchiando aria limpida dall'alto.

«Ci hanno individuati», urlò MacCready, quando un proiettile si conficcò in un albero vicino. Riusciva a distinguere il tiratore a bordo dell'elicottero, il cecchino più improbabile che avesse mai visto in vita sua: un omino grassoccio con addosso quello che sembrava un kimono. MacCready rimase stregato dall'incongruenza di quella visione, ma poi...

In un lampo di consapevolezza, notò il perfetto allineamento geometrico. Sollevando l'MP-43 del soldato semplice Woessner, sparò una scarica di piombo contro il rotore di sinistra.

L'elicottero sussultò ed emise un sibilo prima d'inclinarsi a sinistra.

«Beccati questo!» urlò MacCready.

Piano, quasi con delicatezza, il velivolo finì contro un gigantesco argano, che a sua volta crollò sopra le cisterne di metano liquido, schiacciandole come uova. MacCready si preparò alla violenta deflagrazione ma, incredibilmente, né l'elicottero né il metano esplosero. Il pilota tedesco saltò fuori dal velivolo; a giudicare da come se la stava dando a gambe, non aveva riportato nessuna ferita. Senza una sorgente d'innesco, il liquido scorreva sul terreno come acqua.

«È ora di andarcene», annunciò MacCready. Nel frattempo, l'uomo in kimono era strisciato fuori dai rottami dell'elicottero, finendo dritto nel torrente chimico.

Anche da lontano, mentre scappavano dalla marea letale che si stava propagando, i tre sentirono l'uomo urlare quando i suoi piedi, incollati al suolo in un paio di zoccoli di legno, si fratturarono all'altezza delle caviglie.

Alla fine, i fiumi di metano trovarono una sorgente d'innesco in due barattoli di propellente ipergolico avanzati. L'onda d'urto fece cadere il sottomarino su un fianco e la chiglia venne perforata da pezzi di macchinari scagliati come proiettili.

MacCready sentì il calore dell'esplosione sulla nuca e lo zaino appesantito dalle bombe lo fece cadere in avanti. Si rialzò subito e, voltandosi, vide la nebbia rischiarata in più punti da bagliori rossi. Esplosioni minori si stavano succedendo lungo tutta la riva. *Ce l'abbiamo fatta! Ce l'abbiamo fatta!* Si concesse quasi un sorriso, ma poi ricordò che nei paraggi c'erano ancora un mucchio di soldati armati di tutto punto. Per fortuna molti di loro stavano bruciando.

E poi, proprio davanti a lui, si levò un altro rombo. Accompagnato da un bagliore. Sentì un tuffo al cuore: conosceva bene quel suono. Lo aveva sentito a Chapada e poi quando gli uomini di Wolff avevano abbattuto l'aereo da ricognizione. «Figli di puttana!» gridò, cominciando a correre in direzione del suono. Fece scivolare lo zaino su un avambraccio, preoccupato che fosse troppo leggero per quello che aveva in mente di fare.

Se non è già troppo tardi.

Meno di dieci secondi dopo che Hanna Reitsch aveva avviato la slitta, Voorhees vide finalmente il secondo pilota. Lothar gli stava andando incontro barcollando, con del fumo che gli saliva dalla schiena. Gli mancava la mano destra; l'altra, ancora guantata, era premuta sull'addome.

«Cerchi qualcosa?» gli chiese, agitando le dita della

mano destra. Lothar e la Reitsch erano pappa e ciccia, e Voorhees disprezzava l'uno quasi quanto l'altra.

Lothar non rispose, ma si accasciò sulla schiena mentre una sostanza rosa e filamentosa fluiva tra le dita della mano superstite. D'un tratto l'aria puzzava come il fondo di un pozzo nero. Nel suo ultimo momento di coscienza, mentre il bagliore dei razzi del Silbervogel I si affievoliva, il pilota gli rivolse un'occhiata supplicante e aprì la bocca. Davanti allo sguardo affascinato e allo stesso tempo scioccato di Voorhees, una bolla rossa si formò sulle labbra dell'uomo, s'ingrossò e alla fine scoppiò.

L'ingegnere continuò a fissare il pilota finché al suo fianco non comparve il colonnello Wolff, calmo nonostante il caos.

« A quanto pare il protetto della Reitsch è stato sbudellato », osservò Wolff, toccando il torace dell'uomo con la punta dello stivale.

Voorhees si pulì qualcosa di denso e bagnato da una guancia. « Può dirlo forte. »

Il colonnello gli indicò il Silbervogel II. « Allora, signor esperto di razzi, crede di poter pilotare quell'affare? »

« Senza alcun dubbio, colonnello », rispose lui, mentre Wolff sogghignava.

I tre *draculae* sorvolarono il nido distrutto dei bipedi più volte, ma non trovarono nessuna traccia del piccolo. Nonostante la mescolanza di odori intensi, il profumo di cibo sprecato era evidente e – per i due gemelli – invitante.

La madre, che non era interessata al cibo, abbassò la spalla destra flettendo allo stesso tempo le dita unite da membrane. Il suo corpo rispose all'istante, virando di colpo verso destra, verso l'acqua.

I gemelli imitarono abilmente i suoi movimenti e rimasero in silenzio quando lei emise una serie di versi per sondare la palude. I segnali di ritorno ad alta frequenza disegnarono nel suo cervello un'immagine tridimensionale dell'enorme tronco con cui i bipedi erano arrivati nel loro territorio. Ma qualcosa era cambiato dalla loro ultima caccia, quella finita con un fallimento: non c'erano bipedi, e la superficie piatta dove si erano appostati giorni prima era stranamente inclinata su un lato.

Dopo aver sorvolato la struttura, la madre tornò indietro e guadagnò altitudine con uno scatto dei pollici che modificò il flusso d'aria sotto le ali. Il piccolo era sparito, e così decise di tornare alla tana nella roccia, prima che qualcun altro dei suoi figli facesse la stessa fine.

La madre stava inviando segnali a lungo raggio verso le lontane pareti dell'altopiano, quando la femmina dei gemelli emise un verso acuto di allarme e si staccò dalla formazione.

NO! urlò la madre, ma ormai i gemelli stavano già sfrecciando nella direzione opposta. Si fermò di scatto, infuriata, ma ancor prima di completare l'inversione sentì qualcosa.

I versi provenivano dall'interno del gigantesco tronco galleggiante.

La madre raggiunse i figli mentre i due sorvolavano uno squarcio irregolare su un fianco della struttura. Lei fece altrettanto, raccogliendo informazioni e mandando un messaggio al piccolo.

I *draculae* fecero di nuovo inversione, come per prepararsi a un altro giro di ricognizione, ma questa volta sollevarono il bordo superiore delle ali. In seguito a quella manovra i tre pipistrelli persero altitudine e velocità, fino a raggiungere una posizione di stallo perfettamente controllata che consentì loro un atterraggio silenzioso e sincronizzato sul ponte devastato del *Nostromo*. Un istante dopo sparirono oltre un portello aperto.

Il mondo intorno a Hanna Reitsch era in ombra. Di fronte a lei, le stelle erano granelli di polvere e l'oscurità sembrava proseguire all'infinito. Poi la linea dell'alba cominciò ad avanzare a una velocità fino a quel momento irraggiungibile. Il sole stava sorgendo sull'Atlantico occidentale, sfiorando alcune regioni del Brasile e l'estremità più orientale del Nordamerica.

Il Silbervogel I stava seguendo la curvatura della Terra in caduta libera, proprio come da programma. Reitsch resistette alla tentazione di godersi quel momento, e si concentrò invece su un problema. Sulla Terra, a causa della forza di gravità, il carburante si trovava solitamente sul fondo dei serbatoi, al livello delle valvole di aspirazione. Ma, siccome sul Silbervogel non c'era né gravità né un fondo, il carburante e il comburente, che avevano una consistenza globulare, galleggiavano perlopiù lontano dalla valvola di aspirazione.

Occupiamocene subito, pensò la donna.

Era arrivato il momento di testare i sistemi di manovra di Sänger. Seguendo le istruzioni dell'ingegnere, la Reitsch scaricò una piccola quantità di aria dai serbatoi nel vuoto cosmico. Come previsto, l'effetto fu simile a quello di un palloncino volato via dalle mani di un bimbo: il missile schizzò in avanti quel tanto che bastava per spingere il resto del carburante « in basso », verso la valvola di aspirazione.

Adesso la Reitsch aveva la certezza di poter effettuare quella manovra tutte le volte che ne avesse avuto bisogno.

Poteva inoltre orientare lo spazioplano per il rientro nell'atmosfera terrestre.

E così quell'insopportabile idiota e il suo discepolo servivano a qualcosa, dopotutto.

Il passaggio dall'alba al mezzogiorno avvenne con straordinaria velocità, inondando l'abitacolo di luce. Ma la Reitsch era interessata soprattutto al tardo pomeriggio. Il tardo pomeriggio in Ucraina, che già si stagliava all'orizzonte e che, in silenzio, le andava incontro come la lancetta inesorabile di un enorme orologio.

A terra, nella sacca di Korsun', sessantacinquemila soldati tedeschi erano circondati da quasi mezzo milione di russi. Se il Silbervogel fosse riuscito ad arrivare sul bersaglio e il suo carico di morte avesse fatto il suo lavoro, più della metà di quei russi sarebbe morta in pochi secondi e prima del crepuscolo i tedeschi sarebbero stati liberi.

In previsione di quell'attacco biologico, la 24 Panzer-Division, che era avanzata a fatica attraverso la neve e il fango per soccorrere i tedeschi asserragliati, aveva fatto dietrofront. L'ordine era giunto direttamente da Berlino, nel momento stesso in cui la base *Nostromo* aveva rotto il silenzio radio per annunciare: « Il primo aereo è in volo ».

Anche dall'altra parte del cielo, Hanna Reitsch poteva scorgere le deboli tracce di un disgelo anticipato in tutta l'Ucraina.

Un disgelo anticipato.

È così che tutto ebbe inizio.

27

IL PIANTO DI DEDALO

« Chiamavi 'l cielo e 'ntorno vi si gira,
mostrandovi le sue bellezze etterne,
e l'occhio vostro pur a terra mira. »
Dante, *Divina Commedia*

Le esplosioni continuarono a squarciare la coltre di nebbia durante tutto il minuto che precedette il lancio del Silbervogel II. Maurice Voorhees, tra una checklist mentale e i preparativi prelancio, fu stupito dal coraggio di un tecnico che, manovrando con calma una seconda locomotiva, spostò lo spazioplano in posizione di lancio.

Qualche secondo dopo, l'uomo diede il segnale di partenza e si allontanò in tutta fretta.

Faranno saltare in aria la rotaia, pensò Voorhees, consapevole che la differenza tra un lancio riuscito e la distruzione totale dello spazioplano era di pochi decimi di secondo.

Mentre si preparava ad « accendere la candela », Voorhees vide Wolff che si allontanava di corsa lungo la fiancata destra del Silbervogel. Pensò di sfuggita che il colonnello, avendo ormai fatto la sua parte, si stesse semplicemente mettendo al riparo dall'onda d'urto della slitta, ma un improvviso trambusto sul lato di sinistra gli fece cambiare idea. Un uomo con una divisa degli Alleati lercia lasciò cadere uno zaino vuoto e si allontanò in tutta fretta dalla rotaia, sparando contro il colonnello e qualunque altra cosa si muovesse. Qualcosa nei movimenti di quell'uomo - la sua sicurezza, forse? - gli fece nascere il sospetto che avesse piazzato il contenuto dello zaino molto vicino a dov'era seduto lui, imbragato e impotente. « Via! Via! Via! » urlò, schiacciando il pulsante rosso d'accensione.

I razzi montati sulla slitta si animarono con un ruggito assordante e la sua testa venne scagliata all'indietro contro il cuscino protettivo.

Ancora una volta qualcosa attirò la sua attenzione a sinistra. L'uomo, che sembrava più un *Wanderarbeiter* - un vagabondo - che un soldato, stava puntando una pistola contro il Silbervogel, ma proprio allora il velivolo scomparve dietro un muro di fumo e fiamme.

Mentre lo spazioplano sfrecciava sopra la rotaia, Voorhees era completamente paralizzato.

In un battito di ciglia, la forza di accelerazione aveva trasformato la parte anteriore del missile - che pure stava avanzando ancora in linea retta - in quello che Voorhees percepiva come il « sopra ». E, ora che quella stessa forza lo stava premendo con la schiena sul « pavimento », gli sembrava di pesare duecento chili.

Voorhees era terrorizzato, ma non per le tensioni cui era sottoposto il suo fisico. Temeva che sulla rotaia o sulla slitta ci fosse una bomba che sarebbe scoppiata da un momento all'altro, scagliando il velivolo contro gli alberi a velocità supersonica. Quell'immagine e le sue implicazioni - *la distruzione istantanea* - risvegliarono in lui il ricordo di quella volta che aveva stretto una scarpa ancora calda tra le mani, nel cratere di una bomba.

Come al rallentatore, alcune esplosioni innocue si susseguirono sulla rotaia mentre lo spazioplano accelerava con l'indifferenza di un rettile.

L'onda d'urto della prima bomba non ebbe nessuna ripercussione, poiché detonò più di mezzo secondo dopo che il Silbervogel le era passato sopra. La seconda esplose a una distanza tale che Voorhees non avvertì neppure le vibrazioni del legno e delle sbarre d'acciaio che andavano in pezzi. La terza aprì un buco sulla rotaia due secondi dopo che il missile aveva imboccato la rampa e aveva cominciato ad alzarsi in volo.

La bomba piazzata dall'uomo in mimetica deflagrò per ultima, trasformando i razzi propulsivi della slitta in schegge infuocate che ne sbrindellarono l'ogiva. Ma ormai la slitta aveva esaurito il suo compito e, separatasi dal missile, stava già precipitando verso la foresta.

Il Silbervogel II era in volo.

Circa due minuti dopo che Voorhees aveva premuto il tasto d'accensione, i motori ausiliari si staccarono dallo spazioplano. Seguirono poi i serbatoi di carburante ipergolico e i piccoli motori che li avevano svuotati. Mentre il Silbervogel saliva sempre più velocemente verso la ionosfera, alimentato a quel punto solo dai suoi serbatoi interni, gli atomi attraverso cui si muoveva vibravano e si facevano più rossi e brillanti a mano a mano che la lancetta del tachimetro avanzava. L'ingegnere si riparò gli occhi dal bagliore ma, quando i gas atmosferici cominciarono a rarefarsi, la luce si affievolì fino a estinguersi.

Voorhees controllò il cronometro, facendo il conto alla rovescia fino al momento stabilito. Poi si piegò in avanti e tirò dolcemente verso di sé la cloche. Sentì subito una meravigliosa sensazione di galleggiamento, la prima manifestazione della caduta libera.

Si concesse un piccolo sorriso. «Ce l'ho fatta», disse, con la voce rotta dall'emozione. «Ce l'ho fatta.» La violenza che si era lasciato alle spalle era ormai solo un ricordo.

Le stelle non erano mai state così luminose. Nonostante le lacrime agli occhi, riusciva a vedere Marte e Giove come enormi dischi e non solo come puntini nel cielo. In lontananza, a sinistra, le luci di Acapulco scintillavano debolmente, formando una delicata ragnatela fosforescente sulla Terra. Dal lato opposto l'Atlantico si stendeva a perdita d'occhio, rivelato in tutta la sua immensità dai primi raggi di sole. Poi, nel giro di una manciata di secondi, il nuovo giorno illuminò la terra e l'oceano, come se qualcuno avesse acceso un riflettore.

Rimase imbambolato di fronte a quello spettacolo meraviglioso per un altro minuto, finché non tornò il feroce bagliore dell'idrogeno e dell'ozono, e il naso dello spazioplano cominciò a inclinarsi verso il basso.

Sotto il Silbervogel II, tra le ombre, Voorhees vide le prime luci dell'alba illuminare la Florida. Controllò di nuovo il cronometro e calcolò una variazione della rotta che avrebbe lasciato il dottor Sänger a bocca aperta.

Il piano prevedeva di attaccare la capitale degli Stati Uniti e Pittsburgh, il cuore dell'industria siderurgica degli Alleati. Lo spazioplano avrebbe quindi virato verso est per sganciare l'ultima bomba su New York. Sänger aveva scelto l'Empire State Building come ipotetico punto d'impatto; ma gli ingegneri avevano solo un'idea teorica della capacità di puntamento dei Silbervogel.

Alla fine, se tutto fosse filato liscio, Voorhees avrebbe potuto scegliere se espellersi dal velivolo o provare ad atterrare al largo della costa meridionale di Long Island, dove un U-Boot in attesa lo avrebbe tratto in salvo. « Facile che il pilota venga recuperato a pezzi », aveva scherzato lui quando aveva sentito per la prima volta il piano di Sänger. Per qualche ragione, la sua battuta non sembrava più così divertente.

Sapeva che se l'Atlantico settentrionale fosse stato anche solo leggermente ingrossato (*E quando mai non lo è?*) il missile si sarebbe disintegrato. E, anche se l'aereo fosse atterrato intatto, un comune U-Boot non avrebbe avuto l'attrezzatura necessaria per recuperarlo. E dunque, in caso sia di atterraggio in mare sia di espulsione in volo, il suo meraviglioso spazioplano sarebbe sprofondato, da solo e senza pilota, sul fondo dell'oceano Atlantico.

Ma quel piano risaliva a molto prima che Voorhees diventasse l'unico superstite in grado di pilotare il Silbervogel II. E, nel frattempo, lui ne aveva preparato un altro.

Avendo poco tempo per definire i dettagli, lo aveva reso il più semplice possibile: avrebbe sganciato le bombe di Kimura nell'Atlantico, dove non avrebbero fatto nessun danno, e quindi si sarebbe diretto in Virginia o a Washington, dove sperava di trovare una pista di fortuna o almeno una superficie abbastanza pianeggiante per tentare un atterraggio lungo.

Non sarà uno scherzo, pensò scuotendo la testa. *Ma preferisco slittare su una distesa di cemento che su acque agitate.*

Se avesse scaricato tutto il combustibile prima dell'atterraggio e fosse sopravvissuto all'atterraggio, allora forse - e solo forse - lo spazioplano si sarebbe potuto salvare, o almeno ricostruire partendo dalla carcassa. Di certo gli americani avrebbero visto in quel velivolo il mondo del futuro, e magari avrebbero anche trovato un modo migliore per impiegarlo.

Meno di cento chilometri più in basso, il giovane scienziato riusciva a distinguere strade e città nella tenue luce del tramonto, e un banco di nubi sospinto dai venti.

Una forte raffica di aria si concentrò intorno alla fusoliera dello spazioplano. Voorhees tornò a percepire il proprio peso e fu strappato alle sue fantasie. Effettuò un'altra variazione della rotta, e un istante dopo il Silbervogel II scese con tempismo perfetto nell'esosfera, come un ciottolo che rimbalza sulla superficie di uno stagno.

Molto al di sopra della costa del South Carolina, l'orizzonte tornò ad allontanarsi dal pilota, mentre il cielo sopra di lui si faceva sempre più nero a mano a mano che il velivolo riguadagnava altitudine. Stranamente, però, il bagliore all'esterno dell'abitacolo non si affievolì come avrebbe dovuto.

Sto bruciando più carburante del dovuto, pensò, inclinando il capo per avere una visuale migliore del lato sinistro della fusoliera. Quello che vide lo fece sprofondare nella disperazione.

Chiunque avesse scorto dalla Terra quella chiazza di luce sopra il North Carolina avrebbe pensato a una cometa sullo sfondo delle stelle mattutine: un'enorme voluta di vapore larga quasi cinquecento metri, con una coda di decine di chilometri che si allungava a sud-ovest.

Ma quell'apparizione sopra gli Stati Uniti non era una cometa, almeno non una normale.

Voorhees appoggiò la schiena al sedile e sospirò. «Uno dei proiettili ha perforato un serbatoio», disse, ripensando al vagabondo che aveva aperto il fuoco contro il Silbervogel al momento del decollo. *Probabilmente era solo un graffio, prima del «balzo» che ho appena compiuto.*

A quel punto, l'effetto «fiamma ossidrica» dovuto ai balzi dello spazioplano nell'atmosfera avrebbe trasformato in uno squarcio anche il più piccolo foro, e l'indesiderato bagliore all'esterno dell'abitacolo, causato dal carburante incendiato dalle radiazioni solari, sarebbe aumentato.

Voorhees guardò fuori dal finestrino, sperando che il

bagliore fosse cessato o almeno diminuito. Ma l'indicatore del serbatoio danneggiato continuava a scendere.

« Merda! » imprecò, calibrando la sua posizione mentre il confine nordorientale del North Carolina si alzava sul lato di sinistra. « Posso farcela fino a Washington. Ce la *farò.* »

Il secondo balzo, più debole di quello precedente, come previsto, gli diede una piccola speranza che il foro sulla fusoliera non sarebbe peggiorato.

Per fortuna, la forza di gravità era tornata del tutto, permettendogli di nuovo di muoversi liberamente. Il disorientamento provocato dall'ipergravità e dall'assenza di peso era stato interessante, ma niente affatto piacevole.

Voorhees controllò il cronometro e si preparò alla successiva correzione della rotta. Di lì a qualche minuto, se il serbatoio avesse retto ancora un po', sarebbe riuscito a modificare la rotta per l'ultima volta, dopodiché avrebbe sganciato le bombe sull'Atlantico, scaricato il carburante residuo e, infine, stabilito un sentiero di discesa verso Washington.

« Va bene, è ora di... »

Toc-toc-toc.

« Ma che...? »

Il suono, appena percettibile, era venuto da qualche parte alle sue spalle. Allungò il collo, ma era impossibile vedere la paratia.

Toc-toc-TOC.

È senza dubbio dentro l'abitacolo. Dev'essersi allentato qualcosa, si disse per tranquillizzarsi, anche se gli si era stretto lo stomaco.

Spuntò una rapida checklist mentale: a parte qualche tubo e canalina, dietro di lui non c'era molto altro. *Cosa potrebbe ess...*

TOC-TOC-TOC.

Veniva da sotto il sedile.

La stretta allo stomaco si trasformò in una morsa.

Si chinò in avanti, tendendo l'imbragatura di tela, ma riuscì a vedersi solo la punta degli stivali.

Per un istante, avvertì una strana vibrazione attraverso il telaio del sedile, accompagnata da un debole ticchettio. E poi il silenzio.

Kommen sie nicht herein.

Ma Voorhees sapeva che qualcosa *era* entrato. « Va bene », disse, cercando di calmarsi. Poi, all'improvviso, diede un violento calcio all'indietro e sentì il tallone colpire qualcosa di morbido.

Uno schiocco risuonò sotto il sedile e una massa di carne schizzò via.

Voorhees trasalì quando il clandestino si arrampicò sulla paratia posteriore e, poco dopo, si fermò.

Poi... il nulla.

Dopo che entrambi i missili furono decollati e che Sänger ebbe dato inizio alla fase finale della missione, il colonnello Gerhardt Wolff diede l'ordine di abbandonare la base.

Un minuto dopo, un giovane soldato dallo sguardo terrorizzato gli porse lo zaino che era stato incaricato di andare a prendere nel *Nostromo* e lo aiutò a indossarlo. Poi, prima che trovasse il coraggio di chiedere al colonnello dove andare o cosa fare, Wolff si addentrò nella nebbia e sparì.

Di lì a pochi minuti raggiunse una guida indigena al punto prestabilito, su uno stretto sentiero che si allontanava dal campo. L'uomo, quasi nudo e col corpo dipinto di rosso e nero, si voltò senza dire una parola e s'incamminò a passo svelto.

L'ufficiale non fece caso più di tanto al suo aspetto; gli interessava solo il fatto che era chiaramente pratico della via di fuga che stavano percorrendo. Mentre procedevano a zig-zag attraverso una foschia impenetrabile, le revolverate e le esplosioni sporadiche alle loro spalle cominciarono ad attenuarsi.

I Silbervogel sono decollati con successo, pensò Wolff, ansimando mentre cercava di stare al passo con l'uomo più giovane. *Forse...* forse... *anch'io riuscirò ad andarmene da questo posto.*

Alcuni minuti dopo, la guida si fermò di colpo davanti a una radura larga non più di cinque metri. Al centro, qualcuno aveva acceso e stava alimentando un piccolo fuoco.

« Allora? » disse Wolff, indicando la foresta dall'altra parte della radura. « Perché ci siamo fermati? »

Ma l'uomo pitturato non disse nulla e, prima che il nazista potesse protestare ancora, una decina di xavante si materializzò dalla nebbia.

Fu subito chiaro al colonnello che la guida conosceva quegli uomini, ciascuno dei quali aveva il corpo seminudo dipinto dei suoi stessi colori.

Wolff percepì una presenza anche alle sue spalle. *Non mi volterò,* si ripromise. Per un momento pensò di scappare nella foresta, ma qualcosa nello sguardo di quegli uomini gli fece cambiare idea. *Vogliono che fugga. Mi hanno persino lasciato lo spazio per...*

Quasi con delicatezza, qualcuno gli tolse lo zaino dalle spalle e gli sfilò la Luger dalla fondina. Un istante dopo, sentì qualcuno che frugava tra le sue cose.

Vorrebbero tanto che io fuggissi. Vorrebbero...

Clic. Clic.

L'ufficiale riconobbe immediatamente quel suono. « No! » disse, voltandosi mentre la guida estraeva lo Stradivari dalla custodia. Wolff sgranò gli occhi quando l'indigeno strappò l'involucro protettivo del violino con gesti maldestri e fece cadere le bustine di essiccante a terra. Poi fece qualcosa che lo inquietò ancora più del pessimo trattamento riservato al suo prezioso strumento.

Lo xavante alzò la testa e gli sorrise. C'era qualcosa in quel sorriso che Wolff riconobbe subito.

L'ho già visto... mentre lo provavo allo specchio, pensò, mentre l'uomo gli porgeva il violino come se gli stesse offrendo un dono. *È il mio sorriso.*

Senza riflettere, il colonnello mosse un passo verso lo strumento e immediatamente due uomini alle sue spalle gli afferrarono le braccia. Cercò comunque di divincolarsi. « L'umidità danneggia il violino! » strillò, girando la testa da una parte all'altra, come se volesse convincere i due indios a lasciarlo andare.

Ma gli xavante erano poco interessati a quello strano strumento musicale, o alle parole ancor più strane e fuori luogo del prigioniero. I loro occhi erano fissi su un membro della loro tribù, inginocchiato dall'altra parte del fuoco.

E così anche il colonnello Wolff si voltò a guardarlo.

Vide, attraverso le fiamme, l'uomo che svolgeva qualcosa che aveva preso da una sacca di pelle.

Vide gli xavante che si passavano pezzi di ossidiana.

Vide la sua ex guida gettare lo Stradivari nel fuoco.

Vide lo strumento bruciare.

28

OCCHI AL CIELO

«Le piante di lauro, nel nostro paese, si sono seccate,
meteore fanno tremare le stelle fisse nel cielo,
la pallida luna appare in terra rossa come il sangue,
e allampanati indovini mormorano di tragici mutamenti.»
William Shakespeare, *Riccardo II**

La base *Nostromo* era ridotta a un ammasso di detriti fumanti, con cadaveri e pezzi di cadaveri sparsi ovunque, a terra e tra gli alberi.

MacCready, Yanni e Thorne avanzavano tra le macerie con le armi in pugno.

«Lo senti, Mac?» chiese Thorne.

«Cosa?»

«Il silenzio. La festa è finita.»

Gli spari e le esplosioni erano cessati, ma ciononostante i tre si muovevano tra le rovine del campo con più prudenza di prima.

«Sì, può darsi», rispose MacCready. *Forse è davvero così. Gli uomini di Wolff si sono dati alla fuga. E perché no? Hanno portato a termine la loro missione.*

Il capitano fermò gli amici davanti ai resti fumanti di quello che era stato senza dubbio un laboratorio. Il tetto era sventrato e una delle pareti era crollata, cosa che offriva una chiara visuale dell'interno dell'edificio. Le tracce degli spaventosi esperimenti medici furono subito evidenti.

* Da *Riccardo II*, trad. it. di Nemi D'Agostino, Garzanti, Milano, 1995. (*N.d.T.*)

« Abbiamo fatto un bel casino lì dentro », sussurrò MacCready. « Ma in questo mucchio di merda possiamo ancora trovare qualcosa di utile. »

« Tipo? » gli chiese Bob.

« I pipistrelli che hanno catturato. »

« Per favore, Mac, ricordamelo un'altra volta... Che hanno di così importante quei mostriciattoli? »

« Una sola parola. Antidoto. »

« Giusto. »

A MacCready cadde l'occhio su un tavolo di acciaio inossidabile completo di cinghie di cuoio. « Yanni, perché non aspetti di fuori? »

« Non esiste », ribatté lei con un'occhiataccia.

« Ci resto io, fuori, a coprirvi le spalle », si offrì Thorne.

« Questa sì che è una proposta che non mi sarei mai aspettato da te! » sorrise l'amico, precedendo Yanni nel laboratorio. « Merda, niente gabbie », imprecò mentre rovistava fra l'attrezzatura medica sparpagliata a terra.

« Vieni qua, Mac. » La donna, inginocchiata accanto a una fila di banchi da laboratorio rovesciati, stava sfogliando un taccuino rilegato in pelle zeppo di disegni e frasi incomprensibili. « Lo sai, il giapponese? »

« No, ma lasciami dare un'occhiata. » Quando le prese il quadernetto dalle mani, alcune fotografie scivolarono a terra.

Yanni ne raccolse una. « Che roba è? »

« Non saprei. Sembra scattata dallo spazio », disse lui, esaminando la foto sfocata in bianco e nero prima di lasciarla cadere. Dopo aver scorso le prime cento pagine del taccuino di Kimura, MacCready sgranò gli occhi. « Guarda, Yanni, i tuoi amici. »

Le pagine erano piene di meravigliosi disegni di un *Desmodus draculae,* ritratto da angolazioni diverse che ne mettevano in risalto ogni caratteristica anatomica. Alcuni disegni fecero correre un brivido lungo la schiena a MacCready: l'artista si era concentrato in modo particolare su un paio di enormi ghiandole salivari. Ancor più inquietante, perché in un primo momento gli era sembrato fuori luogo, era l'ultimo disegno: una gardenia.

MacCready infilò il taccuino e le foto nello zaino. « Andiamo », disse a Yanni, prendendola per mano.

Si allontanarono dal laboratorio a passo svelto e di lì a poco s'imbatterono nel *Nostromo*, enorme e incongruente in quelle acque poco profonde. Il ponte e la sezione inferiore della torretta erano in parte celati dalla nebbia, ma il sottomarino sembrava abbandonato.

Forse – pensò MacCready – perché era decisamente inclinato sul fianco sinistro. « Tutti a bordo », disse, avvicinandosi alla passerella dell'I-400 danneggiato. « Yanni, credi che Bob sia d'accordo se vieni anche tu? »

La donna lanciò un'occhiata veloce al marito, poi scosse la testa. « Col cazzo. » Poi i tre cominciarono a salire sull'asse di legno inclinata.

A bordo del Silbervogel II, alle prese con l'ennesimo balzo nell'atmosfera, Maurice Voorhees emise un profondo sospiro. Il clandestino non aveva più dato segni di vita, ma persino l'incredibile sensazione di euforia provocata dal volo era mitigata dalla sconvolgente prospettiva che nell'abitacolo ci fosse *qualcosa* oltre a lui.

Forse è solo un topo, pensò, ma subito scosse la testa. « Chi vuoi prendere in giro, Maurice? »

Preso dal panico, provò di nuovo a girarsi su un fianco, ma non c'era modo di vedere il pavimento sotto la paratia posteriore. E così si lasciò andare contro lo schienale con un grugnito.

Hanno lasciato il tettuccio sollevato. Ecco com'è entrato... forse era spaventato... forse stava cercando un posto sicuro dove nascondersi.

Per un momento, quel pensiero lo fece sentire in colpa per quello che aveva fatto. Ma, per quanto sfortunato potesse essere stato quell'incontro per la creatura, Voorhees pregava che fosse morta o ferita troppo gravemente per rappresentare una minaccia. « Va bene, affrontiamo la prossima crisi. » Controllò di nuovo il cronometro e la traiettoria. *Non c'è tempo da perdere.* Posò istintivamente una mano guantata sulla cloche.

Poi, senza alcun suono o preavviso, qualcosa di aguzzo gli pizzicò l'indice della mano destra attraverso il guanto.

L'ingegnere la ritrasse di scatto. « Merda! » gridò, sfilandosi affannosamente il guanto di cuoio. Si fissò il dito. *Non fa male... Forse non ha bucato la pelle.*

E invece sull'indice mancava un pezzetto di carne di circa un centimetro. La ferita cominciò a sanguinargli davanti agli occhi, e nel giro di pochi secondi il sangue prese a galleggiare nell'abitacolo.

« No! No! » urlava Voorhees, provando inutilmente ad arrestare l'emorragia. S'infilò di nuovo il guanto, ma in un attimo quello si riempì di liquido viscido e caldo.

L'ingegnere cominciò ad andare in iperventilazione.

Qualche secondo dopo ci fu l'ennesimo balzo, e il Silbervogel disegnò un'altra parabola nello spazio.

Se avesse guardato, Voorhees avrebbe visto avvicinarsi la costa della Virginia, ma a sinistra invece che a destra. L'incontro col clandestino gli aveva scombussolato la tabella di marcia, e così aveva dimenticato di sganciare le bombe biologiche nell'Atlantico. E di correggere la rotta verso ovest. Il guanto, che nel frattempo si era ingrossato rapidamente, cominciò a sgonfiarsi mentre globuli di un rosso brillante - qualcuno grande come un pisello, altri così minuscoli da formare una nebbiolina scarlatta - sgorgavano dall'incisione sul cuoio. Nonostante l'orrore, quell'immagine gli ricordò la bacchetta di un mago, ma non era polvere magica quella che il suo dito stava spargendo nell'abitacolo.

«Gesù», disse, un istante prima di avvertire un improvviso e doloroso aumento di pressione allo stomaco. Quello fu seguito da un'altrettanto inaspettata sensazione di liberazione, e con la gravità i suoi pantaloni si riempirono improvvisamente di sangue. *Devo correggere la rotta,* pensò, ma era troppo tardi. Invece di controllare gli indicatori che aveva davanti, abbassò di nuovo lo sguardo. A terra, accanto ai suoi piedi, c'era il pipistrello ferito.

Il suo cervello da scienziato registrò un'ultima annotazione: *È molto più grosso di quello che ho spruzzato di carburante.*

Mentre fissava la creatura con un misto di fascino e terrore, quella lo guardò a sua volta. Aveva i denti scintillanti e rossi di sangue. Poi abbassò il capo e tornò a lappare la pozza che si stava formando sul pavimento.

Il Silbervogel II fece un altro balzo, e questa volta nell'abitacolo c'era tanto di quel sangue da oscurare completamente i finestrini.

Voorhees si sforzò di mantenere la concentrazione. *Ormai un atterraggio è fuori discussione.* Stava cominciando a perdere coscienza, ma poi ebbe un ultimo e improvviso momento di lucidità. *Le bombe. Le bombe.*

«LLLSSSLLL», chiamò, ma ormai quasi non riusciva più ad aprire le labbra. «*Lisl.*» E mentre si asciugava lacrime di sangue, si rese conto che stava perdendo anche il controllo delle mani. « Ce la farò! » urlò (o forse lo pensò soltanto).

Mentre l'accelerazione gravitazionale aumentava, Voorhees afferrò i controlli con difficoltà ed effettuò una brusca virata, spingendo il Silbervogel II nel vento ipersonico e surriscaldato.

Decine di chilometri più in basso, su una spiaggia, un ragazzino di dieci anni che si era svegliato presto per andare in cerca di piovanelli si fermò a guardare una cometa apparsa all'improvviso e che si era scissa in cinque schegge abbaglianti. Mentre volavano verso nord-est, in direzione dell'Atlantico, queste schegge - tizzoni provenienti dalla Bocca dell'Inferno - andarono in pezzi, lasciandosi dietro una scia di fumo e di scintille, e alla fine si estinsero in un bagliore sterilizzante.

Tre figure entrarono nel *Nostromo* da un portello a prua, non lontano dal punto in cui una bomba aveva aperto un buco nel ponte e nello scafo. L'I-400 era bloccato sul fondo del fiume, inclinato di dieci gradi sul fianco sinistro.

Ai piedi di una ripida scaletta di metallo, angusti corridoi si dipanavano da un piccolo cerchio di luce come zampe di ragno.

Yanni era riuscita a recuperare da qualche parte tre torce.

MacCready cercò di ricordare tutto quello che sapeva sulla disposizione dei ponti del *Demetra,* il sottomarino gemello del *Nostromo* che si era incagliato lungo il Rio Xingu. « Da questa parte », bisbigliò, indicando uno dei passaggi immersi nelle tenebre. *Credo.*

Appoggiandosi alle pareti per compensare l'innaturale inclinazione del pavimento, avanzarono lentamente sul ponte B fino a un altro portello aperto. MacCready infilò la torcia nell'apertura e, illuminando il ponte C, notò un terzo portello. *Ponte D? Merda. Ma quanti ponti ha quest'affare?*

Scosse la testa. « Penso che dobbiamo scendere. Vado io per primo. »

Nessuno si oppose.

Era a metà della seconda scaletta quando un forte rumore metallico e un'intensa vibrazione riempirono il passaggio, come se un gigante avesse deciso di scartavetrare lo scafo del *Nostromo*. Per dimostrare la sua gratitudine, il sottomarino s'inclinò di altri cinque gradi sul fianco sinistro.

Grande, va a finire che si ribalt...

Uno scossone improvviso gli fece perdere l'equilibrio a quattro gradini dalla fine della scaletta. Cadde di sedere a terra, e fu investito da un'onda di acqua e carburante provocata dallo spostamento del sottomarino. Seduto nel buio più totale, MacCready stava cercando a tentoni la torcia, che si era spenta, quando una luce lo illuminò dall'alto.

« Un modo di scendere le scale non proprio sicuro », sussurrò Thorne da dietro la sua torcia.

Dopo che gli altri furono scesi in maniera più prudente e sicuramente meno spettacolare, si ritrovarono tutti e tre in un corridoio che tagliava il ponte da prua a poppa, immersi in cinquanta centimetri di acqua invasa di detriti.

« Da che parte andiamo? » chiese Thorne, sforzandosi di nascondere il proprio nervosismo.

MacCready si strinse nelle spalle, poi s'incamminò nella stessa direzione che aveva seguito fino a quel momento.

«Posso chiederti una cosa, Mac?» bisbigliò Thorne, mentre procedevano in fila indiana in un corridoio claustrofobico delimitato da indicatori, tubi e una moltitudine di cavi.

«Sentiamo.»

«Cosa proponi di fare una volta trovati questi 'dracule'?»

«Bella domanda, Bob, ma la verità è che non lo so ancora.»

L'altro emise un sospiro profondo. «Questo piano mi suona molto familiare. Che ne dici se torniamo di sopra e ne discutiamo?»

«Davanti a una sigaretta, giusto?»

«Esatto. E con me ho anche qualche...»

MacCready gli fece cenno di fare silenzio.

Il corridoio era finito, e ora si trovava davanti a una porta socchiusa di qualche centimetro, con sopra il disegno di un teschio con le tibie incrociate e una scritta in tedesco.

«Immagino non ci sia scritto 'benvenuti'», disse Thorne.

«*Eintritt Verboten*», rispose MacCready. «Vuol dire: 'State alla larga'.»

«Ottimo consiglio. E poi cosa ti fa credere che i tuoi pipistrelli siano qui sotto?»

«Nel laboratorio di sopra non li abbiamo trovati. Dove altro potrebbero essere?»

«Nell'altopiano», intervenne Yanni.

«Ben detto, moglie!» disse Thorne con un certo orgoglio.

«Forse hai ragione», ribatté prontamente MacCready. «Vogliamo tornare laggiù a cercarli?»

Entrambi fecero di no con la testa.

« Quindi? » chiese lui con un sorriso.

« Proseguiamo. »

MacCready fece strada, infilando la torcia nella stretta apertura. Il fascio di luce rivelò un laboratorio che sembrava piuttosto spazioso per un sottomarino. Casse rovesciate e apparecchiature ribaltate gli coprivano gran parte della visuale, ma il tanfo di guano e urina era inconfondibile.

« Ci siamo », disse voltandosi.

Yanni annuì, e Thorne fece un passo indietro.

« Okay, andiamo », disse MacCready, aprendo di qualche altro centimetro la porta.

Mentre scavalcavano con prudenza l'alto bordo del boccaporto, MacCready notò che quello fungeva da diga, impedendo all'acqua nel corridoio di fluire nel laboratorio. *Almeno terremo i piedi all'asciutto.*

Due coni di luce esplorarono la stanza, poi uno dei due indugiò per qualche secondo su un tavolo di acciaio imbullonato al pavimento. Ai piedi del tavolo erano sparpagliati alcuni strumenti medici danneggiati. Entrambi i fasci di luce conversero poi su alcune gabbie metalliche agganciate alla parete in fondo. Ce n'erano cinque, ognuna abbastanza grossa da ospitare un cane di taglia media. Quattro gabbie erano aperte e vuote.

MacCready puntò la torcia sull'unica gabbia ancora chiusa e, quando fece un passo in avanti, scorse un movimento rapido al suo interno... una sagoma scura che si precipitò sul fondo. Fece un altro passo, e la torcia illuminò un po' meglio l'interno della gabbia. Ora riusciva a distinguere un corpo peloso, rannicchiato e tremante nell'angolo più lontano.

Gli parlò con voce sommessa: « Ehi, piccol... »

La creatura si scagliò contro le sbarre di metallo e,

quando MacCready indietreggiò istintivamente, la torcia illuminò una fila di denti scintillanti e un paio di occhi rossi e rabbiosi. Adesso l'animale correva avanti e indietro nella gabbia, lanciando strilli acuti e striduli che venivano amplificati dai confini angusti del laboratorio.

« Indietro, Yanni! » urlò Thorne.

Ma la moglie rimase ferma al suo posto. « Chiudi il becco, Bob », disse con calma.

« È una scimmia da laboratorio », lo tranquillizzò MacCready.

« Oh... credevo... »

« Mac, vieni a dare un'occhiata », disse Yanni dall'altra parte della stanza. Stava guardando qualcosa sul pavimento.

Mentre le andava incontro, MacCready vide che si trattava di un'altra scimmia. Chiaramente morta, era incollata a una densa pozza del proprio sangue. Si chinò accanto all'animale, puntandogli contro la torcia, e la sua mente tornò subito alla stalla di Chapada. « È morta da poco », sussurrò.

Thorne si avvicinò per dare un'occhiata. « Tipo quanto? »

« Poche ore... forse meno. »

« Ma questo vuol dire... »

MacCready lo zittì di nuovo alzando una mano. Poi si spostò verso una delle gabbie aperte, sul cui pavimento c'era uno spesso strato di una sostanza color ruggine. *Guano*, pensò. *Accumulatosi forse in una settimana.* « In questa gabbia c'era uno dei nostri pipistrelli », concluse.

« Ma è aperta dall'esterno, come le altre tre », gli fece notare Thorne. « Forse Wolff e i suoi uomini hanno deciso di portarseli dietro. »

« Sì, certo, come cuccioli al guinzaglio », suggerì Yanni in tono molto serio.

Thorne stava per controbattere, e MacCready si preparava a intervenire con un « bisticcio *interruptus* », quando *qualcosa* attirò la loro attenzione sull'angolo più buio del laboratorio. Ma, invece d'indirizzare il fascio di luce in quel punto, MacCready girò la torcia in modo da illuminarsi il volto. « Va tutto bene », disse piano.

Quando la testa del demone emerse lentamente dalle ombre, MacCready rimase incantato dal suo aspetto. *Porca puttana. È il...*

« Mac, che stai facendo? » bisbigliò Thorne.

MacCready non fece caso alla domanda dell'amico, determinato a tentare un esperimento cui stava pensando da qualche tempo. Cominciò a fischiare, sforzandosi di ricordare la semplice melodia che Yanni aveva rivolto alla foresta dietro la loro abitazione di Chapada.

Ma evidentemente sbagliò qualcosa, perché la creatura - che era grossa come un gatto - indietreggiò fino a sparire di nuovo nell'ombra.

Maledizione. Prima che potesse chiedersi dove avesse sbagliato, Yanni gli andò accanto. E così ci riprovò. Dopo diverse note, la donna si unì a lui, correggendo la sua melodia e fischiettando persino un'armonia.

Il canto dei draculae, pensò MacCready. Un istante dopo, due pipistrelli - entrambi molto più grossi del primo - strisciarono fuori dall'ombra. Un quarto esemplare, ancora più grosso, scese dalla parete cui erano appoggiate le gabbie, silenzioso come un ninja. Le quattro creature si acquattarono a terra, e lui notò che i loro muscoli erano tesi, *come molle pronte a scattare.*

Il pipistrello più piccolo era stato « sospinto » all'indietro da quello che sembrava un fratello maggiore, ma, invece di tornare nell'ombra, aveva zampettato tra i due esemplari più grossi, come se stesse cercando un modo per avanzare.

Quel pipistrello è molto diverso dagli altri, si disse MacCready, notando che il suo atteggiamento non aveva nulla della violenza a stento trattenuta dei suoi simili. *Non ha paura... è solo... curioso.*

Poi, mantenendo l'espressione perplessa sul suo muso da demone, il cucciolo di *draculae* piegò la testa ed emise una serie di stridii acuti, allo stesso tempo familiari e totalmente estranei.

Gesù... sta cercando di comunicare con noi.

Yanni ripeté la melodia; e nella mente di MacCready, in quel momento, non esisteva altro. La donna gli mise una mano sulle spalle e lo spinse da parte con delicatezza, per liberare il passaggio verso l'uscita.

Senza mai perdere di vista i vampiri, lui le sussurrò: « Yanni, perché... »

« Se vogliamo vivere, Mac, non c'è altra soluzione. »

MacCready annuì. Ormai non aveva più dubbi, Yanni *comunicava* con quelle creature.

Un istante dopo ci furono un frullio d'ali e un fruscio di pergamena, e il picchiettio degli artigli che si affievoliva lungo il corridoio in acciaio.

Rimase un solo pipistrello.

La madre si rannicchiò in una posizione di partenza, analizzando i tre umani col suo sonar interno.

VIA!

Poi, come gli altri *draculae,* sparì nel corridoio come uno spettro, lasciando dietro di sé un inconfondibile profumo di gardenie.

29

PROFILI DEL FUTURO

«Il valore di sopravvivenza dell'intelligenza umana
non è mai stato dimostrato, e di fatto potrebbe essere
più uno svantaggio che un vantaggio. Quando una specie
raggiunge un determinato grado d'intelligenza, ha un
vantaggio di sopravvivenza fino al momento in cui sviluppa
abbastanza potere da distruggere se stessa e qualunque cosa
all'intorno. E forse è sempre questo che accade. Nell'universo
potrebbero esserci numerosi pianeti sui quali non si è ancora
sviluppata un'intelligenza tecnologica, ma altrettanti che ospitano
i resti di civiltà altamente tecnologiche che non esistono più.»

Isaac Asimov, 1986

Base Nostromo,
17 febbraio 1944

Il mattino dopo MacCready e i suoi amici accolsero il maggiore Patrick Hendry, arrivato a bordo di un idrovolante assieme a un nutrito contingente dei corpi speciali. La monorotaia e gran parte delle strutture del campo – o meglio, ciò che ne restava – erano densi pennacchi di fumo nero che trapassavano la nebbia nella loro ascesa.

Mentre i suoi uomini si sparpagliavano nella base, il maggiore tirò fuori dallo zaino una bottiglia di Jack Daniel's e due bicchierini.

«Come hai fatto ad arrivare così presto?» gli chiese MacCready.

«Dal rapporto di un ricognitore aereo è risultato che metà Brasile sembrava in fiamme. Ho immaginato potesse essere opera tua.»

« Sì, be'... distruggere cose, ammazzare gente, appiccare incendi. È questo che facciamo oggigiorno noi scienziati, no? »

Hendry rispose con una risata amara. « Mac, non sai quanto hai ragione », disse riempiendo i due bicchierini. « A questo proposito, abbiamo appena sentito i nostri ragazzi su a nord. Ci sono stati numerosi avvistamenti di una meteora più luminosa del normale al largo della Virginia. Andava verso nord quand'è esplosa. »

« Lasciami indovinare: veniva dritta dal Brasile. »

« Che coincidenza, eh? Ufficiosamente, è stato classificato come un *foo fighter*, un 'oggetto volante non identificato'. »

« E ufficialmente? »

« Una meteora. »

« Vittime a terra ce ne sono state? Questa 'meteora' ha sganciato bombe durante il volo? »

« Niente di niente », rispose Hendry, notando l'apprensione dell'amico. « Secondo un testimone oculare, 'è semplicemente esplosa in un bouquet di scintille prima di sparire'. »

« Un bouquet, eh? E che mi dici del secondo missile? Un altro bouquet? »

« Al momento non ci sono notizie al riguardo. L'intelligence crede che anche questo sia andato distrutto sopra l'Atlantico. »

« La vedo improbabile. »

« Sì? Be', forse siamo stati fortunati. » Hendry sollevò il suo bicchiere.

MacCready esitò, poi lo sfiorò col suo. « *Questa* volta. Ma, a giudicare dal taccuino del giapponese e dal tipo di attrezzatura che si sono lasciati dietro, è chiaro che quei tizi hanno scoperto come ricavare un'arma biologica dagli agenti patogeni nella saliva dei *draculae.* »

« Ha senso. E tu lo sai come la penso sugli animali feriti, no? »

MacCready liquidò la frecciatina con un gesto. « La cosa più intelligente che ti abbia mai sentito dire. »

Fu allora che Thorne si avvicinò ai due uomini.

« Ah, il celeberrimo botanico, presumo », disse Hendry. « Le va di brindare con noi a un lavoro ben fatto? »

Thorne rivolse a MacCready la sua migliore espressione *chi-cazzo-è-questo,* prima di rispondere all'ufficiale: « Scusa, amico, ma, l'ultima volta che ho visto quei missili, stavano sfrecciando sulla rotaia ».

« Uno dei due è esploso al largo della Virginia », gli spiegò il maggiore con calma. « E questa è un'informazione riservata, Mr Thorne. »

« E il secondo? »

« È dato per disperso. »

« Sì, be', io aspetterei a festeggiare, grazie. Mac, hai visto Yanni? »

Prima che lui potesse guardarsi intorno, la donna emerse dalla nebbia come un fantasma.

« Ehi, Yanni! » la chiamò Mac. « Voglio presentarti un nuovo am... » Qualcosa nella sua espressione gli fece morire le parole in gola.

« Venite », fu tutto quello che disse. Poi si voltò e s'immerse di nuovo nella nebbia.

MacCready e Thorne si scambiarono uno sguardo perplesso prima di seguirla.

La donna fece strada attraverso una cortina di nebbia e fumo fino a una radura nella giungla, dove i resti di un piccolo fuoco da campo stavano ancora bruciando.

MacCready notò subito che al centro della radura c'erano due cadaveri, uno legato a un palo di legno conficcato a terra e l'altro steso ai suoi piedi. *C'è qualcosa che non mi torna,* pensò avvicinandosi lentamente.

« Ma che...? » Thorne s'immobilizzò.

Entrambi i « cadaveri » erano del colonnello Wolff. Un centimetro alla volta, gli xavante gli avevano fatto quello che il nazista aveva minacciato di far fare a lui.

In qualche modo gli avevano rimosso la pelle tutta intera. MacCready stimava che dovevano averci messo delle ore a finire il lavoro. Era inoltre abbastanza sicuro che Wolff fosse sopravvissuto sino alla fine dell'opera, e poi fosse stato abbandonato a morire.

Una curiosità morbosa lo spinse a fare un altro passo in avanti, facendo sollevare un nugolo di mosche che ronzarono infuriate per essere state disturbate mentre mangiavano e deponevano le uova nell'uomo impalato e nel suo « gemello ». A quanto pareva, il colonnello era morto fissando il mucchio di pelle insanguinato ai suoi piedi, che nel frattempo era stato preso d'assalto dalle formiche.

Quasi senza respirare, MacCready cominciò a esaminare il cadavere. Gli mise una mano sotto il mento per sollevargli la testa. *I muscoli sono ancora piuttosto caldi.* « Sei ore », stabilì, dopo aver guardato l'orologio.

« Sei ore *cosa*? » chiese Thorne con la voce smorzata dallo shock. « Non capisco. »

« Un uomo scuoiato ci mette almeno sei ore a morire. »

Proprio in quel momento, Wolff lo guardò con gli occhi privi di palpebre e gli sputò addosso.

« Gesù Cristo! » esclamò Thorne.

Incredibilmente, il colonnello cominciò a ridacchiare, e MacCready indietreggiò, quasi inciampando nell'« *altro* cadavere » a terra.

« *Geeeesùùùù?* Dov'è *Geeeeesùùù?* » disse con una voce che veniva dall'oltretomba, mentre fissava MacCready con le cornee rinsecchite e morsicate dagli insetti. « *Tuuuu...* ssssapevo che non eri *mooortooo.* »

MacCready non aveva la risposta pronta, cosa abbastanza insolita per lui.

Wolff se ne accorse e tentò quello che avrebbe potuto essere un sorriso: diversi muscoli facciali simili a corde si spostarono verso l'alto, ma il gesto non si completò a causa della mancanza delle labbra. Un momento dopo, i muscoli si rilassarono e il nazista si concentrò su quelle che sapeva sarebbero state le sue ultime parole: « I Sssssilbervogeeeel... ssssono ssstato io... la bombaaa di Kiiiiimura... *sssei ssstato tuuu* ».

Subito dopo, la testa del nazista si accasciò in avanti.

Thorne si avvicinò cautamente, temendo quasi che l'uomo si rianimasse una seconda volta. Era anche innervosito per la strana espressione sul volto di MacCready. « Che avrà voluto dire, Mac? »

« Non ne sono sicuro, Bob », mentì, sapendo che Wolff aveva ragione. Era stato davvero lui. Ripensando a tutti i bivi che si era trovato di fronte, ogni decisione che aveva preso gli era sembrata quella giusta. Eppure, alla fine, aveva consegnato ai suoi nemici le armi biologiche che agognavano. *Come si sarebbero evoluti gli eventi se fossi morto quando l'ibis scarlatto ha colpito il mio Cessna? Quanto sarebbero andate meglio le cose?* « Non ne sono sicuro », ripeté, non sapendo a quale domanda avesse risposto.

« Mac, da' un'occhiata a questo », gli disse Yanni porgendogli un taccuino che aveva preso tra le cose di Wolff ammucchiate sul terreno.

Le note di laboratorio del colonnello erano scritte in tedesco. A catturare immediatamente l'attenzione di Mac-

Cready furono i suoi disegni dell'altopiano: l'entrata della caverna, il passaggio che conduceva alla tana dei vampiri e la tana stessa.

Ma fu il disegno dell'anticamera che gli fece sgranare gli occhi: sul pavimento c'erano quattro scatolette quadrate, ognuna collegata a un filo lungo diversi metri. *Hanno riempito la caverna di trappole esplosive,* pensò, prima di scorrere gli altri disegni sulle pagine successive. Uno di quelli mostrava altre scatolette in cima all'altopiano. *E queste a cosa servono?* si chiese, notando che erano infilate in quelle che sembravano fenditure nel terreno. MacCready ricordò d'un tratto la raffica d'aria che aveva quasi spento la sua lanterna. *Una raffica che poteva essere venuta solo da una di queste fessure.* « Dio... faranno saltare in aria la caverna. »

« Non se ne parla », sbraitò il maggiore Hendry, liquidando la richiesta di MacCready con un gesto.

I due uomini si trovavano davanti alle rovine del laboratorio di Wolff e Kimura.

« Ma, Pat... »

« È un ordine, Mac. Raggiungerai Cuiabá col primo convoglio. Hai bisogno di riposare. »

« Pat, non capisci. *Devo* tornare lassù. »

« No, sei *tu* che non capisci. Se qualcuno di questi stronzi è sopravvissuto ed è tornato in quella caverna... che esploda pure. Ma *tu* in quel posto non ci vai da solo. »

« E l'antidoto? » protestò MacCready. « E se i nazisti stessero cercando di catturare un altro esemplare? »

« Basta stronzate, Mac. So leggere il tedesco proprio come te. Il piano di Wolff consisteva nel lanciare quei missili e accertarsi che nessuno, dall'altra parte dell'Atlantico, potesse mai avere accesso a quei microbi.»

MacCready sapeva che il suo amico aveva perfettamente ragione, ma lui doveva tornare in quella caverna.

Aveva una gran confusione in testa. Sembrava che le voci della madre e della sorellina avessero già deciso per lui. L'ultima volta non era stato presente per impedire la morte di una madre e di una figlia innocenti. Non aveva avuto la possibilità di fare qualcosa. Questa volta, invece, avrebbe fatto senza esitare tutto ciò che poteva per impedire la morte di altri innocenti. Nella sua mente, Amelia, Brigitte e i *draculae* erano sempre più intrecciati tra loro.

E perché voglio tornare lassù?

Gli anziani che anni prima avevano esiliato Yanni nella foresta avrebbero potuto rispondergli: «Una volta che hai permesso ai Chupacabra di entrare nella tua testa, non sei più lo stesso».

Nei pressi di uno dei motori ausiliari superstiti c'era del movimento. Poco lontano, un gruppo di uomini dei corpi speciali era salito su ciò che rimaneva della monorotaia e stava effettuando delle misurazioni.

«Sembrano formiche», disse Bob alla moglie. Nella sua mente di scienziato ormai non c'era più nessun dubbio che fosse cominciata una nuova era. «Sto vedendo il mondo che verrà, Yanni. E vedo solo guai.»

«A proposito di guai, arriva Mac», disse lei, indicando l'uomo che si stava avvicinando a passo svelto.

«Da uno a dieci, quanto è probabile che voglia cacciarmi in un altro casino?»

«Tredici?»

Dopo aver ascoltato il piano dell'amico, Thorne si rese conto che Yanni si era tenuta bassa. « Vuoi tornare *là*? Be', questa volta ti sei superato. Ma non verremo con te. Anzi, quasi quasi vado a spifferare ogni cosa a Hendry, così t'impedirà di andarci. »

« No, Bob, non dirai *niente* a Hendry », intervenne Yanni. « E non andrai con Mac. Ci andrò io. »

Fu come se Thorne avesse ricevuto un pugno allo stomaco. « Ma... »

« Io e Mac apparteniamo ai Chupacabra. E li salveremo. »

« Cos'è questa storia? » disse Thorne, innervosito. « Chi è che apparterrebbe ai Chupacabra? »

MacCready, che era sbalordito tanto quanto l'amico, rimase momentaneamente senza parole. Per quanto il commento della donna sembrasse insensato (tanto quanto gli spazioplani e i pipistrelli vampiri senzienti), sapeva che aveva ragione.

« Allora vengo anch'io », annunciò Thorne. « È deciso. »

« Perfetto. Hendry mi ha ordinato di non andare lassù *da solo.* »

L'amico si fece una risata. « Così sembra che stai solo eseguendo gli ordini. »

MacCready sapeva che gli uomini di Wolff avevano un'intera giornata di vantaggio su di loro. E così, per guadagnare qualche ora, decise di prendere il sentiero che aveva seguito dopo essere fuggito dalla tana dei vampiri.

La prima cosa che scoprì quando salirono sull'altopiano boscoso fu che non si era sbagliato sull'origine dei venti che soffiavano nelle caverne sottostanti. *È come se l'altopiano stesso respirasse.*

S'imbatté nella prima fenditura per caso. Una raffica discendente gli strappò quasi la cartina dalle mani ancor prima che lui vedesse il profondo squarcio nel terreno. Gli alberi di fico che lo delimitavano erano stati deformati dalle correnti discendenti; i tronchi si sporgevano sul crepaccio, mentre le radici artigliavano il terreno nella direzione opposta per impedire alle folate di sradicare la pianta.

La seconda cosa che MacCready scoprì fu che Wolff aveva fatto le cose per bene: tutta quella zona era disseminata di fenditure verticali. La cartina lo condusse a un secondo crepaccio, dove qualcuno aveva piazzato un ordigno. « Merda, lo sapevo. È una carica *cava.* »

« Cioè? » chiese Thorne.

« Al momento dello scoppio, tutta l'energia esplosiva viene incanalata in un'unica direzione. Questo fa sì che anche una piccola carica possa causare grossi danni. »

« E in quale direzione è puntato quest'affare? »

MacCready s'indicò i piedi. « Ci troviamo sopra un diamante. »

« Un cosa? »

« Adesso non ho tempo di spiegarti. Ho bisogno che tu e Yanni andiate a cercare altri dispositivi come questo. » Gli porse la sua riproduzione della disposizione delle cariche e indicò la foresta sul lato opposto della fenditura. « Se ne trovate qualcuna, *non* toccatela. Venite a dirmelo. »

« Tranquillo, Mac. Non lo so mica come si disinnesca una bomba. »

« E tenete gli occhi aperti. Chiunque abbia piazzato questi ordigni, potrebbe essere ancora nei paraggi. »

Thorne rispose con un cenno riluttante del capo; Yanni

rinfoderò la pistola e imbracciò la cerbottana. « Sstt », sussurrò.

Venti minuti dopo, MacCready sgusciò agilmente fuori dal crepaccio e posò a terra la bomba smontata. Era riuscito a disinnescarla, ma sapeva di averci messo troppo tempo.

Stava pensando a tutti gli ordigni ancora da trovare e disinnescare – troppi, forse, per il tempo a sua disposizione –, quando Yanni lo chiamò.

« Guarda chi ho trovato. »

Davanti a lei c'era un uomo biondo sui quarant'anni, con le mani sollevate sopra la testa. « Il mio nome è Eugen Sänger. » Parlava con un forte accento tedesco. « E, in base agli accordi della convenzione di Ginevra, richiedo ufficialmente che lei mi protegga da questa selvaggia. »

« Dove sono le altre bombe, bastardo? » chiese MacCready, ignorandolo.

« Mi sono perso. Per caso ha visto le mie guide? »

MacCready trasalì; quell'ultima frase gli aveva fatto ripensare al caporale Kessler, che lo aveva inseguito nella palude. « Ma come vi vengono queste stronzate? »

Yanni premette la punta della cerbottana sulla nuca del tedesco e l'uomo mosse qualche passo incerto in avanti.

« Stammi bene a sentire, Fritz », disse MacCready, « se non cominci a parlare, farai un bel volo da questa cazzo di montagna. »

« Il mio nome è Eugen Sänger e in base agli accordi del... »

MacCready gli sferrò un destro talmente violento che

gli spaccò la mascella e si ruppe un osso della sua stessa mano.

Sänger crollò sulle ginocchia, ma poi alzò la testa e lo guardò con una smorfia insanguinata che si trasformò in un sorriso.

MacCready sentì uno sfarfallio alla bocca dello stomaco. Qualcosa nell'espressione di quell'uomo gli fece capire una cosa: che *era troppo tardi.* « Yanni, dov'è Bob? » Impallidì quando la donna gli indicò la foresta dall'altra parte della fenditura.

Le esplosioni sembrarono una successione di botti ovattati abbastanza insignificanti, se paragonate al loro effetto. Sì, Wolff e Sänger avevano fatto le cose per bene; sapevano esattamente dove andavano piazzati gli ordigni per disintegrare il diamante.

« Bob! »

MacCready e Yanni cominciarono a correre lungo una serie di fenditure che si allargavano sempre di più. Sembrava che si stessero aprendo nuovi crepacci a ogni secondo che passava e in ogni direzione... a eccezione di una.

« Yanni! » Era chiaramente la voce di Bob.

La donna cambiò direzione, dirigendosi verso il suolo che si stava sgretolando. « Bob! » urlò, lanciandosi verso il marito.

Ma MacCready l'afferrò per un polso e la strattonò all'indietro con tale forza che per un istante temette di averle slogato una spalla.

Come per magia i boati cessarono e proprio lì, davanti a loro, apparve Bob Thorne. Aveva una strana espressione sul volto.

« Ehi, Yanni. Mac. »

MacCready guardò al di là del baratro di sei metri che

lo separava dall'amico, e quello che vide gli spezzò il cuore. « Ehi, Bob. » *Mi occuperò io di Yanni,* avrebbe voluto dirgli.

« So che lo farai », disse l'amico.

E poi una sezione di altopiano alta trecento metri si staccò con un tremolio e scivolò a valle come una nave al momento del varo. Una nave che affondò lentamente nel fumo e nella polvere della Bocca dell'Inferno, portando Bob Thorne con sé.

EPILOGO

Base Nostromo,
aprile 1946

Erano passati solo due anni, ma la foresta stava già inglobando i resti della base *Nostromo*. I rampicanti si aggrappavano ai supporti della monorotaia e cespugli alti anche un metro e mezzo crescevano sul binario soprelevato. L'antica strada pavimentata su cui era stata fissata la rampa di lancio sarebbe invece sopravvissuta per molto tempo alla scomparsa della struttura.

Nei decenni successivi le strade precolombiane e le vestigia di un'intera civiltà, nascoste tra la base *Nostromo* e l'altopiano del Mato Grosso, sarebbero diventate siti archeologici e poi attrazioni turistiche. I canali d'irrigazione - risalenti a più di mille anni prima - sarebbero stati dissotterrati e rimessi in funzione per sostenere gli allevamenti di bestiame sempre più vasti. Qua e là, l'indiscriminato abbattimento degli alberi e alcune sconsiderate pratiche agricole avrebbero gradualmente trasformato in un'arida savana le regioni boscose che MacCready aveva attraversato.

Dal giorno della distruzione della base *Nostromo*, il sottomarino era stato tagliato a pezzi, trasportato fuori dal Brasile e rivenduto come ferraglia. Il Rio Xingu, invece, era andato via via prosciugandosi: nel giro di un paio di decenni sarebbe diventato poco più di un ruscello, e la nebbia perenne che lo aveva ammantato per millenni si sarebbe dissipata.

Anche se l'assenza della nebbia aveva reso più facile trasportare dalla città la sua pesante attrezzatura da saldatore, Hector Uieda odiava stare da solo in quel posto. Aveva rimosso tutte le lamiere dai laboratori e dagli altri capannoni, lasciando solo le strutture portanti ricoperte di rampicanti. Ma non erano quelle forme scheletriche a dargli i brividi, bensì i suoni che producevano. Di solito, il fruscio delle foglie mosse dalla brezza aveva su di lui un effetto rilassante, ma non in quel posto, e non in quel momento. Sotto *quel* fruscio sentiva – o meglio, percepiva – un suono più basso e inquietante. Aveva già provato una simile sensazione strana in passato, ma quella sera sembrava più intensa che mai.

A ogni modo, Uieda doveva ammettere che il caldo e l'umidità non erano asfissianti come al solito. *Si sta quasi bene,* pensò.

Brooklyn, New York

MacCready e il maggiore Hendry erano riusciti ad accelerare le pratiche d'immigrazione in America della vedova di un eroe di guerra, soprattutto perché lei stessa era un'eroina di guerra, anche se decorata in gran segreto. Tutte le informazioni relative all'« incidente Silbervogel » erano state secretate e sarebbe trascorso quasi un secolo prima che divenissero di dominio pubblico.

All'inizio, Yanni Thorne aveva temuto che la giungla

di cemento di Flatbush Avenue potesse dimostrarsi – come aveva detto scherzando a MacCready – « più ostile di quella in cui sono cresciuta sotto l'altopiano ».

Come sempre, la donna si era adattata in fretta. Hendry le aveva trovato una sistemazione nei pressi del Brooklyn Navy Yard, all'ultimo piano di un ex magazzino industriale. Durante la guerra, l'edificio era stato utilizzato come deposito per i pezzi di ricambio della Grumman, un'importante industria aeronautica statunitense. Prima che Yanni arrivasse a New York, le due sorelle di Hendry lo avevano convinto che la loro idea di acquistare il magazzino (ora vuoto e inutilizzato) a un prezzo scontato durante un'asta governativa, per poi ricavarci spaziosi appartamenti con vista sul fiume, « potesse essere abbastanza folle da risultare sensata ».

Yanni era stata la prima inquilina, seguita da diversi artisti bohémien della zona, che ammiravano l'abilità con cui la donna stava trasformando la sua caverna in vetro e cemento in un'opera d'arte vivente.

Siccome sentiva la mancanza di Bob e della loro casetta al limitare della foresta, Yanni aveva portato la foresta nella sua abitazione. Aiutata da MacCready, aveva battuto ogni negozio di fiori e vivaio da Brooklyn all'Upper Manhattan in cerca di piante familiari. I suoi tropici brasiliani al coperto prosperavano grazie agli ampi lucernari e ai finestroni che andavano da metà parete fino al soffitto. L'arredamento era stravagante per gli standard dell'epoca: un enorme scrittoio di fine Ottocento, un'amaca e un piccolo soggiorno, il tutto circondato da sempreverdi e piante da fiore tropicali. Vicino a quello che chiamava il « muro vivente » (un tappeto verticale di rampicanti rigogliosi e bromelie), Yanni aveva riprodotto una copia quasi esatta della sua cucina a Chapada.

MacCready andava a trovarla spesso, per accertarsi che andasse tutto bene e per controllare i suoi vicini, con una preoccupazione che Bob avrebbe trovato divertente. Le aveva anche regalato un frigorifero per inaugurare la sua nuova casa. Yanni non lo aveva mai neanche collegato alla rete elettrica. Non si era ancora abituata all'idea del cibo surgelato o precotto, e preferiva fare ogni giorno la spesa nei mercatini locali. Quanto al frigorifero, aveva rimosso la porta e usato i ripiani interni per le piante amanti dell'ombra.

Una tersa mattina di primavera, mentre camminava in direzione del ponte di Manhattan, Yanni notò sulle prime pagine dei quotidiani quelle che venivano pubblicizzate come le « prime » fotografie della Terra dallo spazio, scattate dai razzi suborbitali di Werner von Braun, potenziati di recente.

Le seconde, semmai, pensò lei, ricordando le foto sfocate che avevano rinvenuto tra le macerie del laboratorio della base *Nostromo. Allora non sembravano così importanti. Ma, se ci ha messo mano quello schifoso di Sänger, sarà meglio che me lo tengano lontano.*

Ogni mattina, anche se pioveva o nevicava, Yanni attraversava il ponte di Manhattan per andare al lavoro, indossando con orgoglio il suo berretto dei Brooklyn Dodgers. Sarebbe potuta andare in treno, mettendoci una manciata di minuti, ma le piaceva quella lunga passeggiata sul ponte, perché adorava il fiume. A prescindere dalla condizione del tempo, il fiume era sempre meraviglioso, il fiume era pace.

Upper West Side, New York

« Chi diavolo ha progettato questa trappola? » si chiese MacCready.

Aveva sempre problemi a chiudere la vetrinetta dei campioni all'American Museum of Natural History. Il problema era che le ante scorrevano su due binari situati al di sopra della sua testa, e si chiudevano solo se due mollette metalliche sul telaio della vetrinetta erano allineate con due scanalature corrispondenti (almeno in teoria) sulle ante.

« Posso aiutarti, Mac? » disse una voce alle sue spalle. Era Patricia, l'artista del dipartimento di zoologia dei vertebrati.

« Oh, ciao, Patricia », la salutò lui, spostandosi. « Credo che le mollette si siano piegate... La porta non si chiuderà mai. »

« Lasciami provare. » Patricia, una donna minuta dai capelli castani, collaborava a vario titolo col museo dai tempi del liceo e, come sempre, era presente ogni volta che MacCready aveva bisogno di una mano. Nel giro di pochi secondi fece scorrere le ante della porta al loro posto e le chiuse. « Cavalli preistorici? Questa mi giunge nuova. Di che ti stai occupando? »

« Oh, niente, solo qualcosa cui non riesco a fare a meno di pensare », sorrise MacCready. Poi diede un'occhiata all'orologio. *La band... Maledizione, sono in ritardo.*

I due uscirono assieme dalla sala dei campioni e, dopo un « grazie » e un « ci vediamo dopo », MacCready si affrettò verso gli ascensori del quinto piano. Arrivato al pianterreno, attraversò a passo svelto Central Park e finalmente raggiunse lo zoo. Un gruppo jazz stava già suonando: l'« esperimento » era in corso.

MacCready saltò la fila alla biglietteria e andò dritto alla guardia di sicurezza dall'aria annoiata subito dopo i tornelli d'ingresso. « Ciao, Carl. »

« Come butta, Mac? » rispose la guardia, salutandolo con un gesto. « È bello rivederti ogni tanto. Oh, e Yanni è davvero un tesoro. »

« Sì, è vero. Non è male stare nella City. » Indicò la direzione da cui proveniva la musica. « A quanto pare hanno cominciato senza di me. Devo correre. »

« Non t'invidio per niente », disse Carl, ma l'altro stava già correndo, accompagnato dalle note incongruenti di un foxtrot jazz.

MacCready trovò una folla di visitatori davanti alla casa degli elefanti. Al suo interno c'erano due pachidermi, legati con catene corte e robuste a pioli cementati nel terreno. Un idiota vestito in completo formale stava suonando una tromba nella proboscide di un esemplare, tenendosi il più possibile lontano dalle sue massicce zampe. L'animale sembrava gradire quel trattamento, e accarezzava delicatamente lo strumento mentre oscillava a tempo con la musica.

Il capocustode degli elefanti, che sembrava molto meno rilassato, si trovava nelle vicinanze, pronto a intervenire al minimo segnale di pericolo. Indossava una lunga giacca blu e un cappello da poliziotto; uno sfollagente con un orribile uncino metallico in punta completava la sua tenuta antisommossa.

Alle spalle del trombettista, un secondo musicista percuoteva un tamburo militare verticale, e un terzo suonava un sassofono. A una certa distanza, alcuni uomini in camice da laboratorio prendevano appunti. MacCready ne riconobbe uno, il professor Arthur Carrington dell'Atlantic Tech. A una seconda occhiata, si accorse che il luminare stava posando per i fotografi venuti a documentare quella baracconata.

In disparte, Yanni accarezzava un orecchio al secondo elefante, che sembrava una montagna di rughe al confronto con l'esemplare più giovane e agile cui il complessino stava dedicando la serenata. Ciononostante, l'enorme, stanca creatura seguiva con aria quasi divertita quello spettacolo bizzarro. Yanni, al contrario, sembrava condividere la crescente sensazione di disgusto di MacCready.

Non appena il pezzo finì uno degli scienziati si rivolse alla folla, che si stava già disperdendo. «Signore e signori, ciò cui avete assistito oggi era un esperimento scientifico per determinare gli effetti della musica sulle bestie della giungla.»

«La chiami musica, quella?» scherzò qualcuno, scatenando l'ilarità generale.

L'uomo in camice, che *non* stava ridendo, si schiarì la gola e spiegò che la reazione di quei bruti dimostrava che erano in grado di ricordare i tempi in cui seguivano la banda di un circo per le strade della città.

«Esperimento scientifico un corno», mormorò MacCready, voltandosi. «È una trovata pubblicitaria bella e buona.»

Spostandosi lungo la recinzione, vide Yanni e un altro custode condurre i loro giganteschi protetti all'interno della stalla coperta. Guardò l'orologio, felice che di lì a poco la donna avrebbe staccato.

La jazz band era andata via, e MacCready e Yanni erano seduti su una panchina nel parco.

Lei indossava un paio di ampi pantaloni stretti in vita

e una camicetta di cotone, e portava i lunghi capelli castani raccolti in una coda di cavallo. «Se credi che quello sia stato uno spettacolo dell'orrore, ringrazia il cielo che ti sei perso il concerto nella casa delle scimmie.»

Lui lanciò una nocciolina verso uno scoiattolo grigio, che sembrava interessato alla loro conversazione. «Dunque la musica *non* placa le bestie feroci?»

«Le scimmie hanno lanciato merda sui musicisti. Li hanno bersagliati.»

«Be', questa sì che è una svolta», disse lui ridendo. «M'immagino già i titoli: 'La scienza scopre una nuova specie di critico musicale'.»

«Da premio Nobel, poco ma sicuro.»

MacCready scosse la testa. «Però il tuo elefante sembrava gradire, anche se il professor Blaterone aveva un'idea tutta sua della motivazione.»

Yanni agitò una mano, come se stesse scacciando una mosca. «Quell'imbecille? Gli elefanti non sono bruti, Mac. Sono intelligenti, proprio come me e te. Solo in modo... diverso.»

MacCready avvertì un nodo alla gola e all'improvviso si sentì a disagio. «Allora, Brooklyn ti piace sempre, sì?» disse tutto d'un fiato. «L'appartamento e tutto il resto?»

«Come?» disse lei, spiazzata dal repentino cambio di argomento. «Oh, sì, Mac. Certo, lo adoro.»

In quel momento, MacCready seppe che la donna aveva capito con precisione quali pensieri gli erano passati per la testa. «Mi fa... piacere», disse goffamente.

«A proposito di casa, è ora che vada.» Yanni si alzò. «Tu torni al lavoro, immagino.»

Lui esitò un poco, poi disse: «Sì. Voglio dare un'occhiata a quei campioni di *Mesohippus* prima di andarmene».

« Se vuoi ti accompagno al museo. Posso prendere la B in centro. »

« No, grazie », rispose lui con un vago sorriso.

Yanni era riuscita di nuovo a stupirlo con la sua capacità di adattamento; quella volta, a lasciarlo senza parole era stato il modo in cui una donna proveniente dalla foresta pluviale brasiliana avesse imparato subito a usare l'intricata metropolitana di New York.

Dopo averlo baciato su una guancia, Yanni si avviò verso la 5th Avenue.

Lui la seguì con lo sguardo per un po', poi fece un lungo sospiro e s'incamminò verso il Westside e i fossili di cavalli « estinti » che sperava stessero ancora scorrazzando nel Brasile centrale. *Ho una spedizione da progettare.*

Patrick Hendry era ormai un frequentatore abituale dell'ufficio di MacCready al museo. Dopo la guerra, entrambi erano stati trasferiti a Fort Hamilton, cosa che permetteva al secondo di stare vicino a Yanni e di tenere d'occhio gli artistoidi che vivevano nello stabile.

Il maggiore maneggiava i reperti del museo con troppa disinvoltura, cosa che lo aveva messo « in una luce non proprio positiva » - come avrebbe detto Bob - agli occhi dei curatori. In quel momento stava fissando una serie di fossili di cavalli primitivi che l'amico aveva disposto su un banco di lavoro.

« Reggi qua », gli disse MacCready, mettendogli in mano una palla di cannone risalente alla guerra civile. « Questa di certo non la puoi rompere. »

« Cos'è, non ti fidi del sottoscritto? » chiese il maggiore, fingendosi scandalizzato. « Non dirmi che ce l'hai ancora con me per quel triceratopo. »

«Vuoi dire *bi*-ceratopo?»

«Sì, be'... Gli incidenti capitano», rispose l'altro con un sorriso imbarazzato.

MacCready capì da quel sorriso che non era la solita visita di cortesia del suo maldestro amico.

«Dunque, Mac...» cominciò l'ufficiale, ma proprio allora il telefono cominciò a squillare.

«Scusami, Pat», disse MacCready, sollevando la cornetta. «Oh, ciao, Yanni. Dimmi tutto.» Mentre era al telefono, notò con una certa preoccupazione che Hendry aveva posato la palla di cannone e si stava avvicinando ai fossili. «Come? Vuoi che io ti procuri... cosa? Aspetta un secondo. Non toccare niente, maggiore!»

Hendry prese un teschio delle dimensioni di un pompelmo.

«No, Yanni, non ti ho chiamato 'maggiore'. È appena arrivato il maggiore Catastrofe. Sì, Hendry.» MacCready indicò freneticamente il piano di lavoro, rivolgendo all'amico il gesto universale per dire: *Mettilo. Giù.* «Cos'è che hai comprato? Ah! Avevo capito bene, allora. Certo. Sicuro. Ci vediamo presto, Yanni.» Riagganciò e si voltò verso il maggiore con espressione incredula.

«Che succede? Sono finite le banane alla casa delle scimmie?»

«No. Yanni ha comprato un sax baritono.»

Hendry scoppiò a ridere. «Per farci cosa?»

«Ieri allo zoo c'era un complessino di musica jazz. Immagino che il sassofonista abbia fatto colpo su di lei più di quanto avessi pensato.»

«Lo sai come sono questi musicisti, Mac. Devi fare attenzione.»

«Non c'è bisogno che me lo ricordi.» Poi, indicando

il teschio che aveva in mano: « Vuoi metterlo giù, per favore? »

« È della bella puledra che hai incontrato in Brasile? »

« Quel reperto risale a trenta milioni di anni fa. Se non vuoi che i curatori del museo ti facciano la pelle, ti suggerisco di posarlo. E l'esemplare che ho visto in Brasile era decisamente più in salute. Detto questo, ho capito che non sei venuto per parlarmi di fossili di cavallo. »

« No, hai ragione », disse l'altro, posando con delicatezza il teschio sul banco. « C'è qualcosa nell'aria, Mac, e la cosa potrebbe riguardarti da vicino. »

« Spara. »

« Come ho detto, al momento non c'è nulla di concreto. Solo... non programmare nessuna spedizione. »

« Grandioso. Non mi permetterei mai. »

Mentre la primavera cedeva il posto all'estate, la foresta domestica di Yanni cominciò a riempirsi delle note stonate di una sassofonista alle prime armi. Ma nel giro di qualche settimana la donna era già migliorata, cosa che aveva piacevolmente sorpreso i suoi vicini protobeatnik, alcuni dei quali nel frattempo erano diventati i suoi insegnanti di musica.

MacCready stava collaborando con Charles Knight, il celebre disegnatore di storia naturale, per perfezionare gli schizzi delle anatomie di tre cavalli preistorici. Knight era affascinato dall'insistenza di MacCready, secondo cui le sue precedenti raffigurazioni erano « un po' imprecise ».

« Da un punto di vista anatomico, la tua intuizione ha senso », ammise l'artista. « Ma quello che mi piacerebbe capire è *come* fai a saperlo. »

E a me piacerebbe spiegartelo un giorno, pensò lui nel momento stesso in cui il telefono prese a squillare. « Alle sette e un quarto del mattino non possono essere buone notizie. Perdonami, Charles. »

« Questioni militari, immagino. »

« Temo di sì », rispose lui, mentre l'uomo più anziano usciva brontolando.

« Mac, sono Jerry. » Il suo amico dall'ufficio del sindaco sembrava nervoso.

« Ehi, Jerry. Tutto okay? »

« Non proprio, Mac. Si tratta di Yanni. »

Lui sentì un tuffo al cuore. « Sta... bene? »

« Sì, tranquillo », si affrettò a rispondere l'altro. « Non è questo. »

MacCready lasciò uscire il respiro che stava trattenendo. « E allora che sta succedendo? »

« Il responsabile dello zoo mi sta addosso. Pensa che Yanni stia dando i numeri. »

« Senti, Jerry, te l'avevo detto dall'inizio che Yanni è un po'... strana. *Prima* che ti chiedessi quel favore. »

« Sì, lo so. Ma c'è comunque un problema. »

Diversi anni prima, MacCready aveva fatto da mentore a Jerry, un ragazzo dai mille talenti, che non aveva problemi a passare dal taglio di diamanti alla progettazione di lenti per le telecamere degli aerei spia. Le caratteristiche che MacCready preferiva erano la sua abilità ai fornelli e il fatto che sembrava conoscere i migliori chef di New York. A differenza di MacCready, però, Jerry era anche un esperto politico, e in giovane età era diventato un « pezzo grosso » dell'ufficio del sindaco. Poco dopo l'arrivo di Yanni, MacCready gli aveva chiesto il primo e unico favore della sua vita, e una manciata di ore più tardi lo zoo di Central Park poteva contare su una nuova (ed esotica) assistente guardiana.

«Che ha fatto?»

«Ascolta, Mac, non mi va di parlarne per telefono. Perché non vai allo zoo a vedere di persona?»

«D'accordo. Grazie per la dritta.» Mise giù la cornetta e, lasciando i fossili sul banco da lavoro, uscì dall'ufficio facendo ben attenzione a chiudere la porta a chiave.

Lo zoo non aveva ancora aperto al pubblico quando MacCready raggiunse la larga struttura a forma di C che ospitava gli elefanti. Anche da fuori riusciva a sentire il sassofono di Yanni. In tutta la sua vita non aveva mai ascoltato una «musica» del genere: una successione di note secche e stridenti a bassa frequenza che non si combinavano mai tra loro a formare una melodia. Quando aprì la porta esterna, un custode gli sfrecciò accanto, lanciandogli un'occhiataccia prima di uscire.

MacCready seguì l'aggressione acustica atonale e poco dopo si trovò davanti a sbarre spesse sette centimetri che separavano gli animali dal percorso riservato al pubblico. Dall'altra parte delle sbarre c'erano Yanni e il vecchio elefante che aveva visto durante l'«esperimento jazzistico».

Dopo aver fatto un respiro profondo, Yanni riprese a suonare quella che solo uno spirito misericordioso avrebbe potuto definire musica. L'elefante reagì accarezzando la parte inferiore del sassofono con l'estremità della proboscide, simile a delle dita. Quando la donna si fermò, l'animale fece a sua volta una pausa, premendo la punta della proboscide sul terreno ricoperto di segatura.

Yanni sorrise al vecchio pachiderma, e MacCready avvertì una strana vibrazione lungo tutto il corpo che lo inquietò. In quel momento capì che gli scienziati avevano sbagliato qualcosa nel loro esperimento. Era evidente che Yanni aveva fatto notevoli progressi dal giorno dell'esibizione del complessino, anche se lui non avrebbe saputo quantificarli.

Si schiarì la gola.

Yanni e l'elefante si voltarono assieme verso l'intruso. MacCready gli rivolse un timido cenno, sentendosi come se avesse interrotto una conversazione privata.

« Un tempismo perfetto, Mac », ironizzò la donna, infastidita. « Arrivo subito. »

Qualche secondo dopo i due stavano osservando l'ospite più grosso dello zoo, mentre *lui* osservava loro.

MacCready fece un cenno in direzione dell'animale. « E così, Dumbo... »

« Si chiama Jewel », lo corresse subito lei.

« Presumo che la predilezione di Jewel per la musica non abbia nulla a che fare con circhi e bande musicali. »

« Esatto. »

« Pensi che gli elefanti possano parlare tra di loro? »

« È molto probabile. Ma utilizzano l'estremità opposta dello... non mi viene il termine... »

« Spettro? »

« Sì, lo spettro. »

« È per questo che hai comprato un sax baritono? Perché produce suoni a bassa frequenza? »

« Bingo! »

« E...? »

« Guardala, Mac. Jewel è una prigioniera. E sente *ancora* la mancanza della sorella. »

« Ma la sorella è morta nel... »

« ... 1922. Si chiamava Hattie. Si è ammalata e le hanno sparato. Davanti agli occhi di Jewel. »

« E lei... Jewel... se lo ricorda *ancora*? »

« Sì. »

MacCready indicò una grossa porta di metallo, dietro la quale un secondo elefante, Betsy, stava barrendo e scuotendo le sue catene. « Che mi dici della sua compagna di giochi? »

« Jewel dice che è una stronza. »

« Che brutta cosa. »

« *Molto* brutta, Mac... come perdere qualcuno che ami, vederlo morire in modo atroce... in uno schiocco di dita. »

Non rispose, perso nei suoi pensieri, ma Yanni lo riportò al presente mettendogli un braccio intorno alla vita e aggiungendo con voce triste: « Dev'essere stato terribile anche per gli amici di Hattie ».

Il maggiore Hendry tirò fuori da un cassetto della sua scrivania la bottiglia che teneva a portata di mano per le occasioni speciali. « Che donna straordinaria! »

MacCready non disse nulla.

« E così parla anche con gli elefanti? » Hendry prese i soliti bicchierini e li riempì di liquido scuro. « A Jewel e Hattie, allora. »

« E a quella stronza di Betsy », aggiunse MacCready. Prese il bicchiere ma non bevve, notando che Hendry aveva fatto lo stesso. *Ci siamo,* pensò.

« Stavo pensando che questo talento di Yanni potrebbe tornare utile per la nuova missione. E questa volta voi due potreste avere a che fare con qualcosa di più grosso dei pipistrelli. »

MacCready posò il bicchiere. « Cosa? Yanni non andrà da nessuna parte. »

« No? Be', forse dovresti dirglielo di persona », ribatté

il maggiore, bussando sulla parete dell'ufficio. E, prima che l'amico potesse entrare in modalità sfuriata, Yanni aprì la porta.

« Come vedi, Mac, è già tutto deciso. »

MacCready si voltò verso la donna con un'espressione sconvolta. « Cos'è questa storia, Yanni? E il tuo appartamento? E Jewel? »

« All'appartamento ci penseranno i miei uomini », rispose per lei il maggiore. « Innaffieranno le piante, eccetera eccetera. »

« E Jewel? »

« Presto sarà di nuovo con la sorella », disse Yanni.

« Ma... »

« Non cambierò idea, Mac. »

Guardò ora l'uno ora l'altra, e loro sorrisero con aria risoluta.

« Ci vuole un altro brindisi », esclamò allegramente Hendry.

« Puoi dirlo forte. » Yanni prese il whisky che le porse il maggiore.

E quella volta R.J. MacCready sollevò il suo bicchiere.

REALTÀ O FINZIONE

L'avventura che si dipana nelle pagine della *Bocca dell'Inferno,* per quanto frutto d'immaginazione, contiene alcuni eventi reali e poco conosciuti, tra cui la progettazione e la parziale realizzazione del primo veicolo spaziale con equipaggio al mondo – il bombardiere antipodale –, verso la fine della seconda guerra mondiale. I nazisti avrebbero voluto utilizzare i Silbervogel di Eugen Sänger per sganciare armi nucleari o biologiche sugli Stati Uniti e non solo, da un'altitudine oltre la portata della contraerea alleata. Anche altre armi, tra cui i missili terra-aria Wasserfall e l'elicottero FA-223 Drache, erano sul punto di essere realizzate verso la fine della guerra. Il tragico e ingenuo ingegnere aeronautico Maurice Voorhees è un personaggio di fantasia, ma ci sono stati (e ci sono ancora) uomini come lui, mentre alcuni personaggi secondari del romanzo, come Hanna Reitsch e il dottor Shirō Ishii, sono realmente esistiti.

Il *Desmodus draculae* viveva davvero in Brasile, Venezuela e Messico, forse fino all'arrivo degli esploratori europei alla fine del XV secolo. Arthur Greenhall, celebre esperto di vampiri nonché uno dei mentori di Bill Schutt, ritiene che i *draculae* non si siano affatto estinti, e che essi – o una specie strettamente affine – siano tutt'oggi ancora in circolazione. Ci siamo comunque presi delle libertà con la tassonomia e la biologia dei nostri « demoni notturni». In realtà, il *Desmodus draculae* è stato descritto per la prima volta nel 1988, da Morgan, Linares e Ray. I suoi fossili, come quelli di molte specie tropicali, sono rari e distanti tra loro (per via della bassa percentuale di fossilizzazione di ambienti come le foreste pluviali). Se tuttavia i frammenti di teschio rinvenuti dai ricercatori appartenessero a esemplari giovani anziché adulti, allora questi ultimi avrebbero potuto anche raggiungere le dimensioni di un procione.

Cionondimeno molta gente è sorpresa dall'intelligenza dei vampiri attuali. Bill Schutt (che ai tempi della Cornell University manteneva e studiava due colonie di vampiri) ha documentato episodi in cui i sanguivori hanno imitato il comportamento dei pulcini, inducendo le chiocce a lasciarli accucciare sotto le loro placche incubatrici, zone altamente vascolarizzate che hanno la funzione di scaldare tanto le uova quanto i piccoli. Questi «pulcini», però, approfittavano della situazione per succhiare il sangue alle madri adottive. Un'altra specie di vampiro ha trovato il modo di persuadere le galline a disporsi in posizione da accoppiamento, in modo da montarle e nutrirsi. Da un punto di vista fisiologico, la saliva dei vampiri viventi è un cocktail di anticoagulanti chimici chiamato «desmokinase». Queste sostanze vengono applicate esclusivamente sulle ferite a forma di cratere che i vampiri procurano coi loro incisivi e canini aguzzi. Dal momento che la preda continua a sanguinare a lungo dopo che i vampiri hanno finito di mangiare e se ne sono andati, un attacco può essere cruento quasi come la scena della stalla descritta nel libro. Di fatto, la vittima di un vampiro alla fine muore dissanguata (le specie più piccole, come gli uccelli) o per un'infezione (una ferita aperta ai tropici spiana la strada a malattie d'ogni tipo).

Tuttavia abbiamo amplificato gli aspetti noti e presunti della biologia dei *Desmodus draculae,* fornendo loro una forza maggiore e un'arma biologica per certi aspetti simile al letale mix di batteri usato dai draghi di Komodo e da altre specie di sauri. Nella realtà i vampiri non inoculano batteri emorragici nelle loro prede, ma solo un cocktail chimico di agenti anticoagulanti. Ci auguriamo che i lettori ci perdonino queste libertà, perché erano anni che sognavamo di scrivere la proverbiale storia di vampiri «credibile». Anche la loro abilità di servirsi di «scansioni sonore» per controllare i comportamenti delle prede è (per fortuna) frutto della nostra immaginazione.

La regione della Bocca dell'Inferno in Brasile esiste davvero. È un luogo così bizzarro di per sé che non abbiamo sentito il bisogno di esagerarne la flora e la fauna (eccezion fatta per la nebbia perenne e i rari «fossili viventi»).

Cos'altro, tra le pagine di questo romanzo, è basato su storie reali e vera scienza? Molto altro, come vedrete:

1. Eugen Sänger (1905-1964) lavorò al suo Silbervogel in un laboratorio nel piccolo villaggio di Trauen-Fassberg, ma non lo portò mai al livello di completezza descritto nel romanzo. Allo scoppio della seconda guerra mondiale, Sänger cambiò il nome del suo progetto in Raketenbomber, nel vano tentativo di evitare che i fondi per la ricerca venissero destinati al programma V-1/V-2 della Luftwaffe e al suo rivale, Wernher von Braun, a Peenemünde. Nel 1961 si trasferì in Egitto, dove trascorse i suoi ultimi tre anni di vita ad aiutare il presidente Gamal Nasser a sviluppare missili capaci di colpire altri Paesi, in particolare Israele. Al termine della guerra, alcuni tra i suoi più giovani collaboratori continuarono a lavorare agli spazioplani negli Stati Uniti, sviluppando il progetto

originale fino a realizzare due aerorazzi: il Bell X-1 (il primo velivolo a infrangere la barriera del suono, con Chuck Yeager ai comandi) e il North American X-15 che, nel 1959, divenne uno spazioplano a tutti gli effetti. Pilotato, tra gli altri, da Neil Armstrong, era in grado di raggiungere un'altitudine di centosessanta chilometri. L'X-1 e l'X-15 non decollavano autonomamente, ma attaccati sotto aeroplani più grandi che poi li sganciavano in volo. Un sistema di lancio su monorotaia (basato sui progetti di Sänger) fece la sua comparsa in un film prodotto da George Pal del 1951, *Quando i mondi si scontrano*, che vinse l'Oscar per i migliori effetti speciali.

La polvere di ossido di alluminio usata nel romanzo per i motori ausiliari a propellente solido è una nostra invenzione, basata sui derivati di laboratorio di resina laccata e polvere di alluminio che formavano il rivestimento esterno dell'LZ 129 *Hindenburg*, il celebre dirigibile tedesco. Di fatto l'alluminio è tra i più potenti carburanti per missili non nucleari mai inventati (anche se la sua scoperta è avvenuta per caso). Più di mezzo secolo dopo che l'*Hindenburg* dimostrò in maniera spettacolare come l'alluminio, l'ossigeno e l'idrogeno interagiscono tra loro (l'acqua versata sull'alluminio incendiato produce idrogeno e ossigeno), una versione riveduta di quella formula fortuita alimentò i due motori ausiliari a propellente solido del primo Space Shuttle. Si potrebbe in effetti dire che la generazione di spazioplani post-X-15 ha volato grazie al rivestimento dell'*Hindenburg*.

2. Shirō Ishii, il mentore di Kimura, è stato la risposta giapponese al dottor Mengele, l'« Angelo della Morte » di Auschwitz. Il campo conosciuto come Unità 731 e ciò che accadde sotto il comando di Ishii corrispondono esattamente alla descrizione che ne viene fatta nel romanzo.

Dopo essersi arresi alle truppe americane, Ishii e diversi suoi collaboratori negoziarono l'immunità dalle accuse di crimini di guerra, con l'aiuto del generale MacArthur. In cambio aiutarono a far decollare un programma americano sulle armi biologiche che andò avanti finché l'amministrazione Nixon non ne ordinò la chiusura. In età avanzata, il dottor Ishii fece parte del comitato olimpico giapponese e, standо alla figlia, costruì e gestì cliniche in cui venivano curate malattie infantili, spesso in maniera del tutto gratuita. Nel 1959, sul letto di morte, convocò un prete per convertirsi al cattolicesimo, dando per valida - a quanto pare - la credenza per cui tutti i peccati vengono perdonati con l'estrema unzione.

3. Il Flugkapitän Hanna Reitsch (1912-1979) propose con successo la formazione di quello che Voorhees, tra le pagine del romanzo, definisce uno squadrone suicida. La stessa Reitsch fu tra i primi piloti a offrirsi volontari per lo Squadrone Leonida. Heinrich Himmler (il Reichsführer delle temibili SS) suggerì di affidare la guida dei bombardieri con motore a razzo ai soldati feriti in battaglia o ai criminali condannati. Anche se von Braun stava sviluppando sistemi di guida sempre più sofisticati, Sänger era convinto, come la Reitsch, che l'essere umano era il sistema di guida più accurato su cui potessero contare, e l'unico a poter essere prodotto in serie con manodopera non specializzata. Nel 1943 la Reitsch e l'ingegnere Otto Skorzeny dimostrarono di poter convertire, in soli cinque giorni, una «bomba ronzante» Vergeltung-1 (V-1) in un bombardiere pilotato. Fu stabilito che le prime tre versioni di prova sarebbero atterrate su grossi pattini simili a slitte, in modo tale che i velivoli (e i piloti) potessero essere riutilizzati; ma, di quei primi tre piloti, solo la Reitsch sopravvisse all'atterraggio.

In un primo momento, il piano prevedeva d'inviare lo Squadrone Leonida della Reitsch contro le forze d'invasione congiunte britanniche e americane, ma alla fine fu deciso di utilizzare i bombardieri per rallentare l'avanzata dei russi. Questo obiettivo sarebbe stato conseguito distruggendo tutte le centrali elettriche, le fabbriche e le linee di rifornimento fino a Mosca. Prima di essere ammessi tra le file dello Squadrone Leonida, i volontari dovevano sottoscrivere la seguente dichiarazione: «Con la presente chiedo di mia volontà di essere arruolato nel gruppo suicida come parte di un aliante-bomba a pilotaggio umano. Comprendo perfettamente che l'impiego operativo in tale veste comporterà la mia morte». Il nome in codice di questa azione suicida era «operazione Werwolf» e, anche se tutti i piloti avevano un paracadute a bordo, il loro grido di battaglia era: «Muoio per il Führer».

Nel frattempo, i giapponesi lanciarono due versioni del V-1 con motore a razzo contro la portaerei americana *Intrepid*. Entrambe furono sganciate in volo da bombardieri a elica. I piloti, all'interno di un abitacolo a prova di proiettile, sedevano dietro mezza tonnellata di esplosivi e poco più avanti rispetto ai motori a razzo. A differenza dei loro omologhi tedeschi, gli zelanti giapponesi non avevano il paracadute a bordo. Per fortuna degli americani, entrambi i velivoli furono intercettati dalla contraerea ed esplosero ben distanti dal loro obiettivo.

Due giorni prima che Adolf Hitler si togliesse la vita, Hanna Reitsch – l'aspirante pilota di bombardieri con motori a razzo – tornò a Berlino alla cloche di uno Storch, schivando il fuoco della contraerea russa, e atterrò su una strada nei pressi della porta di Brandeburgo. Il suo piano era di portare Hitler fuori dalla Germania, ma il Führer, chiuso nel suo bunker, non volle saperne di seguirla e, anzi, le offrì una delle pasticche di cianuro con cui poi lui si sarebbe tolto la vita. Il 28 aprile del 1945, la Reitsch salutò Hitler e la sua promessa sposa e ripartì da Berlino, evitando di nuovo per un pelo di essere abbattuta dall'Armata Rossa. Come von Braun, decise di andare a ovest per consegnarsi agli americani, che la trattennero e la interrogarono per diciotto mesi. Nel 1952 poté quindi partecipare ai campionati mondiali di volo a vela, cominciando a stabilire record ancora imbattuti. Come già successo agli esperti giapponesi di armi biologiche e agli ingegneri missilistici tedeschi, neppure lei, al termine della guerra, dovette affrontare procedimenti giudiziari. Nel 1961, più o meno agli inizi della corsa allo spazio, fu persino invitata dal presidente Kennedy alla Casa Bianca.

4. In questo romanzo, Maurice Voorhees attua diverse modifiche progettuali agli spazioplani suborbitali di Sänger, tra cui la misura estrema di ridurre la loro massa. (Con ogni probabilità, il progetto originale di Sänger non avrebbe funzionato senza le variazioni apportate da Voorhees.) Durante il programma americano Apollo, gli scienziati si trovarono ad affrontare gli stessi problemi col Modulo di escursione Lunare (LEM), per il quale adottarono strategie estreme di riduzione della massa. Se, nella realtà, il programma del bombardiere antipodale fosse giunto a compimento, come accade in questo romanzo, gli stessi problemi riscontrati alla base *Nostromo* sarebbero stati risolti apportando le medesime modifiche pensate da Voorhees. Nel caso del programma Apollo, l'eliminazione di ogni grammo superfluo di massa del LEM portò a una fusoliera che era, in alcuni punti, sottile come due fogli di giornale. Se il LEM, lontano dal campo magnetico protettivo della Terra, si fosse imbattuto in una tempesta solare intensa come quelle registrate nel

2003, la fusoliera non lo avrebbe schermato dalle radiazioni più di una camicia di seta, e gli astronauti al suo interno sarebbero morti nel giro di un'ora. Dal momento che i problemi riscontrati alla base *Nostromo* sarebbero stati affrontati - e risolti - dagli ingegneri missilistici tedeschi durante il programma Apollo, i motori ausiliari a combustibile solido e le altre modifiche al progetto originale di Sänger rispecchiano la realtà.

5. La battaglia della sacca di Korsun' avvenne tra il gennaio e il febbraio del 1944, in Ucraina. Più di 130.000 tedeschi esausti, in inferiorità numerica e con meno armi rispetto alle truppe sovietiche, furono accerchiati in un saliente nei pressi della città di Čerkasy. Incredibilmente, i rinforzi tedeschi (la 24 Panzer-Division) ricevettero l'ordine di fare dietrofront quando Hitler venne a sapere che si erano mobilitati senza la sua approvazione. Le condizioni climatiche svolsero un ruolo determinante, dal momento che i carri armati e gli autocarri tedeschi rimasero impantanati nelle strade ricoperte di neve, che solo le slitte trascinate da una particolare razza di cavalli - i *panje* - erano in grado di percorrere. Con la Luftwaffe impossibilitata a paracadutare rifornimenti sufficienti, gli assediati tentarono la fuga, sfidando il fuoco dell'artiglieria e dei mezzi corazzati sovietici. Decine di migliaia di tedeschi furono trucidate o catturate, ma molti riuscirono a scappare. Per esigenze narrative, in questo romanzo la loro fuga è stata agevolata dall'attacco del Silbervogel pilotato da Hanna Reitsch. Per pura coincidenza, la sacca di Korsun' è nota anche come « Bocca dell'Inferno ». E per i russi fu un vero e proprio inferno, se non peggio, con un numero di vittime decisamente alto. Ma, se più della metà dell'esercito tedesco non si fosse allontanata dall'Europa occidentale nel febbraio del 1944,

le truppe alleate in Francia sarebbero state forse sopraffatte e lo sbarco in Normandia sarebbe potuto fallire.

6. A New York, la sottrazione dei figli adottivi ai genitori di origine tedesca da parte dello Stato (la sciagura che ha spinto MacCready a chiudersi sempre più in se stesso) durante la seconda guerra mondiale è un fatto reale ma poco conosciuto. Nella famiglia di un amico di uno degli autori, questo è accaduto a Emily H., una madre adottiva che fu davvero apostrofata con l'appellativo di « Führer » nel corso di un'udienza che si rivelò tutt'altro che equa. Emily H. sopravvisse, così come la vera Brigitte, anche se entrambe andarono molto vicine alla morte. Il marito di Emily, Will, un veterano americano della prima guerra mondiale ferito dal gas mostarda, trascorse gli ultimi giorni di vita quasi incapace di parlare, battendo l'indice su una fotografia della piccola Brigitte e supplicando di poterla rivedere.

7. Lo Sparrow che vediamo perfezionare un *pan drum* a Trinidad è ispirato a Mighty Sparrow (Slinger Francisco, nato nel 1935), un importante musicista calypso che fece il suo debutto negli anni '50 (un'altra licenza poetica degli autori). Nel 1956, Sparrow vinse la prima edizione del concorso canoro Calypso King col pezzo *Jean and Dinah.* Nel romanzo, la base di Waller Field viene descritta esattamente com'era nel 1944. La seconda guerra mondiale portò a Trinidad gli americani, i loro dollari e i loro rifiuti... in particolare i fusti di petrolio vuoti da cinquantacinque galloni che offrivano ai musicisti locali una larga superficie che poteva produrre una varietà molto più ampia di note rispetto ai barattoli di vernice e alle scatole dei biscotti che usavano dagli anni '30. E, a proposito di musica, *Junk Ain't Junk No More* era un jingle che face-

va parte di una serie di pubblicità progresso sull'uso di cianfrusaglie e rottami metallici per lo sforzo bellico.

https://www.youtube.com/watch?v=CaD161ENVl0

8. Il declassamento delle credenziali accademiche di Bob Thorne, fondamentalmente in quanto ebreo, avviene in un periodo storico in cui provvedimenti simili erano comuni all'estero e persino in alcuni istituti degli Stati Uniti. Il progetto Manhattan annoverava numerosi scienziati ebrei, i cui titoli accademici furono riverificati sotto l'autorità di quella che in seguito sarebbe divenuta nota come « Commissione per l'energia atomica ». Una prestigiosa università di New York fu tra quegli istituti che, più o meno all'inizio della seconda guerra mondiale, declassò le lauree degli studenti ebrei e limitò il numero delle loro ammissioni. Uno di quegli studenti, Isaac Asimov, sarebbe diventato un celebre scrittore. Nel primo volume della sua autobiografia, Asimov scrive che nel 1939, un anno dopo che si era laureato, la sua università comunicò ufficialmente che non avrebbe più accettato studenti ebrei di New York. Quando passò alla scuola di medicina di Boston, Asimov scoprì che la sua laurea e quella di altri studenti ebrei erano state declassate. « Il pensiero di essere discriminato, sminuito anche riguardo alla mia laurea m'irritò tantissimo », scrisse nella sua autobiografia, giurando poi che i colpevoli sarebbero stati ricordati solo per ciò che aveva scritto di loro nelle sue memorie. La conversazione tra Asimov e Urey, citata da Voorhees e Wolff, è avvenuta realmente. Qualunque problema avesse Urey col giovane allievo non aveva nulla a che fare con le persecuzioni religiose del periodo, poiché, fino al giorno della sua morte, nel 1981, rispettò gente di ogni confessione. Il dissidio sembra essere stato causato da un conflitto di personalità, innescato da Asi-

mov (al tempo adolescente) che fece alcune precise e pericolose supposizioni sugli sviluppi segreti del progetto Manhattan, e che cominciò a pubblicare angoscianti racconti di fantascienza con titoli come *AL-76* (in originale *Source of Power*, letteralmente « Fonte del Potere »), *Superneutrone* e *L'arma troppo terribile per essere usata*.

9. La realtà dietro i nomi dei due I-400: *Nostromo* è il titolo di un romanzo di Joseph Conrad, autore di *Cuore di tenebra*, che è stato adattato per il cinema da Francis Ford Coppola col titolo di *Apocalypse Now*. Il regista Ridley Scott ha battezzato *Nostromo* l'astronave protagonista di un suo film, *Alien*. Il secondo sottomarino prende il nome dalla sventurata nave che, nel *Dracula* di Bram Stoker, si arenò e fu trovata « quasi » deserta. Demetra era inoltre la mitica figlia di Crono e Rea, nonché madre di Persefone. Nella realtà, gli I-400 erano esattamente come sono stati descritti nel romanzo: due portaerei sottomarine in grado di trasportare tre idrosiluranti monomotore nelle loro enormi stive.

10. Il pesce gatto vampiro, o candiru, esiste davvero. Lungo gli affluenti del Rio delle Amazzoni, questi minuscoli pesci in grado di penetrare nelle uretre sono più temuti dei piranha. Sebbene sul loro conto abbondino aneddoti raccapriccianti, ufficialmente solo una persona è stata attaccata da un candiru; l'attacco è avvenuto mentre l'uomo guadava un corso d'acqua che gli arrivava alle cosce. Mentre lavorava a *Dark Banquet*, il suo saggio sulla storia naturale dei sanguivori, Bill Schutt ha chiesto a Stephen Spotte, ittiologo e massima autorità al mondo sui candiru, quante probabilità avrebbe avuto di essere attaccato se avesse urinato in acque infestate da quei pesci. « Più o meno le stesse di essere colpito da un fulmine

mentre vieni sbranato da un grande squalo bianco», lo ha tranquillizzato Spotte.

11. Le tartarughe giganti che MacCready incontra nelle paludi del Mato Grosso sono reali, ma estinte. La *Stupendemys geographicus* è vissuta in Sudamerica circa tre milioni di anni fa. Il guscio era lungo tre metri e l'animale poteva pesare anche due tonnellate e mezzo. Anche se sarebbero state in grado di tranciare arti e spezzare schiene, è piuttosto improbabile che queste tartarughe siano vissute abbastanza a lungo da avere incontrato degli esseri umani.

12. E quindi arriviamo agli xavante. Le città perdute nella regione superiore dello Xingu, nello Stato del Mato Grosso, sono reali. Nel XX secolo le vestigia di strade rialzate, canali, ponti e opere in muratura in cui s'imbatte MacCready sono esistite solo nei racconti dei locali, sotto forma d'imprecise e spesso fantasiose descrizioni di antiche «città fantasma». (Quando studiava la biologia dei pipistrelli vampiri, Bill Schutt ha effettuato ricerche anche nella regione del Mato Grosso.) La caverna e la camera sotterranea dei *draculae* sono frutto di fantasia, ma non le mitiche città perdute, alla cui ricerca si mise lo sfortunato Percy Harrison Fawcett. Fino al XXI secolo, con le coltivazioni «taglia e brucia», la ricerca di siti per dighe e di giacimenti di gas naturali e una nuova ondata di esplorazioni, la maggior parte degli antropologi e degli archeologi credeva che il bacino dell'Amazzonia - anzi, tutto il Brasile centrale, inclusa la regione dello Xintgu) - fosse stato incontaminato e scarsamente popolato fino all'arrivo dei colonizzatori europei. Nonostante le storie che circolavano sulle città perdute, fino al 2003 l'opinione generale era che, a parte le tribù nomadi locali di cui si aveva notizia, l'area fosse un buco nero archeologico.

Michael Heckenberger, un antropologo dell'università della Florida, è stato tra i primi ad approfittare della costruzione delle strade e del diboscamento agricolo per esplorare un mondo che, un secolo prima, era rimasto nascosto a Percy Fawcett. Canali, insediamenti agricoli, fondamenta di edifici e pentole di terracotta (analizzate alla ricerca di tracce del loro antico contenuto organico) dimostrarono che un'attenta rotazione delle colture e grandi quantitativi di pesci d'allevamento provvedevano al sostentamento di città con una popolazione pari quasi a quella dell'odierna Ithaca, nello Stato di New York (circa tremila abitanti). Tutti i dati in nostro possesso ci spingono a ritenere che la mitica Eldorado possa essere realmente esistita.

Heckenberger ha vissuto più di due anni a stretto contatto coi kuikuro, scoprendo che questa tribù ha familiarità con le opere di sterro e altre modifiche del territorio. La regione superiore dello Xingu, scrive Heckenberger, « aveva un'economia che sosteneva un largo numero di persone in diversi grossi villaggi collegati tra loro in una sorta di disposizione a griglia. I sistemi di rotazione agricola e peschiera, nonché gli spostamenti stessi delle tribù, trasformarono di fatto l'intero paesaggio naturale ». I metodi agricoli alla base del commercio tra i villaggi erano palesemente più sofisticati delle odierne coltivazioni « taglia e brucia », e molto diversi. Le città erano disposte secondo uno schema « galattico » intorno a un nucleo centrale. Diciannove di queste comunità agricole, suddivise in due grandi raggruppamenti, erano collegate tra loro da un sistema di strade. « Quasi tutta l'area tra gli insediamenti più importanti era organizzata e gestita con cura », scrive Heckenberger. Il suo team ha rinvenuto monticelli uniformi, o « cordoli », lungo i margini delle strade principali, e « piazze circolari e ponti, dighe e laghetti artificiali, strade sterrate rialzate, canali e frutteti ». La prima fase di costruzioni cominciò all'incirca nel IX secolo d.C., e la civilizzazione in quei luoghi durò fino al Seicento. Un centinaio di anni dopo, tutte quelle strutture erano state ricoperte dalla vegetazione e la civilizzazione sopravviveva solo nella mitologia. La regione superiore del Rio Xingu e quella della Bocca dell'Inferno erano così remote che gli europei riuscirono ad arrivarci solo intorno al 1750, più di duecento anni dopo che i primi colonizzatori avevano messo piede in Brasile. La scomparsa dei costruttori di canali e ponti fu probabilmente dovuta alle malattie (come l'influenza) introdotte dai popoli provenienti dall'Est. Le stime attuali suggeriscono che fino al novanta percento della popolazione fu decimato da queste malattie cui gli europei erano immuni da tempo. Le odierne comunità dei kuikuro, degli xinguano e degli xavante discendono dai membri immuni alle malattie delle tribù che costruirono quelle città.

13. Una jazz band si esibì davvero allo zoo di Central Park, anche se questo avvenne nel 1921. L'« esperimento » mal eseguito (si legga: « trovata pubblicitaria ») spaventò alcuni animali e fece infuriare altri. Stando a un giornalista del *St. Petersburg Times,* « Betsy e Jewel, le due elefantesse, sembravano gradire immensamente la musica. Ma, secondo il professor E.L. Davis della Columbia University, la loro predilezione per la musica si può spiegare col fatto che i due pachidermi, prima di entrare a far parte dello zoo, forse seguivano la banda di un circo per le strade della città ». Gli esperti sapevano che lo zoo cittadino, coi suoi due ettari e mezzo di superficie, era troppo piccolo per ospitare animali grossi come elefanti, rinoceronti e leoni, e così la maggior parte di essi fu tra-

sferita (ma non i leoni di mare e gli orsi). Negli anni '80 un'importante opera di rinnovamento trasformò lo zoo nella meravigliosa struttura - di fatto priva di gabbie - che ancora oggi possiamo ammirare.

Per concludere, è assolutamente vero che gli elefanti possono comunicare producendo suoni a bassa frequenza... anche se ciò fu scoperto decenni dopo gli esperimenti di Yanni col sax baritono.

BIBLIOGRAFIA

J.S. ALTENBACH, *Locomotor morphology of the vampire bat Desmodus rotundus*, in *American Society of Mammalogists Special Publication*, 1979, vol. 6, pp. 1-137.

I. ASIMOV, *In Memory Yet Green*, Doubleday, New York, 1979 (trad. it.: *Io, Asimov*, Armenia, Milano, 1980).

D. BROWN, *Vampiro: The Vampire Bat in Fact and Fantasy*, High-Lonesome Books, Silver City, 1994.

J.P. DUFFY, *Target America: Hitler's Plan to Attack the United States*, The Lyons Press, Guilford, 2006.

L. EMMONS, F. FEER, *Neotropical Rainforest Mammals: A Field Guide*, University of Chicago Press, Chicago, 1990.

P. FLEMING, *Brazilian Adventure*, Northwestern/The Marlboro Press, Evanston, 1933 (trad. it.: *Avventura brasiliana*, Longanesi, Milano, 1950).

J. GARLINSKI, *Hitler's Last Weapons*, Times Books, New York, 1978.

A.M. GREENHALL, U. SCHMIDT, a cura di, *Natural History of Vampire Bats*, CRC Press, Boca Raton, 1988.

M. GRIEHL, *Luftwaffe Over America*, Barnes & Noble, New York, 2004.

F. GEORG, *Hitler's Miracle Weapons*, Helion and Company, Solihull, 2005.

S. HARRIS, *Factories of Death*, Routledge, London & New York, 1994.

M. HECKENBERGER ET AL, *Amazonia 1492: Pristine forest or cultural parkland*, in *Science*, 22 settembre 2003.

D. HERWIG, H. RODE, *Luftwaffe Secret Projects – Strategic Bombers*, 1935-1945, Midland, Leicester, 2000.

I.V. HOGG, *German Secret Weapons of the Second World War*, Fall River Press, New York, 1999.

G. HYLAND, A. GILL, *Last Talons of the Eagle*, Headline Books, London, 1998.

M. MIDDLEBROOK, *The Peenemunde Raid*, Bobbs-Merril, New York, 1982.

G.S. MORGAN, O.J. LINARES, C.E. RAY, *New species of fossil vampire bats (Mammalia: Chiroptera: Desmodontidae) from Florida and Venezuela*, in *Proceedings of the Biological Society of Washington*, 1988, n. 101, pp. 912-928.

D. NASH, *Hell's Gate: The Battle of the Cherkassy Pocket*, RZM Imports, Stamford, 2001.

D. MYHRA, *Sänger: Germany's Orbital Rocket-Bomber in World War II*, Schiffer Military History Books, Atglen, 2002.

M. NEUFELD, *The Rocket and the Reich*, Smithsonian, Washington, 1995.

D. PISZKIEWICZ, *From Nazi Test Pilot to Hitler's Bunker: The Fantastic Flights of Hanna Reitsch*, Praeger, London, 1997.

A. RHODES, *Propaganda. The Art of Persuasion: World War II*, Chelsea House, Broomall, 1993.

W.A. SCHUTT, JR. ET AL., *Functional morphology of the common vampire bat, Desmodus rotundus*, in *Journal of Experimental Biology*, 1998, vol. 200, n. 23, pp. 3003-3012.

W.A. SCHUTT, JR., *Chiropteran hindlimb morphology and the origin of blood-feeding in bats*, in *Bat Biology and Conservation*, a cura di T.H. Kunz e P.A. Racy, Smithsonian, Washington, 1998.

B. SCHUTT, *Dark Banquet: Blood and the Curious Lives of Blood-feeding Creatures*, Crown, New York, 2008.

A. SMITH, *Mato Grosso*, E.P. Dutton, New York, 1971.

G. WILKINSON, *Reciprocal food sharing in vampire bats*, in *Nature*, marzo 1984, vol. 308, pp. 181-184.

E. ZIEMKE, *The Soviet Juggernaut*, Time-Life, Alexandria, 1980.

Finito di stampare
nel mese di febbraio 2017
per conto della Casa Editrice Nord s.u.r.l.
da ELCOGRAF S.p.A.
Stabilimento di Cles (TN)
Printed in Italy